Abhandlungen zur Literaturwissenschaft

In dieser Reihe erscheinen Monographien und Sammelbände zur Literaturwissenschaft einschließlich aller Nationalphilologien.

Weitere Bände in der Reihe http://www.springer.com/series/15814

Davide Giuriato · Sabine Schneider
(Hrsg.)

Stifters Mikrologien

J.B. METZLER

Hrsg.
Davide Giuriato
Zürich, Schweiz

Sabine Schneider
Zürich, Schweiz

ISSN 2520-8381   ISSN 2520-839X   (electronic)
Abhandlungen zur Literaturwissenschaft
ISBN 978-3-476-04883-7   ISBN 978-3-476-04884-4   (eBook)
https://doi.org/10.1007/978-3-476-04884-4

Die Deutsche Nationalbibliothek verzeichnet diese Publikation in der Deutschen Nationalbibliografie;
detaillierte bibliografische Daten sind im Internet über http://dnb.d-nb.de abrufbar.

Einbandgestaltung: Finken & Bumiller, Stuttgart

J.B. Metzler ist ein Imprint der eingetragenen Gesellschaft Springer-Verlag GmbH, DE und ist ein Teil
von Springer Nature.
Die Anschrift der Gesellschaft ist: Heidelberger Platz 3, 14197 Berlin, Germany

Inhaltsverzeichnis

1   Stifters Mikrologien. Zur Einleitung 1
    Davide Giuriato und Sabine Schneider

2   Körnig. Stifters granulare Prosa, vom autobiographischen
    Fragment her gelesen 13
    Franziska Frei Gerlach

3   Maß und Gesetz des Unmerklichen. Kraft, Zeit und
    Intensität bei Stifter 31
    Jana Schuster

4   Gesetz ohne Gesetz. Stifters Mikroethik 55
    Felix Christen

5   Rieseln. Stifters Infinitesimaldramatik 71
    Hans-Georg von Arburg

6   Schicksal in Raten. Teil und Ganzes in Stifters *Abdias* 89
    Vera Bachmann

7   Feinheiten. Stifters Ästhetik der Textur 105
    Kira Jürjens

8   „[…] und erklärte die weißen Pünktlein, die kaum
    zu sehen waren". ‚Täfelchen' und ‚Nullpunkt' als
    perspektivische Größen in Stifters *Kazensilber* 127
    Elmar Locher

9   Nebensache Nachbarschaft. Über Kontiguität und
    Kontinuität in Stifters *Die Mappe meines Urgroßvaters, Brigitta
    und Der Nachsommer* 147
    Oliver Grill

10 Waldungen/Rodungen. Kulturation und Poetologie
    bei Adalbert Stifter 169
    Christian Begemann

Herausgeber- und Autorenverzeichnis

Über die Herausgeber

Davide Giuriato, Professor für Neuere deutsche Literaturwissenschaft an der Universität Zürich. Veröffentlichungen u. a.: *Mikrographien. Zu einer Poetologie des Schreibens in Walter Benjamins Kindheitserinnerungen.* München 2006; *„klar und deutlich". Ästhetik des Kunstlosen im 18./19. Jahrhundert.* Freiburg i.Br. 2015; (Hg.): *Gerettete Kinder? Narrativik und Sozialisation im Werk Adalbert Stifters.* In: *IASL* 40/2 (2015); (Mhg.): *Adalbert Stifter-Handbuch.* Stuttgart 2017.

Sabine Schneider, Professorin für Neuere deutsche Literaturwissenschaft an der Universität Zürich. Veröffentlichungen u. a.: *Die schwierige Sprache des Schönen. Moritz' und Schillers Semiotik der Sinnlichkeit.* Würzburg 1998; *Verheißung der Bilder. Das andere Medium in der Literatur um 1900.* Tübingen 2006; zum Realismus u. a.: (Mhg.): *Die Dinge und die Zeichen. Dimensionen des Realistischen in der Erzählliteratur des 19. Jahrhunderts. Für Helmut Pfotenhauer.* Würzburg 2008; (Mhg.): *Prekäre Idyllen in der Erzählliteratur des deutschsprachigen Realismus.* Stuttgart 2017.

Autorenverzeichnis

Hans-Georg von Arburg, Professor für Neuere deutsche Literatur an der Section d'allemand der Universität Lausanne. Promotion mit einer Arbeit über die Bildhermeneutik bei G.C. Lichtenberg (1998), Habilitation zur Problemgeschichte der Oberfläche in der Literatur- und Architekturästhetik in der Goethezeit und im Historismus (2008). Publikationen zu Stifter u. a.: „Elementares Bauen im Exil: Semper und Stifter (‚Abdias‘)", in: *DVjs* 90/4 (2016), 599–618, „Zitherpartie. Vom Schwinden der Stimmung in Stifters ‚Nachsommer‘ (1857)". In: Friedrike Reents/ Burkhard Meyer-Sickendiek (Hg.): *Stimmung und Methode.* Tübingen 2013, 199–217.

Vera Bachmann, Akademische Rätin am Lehrstuhl für Medienwissenschaft der Universität Regensburg. Veröffentlichungen u. a.: *Stille Wasser – tiefe Texte? Zur Ästhetik der Oberfläche in der Literatur des 19. Jahrhunderts.* Bielefeld 2013; „Das Handwerk der Prosa. Fugung und Fügung bei Adalbert Stifter." In: Inka Mülder-Bach/ Jens Kersten/ Martin Zimmermann (Hg.): Prosa schreiben. Literatur – Geschichte – Recht. Paderborn 2019, 271–288.

Christian Begemann, Professor für Neuere deutsche Literaturwissenschaft an der LMU München. Arbeitsschwerpunkte: deutsche Literatur des 18. bis 20. Jahrhunderts. Monographien u. a. zum Verhältnis von Aufklärung, Furcht und Angst (1987) sowie zu Adalbert Stifter (1995). Zuletzt: (Mhg.) *Lyrik des Realismus.* Freiburg i.Br. 2019; (Mhg.) *Adalbert Stifter Handbuch.* Stuttgart 2017.

Felix Christen, Oberassistent am Deutschen Seminar der Universität Zürich. Promotion 2010 mit der Arbeit *Das Jetzt der Lektüre. Zur Edition und Deutung von Friedrich Hölderlins „Ister"-Entwürfen* (Frankfurt a.M./Basel 2013); Habilitation 2019 mit der Arbeit *Sprachen der Dunkelheit. Zur Theorie der Unverständlichkeit zwischen Philosophie und Literatur 1870–1970* (unveröffentlicht). Publikationen u. a.: (Mhg.): *Schrift und Zeit in Franz Kafkas Oktavheften.* Göttingen 2010; (Mhg.): *Der Witz der Philologie. Rhetorik –Poetik –Edition.* Frankfurt a.M. 2014; „Dichten an der Stelle des Denkens. Bemerkungen zur Genese des Gesangs im dritten Teil von Nietzsches ‚Zarathustra'". In: *Nietzsche-Studien* 47 (2018), 49–69.

Franziska Frei Gerlach, Titularprofessorin für Neuere deutsche Literatur an der Universität Zürich. Promotion an der Universität Basel mit *Schrift und Geschlecht* (Berlin 1998); Habilitation an der Universität Zürich mit *Geschwister. Ein Dispositiv bei Jean Paul und um 1800* (Berlin 2012). Veröffentlichungen u. a.: „Antik? Oh, nee. Antigone und die Folgen: Sophokles, Hegel, Freud, Butler". In: *IASL* 39 (2014), H. 1, 1–30; „Erosive Entschleunigung. Stifters Semiotisierung des Raums im Modus der Geologie". In: Roland Berbig und Dirk Göttsche (Hg.): *Metropole, Provinz und Welt. Raum und Mobilität in der Literatur des Realismus.* Berlin 2013, 275–289; „Wybervolk. Intersektionalität von Geschlecht, Stand und Nation bei Jeremias Gotthelf". In: *DVjs* 86/2 (2012), 293–309.

Oliver Grill, wissenschaftlicher Mitarbeiter am Institut für Germanistik an der Ludwig-Maximilians-Universität München, seit 2018 in der DFG-Forschungsgruppe „Philologie des Abenteuers". Veröffentlichungen u. a.: *Die Wetterseiten der Literatur. Poetologische Konstellationen und meteorologische Kontexte im 19. Jahrhundert.* Paderborn 2019; „Unvorhersehbares Wetter? Zur Meteorologie in Alexander von Humboldts ‚Kosmos' und Adalbert Stifters ‚Nachsommer'". In: *Zeitschrift für Germanistik* 26/1 (2016), 16–32.

Kira Jürjens, wissenschaftliche Mitarbeiterin am Institut für deutsche Literatur der Humboldt-Universität zu Berlin. Promotion 2017 mit der Arbeit *Der Stoff der Stoffe. Textile Innenräume in der Literatur des 19. Jahrhunderts.* Publikationen: Fenster mit Draufsicht. Opake Fenster-Szenen im 19. Jahrhundert. In: (Mhg.): *Fenster –Treppe – Korridor. Architektonische Wahrnehmungsdispositive in der Literatur* *und in den Künsten.* Bielefeld 2019; „Lichtspiele. Textile Bildflächen bei Adalbert Stifter". In: Marianne Schuller/Thomas Gann (Hg.): *Fleck, Glanz, Finsternis. Zur Poetik der Oberfläche bei Adalbert Stifter.* Göttingen 2017, 77–97.

Elmar Locher, bis 2016 Professor für Deutsche Literatur in Verona. Veröffentlichungen u. a.: *„Curiositas" und „Memoria" im deutschen Barock.* Wien 1990; (Hg.): *Die kleinen Formen in der Moderne.* Bozen/Innsbruck/Wien 2001; (Mhg.): *Franz Kafka, „Ein Landarzt". Interpretationen.* Bozen/Innsbruck/Wien 2004; *Der Schatten der Hand.* Bozen/Innsbruck/Wien 2010; (Mhg.): *Oberleutnant Robert Musil als Redakteur der Tiroler Soldaten-Zeitung.* Paderborn 2019.

Jana Schuster, Akademische Rätin a. Z. an der Universität Bonn. Veröffentlichungen: „Umkehr der Räume". Rainer Maria Rilkes Poetik der Bewegung. Freiburg i.Br. 2011; Habilitationsprojekt zu Ästhetik und Anthropologie der Erdatmosphäre in der Prosa Stifters; Aufsätze zu Rilke im transmedialen Kontext der Klassischen Moderne und zur Wissenspoetik und Poetologie Stifters.

Stifters Mikrologien. Zur Einleitung

Davide Giuriato und Sabine Schneider

Das Werk Adalbert Stifters zeichnet sich durch eine markante Aufmerksamkeit für das Kleine, Unmerkliche und vermeintlich Geringfügige aus.[1] Bereits die zeitgenössische Kritik hat das Bild vom botanischen „Mikroskopiker" in Umlauf gebracht, dessen Schriften „viel zu minutiös" ausfallen und in „unendliche Detaillierung" abgleiten.[2] Seit Stifters mittlerem Werk sind vor allem die Naturbeschreibungen als besonders aus- und abschweifend empfunden worden: „Wer so ganz in das Detail eingeht, wie Stifter […], wird nicht im stande sein, ein Gemälde von großen Dimensionen […] auszuführen", hält etwa der einflussreiche Kritiker Julian Schmidt mit Bezug auf den *Nachsommer* fest und dekretiert: „Die Genauigkeit in der Ausmalung […] ist sehr instruktiv, aber nicht eigentlich dichterisch".[3] „Es sind auch ganz uninteressante und unwesentliche Dinge, die wir anhören

---

[1]Stifters Werke werden einheitlich nach den beiden maßgeblichen Ausgaben HKG und PRA zitiert und mit den entsprechenden Siglen im Lauftext nachgewiesen. HKG: Stifter, Adalbert: *Werke und Briefe*. Historisch-kritische Gesamtausgabe. Im Auftr. der Kommission für Neuere Deutsche Literatur der Bayerischen Akademie der Wissenschaften hg. von Alfred Doppler und Wolfgang Frühwald. Stuttgart/Berlin/Köln 1978 ff. PRA: Stifter, Adalbert: *Sämtliche Werke*. Begr. und hg. von August Sauer. Fortgef. von Franz Hüller u. a., Prag 1904 ff., seit 1927: Reichenberg, seit 1958: Graz. Reprogr. Nachdr. aller Bde. nach der jeweils letzten Aufl., Hildesheim 1972.

[2]So Francis Thomas Bratranek in der *Oesterreichischen Revue* von 1963. Vgl. Enzinger, Moriz: *Adalbert Stifter im Urteil seiner Zeit*. Wien 1968, 236–249; hier: 243.

[3]So Julian Schmidt im *Grenzboten* 1858. Vgl. ebd., 209–219; hier: 210 und 217.

D. Giuriato (✉)
Zürich, Schweiz
E-Mail: davide.giuriato@ds.uzh.ch

S. Schneider
Zürich, Schweiz
E-Mail: sabine.schneider@ds.uzh.ch

© Springer-Verlag GmbH Deutschland, ein Teil von Springer Nature 2019
D. Giuriato und S. Schneider (Hrsg.), *Stifters Mikrologien,* Abhandlungen zur Literaturwissenschaft, https://doi.org/10.1007/978-3-476-04884-4_1

müssen", stimmt eine weitere Rezension in das abwertende Urteil der Zeit ein.[4] In diesem Kontext hat sich Stifter den wenig schmeichelhaften Titel eines „überschätzte[n] Diminutivtalent[s]" geholt, dessen Interesse für das „Kleinleben der Natur" und das „Register der Staubfäden" in eine unpoetische Beschreibungshypertrophie münde und auf eine ausgeprägte Entrücktheit vom Menschen sowie den Rückzug in eine harmlose und niedliche Natur zurückzuführen sei.[5] Wie der namhafteste Opponent, Friedrich Hebbel, ohne schonende Zurückhaltung anprangert, nehme das ausschweifende Augenmerk auf das „Nebenbei" nicht nur ein „Zerbröckeln und Zerkrümeln der Materie", sondern auch ein „Aufdröseln der Form" in Kauf, und zwar so, dass der ästhetische Sinn für das Ganze in der Sache ebenso wie in der unkonventionellen literarischen Form verloren gehe.[6]

Dieses Bild vom Dichter des Details hat sich auch deshalb etabliert, weil Stifter es selbst tatkräftig untermauert hat. Auf den Vorwurf, dass er nur „das Kleine" im Auge habe, während sich ihm „das Große" entziehe,[7] antwortet Stifter in seiner berühmten „Vorrede" zu *Bunte Steine* mit einer Apologie, die das herkömmliche Verhältnis von Groß und Klein, von Erhabenem und Niedrigem jedoch entschieden invertiert:

> „Weil wir aber schon einmal von dem Großen und Kleinen reden, so will ich meine Ansichten darlegen, die wahrscheinlich von denen vieler anderer Menschen abweichen. Das Wehen der Luft das Rieseln des Wassers das Wachsen der Getreide das Wogen des Meeres das Grünen der Erde das Glänzen des Himmels das Schimmern der Gestirne halte ich für groß: das prächtig einherziehende Gewitter, den Blitz, welcher Häuser spaltet, den Sturm, der die Brandung treibt, den feuerspeienden Berg, das Erdbeben, welches Länder verschüttet, halte ich nicht für größer als obige Erscheinungen, ja ich halte sie für kleiner, weil sie nur Wirkungen viel höherer Geseze sind." (HKG 2.2, 10)

Nach diesen Worten zu urteilen, sind spektakuläre Naturereignisse wie Blitz, Sturm oder Erdbeben, die gemeinhin unter das ästhetische Register des Erhabenen fallen, kleiner als die unsichtbaren Naturgesetze, deren Wirkungen die vermeintlich großen Erscheinungen bloß sind. In der Art einer „dialektischen Relativitätstheorie von Groß und Klein"[8] kehrt Stifter die konventionelle Hierarchie um und verweist dabei auf ein „sanftes Gesez" (HKG 2.2, 12), das im Verborgenen das menschliche Leben sowie die Natur regiere und das umso mächtiger wirke, als es noch in den randständigen und scheinbar unbedeutenden Phänomenen zu erkennen sei. Während er die gewaltigen Erscheinungen nur als punktuelle, außerordentliche und zerstörerische Ereignisse einstuft, sieht Stifter das Unmerkliche, Gewöhnliche und beständig Wiederkehrende als Ausdruck allgemeiner

---

[4]Ebd., 232.

[5]So Friedrich Hebbel in seinen Rezensionen zum *Nachsommer* aus der *Illustrierten Zeitung* und *Stimmen der Zeit* 1858. Vgl. ebd., 228–231.

[6]Ebd., 231.

[7]So Hebbel in *Europa* 1849. Vgl. ebd., 138.

[8]Mayer, Mathias: *Adalbert Stifter. Erzählen als Erkennen*. Stuttgart 2001, 117.

und höherer Gesetzmäßigkeiten an, die zwar weniger augenfällig sein mögen, in Wahrheit aber bedeutsamer sind, weil sie eine welterhaltende Kraft im Bereich der Natur ebenso wie auf dem Feld der menschlichen Moral verbürgen sollen. Nach Maßgabe dieser Prämisse wird das „Kleine" als „ehrfurchterregend" und „begeisterungsweckend" erhöht, dem sich der Dichter wie ein Naturforscher mit besonderem Spürsinn zu widmen habe, weil erst in den angeblich belanglosen Erscheinungen „ein Großes in der Natur" greifbar werden könne (HKG 2.2, 10 f.). Wenn Stifter seine literarischen Erzählungen immer wieder als „kleinste Körnchen" darreicht[9] oder als „ein noch Kleineres und Unbedeutenderes" anbietet,[10] dann verbirgt sich dahinter nicht nur rhetorische Bescheidenheit, sondern auch die unbeirrte und konsequente Vorstellung einer anti-monumentalen Dichtung – einer „Poetik des Unspektakulären und Gewöhnlichen",[11] der es freilich nicht weniger als um „das Ganze und Allgemeine" geht (HKG 2.2, 10).

Stifters Verteidigung des Kleinen ist vielfach kommentiert und zum Anlass genommen worden, das biedermeierliche Bild vom Dichter des ‚sanften Gesetzes' zu zementieren.[12] In neueren Forschungsbeiträgen dagegen haben sich zu Recht Zweifel an diesem Anschein des Idyllischen, Friedlichen und Harmlosen angemeldet. Zum einen wird Stifters Interesse für das Kleine immer wieder mit Bezug auf die widerstrebende Eigendynamik der realistischen Mimesis diskutiert – insbesondere ist die minutiöse und kleinteilige Beschreibung der Natur als Symptom einer ausgesprochenen Detailversessenheit diagnostiziert worden, die einem ebenso peniblen wie maßlosen Ordnungs- und Kontrollbegehren gehorcht und manische Züge trägt.[13] Hinter der Fassade einer genauen, kühlen und nüchtern wirkenden Deskription der Dinge in allen Einzelheiten nach Art der exakten Wissenschaften verberge sich im Falle Stifters ein höchst affektiv besetztes, nachgerade obsessives Verhältnis zum Gegenständlichen, das mit den ausufernden und zusehends selbstreferentiellen Beschreibungen zu schrankenlosen „Exzessen leerlaufender Ordentlichkeit" neige.[14] Zum anderen ist Stifters Beschreibungsfuror

---

[9]So in der „Vorrede" zu den *Studien* von 1843 (HKG 1.4, 12).

[10]So in der „Vorrede" zu *Bunte Steine* von 1853 (HKG 2.2, 9).

[11]Begemann, Christian: Adalbert Stifter und die Ordnung des Wirklichen. In: Ders. (Hg.): *Realismus. Epoche, Autoren, Werke*. Darmstadt 2007, 63–84; hier: 73.

[12]Vgl. überblicksartig Schneider, Sabine: Bunte Steine. In: Christian Begemann/Davide Giuriato (Hg.): *Stifter Handbuch. Leben – Werk – Wirkung*. Stuttgart 2017, 71–75.

[13]Die Rede von der „manischen Obsession" in Stifters Prosa geht auf Adorno zurück, vgl. Adorno, Theodor W.: Über epische Naivität. In: Ders.: *Noten zur Literatur*. Frankfurt a.m. 1998, 34–40; hier: 37. Mit Bezug auf Stifters „exzessive Beschreibungen" vgl. Geulen, Eva: Depicting Description. Lukács and Stifter. In: *The Germanic Review* 73 (1998), 267–279; hier: 272.

[14]Vgl. Drügh, Heinz: *Ästhetik der Beschreibung. Poetische und kulturelle Energie deskriptiver Texte (1700–2000)*. Tübingen 2006, 224–332; hier: 226 f., 275. In dieser Hinsicht lässt sich Stifters Werk ohne Weiteres als Effekt einer „politischen Anatomie des Details" verstehen, wie sie Michel Foucault für moderne Disziplinargesellschaften beschrieben und auf den Begriff einer „Mikrophysik der Macht" gebracht hat. Vgl. Foucault, Michel: *Überwachen und Strafen. Die Geburt des Gefängnisses*. Frankfurt a.m. 1995, 178 ff.

aber auch aus der Haltung eines regelrechten ‚Mikrologen' in der Tradition der
Leibnizschen Monadologie abgeleitet worden.[15] Dieser Überlieferung zufolge ist
das Detail mehr als nur ein Teil des Ganzen, weil es in Form der extremen Verdichtung das Ganze in sich einschließt, und zwar so, dass dem Kleinsten die
größte Konzentration an Bedeutung eignet.[16] Wie insbesondere Marianne Schuller ausgeführt hat, ist die metaphysische Faszination am Kleinen im Falle Stifters
jedoch mit keinen tieferen Einsichten in die Zusammenhänge von Mikro- und
Makrokosmos verbunden: „Es ist das kleinste Sandkörnchen ein Wunder, das wir
nicht ergründen können", so schreibt Stifter zu Beginn seiner autobiographischen
Miniatur *Mein Leben* (PRA 25, 176). Demgemäß betont Schuller vor allem die
Rätselhaftigkeit des Kleinen und Winzigen sowie die Unmöglichkeit, es in ver-
ständliche Begriffe zu übertragen, und macht darin den dunklen Kern von Stifters
Poetik aus.[17]

Will man Stifters Mikrologie in ihren mannigfachen Erscheinungsformen und
Facetten analysieren, wie es der vorliegende Band beabsichtigt, dann erweisen
sich diese neueren Publikationen als besonders anregend. Auch wenn die Hingabe
an das Kleine bislang erst in Ansätzen in den Fokus gerückt ist, sind die erwähnten
Forschungsbeiträge zur detailrealistischen Mimesis, zum zwanghaften Ordnungs-
begehren sowie zur monadologischen Tradition von Stifters Mikrologie produktiv für weiterführende Überlegungen. Beim aktuellen Stand der Dinge kann man
vorab festhalten, dass Stifters Poetik des Kleinen und Winzigen, sein Interesse
am vermeintlich Nebensächlichen und Geringfügigen vielfältige Ausprägungen
und Implikationen kennt, die sich nicht auf das Gebiet der Naturbeschreibung
beschränken. Überschaut man das gesamte Œuvre, dann fällt auf, dass sich der
Blick für das Detail auf den Bereich der Natur ebenso wie auf denjenigen des
sozialen und kulturellen Lebens erstreckt, in dem sich Stifter gleichermaßen als
Mikrologe erweist. Bei alledem gilt es jedoch als Voraussetzung zu präzisieren,
dass Stifters Poetik des Kleinen und Winzigen von einer epistemischen Problemlage grundiert wird, die für den konzeptuellen Einsatz der Beiträge in diesem
Band von eminenter Bedeutung ist.

Sucht man nach einer konsistenten Prämisse für Stifters Mikrologien, dann ist
in der Tat das erkenntniskritische Profil des Kleinen zu verdeutlichen, wie es Stifter in seinem literarischen Werk mehrfach reflektiert. Von prioritärer Relevanz ist
ein Zusammenhang auf dem Feld der Naturforschung, den bereits die „Vorrede"
zu *Bunte Steine* aufgreift, indem sie ein epistemisches mit einem darstellungs-
technischem Problem verknüpft:

---

[15]Vgl. Schuller, Marianne: Das Kleine der Literatur. Stifters Autobiographie. In: Dies./Gunnar
Schmidt: *Mikrologien. Literarische und philosophische Figuren des Kleinen.* Bielefeld 2003,
77–89.

[16]Zur leibnizschen Monadologie vgl. Schmidt, Gunnar: Von Tropfen und Spiegeln. Medienlogik
und Wissen im 17. und frühen 18. Jahrhundert. In: Ebd., 33–57; hier bes.: 50–54.

[17]Vgl. Schuller: *Das Kleine der Literatur* (Anm. 15), 89: „[S]o stellt sich die Literatur Stifters
[…] über einem (verdrängten) Dunkel her, das ihrer Transparenz und Helligkeit unterlegt ist".

„Weil aber die Wissenschaft nur Körnchen nach Körnchen erringt, nur Beobachtung nach Beobachtung macht, nur aus Einzelnem das Allgemeine zusammenträgt, und weil endlich die Menge der Erscheinungen und das Feld des Gegebenen unendlich groß ist, Gott also die Freude und die Glückseligkeit des Forschens unversieglich gemacht hat, wir auch in unseren Werkstätten immer nur das Einzelne darstellen können, nie das Allgemeine[…]" (HKG 2.2, 11)

Vor dem Hintergrund eines epochalen Durchbruchs empirisch-positivistischer Methoden in den Naturwissenschaften des 19. Jahrhunderts sieht Stifter eine Granularisierung des Wissens um sich greifen, das einerseits die Beobachtungsschärfe vom Kleinen zum Kleinsten vorantreibt und Erkenntnisse akkumuliert, dem aber bei steigender Datenflut andererseits im selben Zug die Totale abhanden kommt. Dieses Problem greift *Der Nachsommer* wieder auf, dessen Protagonisten angesichts einer prinzipiellen Unabschließbarkeit der menschlichen Erkenntnis eine Disjunktion des Wissens debattieren, das bei fortschreitender Aneignung der Welt zugleich in Einzelteile zersplittert. Weil die neuen Wissenschaften mit ihren induktiven Verfahren ein „unendlich" offenes Feld aufreißen, werden nun die „kleinsten Dinge" studiert, ohne dass man vorab wissen kann, „wie sie mit den größeren zusammenhängen", so stellt Heinrich Drendorf ziemlich ratlos fest (HKG 4.1, 123 f.). Im selben Maß, wie sich der Naturforscher zur genaueren Erkenntnis in das Detail versenkt, geraten die größeren Zusammenhänge aus dem Blick, bleibt sein Wissen allegorisches Stückwerk, entzieht sich das Allgemeine der Darstellbarkeit. Für Stifters Figuren stellt sich daher die Frage, wie sich diese stille Krise des Allgemeinen bewältigen, wie sich das Gewimmel der Details in eine sinnvolle Ordnung integrieren lässt. Im *Nachsommer* wird die Antwort bekanntlich auf dem Feld der Ästhetik gesucht – ihr soll es möglich sein, die Erkenntnis der analytischen Zergliederung in der Form einer „poetischen Wesensschau" zu synthetisieren.[18] Damit ist freilich nur ein Ziel angepeilt – mit der tatsächlichen Durchführung ist es allenthalben bei Stifter kein Leichtes. Der Roman thematisiert diese Schwierigkeit etwa in den Landschaftszeichnungen Heinrich Drendorfs, denen bis zuletzt die Kritik nicht erspart bleibt, dass „das Naturwissenschaftliche viel besser gelungen ist als das Künstlerische", weil die Darstellungen „in zu viele einzelne Merkmale zerstreut sind" und der Detailreichtum die ästhetische Illusion einer sinnvollen Ganzheit zerstört (HKG 4.2, 36 f.). Die Antwort auf die Frage, ob sich die Übermacht des Stoffes jemals einer einheitlichen Ordnung subsummieren lässt, bleibt die Erzählung mit anderen Worten schuldig. Zwar ist die Beobachtung der einzelnen Dinge auf die Erkenntnis allgemeiner Gesetzmäßigkeiten ausgerichtet, doch kann das übergeordnete Prinzip nicht dargestellt werden. Zwar ist das Sammeln unentwegt um Ordnung und Verfügung bemüht, doch bleibt seine additive Struktur offen. Gleichermaßen ist anzunehmen, dass gerade der *Widerstreit* im Verhältnis von Konkretion und Abstraktion, von Genauigkeit und Übersicht, von Nähe und Distanz, von Detail und Ganzem, von Einzelnem

---

[18]Vgl. Selge, Martin: *Adalbert Stifter. Poesie aus dem Geist der Naturwissenschaft.* Stuttgart u. a. 1976, 77.

und Allgemeinem, von Kleinem und Großem einen fundamentalen Konflikt von Stifters Poetik kennzeichnet.[19] Es ist vor diesem Hintergrund wenig ergiebig, die Figur des Kleinen bei Stifter in ihrer undurchdringlichen Rätselhaftigkeit zu mystifizieren. Vielmehr bezieht das Detail seine spezifische Spannung aus einer antinomischen Struktur des Wissens, indem es dieses gleichermaßen konstituiert und differenziert wie in seiner Totalität desintegriert.

Vor dem Hintergrund der wissenschaftshistorischen Gemengelage an der Wende zum empirisch-positivistischen Zeitalter in der Mitte des 19. Jahrhunderts steht Stifters Poetik des Kleinen demnach im Zeichen einer stillen Krise des Allgemeinen, die eine akribische Hinwendung zum Besonderen zeitigt, nicht ohne nach dem größeren Zusammenhang der Einzeldinge zu fragen, auch wenn offen bleibt, ob dieser größere Zusammenhang jemals erreicht werden kann. Analog zur neueren Naturforschung fällt das poetische Gewicht bei Stifter daher auf den konzentrierten Blick für das scheinbar unbedeutende Detail, das „unermüdliche Sammeln des Kleinsten",[20] das ‚Körnchen nach Körnchen',[21] das in all seinen Nuancen[22] erscheinen soll, weil der „tiefe und große Künstler auch in dem kleinen Stoffe die vielen zarten Beziehungen und Abstufungen [sieht, und diesen] Reichtum […] zu bringen versucht" (PRA XIV, 159 f.). Dieses Programm prägt nicht nur das Interesse an der Natur, sondern auch den Umgang mit den Phänomenen des kulturellen Lebens. Zu denken wäre etwa an den Aufsatz *Der Tandelmarkt* von 1844, in dem Stifter auf der Suche nach dem, was er das „alltägliche Alltagsleben" nennt,[23] einen besonderen Spürsinn für vergessene, namenlose und verstaubte Gegenstände zum Ausdruck bringt und von den „einzelnen Dinge[n] und ihre[r] Würde" spricht.[24] Diese „Dichtung des Plunders"[25] handelt beispielsweise von verrosteten Schuhnägeln, goldenen Zylinderuhren, vertretenen Stallpantoffeln und weggeworfenen Riemwerken, von abseitigen Schreinen, verstaubten Großvätertruhen oder unbedeutenden Schatullen und verfolgt „das Abgetane und wertlos Gewordene […] mit erzählerischem Behagen […] ins Detail".[26] Wie Stifter ausführt, besitzt diese manifeste Aufmerksamkeit für die

---

[19]Vgl. Giuriato, Davide: *„klar und deutlich". Ästhetik des Kunstlosen im 18./19. Jahrhundert.* Freiburg i.Br. 2015, 269–277.

[20]Ehlers, Monika: *Grenzwahrnehmungen. Poetiken des Übergangs in der Literatur des 19. Jahrhunderts. Kleist – Stifter – Poe.* Bielefeld 2007, 105–109; hier: 108.

[21]Vgl. Frei Gerlach, Franziska: „Die Macht der Körnlein. Stifters Sandformationen zwischen Materialität und Signifikation". In: Sabine Schneider/Barbara Hunfeld (Hg.): *Die Dinge und die Zeichen. Dimensionen des Realistischen in der Erzählliteratur des 19. Jahrhunderts.* Würzburg 2008, 109–122; Ehlers: *Grenzwahrnehmungen* (Anm. 20).

[22]Vgl. hierzu generell Lange, Wolfgang: *Die Nuance. Kunstgriff und Denkfigur.* München 2005.

[23]Stifter, Adalbert: Der Tandelmarkt. In: Ders.: *Gesammelte Werke.* Hg. von Konrad Steffen. Basel/Stuttgart 1969, Bd. 13, 125.

[24]Ebd., 131.

[25]Vgl. Haag, Saskia: „Stifters Dichtung des Plunders". In: *sinn-haft. Zeitschrift für kulturwissenschaften* 17 (2004), 59–64.

[26]Schneider, Sabine: „Vergessene Dinge. Plunder und Trödel in der Erzählliteratur des Realismus". In: Dies./Hunfeld: *Die Dinge und die Zeichen* (Anm. 21), 157–174; hier: 158.

Reste der Vergangenheit einen nachgerade kulturanalytischen Sinn, sprechen doch „Plunder und Trödel deutlicher [...] als das wichtige Geschichtsdenkmal".[27] Seien sie noch „so klein und bruchstückartig"[28] – die unmerklichen Gegenstände sind nach Stifters Auffassung aussagekräftiger als historische Monumente, weil sie näheren Aufschluss über das gewöhnliche Alltagsleben der Vergangenheit verheißen als letztere. Wie im Bereich der Natur bestimmt sich das Detail für Stifter auch auf dem Gebiet von Geschichte und Kultur über eine entschiedene Aufwertung seiner Bedeutung in der Ordnung des Wissens, und das gilt auch noch für die Sittenlehre, an der Stifter so viel gelegen ist und in deren Dienst die kleinsten Gesten und minimalen Indizien wie etwa die kaum wahrnehmbaren Säume an der Kleidung seiner unscheinbaren Protagonisten genau registriert werden.

Mit dieser epistemischen Auszeichnung des Geringfügigen und Peripheren reiht sich Stifter in eine mikrologische Tradition ein, wie sie mit dem Anbruch der neuzeitlichen Epistemologie virulent geworden ist. So wie Leibniz in seiner Lehre von den „kleinen Perzeptionen" das Bewusstsein für die randständigen und unmerklichen Phänomene der Wahrnehmung geschärft und damit eine Zone unsicheren Wissens betreten hat,[29] so interessiert sich Stifter für diejenigen Dinge, die gemeinhin als unwesentlich, belanglos und unerheblich gelten, weil sie im Vergleich zu den großen Dingen angeblich nicht ins Gewicht fallen. Insbesondere aber lässt sich die Aufwertung des Kleinen bei Stifter im Kontext eines ideengeschichtlichen Umbruchs verorten, den der italienische Mikrohistoriker Carlo Ginzburg mit der Etablierung des sogenannten „Indizienparadigmas" in der zweiten Hälfte des 19. Jahrhunderts beschrieben hat.[30] Nicht ohne auf die lange Vorgeschichte dieser Entwicklung einzugehen, registriert Ginzburg in unterschiedlichen Disziplinen der modernen Wissenschaften eine charakteristische Verschiebung, die sich methodologisch darin niederschlägt, dass das große Ganze in den Hintergrund rückt und die kaum sichtbare Nebensächlichkeit die Aufmerksamkeit hier und dort auf sich konzentriert. Kunsthistoriker wie Giovanni Morelli, Detektive wie Sherlock Holmes und Psychoanalytiker wie Sigmund Freud beginnen, vom Augenfälligen abzusehen und sich auf das Netz von geringfügigen Indizien, Symptomen und Kleinigkeiten zu stützen, von denen angenommen wird, dass sie einen besonderen „Offenbarungswert" besitzen.[31] Dieser Paradigmenwechsel ist so

---

[27]Stifter: *Der Tandelmarkt* (Anm. 23), 125.

[28]Ebd., 132.

[29]Vgl. Leibniz, Gottfried Wilhelm: Neue Abhandlungen über den menschlichen Verstand. In: Ders.: *Philosophische Schriften.* Hg. von Wolf von Engelhardt und Hans Heinz Holz. Frankfurt a.M. 1996, Bd. 3/1, XXV: „Diese kleinen Perzeptionen sind also in der Folge von größerer Wirksamkeit, als man denkt. Sie bilden das ‚Ich-weiß-nicht-was', diesen Geschmack nach etwas, diese Vorstellungsbilder von sinnlichen Qualitäten, welche alle in ihrem Zusammensein klar, jedoch in ihren einzelnen Teilen verworren sind".

[30]Ginzburg, Carlo: *Spurensicherungen. Über verborgene Geschichte, Kunst und soziales Gedächtnis.* München 1988, 78–125.

[31]Ebd., 86.

einschlägig, dass die „Andacht zum Unbedeutenden"[32] auch in den sich herausbildenden Kulturwissenschaften um 1900 eine markante Konjunktur erlebt, und
zwar so, dass der „Aufstieg des Details als epistemisches Ding [...] die Universali-
tät des Wissens" allenthalben auf die Probe stellt.[33] In diesem Sinn gilt es, Stifters
Mikrologien, die sich durch die Wahrnehmung des Unmerklichen und Geringen Aufschluss über größere Zusammenhänge erhoffen, als „unsichere Wissenschaft"[34] erst noch zu entdecken.

Dabei erweisen die Beiträge des Bandes, dass die Suche nach Erkenntnis im
Mikroskopischen einen morphologischen Blick auf die kleinsten Entitäten
bedingt, aus denen sich in induktiver Aneignung des Sammelns und Klassi-
fizierens die Stifterschen Textwelten aufbauen.

Wie der Beitrag von *Franziska Frei Gerlach* zeigen kann, kommt dem ‚Korn'
in der Isotopie von Sand- und Getreidekorn, eine herausgehobene epistemologische Würde zu. In seiner granularen Struktur, als kleinste mit dem Auge noch
erkennbare Einheit, markiert es eine Wahrnehmungsgrenze, unterhalb derer die
von Stifter so gefürchtete Stofflichkeit droht. So können die Gesetzmäßigkeiten
der Teilbarkeit und Verbindung, der Erosion und des Wachstums wie der Sammlung an ihm verhandelt werden. Dabei vereint das Korn eine gegenstrebige Fügung
in sich, ist polyvalent, insofern es als Sandkorn die Schrecken der Erosion ebenso
birgt, wie es als Getreidekorn im Halm für die Garantie von Form, Wachstum und
Ordnung steht. Von der Urszene des Kornhalms im autobiographischen Fragment
aus gelesen kann der Beitrag so zeigen, wie diese Epistemologie des Korns auch
für die Selbstvergewisserung des Schreibprozesses einsteht und sich formal in Stifters „körnigem" Schreibprogramm niederschlägt, das in den tautologischen Rei-
hungen gleichförmiger Fragmente Körnchen um Körnchen Welt zusammensetzt.

Dass Stifter aber in seiner Epistemologie des Geringfügigen auch unter die
Wahrnehmungsgrenze des Kleinsten und das heißt hinter die Materialität in
den energetischen Bereich hinein zu denken bereit ist, zeigt der Beitrag von
Jana Schuster. An der Referenz auf Alexander von Humboldts Erforschung des
Erdmagnetismus in der „Vorrede" zu den *Bunten Steinen* untersucht der Beitrag die Funktion des „Kraft"-Begriffs, die zum einen auf Leibniz' Theorie der
nicht bewusst wahrnehmbaren *petits perceptions* rekurriert, zum anderen als
unmerklich graduelle Kraftsteigerung in langsamer Zeitmessung die bedrohliche
Naturkraft der Elektrizität an die sanfte verhaltene Kraft des Erdmagnetismus
verteilt. Somit definiert die „Vorrede" die Kraft um, von einer eruptiven zu einer

---

[32]Benjamin, Walter: Strenge Kunstwissenschaft. In: Ders.: *Gesammelte Schriften.* Hg. von Rolf
Tiedemann und Hermann Schweppenhäuser, Bd. 3: *Kritiken und Rezensionen.* Frankfurt a.M.
1972, 363–369; hier: 366. Zu Benjamins Mikrologie vgl. Giuriato, Davide: *Mikrographien. Zu
einer Poetologie des Schreibens in Walter Benjamins Kindheitserinnerungen.* München 2006,
102–106.
[33]Vgl. Wolfgang Schäffner/Sigrid Weigel/Thomas Macho (Hg.): *„Der liebe Gott steckt im
Detail" Mikrostrukturen des Wissens.* München 2003; hier: 8.
[34]Ginzburg: *Spurensicherung*en (Anm. 30), 103.

nachhaltig-verhaltenen, welche in ihrer gleitenden Skalierung als Intensität in einem Zeitkontinuum wahrgenommen wird – bei entsprechender Sensibilität, die damit zu einem ethischen Imperativ mit naturwissenschaftlicher Legitimierung wird. Das Krafterhaltungsgesetz motiviert hier verbunden mit einem spezifischen Zeitmodell der Langsamkeit im ‚sanften Gesetz' eine anti-heroische Ethik des „Maßes" wie auch eine Poetik, die sich der Anthropologie des Alltäglichen, Unspektakulären und täglich Wiederholten verschreibt.

Inwiefern die graduelle, skalenlose infinitesimale Reihung hier von der Naturwissenschaft auf den Bereich der „Sitte", auf kulturelle und speziell ethische Dimensionen ausgedehnt wird, zeigen auch die beiden folgenden Beiträge. *Felix Christen* zeigt an Stifters „Mikroethik", wie sie im Gegensatz zu Kants dualistischem Weltbild auf der Erfahrung und den induktiv erfahrenen Naturbeobachtungen aufgebaut ist. Anders als Kants noetische Gesetze baut sich Stifters Ethik auf Reihen einzelner, kleiner Erfahrungen und Beobachtungen auf. An Stifters Rechtstexten wie auch am *Nachsommer* weist Christen einen praxeologischen Bezug zu Recht und Sittlichkeit nach. Die Sittlichkeit der Individuen, so auch moralische Begriffe wie „Freiheit", resultieren aus einer Vielzahl täglich wiederholter, im Erziehungsprozess eingeübter Praktiken, die nicht auf deduktiven Gesetzen beruhen, sondern sich induktiv zu einer Annäherung an ein „Gesetz ohne Gesetz" reihen. Insofern sind die scheinbar unbedeutenden Mikro-Rituale des Zusammenlebens im Asperhof als Einübung eines vollkommenen Gemeinwesens, das keiner Gesetze mehr bedarf, von maximalem Anspruch.

Dass diesen infinitesimalen Reihen ein latenter Gewaltcharakter eingeschrieben ist, zeigt auch der nachfolgende Beitrag von *Hans-Georg von Arburg*. Auch wenn Stifters Narrationen auf der manifesten Ebene der *histoire* dramatische Verwicklungen und Konflikte scheuen, so steuern doch, wie der Beitrag zeigen kann, die unmerklichen Gradationen in ihrer Sanftheit auf Katastrophen zu. An der Darstellung und Epistemologie des „Rieselns" lässt sich dies als geradezu dramaturgischer Spezialeffekt nachweisen, der sich für die Figuren fatal auswirkt und sich auf die Leserinnen und Leser rezeptionsästhetisch überträgt. Im stetigen Rieseln des Schneefalls in *Bergkristall* ist diese „Infinitesimaldramatik" ebenso evident wie in der Entstehung der Lawine aus einem rieselndem „Bröselchen" in *Das alte Siegel* oder im tragischen Unfalltod der Frau des Obristen in der *Mappe* an der „Holzriese". Epistemologisch stehen diese Phänomene des Rieselns in der zeitgenössischen Naturwissenschaft an einer Wahrnehmungsgrenze zwischen Sicht- und Unsichtbarem, insbesondere im Feld der Elektrizität und in psycho-physischen Übertragungsphänomenen in der Sinnesphysiologie. Stifter überträgt sie in den ästhetischen Bereich der Wahrnehmung und nutzt sie für subtile Effekte des dramatischen Schauers bei gleichzeitiger Unsichtbarmachung dieser kathartischen Spurenelemente mit zunehmendem Werkfortgang.

Gewissermaßen komplementär aufeinander bezogen sind die beiden folgenden Beiträge, indem sie zeigen, wie Stifters Texte einerseits die kleinsten Einheiten und deren Grenzen markieren, aus denen sie aufgebaut sind, und somit ihre Narration kenntlich gliedern, wie sie andererseits diese Verfugungen der Textgebäude glättend bearbeiten und zum Verschwinden bringen.

Vera Bachmann untersucht in ihrem Beitrag das intrikate Verhältnis von Teil und Ganzem, das nicht nur die epistemologische Suche nach der Ordnung der Dinge auf der Ebene der *histoire* betrifft, sondern auch den *discours,* die Ebene der erzählerischen Darstellung als Dynamik des Einteilens und Zusammenfügens strukturiert. Sowohl in der „Vorrede" der Erzählung *Abdias* mit ihren dunklen Reflexionen über die lückenhafte Zusammenfügung der „Blumenkette" des Schicksals, welche die Fortsetzung des individuellen Schicksals in der Ordnung des Kosmos nicht plausibel zu begründen vermag, als auch in der Erzählung selbst, die von den krausen Schicksalsschlägen im Leben des Juden Abdias berichtet, ist die Frage nach Einzelnem und Ganzem die alles entscheidende. In einem Vergleich der verschiedenen Fassungen kann Bachmann zeigen, wie der Erzähler der Journalfassung die Narration auffällig in Abschnitte zerschneidet, deren Anfangs- und Endpunkte markiert werden, ohne dass jenseits der chronologischen Folge ein kausaler Zusammenhang hergestellt würde. Somit werden die „Lücken" der Blumenkette des Schicksals, von denen die „Vorrede" orakelt, literarisch performiert. Die Studienfassung bemüht sich demgegenüber um eine Verfugung dieser Lücken zur schicksalhaften „Fügung". Die Lücken in der Schicksalsbegründung werden hier als temporäres Defizit der Gegenwart ausgestellt, deren Schließung die Zukunft zu bringen habe. Dabei treten in Stifters handwerklich gedachtem Schreibprogramm die Verfugungen des Textes anstelle einer metaphysisch tragfähigen Begründung der „Fügung" des Schicksals. Im Modus des „Zusammenschreibens" bearbeitet der Text die Wirklichkeit und bringt die Fugen des Schicksals zum Verschwinden.

Auf einen anderen, ebenfalls handwerklich gedachten Bearbeitungsprozess, den der textilen Glättung und Verfeinerung zur glänzenden Oberfläche der Stoffe, lenkt der Beitrag von *Kira Jürjens* das Augenmerk. In Stifters Werkprozess werden die textilen Metaphern des Webens und Spinnens ersetzt durch eine Betrachtung, Besprechung und Bearbeitung gefertigter textiler Stoffe, insbesondere aus Leinen und Seide. Ideal ist die „Feinheit" der Stoffe, womit der Blick zum einen auf die Details der einzelnen Fäden gerichtet wird, zum anderen Anstrengungen unternommen werden, durch permanente Reinigungs- und Ausbesserungsarbeiten die Feinheit aufrechtzuerhalten. Dabei erweist sich Feinheit nicht nur als Materialeigenschaft der Stoffe, die sie in den Stand von Kunstwerken, sondern auch in vergleichender (Kunst)-Betrachtung als Ergebnis eines ästhetischen Wahrnehmungsmodus, welche den empiristischen Zugang zum Detail des Fädchens mit dem ästhetischen Gesamteindruck der glatten Oberfläche versöhnt. Das rhetorische Stilideal der *subtilitas* stellt dabei eine Parallelität her zu den Schreibprozessen der Glättung und der „Feile", deren Ziel das Ideal einer schlichten, einfachen Sprache ist.

Um die Einübung einer rechten Wahrnehmung an mikrologischem Material geht es auch in dem Beitrag von *Elmar Locher,* der sich der perspektivischen Bedeutung der „Täfelchen" in Stifters Werk, speziell in der Erzählung *Kazensilber* und der „Einleitung" der *Bunten Steine* zuwendet. An den „Täfelchen", die in der Einleitung als herausgeschlagene Teilchen aus dem Tuffstein materiell bestimmt werden, verhandelt die Erzählung Fragen der Wahrnehmung und Größenberechnung,

somit Fragen des Scheins, des Werts und des Preises. Sie strukturieren als Hilfs-
mittel der perspektivischen Darstellung den geometrischen Raum und dienen zur
Bestimmung und Zuordnung der Größe und des Maßes. Als Motive werden sie in
eine Vielzahl von Vergleichsperspektiven eingespannt, zu denen neben dem perspektivischen Raum (analog zur Bedeutung des Gitters bei Stifter) die Schreibfläche,
über die Homonymie von Tafel auch der Bereich der Gabe und des Gastrechts
sowie des Pakts („Pettschafte" besiegeln Pakte) gehört. Letztere wird auf intrikate
Weise verknüpft mit der Frage nach Tausch- und Geldwert, wie sie vor allem die
Binnengeschichten rund um die rätselhafte Herkunft des braunen Mädchens verhandeln. Diese stellt, wie Locher zeigt, einen „Nullpunkt" der Erzählung im Jenseits des kulturellen Raums dar, den die Perspektivierungen über die schillernden
Bedeutungen der Täfelchen nicht einzuholen vermögen.

Auch die beiden letzten Beiträge handeln von Grundfiguren der Kulturation,
die bei Stifter stets mit kulturellen Topographien verbunden sind. Eine solche
stellt, wie der Beitrag von *Oliver Grill* zeigt, die Nachbarschaft als räumliche
wie soziale Beziehungsgrösse dar. In Stifters metonymischer Verschiebungsarbeit
und Aufmerksamkeitssteuerung vom Hauptschauplatz zum Nebenschauplatz des
Erzählens strukturiert die Nachbarschaft an der Stelle der durch sie substituier-
ten Liebesbeziehung die narrative Ordnung. Sie ist verschwiegener Ort unsichtbar gemachter psychodynamischer Energien und muss einem Bearbeitungsprozess
unterzogen werden, der das nachbarschaftliche Verhältnis der Kontiguität in die
stabile Beziehung einer generationellen Verbindung überführt. Dieser Weg von der
Kontiguität der Nachbarschaft zur Kontinuität der Nachbarschaft braucht die Sta-
tion der Nachbarschaft als sänftigende Eindämmung libidinöser Zerstörungskraft
und Einübung eines sanften Miteinanders – wie an *Brigitta*, der *Mappe* und dem
Nachsommer gezeigt wird –, ist aber zugleich störungsanfällig und dient zur Aus-
handlung von Krisen der Integration.

Alle diese Beiträge verdeutlichen, wie sehr in Stifters Textwelten die poetologische Selbstvergewisserung einen kulturanalytischen Anspruch hat. Schrift
und Kulturation werden konsequent mit denselben Denkfiguren parallel geführt.
Dies zeigt der letzte Beitrag des Bands von *Christian Begemann* an der Figur
der Rodung als Urszene der Kulturation. An ihr entfaltet Stifter eine Grund-
satzreflexion über die Bearbeitung der Natur als Voraussetzung der Kultur, ihre
Berechtigung und ihre Entstehungskosten. Begemann konstatiert die Allpräsenz
der Rodung in Stifters Texten, die immer schon mitzudenken ist, wenn Kultur
thematisiert wird. So sind die kulturellen Räume seiner Texte stets Schwellen-
räume zwischen wilder Natur und der ihr abgerungenen Siedlungskultur. Ihnen
eignet eine Ambivalenz, welche die Grenzen zwischen beiden Räumen zu verwischen strebt, weil die Wertigkeit der Natur wie der Kultur letztlich unentscheid-
bar bleibt. Stifters Texte arbeiten sich an dieser Unentschiedenheit ab, wenn sie
die Geschichte der fortschreitenden Kulturation via Rodung über die Jahrhunderte
weg in ein historisches Zeitraster erstrecken, ohne sie als Zerstörungsgeschichte
erzählen zu wollen, wenn sie ferner den Weg des Holzes in die Kulturgegenstände
minutiös verfolgen und sie zum Gegenstand von Kunstbetrachtung machen sowie
in permanenten Prozessen der Reinigung und Verfeinerung das Wilde an der Natur

wegarbeiten. Andererseits bleibt der Zweifel an der Rechtmäßigkeit dieser Kulturierung bestehen, ist die Natur in ihrer Autarkie doch das normative Modell für die Kultur. Was sich im Bereich der äußeren Kulturation letztlich als zirkuläre Argumentation einer Natur wie Kultur und Kultur wie Natur artikuliert, spielt sich auf einer psychosymbolischen Ebene auch in der inneren Kulturation der Figuren ab. Auch die innere Natur muss gerodet werden, wie Stifter weiß, um eine triebfreie und selbstlose Stufe der Kultur zu erreichen, der wie bei der echten Rodung auch Opfer gebracht werden müssen. Diese Selbstbearbeitung gilt drittens auch für Stifters Poetik, deren Selbstbescheidung in mimetischer Hingabe an effektlose Deskription selbst einer Rodung gleicht und sich dem unscheinbar wieder entstehenden Leben nach der großen Zerstörung verschreibt.

Der Band beruht auf einer internationalen Tagung, die am 26./27. September 2018 am Deutschen Seminar in Zürich anlässlich des 150. Geburtstags von Adalbert Stifter stattfand. Wir danken der Universität Zürich, der UZH Hochschulstiftung und dem UZH Alumni-Fonds für die Finanzierung der Tagung. Besonders danken möchten wir aber unseren Zürcher Assistierenden Dr. Philipp Hubmann und Dr. Claudia Keller, welche die redaktionelle Bearbeitung und Einrichtung der Beiträge dieses Bands übernommen haben. Sina Chiavi danken wir für den letzten Korrekturdurchgang.

Körnig. Stifters granulare Prosa, vom autobiographischen Fragment her gelesen

Franziska Frei Gerlach

Körnlein stehen an strategisch wegweisenden Stellen bei Stifter: In der „Vorrede" der *Studien* im Diminutiv[1]-Superlativ als „kleinste[s] aus solchen kleinen Körnchen" (HKG 1.4, 12), an analoger Stelle vor den *Bunten Steinen* als „ein Körnlein Gutes", das „zu dem Baue des Ewigen" beitrage, begleitet von der Einsicht, dass sich Wissen „nur Körnchen nach Körnchen" (HKG 2.2, 9 f.; 11) erringen lässt, und schließlich konkretisiert als „kleinste[s] Sandkörnchen" (PRA 25, 176) im Eingang eines der letzten Texte, dem autobiographischen Fragment *Mein Leben*.[2]

Über Stifters ganzes Schreiben hinweg indiziert das Körnlein an programmatischer Stelle, dass es mit ihm um den Kern des Schreibens geht. Und dies in mehreren Hinsichten: Epistemologisch konzentriert sich im Körnchen die spezifische Wertigkeit des Kleinen und Kleinsten, die Stifters mikroskopisches Erkenntnisinteresse und seine erzählte Welt prägt und die in unterschiedlichen Arten jeweils

---

[1]Der ‚Diminutiv' als Beschreibungskategorie ist durch Friedrich Hebbel in der Stifter-Rezeption etabliert worden, vgl. dazu die Einleitung von Davide Giuriato und Sabine Schneider in diesem Band.

[2]Ich verwende für *Mein Leben* aus pragmatischen Gründen die in der Forschung übliche Bezeichnung ‚autobiographisches Fragment'. Schon Helmut Pfotenhauer hat in seinem wegweisenden Beitrag darauf hingewiesen, dass die Kürze des Textes der Verdichtung geschuldet ist und nicht Unfertigkeit bedeuten muss; vgl. Pfotenhauer, Helmut: „Einfach … wie ein Halm". Stifters komplizierte kleine Selbstbiographie. In: *Deutsche Vierteljahrsschrift für Literaturwissenschaft und Geistesgeschichte* 64 (1990), 134–148; hier: 137. Auch die Zuordnung zur Autobiographie ist diskutierbar, zumal der Begriff der ‚Autofiktion' präziser ist; vgl. Berndt, Frauke: Mein Leben. In: Christian Begemann/Davide Giuriato (Hg.): *Stifter-Handbuch. Leben – Werk – Wirkung*. Stuttgart 2017, 180–184; hier: 180.

F. Frei Gerlach (✉)
Zürich, Schweiz
E-Mail: franziska.freigerlach@uzh.ch

© Springer-Verlag GmbH Deutschland, ein Teil von Springer Nature 2019
D. Giuriato und S. Schneider (Hrsg.), *Stifters Mikrologien*, Abhandlungen zur Literaturwissenschaft, https://doi.org/10.1007/978-3-476-04884-4_2

den Bezug zum großen Ganzen präsent hält. Zu dieser epistemologischen Grundlage gehören immer auch die von der Kleinteiligkeit eingeforderten Vorgänge des Reihens und Sammelns sowie ganz grundsätzlich Gesetzmäßigkeiten von Teilbarkeit und Verbindung. Poetologisch schlägt sich dies in der Wahl der Gegenstände, insbesondere der Darstellung von Naturgesetzen im Modus von Literatur, ebenso nieder wie in expliziten Wirkungsabsichten, wie sie die Paratexte formulieren. Und es verdichtet sich im zugehörigen Adjektiv ‚körnig‘, das Stifter in seiner Korrespondenz verwendet,[3] zum Qualitätsmerkmal seiner Prosa.

Semantisch nun fächern sich die Signifikationsmöglichkeiten von Körnern vielfältig auf: Sand und Samenkorn stehen dafür ebenso ein wie das Getreide als Kollektivsinn von Korn. Stifter folgt den damit jeweils aufgerufenen spezifischen Formen, Inhalten und Eigengesetzlichkeiten ebenso wie er die Homonymie nutzt, um Verbindungen zwischen differenten Körnern zu stiften. Insbesondere sind es die Isotopien von Sand und Getreide respektive die zugehörigen Valenzen erosiver Zerstückelung und kulturellen Wachsens, die persistent aufgerufen und zueinander in Beziehung gesetzt werden. Lexikalisch schließlich steht im innersten Kern all dieser semantischen Hinsichten von Korn das Echte und Wahre, wie es gemäß Grimmschem Wörterbuch die wortgeschichtliche Verwandtschaft von ‚Korn‘ und ‚Kern‘ verbürgt. Redewendungen wie diejenige, etwas sei von echtem ‚Schrot und Korn‘ halten diese Bedeutung präsent und beziehen ihre Legitimität ihrerseits aus der historischen Praxis, das Getreidekorn als kleinste Maßeinheit insbesondere für Edelmetalle zu verwenden.[4] Dieser Wahrheitskern des Korns indiziert bei Stifter darum auch eine ethische Dimension: Nicht von ungefähr ist das Körnchen in den programmatischen Formulierungen der Vorreden mit dem Guten verbunden.[5]

Inwiefern und wie sich also Stifters Literaturprogramm und sein konkretes Erzählen an den formalen Gesetzmäßigkeiten und inhaltlichen Möglichkeiten von Körnlein orientieren, möchte ich im Folgenden zeigen. Ausgehend von einer expositorischen Lektüre jenes Textes, den Marianne Schuller als Keimort

---

[3]Vgl. Stifter an Heckenast, 16. Februar 1847, PRA 17, 208 f. Ausf. dazu weiter unten.

[4]Vgl. Grimm, Jacob und Wilhelm: *Deutsches Wörterbuch*. 16 Bde. (in 32 Teilbdn.). Leipzig 1854–1960; hier: Bd. 11, Sp. 1813, 1819 f.

[5]Psychoanalytisch argumentierende Arbeiten machen darüber hinaus die autobiographische Dimension geltend und beziehen den tragischen Unfalltod von Stifters Vater – der Garnhändler ist unter einem umgestürzten Flachswagen verstorben, Adalbert Stifter war da erst zwölf Jahre alt – in ihre Argumentation mit ein. Darauf verzichtet die vorliegende Textanalyse, da sie präzise beim Korn ansetzt. Dieses ist bei Flachs respektive Lein nur hinsichtlich des Samenkorns gegeben und darum als Bezug zu wenig spezifisch. Anders dagegen Arno Dusini, der vom Vatertod unter einem „Kornwagen" schreibt; Dusini, Arno: „[…] vom Abgrunde dieses Räthsels […]". Zu Adalbert Stifters Autobiographie. In: Sabine Schneider/Barbara Hunfeld (Hg.): *Die Dinge und die Zeichen. Dimensionen des Realistischen in der Erzählliteratur des 19. Jahrhunderts. Für Helmut Pfotenhauer.* Würzburg 2008, 289–305; hier: 304. Auch Schuller macht die Verknüpfung; vgl. Schuller, Marianne: Das Kleine in der Literatur. Stifters Autobiographie. In: Dies./Gunnar Schmidt: *Mikrologien. Literarische und philosophische Figuren des Kleinen.* Bielefeld 2003, 77–89; hier: 83.

„unverfugter [...] KornWorte" bezeichnet hat,[6] Stifters autobiographischem Fragment *Mein Leben,* will ich einen mikrologischen Blick auf das Werk richten und eine Reihe poetologischer und narrativer Textbefunde über Körner zueinander in Beziehung setzen.

Zuerst aber soll es um die formale Bestimmung und die zugehörigen Gesetzmäßigkeiten gehen. Ich knüpfe hier an frühere Überlegungen an, bei denen ich *Die Macht der Körnlein* bei Stifter materialästhetisch vom Sandkorn her gelesen und formale Eigengesetzlichkeiten ins Verhältnis zu semantischen Möglichkeiten gesetzt habe.[7] Habe ich damals die Nähe von Sand und Getreide nur thematisiert, so will ich nun dieser Beziehung der Körner genauer nachgehen und meine damalige These in einem weiteren Kontext unter Beweis stellen. Diese These besagt, dass das Körnlein seine wegweisende Funktion der Kombination von formaler Bestimmtheit und semantischer Offenheit verdankt.[8]

Materialästhetisch nun lassen sich Sand-, Samen- und Getreidekörner nicht über einen Leisten schlagen, buchstäblich hingegen schon. Befragen wir die Wörterbücher, was der kleinste gemeinsame Nenner des Lemmas ‚Korn' sei, so nennt Adelung einen „kleine[n] rundliche[n], besonders harte[n] Körper" – Campe folgt ihm hierbei fast wörtlich –, und Grimm macht auf die formale Verwandtschaft mit ‚Kern' aufmerksam. Vor allem aber hebt Grimm als inhärentes Gesetz hervor, dass Körner zu ihrer Zerkleinerung aufrufen: Nichts sei „denkbarer [...] als anlasz zu einer festen bezeichnung der körner, als das bedürfnis sie zu mahlen".[9] Denken Adelung und ihm nachfolgend Campe bei der Semantik zuerst an das Sandkorn, so steht bei Grimm das Getreidekorn an erster Stelle; dafür definiert Grimm dann das Sandkorn dem geologischen Wissen gemäß als „kleinstes für sich bestehendes theilchen" und grenzt es an die Vorstellung vom Atom an, das ein von Auge nicht mehr unterscheidbares Staubkorn visualisiert.[10]

---

[6]Schuller: *Das Kleine in der Literatur* (wie Anm. 5), 86; vgl. auch ebd., 87–89.

[7]Vgl. Frei Gerlach, Franziska: Die Macht der Körnlein. Stifters Sandformationen zwischen Materialität und Signifikation. In: Schneider/Hunfeld: *Die Dinge und die Zeichen* (wie Anm. 5), 109–122; und dies.: Erosive Entschleunigung: Stifters Semiotisierung des Raums im Modus der Geologie. In: Roland Berbig/Dirk Göttsche (Hg.): *Metropole, Provinz und Welt: Raum und Mobilität in der Literatur des Realismus.* Berlin 2013, 273–287.

[8]Vgl. Frei Gerlach: *Die Macht der Körnlein* (wie Anm. 7), 109–112.

[9]Adelung, Johann Christoph: *Grammatisch-kritisches Wörterbuch der Hochdeutschen Mundart mit beständiger Vergleichung der übrigen Mundarten, besonders aber der oberdeutschen.* Zweyte vermehrte und verbesserte Ausgabe. 4 Bde. Leipzig 1793–1801; hier: Bd. 2, Sp. 1722; vgl. Campe, Johann Heinrich: *Wörterbuch der Deutschen Sprache.* 5 Theile. Braunschweig 1807–1811; hier: Bd. 2, 1017; Grimm: Wörterbuch (wie Anm. 4); hier: Bd. 11, Sp. 1813.

[10]Grimm: *Wörterbuch* (wie Anm. 4); hier: Bd. 11, Sp. 1817. Vgl. dazu die genauere Beschreibung des geologischen Begriffs ‚körnig' bei Cotta, Bernhard von: *Grundriss der Geognosie und Geologie.* Dresden und Leipzig ²1846, 117: „man nennt aber nur diejenigen [Gesteine, F.F.G.] körnig, bei denen man die Zusammensetzung aus solchen Theilchen mit freiem Auge erkennt."

Ein Korn also ist ein festes, rundliches, kleines bis kleinstes, noch unterscheidbares Teilchen; es ist Träger des Gesetzes der Teilbarkeit und markiert dort eine Wahrnehmungsgrenze: Noch kleinere als kleinste Teilchen lassen sich nicht mehr als solche unterscheiden. Semantisch gehören Sand und Getreide zu den ersten Implikationen, und zwar beide zuerst im Hinblick auf ihre Teilbarkeit und granulare Struktur. In der Vielzahl von Gebrauchsweisen und Bedeutungen – dazu gehören auch solche wie ‚Loch' bei Schlössern oder ‚Ziel' beim Gewehrlauf – wird das Korn zwar als Samenkorn genannt, doch nicht als Versprechen des Keimens und Wachsens, vielmehr ist es der Rubrik der Fruchtkörner subsumiert und wird spezifiziert als etwas, das als Kern aus seiner Hülse geschält werden will.[11]

Dieser Beschaffenheit von Körnern und ihren Implikationen gehen Stifters Texte nach; um sie programmatisch zu wenden, auf ihre Möglichkeiten hin auszuloten und immer wieder, um daraus einen Vergleichsraum zu gewinnen. So bieten die formalen Bedingungen der Körnlein Hand, um daraus Sicherheiten abzuleiten: Etwa als Reihung und Sammlung von Erkenntnisfragmenten, welche Welt literarisch Körnchen um Körnchen in tautologischen Satzreihen setzen, wie es in *Granit* beginnt und für den Spätstil typisch wird, in dem Form und Inhalt nahezu eins werden. Ebendiese Eigengesetzlichkeiten der Körnchen aber sind es auch, die allergrößte Verunsicherung phänomenal beschreibbar machen: Dort, wo die Teilbarkeit unter die Körnchen- und damit die Wahrnehmungsgrenze geht und sich als Schütten, Flirren oder Rieseln respektive in Staub und Moder als existentieller Schrecken zeigt, wie es die Schneefalltexte *Winterbriefe aus Kirchschlag, Aus dem bairischen Walde* und *Bergkristall* oder – anders gelagert – *Der Gang in die Katakomben* aus den Wiener Stadttexten tun. Besänftigend tritt an solch existentiellen Grenzen wiederholt das homonyme Korn auf: das Getreide, dessen unmerkliche Bewegung des Wachsens in der „Vorrede" der *Bunten Steine* als Index des sanften Gesetzes lesbar ist, wie Christian Begemann gezeigt hat.[12]

Im Folgenden soll evident werden, dass und wie ‚Korn' als Sand und als Getreide bei Stifter eine gegenstrebige Fügung eingeht, wobei Valenzen des einen im anderen Homonym wirksam werden: je nach Textbewegung als Horror oder Besänftigung.[13] Es sind vor allem zwei Texte, die dieser gegenstrebigen Fügung

---

[11]Vgl. Grimm: *Wörterbuch* (wie Anm. 4); hier: Bd. 11, Sp. 1814. Der lexikalische Befund marginalisiert damit die Isotopie des Keims, die Marianne Schuller in ihren – ebenfalls bei Grimm ansetzenden – mikrologischen Stifter-Lektüren zum Ausgang genommen hat; vgl. Schuller: *Das Kleine in der Literatur* (wie Anm. 5), bes. 17 f., 77, 89. Bezieht man beim lexikalischen Befund noch die Differenzierungsmöglichkeit via Genus und Numerus hinzu, dann sind beim Lexem ‚Korn' auch ‚der Korn' und damit ein Destillat von Getreide sowie als potenzierter Plural – mit Grimm „gleichsam in plural vom plural" – das Nebeneinander diverser Getreidesorten mit im Spiel; Grimm: *Wörterbuch* (wie Anm. 4); hier: Bd. 11, Sp. 1814.

[12]Vgl. Begemann, Christian: *Die Welt der Zeichen. Stifter-Lektüren.* Stuttgart/Weimar 1995, 99.

[13]Mit der These der gegenstrebigen Verfugung nehme ich eine andere Position ein als Marianne Schuller, die ebenfalls auf der Basis einer sprachreflexiven Lektüre vom Unverfugten, vom „Unfug" zwischen Sand- und Getreidekorn ausgeht; Schuller: *Das Kleine in der Literatur* (wie Anm. 5), 84.

Raum geben, und sie klammern die Schreibzeit sozusagen ein: die frühe Studien-Erzählung *Abdias* und das autobiographische Fragment *Mein Leben*. Letzterem will ich mich nun genauer widmen.

Mein Leben

Stifters später, sehr kurzer, aber besonders dichter Text hat sich in der rege darüber geführten Forschungsdiskussion als ein Schlüsseltext für das Verständnis seines Werks erwiesen.[14] Und er ist dies ganz besonders für eine Lektüre, die dem Verweissystem der Körnchen auf der Spur ist. Überliefert ist *Mein Leben* in vier Entwürfen, die insbesondere das Ringen um die rechte Formulierung vom kleinsten Sandkörnchen dokumentieren.[15] In der bekanntesten Version heißt es:

> „Es ist das kleinste Sandkörnchen ein Wunder, das wir nicht ergründen können. Daß es ist, daß seine Theile zusammen hängen, daß sie getrennt werden können, daß sie wieder Körner sind, daß die Theilung fort gesezt werden kann, und wie weit, wird uns hienieden immer ein Geheimniß bleiben. Nur Weniges, was unserem Sinne von ihm kund wird, und Weniges, was in seiner Wechselwirkung mit anderen Dingen zu unserer Wahrnehmung gelangt, ist unser Eigenthum, das Andere ruht in Gott. Die großen Körper, davon es getrennt worden ist, und die den Außenbau unserer Erde bilden, sind uns in ihrer Eigenheit unbekannt wie das Sandkörnchen." (PRA 25, 176)

---

[14]Von einem „Schlüssel" zum Werk, insbesondere dem späten, spricht Pfotenhauer: „*Einfach ... wie ein Halm*" (wie Anm. 2), 138; Berndt folgt ihm darin und weist *Mein Leben* darüber hinaus als „Stiftungsurkund[e] emphatischer Modernität" aus; Berndt, Frauke: Nichts als die Wahrheit. Zur grammatologischen Metaphysik in Adalbert Stifters ,Mein Leben'. In: *Deutsche Vierteljahrsschrift für Literaturwissenschaft und Geistesgeschichte* 79/3 (2005), 427–504; hier: 472. Den Befund eines Schlüssels bestätigen aus semiotischer Sicht Begemann: *Die Welt der Zeichen* (wie Anm. 12), 95; dekonstruktiv: Schiffermüller, Isolde: *Buchstäblichkeit und Bildlichkeit bei Adalbert Stifter. Dekonstruktive Lektüren.* Bozen/Innsbruck/Wien 1996, 97–119; psychoanalytisch: Mall-Grob, Beatrice: *Fiktion des Anfangs. Literarische Kindheitsmodelle bei Jean Paul und Adalbert Stifter.* Basel 1999, 205–214; Schuller: *Das Kleine in der Literatur* (wie Anm. 5); Dusini: „*[...] vom Abgrunde dieses Räthsels [...]*" (wie Anm. 5), 302. Gegen diese Lesart als „Schlüsseltex[t]" der Stifterforschung" hat jüngst Werner Michler Einspruch erhoben und dafür plädiert, den Text weniger grundsätzlich zu lesen, allerdings kommt auch er zum Schluss, dass es sich dabei um einen – erfahrungsseelenkundlich lesbaren – „Index" zu über das Werk verstreuten „Indizien" von Autorschaft handle; Michler, Werner: Der Dichter als Kind. Adalbert Stifters autobiografisches Fragment. In: Susanne Hochreiter u. a. (Hg.): *Ein Zoll Dankfest. Texte für die Germanistik.* Würzburg 2015, 215–226; hier: 216, 225.

[15]Zu den vier Fassungen und dem Ringen um die Incipit-Formulierungen vgl. Michler: *Der Dichter als Kind* (wie Anm. 14), 217. In der PRA ediert sind davon die beiden im Stifter-Archiv in Prag aufbewahrten Handschriften mit der Inventar-Nr. 158, wobei die PRA die zweite als „[e]ine der späteren Fassungen" ausweist (PRA 25, 181). Gemäß Berndt: *Mein Leben* (wie Anm. 2), 180, gilt letztere als ein Entwurf und erstere als Endfassung. Jedenfalls ist die Fassung StA 158.2 bedeutend kürzer, sie schließt mit „[u]nd so beginne ich, wie mein Dasein aus dem Dunkel hervor wuchs" (PRA 25, 182) und damit vor der Erinnerungserzählung über den Eintritt in die symbolische Ordnung. Die Forschung bezieht sich darum meist auf die Fassung StA 158.1.

An dieser Eingangsreflexion[16] sind alle Aussagen für wichtig befunden worden, wie die beiden edierten Fassungen übereinstimmend zeigen. Allerdings gibt es eine bedeutende Differenz bei der jeweiligen diskursiven Zuordnung des Sandkorns:

> „Jedes Sandkorn ist ein Ding, dessen Wesenheit wir nicht ergründen können. Schon, daß seine Theile zusammen hängen, daß sie getrennt werden können, daß sie wieder Körner sind, daß die Theilung fort gesezt werden kann, und wie weit, wird uns hienieden immer ein Geheimniß bleiben, und noch mehr, was diese Theile selber sind. Nur, was von ihnen durch unsern Sinn zu uns herein kömmt, und was wir in einigen ihrer Wechselwirkungen mit andern Dingen erfahren, ist unser Eigenthum. Das Andere ruht in Gott. Die großen Körper, von denen das Sandkorn gelöst worden ist, und die den Außenbau unserer Erde bilden, sind uns in ihrer Eigenheit unbekannt wie das Sandkorn." (PRA 25, 181)

Nicht von einem „Wunder",[17] sondern einem „Ding" spricht diese Variante. Die beiden Fassungen erproben in der jeweiligen Eingangsformulierung die metaphysische Geste mit Reflex auf die Ordnung von Mikro- und Makrokosmos[18] respektive die prosaische Einreihung in die Dingwelt, münden aber übereinstimmend in die Unergründbarkeit des kleinsten Sandkörnchens und jeden Sandkorns. Damit lassen sich folgende Aussagen als wesentliche exponieren: Die Wesenheit des Sandkorns ist für uns Menschen nicht zu ergründen; das Sandkorn ist formal bestimmt durch fortgesetzte Teilung; sein Ausgangsmaterial ist der Außenbau der Erde; für die Klassifizierung des Sandkorns sind wir auf unsere Sinnesorgane angewiesen und wir müssen uns dabei auf die Prozesse verlassen, die wir beobachten können. Offen bleibt die Frage: Wie weit geht das Gesetz der Teilbarkeit? Anders gesagt: Wie klein ist das kleinste Sandkörnchen?

Dass Stifter über präzises geologisches Wissen verfügt, hat er in seinen Texten immer wieder unter Beweis gestellt.[19] So geben insbesondere die Prozesse von Erosion und Sedimentation die narrativen Modelle vor, die Stifters Schreiben im Modus der Geologie organisieren. Prägnant stellt eine Passage aus dem

---

[16]Die zentrale Position von Stifters Eingangsreflexionen als Legitimation des Erzählvorgangs über die Affinität von Gegenstand und Darstellung hat Eva Geulen – allerdings nicht am Fragment – herausgestellt; vgl. Geulen, Eva: *Worthörig wider Willen. Darstellungsproblematik und Sprachreflexion in der Prosa Adalbert Stifters*. München 1992, 9–30.

[17]Der Begriff „Wunder" tritt in StA 158.2 erst – und übereinstimmend mit StA 158.1 – bei der Formulierung der Totalität von „Welt" auf und wird dann mit Nachdruck, nämlich zweifach für „das Leben" im Allgemeinen und als „Verwunderung" für Leben im Besonderen, für „mei[n] Leben" eingesetzt (PRA 25, 182).

[18]Vgl. dazu Pfotenhauer: *„Einfach … wie ein Halm"* (wie Anm. 2), 135.

[19]Vgl. Schnyder, Peter: Geologie und Mineralogie. In: Begemann/Giuriato: *Stifter-Handbuch* (wie Anm. 2), 249–253; Frei Gerlach: *Erosive Entschleunigung* (wie Anm. 7); Schneider, Sabine: Kulturerosionen. Stifters prekäre geologische Übertragungen. In: Michael Gamper/Karl Wagner (Hg.): *Figuren der Übertragung. Adalbert Stifter und das Wissen seiner Zeit*. Zürich 2009, 249–269; Schnyder, Peter: Schrift – Bild – Sammlung – Karte. Medien geologischen Wissens in Stifters ‚Nachsommer'. In: Ebd., 235–248; Frei Gerlach: *Die Macht der Körnlein* (wie Anm. 7).

Nachsommer die Genese des Sandkörnchens in ihren „Wechselwirkungen mit anderen Dingen" (PRA 25, 176) dar:

> „Wenn durch das Wirken des Himmels und seiner Gewässer das Gebirge beständig zerbröckelt wird, wenn die Trümmer herabfallen, wenn sie weiter zerklüftet werden, und der Strom sie endlich als Sand und Geschiebe in die Niederungen hinausführt, wie weit wird das kommen?" (HKG 4.2, 31)

Zerbröckeln, Herabfallen und Zerklüften: Erosion zeigt sich bei Stifter als ein radikaler und gewaltsamer Prozess, dem durch die lange Dauer, die unmerkliche Langsamkeit und die insbesondere in den Vorreden der Erzählsammlungen exponierten positiven Valenzen von Körnchen zugleich eine Signatur des Sanften anhaftet. In der Modellierungsleistung von Erosion für Literatur wirkt sich beides aus, sie ist ein zutiefst ambivalentes Modell. Und vor allem ist sie eines, das sich persistent durch Stifters Texte zieht und immer wieder als „Kulturerosio[n]" lesbar wird.[20] ‚Wie weit' also kann der Teilungsprozess fortgesetzt werden, fragen *Nachsommer* und *Mein Leben* gleichlautend, dass noch von einem distinkten Körnchen die Rede sein kann?

Darauf weiß die Geologie eine Antwort: 0,063 mm machen die minimale Körnchengröße aus, kleinere Partikel lassen sich von Auge nicht mehr unterscheiden. Sind die Körner größer als zwei Millimeter, spricht die Geologie nicht mehr von Sand, sondern von Kies. Das Ausgangsmaterial des Erosionsprodukts kann ganz unterschiedlich beschaffen sein, geologisch ist Sand als Korn hinreichend bestimmt.[21] Die innere Beschaffenheit, die „Eigenheit" von Körnchen und zugrundeliegendem „Außenbau unserer Erde" kann – um als Sand identifizierbar zu sein – „Geheimniß" bleiben: entscheidend ist die Form, nicht der Inhalt (PRA 25, 176).

Das „kleinste Sandkörnchen" mit seiner Korngröße von 0,063 mm markiert also die Grenze dessen, was noch ein Korn genannt werden kann. Darunter droht die Auflösung in eine diffuse Masse und ins existentielle Nichts aus Staub und Moder, wie sie im *Gang durch die Katakomben* anschaulich geworden ist und in der Frage gipfelt, ob auch die Erde so weit erodieren könne, dass sie „auf ewig aufhört" (HKG 9.1, 58).[22] Mit ihrer unabsehbaren Teilbarkeit birgt die Gesetzmäßigkeit der Erosion den größten Schrecken überhaupt, gegen den die Stifterschen Texte anschreiben und den sie zugleich persistent anrufen: die stete und unaufhaltsame Zersetzung und letztliche Auflösung ins Indifferente. Diese Verunsicherung trifft in seinen Texten auf vielfältige Entsprechungen in kulturellen wie existentiellen Fragen und darüber hinaus ins Zentrum der distinkten Zeichen selbst.

---

[20]Schneider: *Kulturerosionen* (wie Anm. 19).

[21]Vgl. Art. ‚Sand'. In: Christiane Martin/Eiblmaier, Manfred (Hg.): *Lexikon der Geowissenschaften in sechs Bänden.* Heidelberg/Berlin 2000–2002; hier: Bd. 4, 366.

[22]Vgl. dazu Frei Gerlach: *Erosive Entschleunigung* (wie Anm. 7), 285 f.

Genau davon weiß das autobiographische Fragment zu erzählen. Es ist, wie in der Forschung minutiös erarbeitet worden ist,[23] eine Erinnerungserzählung vom Eintritt in die symbolische Ordnung und der Selbstvergewisserung im Schreiben darüber, die explizit auch die vorsymbolischen Ganzheitsempfindungen beschreibt.[24]

Dabei ist es das andere Korn, das jeweils an den Schwellensituationen als Grenzfigur auftritt. Erzählt werden drei solcher Schwellen. Mit dem Satz – „[i]ch bin oft vor den Erscheinungen meines Lebens, das einfach war, wie ein Halm wächst, in Verwunderung geraten" (PRA 25, 177) – wendet sich der Text vom erdgeschichtlichen, jenseits menschlicher Erfahrungszusammenhänge liegenden Anfang dem lebensgeschichtlichen Feld zu und lässt nach dem iterativen ‚es ist' ein Ich sprechen. Der Halm figuriert als Gleichnis für dessen Leben, welches irritierenderweise im Imperfekt steht: mit dem Effekt, dass hier ein Ich über sein gewesenes Leben zu sprechen scheint.

Das nächste Auftreten des Kornhalms markiert den Eintritt in die symbolische Ordnung. Mit dem Satz – „und ich sagte: ‚Mutter, da wächst ein Kornhalm'" (PRA 25, 179) – wird die Trennung des Ichs von den Dingen der Außenwelt manifest. Hier steht der Kornhalm für die Differenzierung von Zeichen aus der amorphen Maße der Empfindungen, er beendet eine vorsymbolische Ganzheitserfahrung synästhetischer Sinneseindrücke. Damit ist das erdgeschichtlich eingeführte Gesetz der Teilbarkeit – dessen bedrohliche Seite in einer zerbrochenen Fensterscheibe und zerschnittenen Händen noch einmal aufgerufen wird – in einer Figur der Übertragung in der Sprache selbst, als Differenz der Zeichen angelangt. Das Korn, das wächst, steht hier als Gegenbewegung zur Zerbröckelung der Eingangsreflexion und für das Entstehen von Bedeutung durch die Differenz der Zeichen ein.[25]

Sein drittes Auftreten hat der nun ausgewachsene Kornhalm in vergleichbarer Funktion als Versicherung der Schreibszene: „Ich sehe den hohen schlanken Kornhalm so deutlich, als ob er neben meinem Schreibtische stände" (PRA 25, 179). Der hohe Kornhalm garantiert in seiner Deutlichkeit die Schriftzeichen selbst und schützt – über sein Homonym auf dem Schreibtisch, den Streusand in der Sandbüchse[26] – die Schriftzeichen vor dem Verwischen.

Damit stehen dem kleinsten Sandkörnchen als Grenzfigur der Teilbarkeit in erdgeschichtlichen und wahrnehmungslogischen Zusammenhängen drei Kornhalme entgegen, die existentielle und sprachliche Grenzen markieren: das Leben

---

[23]Vgl. u. a. Mall-Grob: *Fiktion des Anfangs* (wie Anm. 14), 205–214; Berndt: *Nichts als die Wahrheit* (wie Anm. 14), 482 ff.

[24]Ausgeführt ist diese allein im Textzeugen StA 158.1.

[25]Dass diese Valenz des Wachsens von Bedeutung ist, zeigt auch der andere Textzeuge, StA 158.2, dessen Schlusssatz lautet: „Und so beginne ich, wie mein Dasein aus dem Dunkel hervor wuchs" (PRA 25, 182).

[26]Zur Funktion von Sand, die Schriftzeichen vor dem Verwischen zu schützen, und der Sandbüchse in der Schreibszene, vgl. Frei Gerlach: *Die Macht der Körnlein* (wie Anm. 7), 110, 122.

des individuellen Ichs, sein Eintritt in die Ordnung der Sprache und seine Selbstvergewisserung darüber im Schreiben. Hinzunehmen will ich nun die Leseszene aus dem letzten Teil des Fragments:

> „Auf diesem Fensterbrette war es auch allein, wenn ich zu lesen anhob. Ich nahm ein Buch, machte es auf, hielt es vor mich, und las: ‚Burgen, Nagelein, böhmisch Haidel‘. Diese Worte las ich jedes Mal, ich weiß es, ob zuweilen noch andere dabei waren, dessen erinnere ich mich nicht mehr." (PRA 25, 180 f.)

Diese Reihung der seltsamen Worte „Burgen, Nagelein, böhmisch Haidel" hat eine Parallelstelle im *Waldgänger*,[27] kann also nicht kontingent sein und hat darum die Aufmerksamkeit der Forschung auf sich gezogen. In weitgehender Übereinstimmung werden die Ausdrücke als performativ vollzogene „Wort-Dinge" gelesen, als Lautfolgen, deren „fragwürdige Semantik" darum keine Rolle spiele.[28] Dagegen hat jüngst Werner Michler Einspruch erhoben und explizit nach der Semantik gefragt.[29] Hier möchte ich nun noch einmal ansetzen und „böhmisch Haidel" in den Blick nehmen. Semantisch ist dies nämlich nicht nur ein Nachbarort von Oberplan, Stifters Geburtsort und sein Schreibort für die Niederschrift seines autofiktionalen Fragments. Gemäß Grimmschem Wörterbuch meint ‚Haidel‘ auch das *„heidenkorn"* respektive den *„buchweizen"*.[30]

Bei dieser Isotopie von ‚Haidel‘ geht es mir nicht um die botanische Klassifikation – Buchweizen ist ein glutenfreies Knöterichgewächs und darum gerade kein Getreide –, sondern um das, was Eva Geulen „worthörig" und Hebbel – bekanntlich abwertend – „Betrachtung der Wörter, womit man schildert", genannt haben:[31] Das Buch und der Weizen stiften in ‚haidel‘ eine im Wort versteckte Verbindung, die auch die Leseszene des autobiographischen Fragments und mit ihr

---

[27]„Ein anderes Mal […] saß derselbe [der Bube, F.F.G.] auf der bemalten Kleidertruhe seiner Mutter, hatte ihr Gebetbuch in den Händen, und las daraus: Burgen, Nagelein, buntes Haidlein – und andere abenteuerliche Worte, die ihm in seiner Einbildungskraft beikamen.
‚Kann er noch nicht lesen?‘ fragte der Waldgänger.
‚Nein, er kann es noch nicht,‘ antworteten die Eltern." (HKG 3.1, 123)

[28]Schuller, Marianne: Schrift – Male. Zu späten Texten Adalbert Stifters. In: Tanja Jankowiak/Karl-Josef Pazzini/Claus-Dieter Rath (Hg.): *Von Freud und Lacan aus: Literatur, Medien, Übersetzen. Zur „Rücksicht auf Darstellbarkeit" in der Psychoanalyse.* Bielefeld 2006, 13–27; hier: 24; vgl. auch dies.: Zwischen Sinn und Unsinn. Wort-Ding oder Wahn beim späten Stifter. In: Karl-Josef Pazzini/Dies./Michael Wimmer (Hg.): *Wahn – Wissen – Institution. Undisziplinierbare Näherungen.* Bielefeld 2005, 137–145; hier: 142; sowie Schuller: *Das Kleine in der Literatur* (wie Anm. 5), 86 f.; Berndt: *Nichts als die Wahrheit* (wie Anm. 14), 498; vgl. auch Begemann: *Die Welt der Zeichen* (wie Anm. 12), 108, und Pfotenhauer: *„Einfach … wie ein Halm"* (wie Anm. 2), 143 f.

[29]Vgl. Michler: *Der Dichter als Kind* (wie Anm. 14), 220–223.

[30]Grimm: *Wörterbuch* (wie Anm. 4); hier: Bd. 10, Sp. 802.

[31]Geulen: *Worthörig wider Willen* (wie Anm. 16); Friedrich Hebbel: *Sämtliche Werke, historisch-kritische Ausgabe.* Hg. von Richard Maria Werner. Berlin 1901–1903; hier: Bd. 12, 185.

das Buch unter die Schirmherrschaft des Kornhalms stellt. Und sie zugleich krönt: Denn von allen Getreidearten, die in Stifters Texten wachsen, stellt Weizen die Vollendung der agrikulturellen Leistung dar.[32]

Damit steht das autobiographische Fragment noch deutlicher als bisher in der Forschung angenommen im Zeichen des Korns und stellt dessen Ambivalenz zwischen Zerstörung und Wachsen, Nichtigkeit und Vollendung aus. Viermal tritt der Kornhalm dem kleinsten Körnchen entgegen, Grenzfigur wie das kleinste Sandkörnchen auch er. Und er tut „vor dem Abgrunde dieses Räthsels", als das im Fragment „das Leben" präsentiert wird, gut daran, mit dem Wachsen und der Krönung im Buchweizen seine Funktion der Besänftigung mitzuführen (PRA 25, 117): Der Kornhalm wächst und steht vollendet da, gibt die Vergleichsfigur für Sprechen, Schreiben und Lesen sowie das Leben selbst. Doch zugleich markiert der gereifte Halm den Moment, bevor er gedroschen, zu Mehl gemahlen und zur klebrigen Masse eines Brotteiges verarbeitet werden wird. Das Gesetz der Teilbarkeit, mit Grimm „das bedürfnis sie [die Körner, F.F.G.] zu mahlen", ist das, was auch dem schönsten gewachsenen Getreide droht und anagrammatisch im Halm als Mahl-Vorgang lesbar wird:[33] Damit versteckt sich auch im ersten Auftreten, dem Halm-Gleichnis, jene „fürchterliche Wendung der Dinge" (HKG 2.2, 27) im Wort.[34]

Als eine mythopoetische Gründungserzählung der „Sprachwerdung des Dichters" hat Helmut Pfotenhauer das Fragment in seinem wegweisenden Beitrag präsentiert, und die jüngere Forschung hat diesen Stellenwert bestätigt, in dichtester Konzentration offenbare der Text die Gesetzmäßigkeiten von Stifters narrativen Verfahren.[35] Die homonymen Körnlein indizieren dabei: Stifter verfährt körnig, er schreibt eine granulare Prosa. Dies soll nun durch einige Schlaglichter auf das Verweissystem der Körnlein im Werk evident werden.

Studien: Das Haidedorf, Abdias, Zwei Schwestern

Ein solcher Fokus lässt weitere Werkstellen in einem neuen Licht erscheinen. So erhält in der frühen *Studien*-Erzählung *Das Haidedorf* die seltsame Rede der „blödsinninge[n] Großmutter", mit der sie ihren Anteil an der Dichterwerdung des

---

[32]Besonders deutlich wird dies in *Zwei Schwestern* und *Die Mappe meines Urgroßvaters,* vgl. dazu weiter unten.

[33]Grimm: *Wörterbuch* (wie Anm. 4); hier: Bd. 11, Sp. 1813.

[34]Dies stützt eine Lesart, welche die temporale Irritation der Formulierung, „Ich bin oft vor den Erscheinungen meines Lebens, das einfach war, wie ein Halm wächst, in Verwunderung gerathen" (PRA 25, 177), als Markierung einer existentiellen Grenze deutet. Darauf weist Schuller in ihren Arbeiten hin, verbindet mit dem Anagramm von Halm aber andere Bedeutungsfelder, so den Maler, das Wundmal und die Mahlzeit; vgl. Schuller: *Das Kleine in der Literatur* (wie Anm. 5), 84; dies.: *Zwischen Sinn und Unsinn* (wie Anm. 28), 23, und dies.: *Schrift – Male* (wie Anm. 28), 143.

[35]Pfotenhauer: *„Einfach … wie ein Halm"* (wie Anm. 2), 142; vgl. Berndt: *Nichts als die Wahrheit* (wie Anm. 14), 472.

Protagonisten Felix reklamiert, durch Korrespondenz zum ‚Buchweizen' des Fragments eine noch stärker poetologische Signatur:

> „Die blödsinnige Großmutter war die erste gewesen, die ihn erkannt hatte. ‚Es sind der Gaben eine Unendlichkeit über diese Erde ausgestreut worden,' hatte sie eines Tages gerufen, ‚die Halmen der Getreide, das Sonnenlicht und die Winde der Gebirge – da sind Menschen, die den Segen der Gewächse erziehen, und ihn ausführen in die Theile der Erde; es sind, die da Straßen ziehen, Häuser bauen, dann sind andere, die das Gold ausbreiten, das in den Herzen der Menschen wächst, das Wort, und die Gedanken, die Gott aufgehen läßt in den Seelen. Er ist geworden, wie einer der alten Seher und Propheten, und ist er ein solcher, so hab' ich es vorausgewußt, und ich habe ihn dazu gemacht, weil ich die Körner des Buches der Bücher in ihn geworfen[.]'" (HKG 1.4, 200)

Hier trägt die Fugung von Korn und Buch deutlich die Signatur des Keimens und Wachsens und steht, wie die ganze Erzählung selbst, in explizit biblischem Bezug: Einer nicht skeptischen, „blödsinnige[n]" Denkweise ist ein ungebrochener Zugang zu den unendlichen „Gaben" Gottes möglich. Wie die Großmutter partizipiert auch der Enkel an prophetischem Wissen und „Dichtungsfülle" (HKG 1.4, 184). Während dieses Wissen in der Journalfassung in einer dramaturgisch gestalteten und auf Effekte setzenden Dichterkrönung öffentlich wird, verfährt die Studienfassung in diesem Punkt vorsichtiger: In welcher Form sich die Prophezeiung der Großmutter realisiert hat, bleibt ungewiss. Die Kausalität, mit der Felix durch die von der Großmutter vermittelten „Gaben" (HKG 1.1, 173) zum Dichter wird, in der Überarbeitung von der Journal- zur Buchfassung wird sie ein Stück weit von ihrer metaphysischen Gewissheit und ganz von der öffentlichen Anerkennung gelöst.

Kein gekröntes Haupt erhebt Felix vor der staunenden Dorfbevölkerung in den Adelsstand, nennt ihn einen „große[n] Dichter" und „König der Herzen" (HKG 1.1, 188). Diese ganze Szene ist ersatzlos gestrichen, respektive hat sich in eine Ausdifferenzierung der „Gaben" (HKG 1.4, 200) verschoben. Sind es in der Journalfassung „die goldenen Tropfen aus dem Buche der Bücher" (HKG 1.1, 188), welche Felix zum Dichter formen, so ist das Gold der Bibelworte in der Studienfassung flankiert von Naturkräften und Menschenwerk – wobei die „Halmen der Getreide" die Reihe der Naturkräfte anführen (HKG 1.4, 200) –, welche in ihrer Interdependenz die Potenz zur „Dichtungsfülle" (HKG 1.4, 184) verantworten. Als explizit gemachter Grund für Felix' Können verbleibt aber allein die Verfugung von Korn und Buch selbst – „und ist er ein solcher, so habe ich ihn dazu gemacht, weil ich die Körner des Buches der Bücher in ihn geworfen" (HKG 1.4, 200) –, sie muss, jenseits anderweitiger Validierung, für das Schreiben und Lesen einstehen. Werkgenetisch gesehen haben Kornhalm und Buchweizen des autobiographischen Fragments hier, im *Haidedorf*, eine Keimstelle.

Liest man *Das Haidedorf* mit Blick auf die homonymen Körner Sand und Getreide, so zeigt sich schon jene Korrespondenz von „morgenländischen Wüsten" (HKG 1.4, 202) und Kulturisation eines für öde gehaltenen Landstrichs durch Getreideanbau, die dann in *Abdias* zum Erzählzentrum werden wird. Recht

eigentlich eine Körner-Erzählung ist *Abdias,* in der das „traurige Sandland"
(HKG 1.5, 297) der afrikanischen Wüste und fruchtbare Kornfelder im mittel-
europäisch-voralpinen Raum in ein Korrespondenzverhältnis treten. Die Titelfigur Abdias fristet eine Existenz ganz im Zeichen der Erosion: Es versanden die
Seelen-, Sozial- und Kulturlandschaft gleichermaßen. Semiotisch erweist sich die
leere Fläche des Sandes, hier einer langen Tradition folgend, zwar als ein poetologisches Reflexionsmedium, doch nicht im positiven Sinn: Die eingeschriebenen
Zeichen sind flüchtig und durch das Flimmern der Sandkörner unlesbar. Der
Auszug aus dem Sandland ins mitteleuropäische Getreideanbaugebiet bringt die
erwartete Erlösung nicht, im Gegenteil: Auch das Getreidekorn birgt Zerstörung.[36]

   Zugleich inszeniert *Abdias* das Ende einer metaphorischen Schreibweise. Zwar
legt die explizite Parallelisierung der Landschaft mit der psychischen Struktur,
dem Gemeinwesen und seiner Kultur nahe, die Wüste metaphorisch zu lesen.
Doch zeigt sich insbesondere bei der religiösen Metaphorik, dass diese zur lee-
ren Hülle geworden ist. Das Ende der Metapher nun ist figural inszeniert: Die einzige Tochter Ditha, die „redende Blume" (HKG 1.5, 330), stirbt im nur scheinbar
schützenden Kornhaus. Stifters Prosa wird also mit anderen Worten, denjenigen
Jean Pauls, „mehr körni[g] als blumi[g]".[37]

   In anderer Weise kommt die Studienerzählung *Zwei Schwestern* von den Blumen zum Korn. Es ist wohl die Erzählung, die dem Getreideanbau den größten
Raum gibt und die Kulturisation eines vorgefundenen Ödlandes genauer noch
als *Brigitta* und *Kazensilber* und in explizitem Rückverweis auf *Das Haidedorf*[38]
Schritt für Schritt entwickelt: So wird das Land von Steinen befreit, fruchtbar
gemacht, es werden zuerst den Bedingungen angepasste Blumensorten gezogen
und damit ein florierender Handel betrieben, schließlich wird als Krönung
Getreide angebaut:

---

[36]Dies ist ausgeführt in Frei Gerlach: *Die Macht der Körnlein* (wie Anm. 7), 112–117.

[37]Mehr körnig als blumig, so der Erzähler des *Titan,* seien die Briefe Lindas, die wie die weibliche Hauptfigur Liane als potentielle Partnerin des Helden Albano erprobt wird: „Lindas männlicher Mut, ihre warme Anhänglichkeit an Gaspard bei ihrer Verachtung des Männerhaufens, ihre
Unveränderlichkeit, ihr kühnes Fortschreiten in männlichem Wissen, ihre herrlichen, oft harten,
mehr körnigen als blumigen Briefe und am meisten ihr vielleicht nahes Hierherkommen nahmen ihr zartes Herz [Liane, F.F.G.] gewaltig ein. ‚Mein Albano muß sie haben' […]." Jean Paul:
Titan. In: Ders.: *Sämtliche Werke.* Hg. von Norbert Miller. Frankfurt a.M. 1996; hier: Abt. I, Bd.
3, 372. Linda ist die Figur, an der die Geschlechterdichotomie des *Titan* uneindeutig wird – und
die darum für den Helden Albano als Braut letztlich doch nicht in Frage kommen wird –, die
aber nahelegt, die Stilfrage auch unter einer Genderperspektive zu betrachten. Vgl. Frei Gerlach,
Franziska: *Geschwister. Ein Dispositiv bei Jean Paul und um 1800.* Berlin/Boston 2012, 314–17.
„Stifters Jean Paul" ist schon zu Stifters Lebzeiten ein Thema der Rezeption und zu einem kon-
troversen Forschungsfeld geworden, dem sich das Stifter-Jahrbuch im Jean Paul-Jubiläumsjahr
2013 gewidmet hat; vgl. daraus: Pfotenhauer, Helmut: Stifters Jean Paul: Neue Anmerkungen zu
einem alten Thema – Am Beispiel des ‚Condor'. In: *Jahrbuch Adalbert-Stifter-Instituts des Landes Oberösterreich* 20 (2013), 13–22.

[38]Vgl. HKG 1.6, 378, wo das Anwesen in *Zwei Schwestern* explizit „Haidehaus" genannt wird.

„Das ruhige, einfache, edle und liebliche Wogen des Getreides, das ich jezt so lange nicht gesehen hatte, legte sich schmeichelnd und befriedigend an das Herz. Wir standen lange und sahen die verschiedenen Grün an: das blauliche leichte und sanfte Mischen des Silbers, das dunklere grüne und tiefe Heraufblicken der Wogen, das hellere grünere Wellenschlagen der kleineren Saaten, und das leichte Hinzittern der Spizen [...]!" (HKG 1.6, 351 f.)

Ein Beschreibungsfuror, der seinesgleichen sucht, wird hier beim Anblick von Getreide entfaltet, beginnend mit den Adjektiven: ruhig, einfach, edel, lieblich, schmeichelnd, befriedigend, sanft, dann wiederholt leicht, hinzu kommen die Farbschattierungen blaulich mit Silber, dunkleres und helleres Grün und schließlich das Wogen, Wellenschlagen und Hinzittern. An diese mehrdimensionale Beruhigung des Herzens ist zu denken, wenn in späteren Texten ein Hinweis auf das Getreide genügt, um größte Aufregungen zu besänftigen. Insbesondere aber wird hier Getreide gesammelt: „alle[] Aehren der ganzen Welt" (HKG 1.6, 352) finden sich in Glaskästen und verweisen damit auf die globale Bedeutung des Korns:

„,Es ist merkwürdig, wie wichtig eigentlich diese Dinge sind' [...]. ,Diese getrokneten Aehren in ihren Glaskästen, die nur einfache Gräsersamen sind, [...] sind das auserlesenste und unbezwinglichste Heer der Welt, die sie unvermerkbar und unbestreitbar erobern. Sie werden einmal den bunten Schmelz und die Kräutermischung der Hügel verdrängen, und in ihrer großen Einfachheit weit dahin stehen. Ich weiß nicht, wie es dann sein wird. Aber das weiß ich, daß es eine Veränderung der Erde und des menschlichen Geschlechtes ist [...].'" (HKG 1.6, 353)

Über die Kornsammlung wird die Sanftheit des Getreides zum Eroberungsheer, das nicht nur den Nahraum, sondern die ganze Welt verändern wird: Expliziert wird dies in der Folge kulturhistorisch von den „Cedern vom Libanon" an und geographisch bis zum „Amazonenstrome" (ebd.). Das, was Stifter in den *Bunten Steinen* sein sanftes Gesetz nennen wird und wofür das Wachsen des Getreides paradigmatisch steht: Hier zeigt es sich von seiner gewaltigen Seite. Und wenn im *Nachsommer* die Halme „wie ein Heer von lockeren Lanzen" (HKG 4.1,79) stehen werden, dann weiß man nun, woran man ist.

Diese Expansionsgewalt und Veränderungskraft des Korns in kulturgeschichtlichen und globalen Dimensionen geht nun auch in *Zwei Schwestern* mit der Teilbarkeit einher. Doch es ist nicht die Erosion, die hier den Bezugsraum abgibt, es ist vielmehr die Sprache selbst, die maßgeblich über das Wortfeld von Teilen organisiert ist.[39]

Viel wird hier geteilt und verteilt, es wird Anteil genommen und vor allem wird der Ich-Erzähler durch das Teilen von Dingen zum Teil der sozialen Gemeinschaft.

---

[39]Dies hat Eva Geulen herausgearbeitet, vgl. Geulen: *Worthörig wider Willen* (wie Anm. 16), 106–122.

Als die Geschenke des von einer Reise zurückgekehrten „nächsten Nachbarn"
(HKG 1.6, 345) unter der Familie verteilt sind und der Gast leer ausgeht, kommt
die Mutter auf die Verteilung zurück:

> „‚Da Alfred […] nicht wissen konnte, welch' lieben Besuch wir in seiner Abwesenheit
> erhalten haben, so konnte er auch bei der Vertheilung der Ankommensrechte nicht auf
> denselben Rüksicht nehmen […]: ich stimme daher, daß wir […] einen Theil unserer
> Rechte […] an unsern Gast abtreten, daß er nicht ein Fremder, sondern ganz und gar einer
> der Unserigen sei.'" (HKG 1.6, 346)

Der Antrag wird einstimmig angenommen, und man schreitet zur „Theilung",
durch die der Erzähler, Otto Falkhaus, „ganz und gar" Teil der Hausgemeinschaft
wird (ebd.). Maria, die vielleicht, so lässt der Rahmenerzähler die Leserschaft hoffen, doch noch Ottos Frau werden könnte, zeigt ihre besondere Stellung hier als
eine zwischen Teil und Ganzem: „‚Ich kann eigentlich nicht theilen,' sagte Maria,
‚da ich lauter Ganze erhalten habe; aber ich gebe Ihnen ein Ganzes, nämlich diese
Bücher'" (HKG 1.6, 347 f.).

Deren Inhalt wird sie sich allerdings wiederbeschaffen, da sie ohne nicht
auskommen kann: Hoffnungen auf das Happy End sind vorerst noch fehl am
Platz, Maria gibt ein Ganzes erst stellvertretend. Nichts desto trotz: Hier erfolgt
eine tröstliche Gegenerzählung über Teile, die nicht erodieren, sondern soziale
Gemeinschaft stiften. Wie diese allerdings strukturiert sein soll und welche Position im sozialen Gefüge der Ich-Erzähler einnehmen kann, das ist eine andere
Frage.[40]

Bunte Steine: „Vorrede"; Die Mappe meines Urgroßvaters

Kurz nur soll die Programmatik der „Vorrede" der *Bunten Steine* zur Sprache
kommen, mit der Stifter „ein Körnlein Gutes zu dem Baue des Ewigen beizutragen" hofft und „Körnchen nach Körnchen" zur sittlichen Erkenntnis führen will
(HKG 2.2, 9 f.; 11). Dies bekanntlich, indem er die Wertigkeiten von Großem und
Kleinem invertiert, um sein „sanfte[s] Gesez" zu begründen (HKG 2.2, 12).

Körnchenweise zu erzählen, das ist Stifters Theorie der Prosa. Wie jüngst
Juliane Vogel gezeigt hat, situiert sich Stifter damit im Feld zeitgenössischer Prosa-
theorien, denen Erosion und Körnung den Vergleichsraum für die Darstellung der
ungebundenen und sich zerstreuenden Rede liefern.[41] So beginnt Theodor Mundt

---

[40]Gefragt hat sich dies schon die zeitgenössische Leserschaft und beim Autor um Aufklärung
gebeten, ob es zur Heirat des Ich-Erzählers mit Maria gekommen sei; vgl. Stifters Brief an Marianne von Buhlers vom 22. Februar 1865, PRA 20, 268, 396.
[41]Vgl. Vogel, Juliane: Prosa der Entfärbung. Stifters ‚Bunte Steine'. In: Eva Eßlinger/Heide Vol-
kening/Cornelia Zumbusch (Hg.): *Die Farben der Prosa*. Freiburg i.Br./Berlin/Wien 2016, 65–78;
hier: 75–78.

seine *Kunst der deutschen Prosa* von 1837 mit einer Engführung von literarischer Sprachentwicklung und Erosion:

> „Die umwandelnden Jahrhunderte haben an dem spröden Korn ihres Urgesteins fort-
> während gerieben und zerbröckelt, und die seltensten grammatischen Vorzüge ihrer
> Jugend, wodurch sie mit den antiken Sprachen wetteifern konnte, sind an ihr ver-
> blichen.“[42]

Später ist in der literaturgeschichtlichen Beschreibung gar vom „Granitgerölle der Prosa"[43] die Rede. Versteht Mundt dieses prosaische Geröll als Verlust an Poetizität, die es ideell zu kompensieren gelte, so sucht Stifter die erodierte Wirklichkeit gerade sprachlich durch entsprechende Formprozesse zu erfassen, wofür das Körnchen die Maßeinheit abgibt. Und so lässt sich bis in die Satzstruktur hinein beobachten, wie sich Körnchen an Körnchen reiht, etwa in den interpunktionslosen Aufzählungen oder im siebzehnfachen ‚Ja Konrad' in *Bergkristall*.

Die semantischen Implikationen des ‚Körnleins' der „Vorrede" der *Bunten Steine* nun sind offener als anderswo. Neben dem Sandkorn, das von der Isotopie des ‚Bauens' und dem geologischen Kontext der Steinsammlung nahegelegt wird, evoziert das Körnlein auch das Versprechen auf Zukünftiges, das im Samenkorn liegt. So steht das Getreide semantisch unverbunden in der interpunktionslosen Reihung dessen, was körnchenweise zur Erkenntnis des Sittlichen führt und gemäß der Taxonomie der „Vorrede" zum wahrhaft Großen zählt: „Das Wehen der Luft das Rieseln des Wassers das Wachsen der Getreide das Wogen des Meeres das Grünen der Erde das Glänzen des Himmels das Schimmern der Gestirne" (HKG 2.2, 10). Aus der syntagmatischen Anordnung des Kosmischen fällt das Getreide heraus und wird so paradigmatisch als Index des sanften Gesetzes lesbar. Bei diesem Index aber wird über das homonyme Korn auch die erosive Gegenbewegung mitgeführt, die das Sandkorn als solches hervorbringt, respektive mit Grimm als anthropologische Anlage erscheint: „als das bedürfnis sie [die Körner, F.F.G.] zu mahlen".[44]

Und die *Bunten Steine* wissen in der Tat genau davon zu erzählen: Sie sind erosiv, und insbesondere der Kalkstein zersetzt sich in der gleichnamigen Erzählung in unzählige Sandhaufen. Gemäß der in der „Vorrede" etablierten Analogie von Natur- und Sittengesetz betreffen diese erosiven Tendenzen auch die zwischenmenschlichen Beziehungen, so dass die *Bunten Steine* nachgerade in einem gegenläufigen Sinn lesbar werden.

---

[42]Mundt, Theodor: *Die Kunst der deutschen Prosa. Aesthetisch, literargeschichtlich, gesellschaftlich.* Berlin 1837, 3.

[43]Als „Granitgerölle der Prosa" bezeichnet Mundt „jenes starre und frostige Buch" Klopstocks, mit dem er seine Option auf eine deutsche Gelehrtenrepublik eingelöst hatte, „dessen Inhalt [...] kaum [...] ohne Erfrieren lesbar" sei; ebd., 32.

[44]Grimm: *Wörterbuch* (wie Anm. 4); hier: Bd. 11, Sp. 1813. Diese Argumentation ist genauer ausgeführt in Frei Gerlach: *Die Macht der Körnlein* (wie Anm. 7), 117 f.

Unmissverständlich als Index des sanften Gesetzes nun fungiert das Getreide in Stifters lebenslangem Schreibprojekt, der *Mappe meines Urgroßvaters*.[45] Ihn übermittelt der „sanftmüthige Obrist" dem fiktionalen Autobiographen in dessen prekärstem Moment: Seiner Suizidabsicht begegnet er mit dem Hinweis auf das schön wogende Getreide. Und das über alle vier Fassungen.[46]

In der Journalfassung ist das einzige, was der Obrist der Suizidabsicht entgegen hält, der Rat, „durch die dunkelgrünen, bereits wogenden Kornfelder" (HKG 1.2, 17) nach Hause zu gehen. Und der Rat wirkt: Ist auch das Ego vielleicht noch nicht ganz beruhigt, so liegt immerhin „das ruhige Grün der Saaten, die Spitzen mit einem schwachen Goldhauch gestreift" (HKG 1.2, 19) vor ihm und vermag seine affektive Wirkung zu entfalten. Retrospektiv bestätigt Augustinus die besänftigende Wirkung jenes Index: „„Ich dank' Euch tausendmal, Obrist, für jene Worte und für jene Schonung – Ihr habt mich sicher damals errathen.'" (HKG 1.2, 38)

Die Buchfassung der Studien bewertet den Index zusätzlich, spricht davon, „wie heuer das liebe Korn gar so schön stehet [...], daß es ein Wunder ist." Und fügt als Krönung an, dass nun „zum ersten Male Weizen" wachse (HKG 1.5, 35). Der Kontext aber führt hier die gegenstrebige Fügung der Körner im Wortversteck ein: Topographisch und im Pflanzennamen tritt das Vergleichsfeld der Erosion auf. Im „Neubruch" (ebd.) steht der Weizen, vor allem aber hat Augustinus den vermeintlichen Treuebruch seiner Braut auf der Suche nach einer seltenen Pflanze, dem „Steinbrec[h]" gesehen (HKG 1.5, 176). Und er reagiert mit einer kindlichen Zornaufwallung: schlägt alles kurz und klein und reißt sich beim Klettern über „Sandgerölle" die Hände blutig (HKG 1.5, 178). Ein narratives Konglomerat, das direkt auf das autobiographische Fragment voraus weist.

Dass Stifter, wie er in der Korrespondenz mit seinem Verleger Heckenast über sein stetes Umschreiben der *Mappe* schon 1847 schreibt, dieses „Bruchstük" formal „körniger" gestalten will, erlangt dabei unmittelbare Evidenz:

> „Das ist eine heillose Geschichte. <u>Das Buch gefällt mir nicht</u>. Es ist so schön, so tief, so lieb in mir gewesen, es könnte in der Art hold und eigenthümlich und duftig sein, wie das Haidedorf, aber tiefer, körniger, großartiger und dann ganz rein und klar und durchsichtig in der Form. [...] Lassen wir nun dieses Bruchstük, wie es ist, als eine <u>Studie</u> in den Studien stehen." (PRA 17, 208 f.)[47]

Ist in den Spätfassungen die Suizidabsicht nicht mehr auf der manifesten Textoberfläche und diese für den Lebensweg des Protagonisten entscheidende Passage

---

[45]Die *Mappe* ist in vier Fassungen überliefert und ediert: In der Journalfassung von 1841/42, der Buchfassung der Studien von 1847 sowie in zwei handschriftlichen Spätfassungen von 1864 und 1868; vgl. HKG 1.2; 1.5; 6.1 und 6.2, sowie die Kommentarbände HKG 1.9; 6.3 und 6.4. Zu den vier Fassungen und der Edition der *Mappe* vgl. auch Gottwald Herwig/Silvia Bengesser: Die Mappe meines Urgroßvaters. In: Begemann/Giuriato: *Stifter-Handbuch* (wie Anm. 2), 63–71.

[46]Das Kapitel mit dem Titel „Der sanftmüthige Obrist" gibt es in allen vier Fassungen; vgl. HKG 6.4, 453.

[47]Stifter an Heckenast, 16. Februar 1847.

inhaltlich wie stilistisch deutlich verändert, so verbleibt der Fingerzeig auf das Getreide in der dritten wie vierten Fassung in ähnlicher Formulierung:

> „‚Habt ihr denn im Heraufgehen nicht auch bemerkt, Herr Doctor,‘ fuhr er noch fort, ‚wie heuer das liebe Korn so schön steht, ich habe das des Friedmaier am Mitterwege betrachtet, es baut sich schon so satt und dunkel in Wogen, wie ich es in dieser Jahreszeit selbst in besseren Gegenden nicht gesehen habe. Es ist doch ein wunderbarer Segen, darüber der Mensch manches kleine Leid vergißt.‘“ (HKG 6.1, 163; vgl. HKG 6.2, 151)

Hier wird die besänftigende Wirkung des Getreides noch flankiert durch die Namensgebung von Getreidebauer und Anbauort, die nun nicht mehr den „Neubruch" (HKG 1.5, 35) und mit ihm die Bewegung der Zerrüttung, sondern eine gemittete und befriedete Gemütslage indizieren. Im Vergleichsfeld der Erosion hingegen erscheint die Suizidabsicht. Sie ist in den Spätfassungen der *Mappe* transformiert in jenes Flimmern, das die Auflösung selbst der kleinsten Körnchen beschreibt und seinerseits Index für die „fürchterliche Wendung der Dinge" (HKG 2.2, 27) ist: „Auf der Steinwand glänzten fürchterliche Dinge und Flimmer in der Sonne" (HKG 6.1, 162; 6.2, 150).

Der irritierende Lichtreflex, der ästhetisch die Suizidabsicht repräsentiert, wird in der Folge auf das Kornfeld transferiert und dort zum „Abendsonnenscheinfeuer" auf glühenden Kornbärten: „Ich sah das Korn des Friedmeier an, von dem der Obrist gesagt hatte. Es war sehr schön, und seine Bärte glühten in dem Abendsonnenscheinfeuer." (HKG 6.2, 151)[48] Das Anschauen des Kornfelds genügt in den Spätfassungen, um die Irritationen zu besänftigen. Darüber gesprochen werden muss hier nicht mehr.

Die *Mappe* ist, folgerichtig, Bruchstück geblieben. Und wie das zeitgleiche autobiographische Fragment stellt sie deutlich die Ambivalenz der Körnchen aus: Sichernd in der Reihung der noch unterscheidbaren kleinsten Teilchen, besänftigend im Wachsen und Anschauen des Korns und bedrohlich in der Auflösung der Körnlein unter die Wahrnehmungsgrenze, dort, wo es ins Flimmern übergeht und nicht mehr körnig erzählt werden kann.

---

[48]Vgl. auch HKG 6.1, 164.

Maß und Gesetz des Unmerklichen. Kraft, Zeit und Intensität bei Stifter

3

Jana Schuster

Kraft und Dauer

Dem 1849 erstveröffentlichten Schmäh-Gedicht Hebbels über *Die alten Naturdichter und die neuen,* das Stifter in der im Herbst 1851 abgeschlossenen „Vorrede" zur Erzählsammlung *Bunte Steine* durch das entschiedene Bekenntnis zu den Monita pariert, geht eine nicht minder entschiedene, aber vertrauliche Hebbel-Kritik Stifters voraus, die Leitideen der „Vorrede" im Kern vorwegnimmt und die Ethik, die sie formuliert, in einer Geste bewusster Zurückhaltung übt. In einem Brief vom 21.08.1847 an den Redakteur der *Augsburger Allgemeinen Zeitung* Aurelius Buddeus erklärt sich Stifter bereit, in einer Reihe „*ästhetische[r] Briefe*"[1] in dessen Blatt „über künstlerische Leistungen, künstlerisches Leben […] von Österreich Nachricht und Urtheil [zu] gebe[n], noch lieber aber […] allgemeine Ansichten über Kunst von Zeit zu Zeit" (PRA 17, 247) zu unterbreiten – nur zu Hebbel, wie Buddeus anregt, wolle er, Stifter, sich nicht äußern, weil er diesem „zu wehe thun müßte", gelange Hebbel doch niemals zum eigentlichen Zweck der Kunst, einer „*Darstellung der objectiven Menschheit als Widerschein des göttlichen Waltens*" (PRA 17, 248). Im Zuge der Kritik an Hebbels Dramatik definiert Stifters Brief ethische und ästhetische Schlüsselkonzepte, die über die Epochenzäsur 1848

---

[1]Nicht Schiller führt Stifter hier als Referenz an, sondern – ohne Namen zu nennen – die „so trefflichen chemischen Briefe" des verehrten Justus von Liebig, die seit 1841 in der *Augsburger Allgemeinen Zeitung* erscheinen, und „geologische[] Briefe" (PRA 17, 247), wie sie schon in den 1830er Jahren aus der Korrespondenz Alexander von Humboldts in den *Annalen der Physik und Chemie* veröffentlicht worden waren und in der Folge von namhaften Geologen insbesondere über den Alpenraum verfasst wurden.

J. Schuster (✉)
Bonn, Deutschland
E-Mail: jana.schuster@uni-bonn.de

© Springer-Verlag GmbH Deutschland, ein Teil von Springer Nature 2019
D. Giuriato und S. Schneider (Hrsg.), *Stifters Mikrologien,* Abhandlungen zur
Literaturwissenschaft, https://doi.org/10.1007/978-3-476-04884-4_3

hinweg die „Vorrede" zu *Bunte Steine* wieder aufnehmen, von dem eingangs nur im unpersönlichen Passiv („Es ist einmal gegen mich bemerkt worden [...]." (HKG 2.2, 9)) aufgegriffenen Vorwurf Hebbels lösen und in die großangelegte Analogie von Natur- und Sittengesetz überführen. Schlüsselargument in beiden programmatischen Äußerungen ist ‚Kraft': in dem Hebbel-kritischen Brief als psychische und ethische Kategorie, in der „Vorrede" als physikalisches Konzept (im Sinne der Ursache einer Wirkung), das, rückübertragen in die Sphäre menschlichen Handelns,[2] die Analogie von Natur und Gesellschaft bzw. Geschichte nach dem Ordnungsprinzip eines strukturgleichen Gesetzes trägt.[3]

Die Umkehrung der Größenzuschreibungen von Spektakulärem und Unscheinbarem, die in der „Vorrede" für Naturphänomene und sittliches Handeln gleichermaßen vorgenommen wird, antizipiert der Brief in einer Inversion der Attribute von Stärke und Schwäche menschlichen Verhaltens: So sei in die „rohe und ungeklärte, auch niemal [sic] gemäßigte und gebändigte Last" des von Hebbel ‚gehandhabten' Materials „*nicht der schwächste Strahl des Schönen gedrungen*" – „daher dies Ergehen im Ungeheuerlichen im Absonderlichen, in ganz von jedem Maß abweichenden, was wie Kraft aussehen soll, aber in der That Schwäche ist: denn das Merkmal jeder Kraft ist Maß, Beherrschung, sittliche Organisirung" (PRA 17, 248). Apodiktisch bindet Stifter den verinnerlichten Kraftbegriff der philosophischen Ästhetik des 18. Jahrhunderts[4] an das Konzept des Maßes im platonischen Sinn einer Ordnung stiftenden Macht, die als Qualität menschlichen Handelns in der aristotelischen Tugendlehre die rechte Mitte zwischen Extremen einzuhalten garantiert. Entsprechend liegt Stifters Augenmerk auf dem rechten Maß und qualitativen Modus einer Kraftausübung in der Zeit, die er auf der Kontrastfolie von Hebbels Dramatik profiliert: „Buben" – so Stifter im Hinblick auf Hebbels Holofernes, den „größte[n] Theaterhannswurst", der ihm „jemals vorgekommen"

---

[2]Der Begriff der Kraft objektiviert die von der menschlichen Muskeltätigkeit bekannte Fähigkeit, eine Wirkung auszuüben; es handelt sich also um ein auf die unbelebte Natur projiziertes, Kausalität unterstellendes anthropomorphes Konzept, dessen heuristisch-fiktionaler Status in der naturwissenschaftlichen Begriffsdiskussion der zweiten Hälfte des 19. Jahrhunderts zunehmend fragwürdig wird.

[3]Die gezielte Engführung und Analogsetzung von physikalischer und moralischer Sphäre, schon seit der Antike und insbesondere von der Stoa systematisch verfolgt, gehört zentral zum Programm der Aufklärung des 18. Jahrhunderts: So versammelt, in der deutschsprachigen Literatur, Barthold Heinrich Brockes' Irdisches Vergnügen in Gott im Ersten Teil von 1721 Gedichte „aus der Natur und Sitten-Lehre", ab dem Zweiten Teil von 1727 spricht der Untertitel in einer Doppelformel von „Physikalisch- und Moralischen Gedichten". Auf den Gesetzesbegriff als Klammer zwischen physischer und moralischer Welt rekurriert prominent Paul Henri Thiry d'Holbachs Système de la nature ou Des Loix du Monde Physique & du Monde Moral von 1770. Physikotheologie und Materialismus markieren die ideellen Pole, in deren Spannungsfeld sich noch Stifters Engführungsprojekt ansiedelt, dies nun aber in Ausrichtung an den Forschungsfeldern und Diskussionen der zeitgenössischen Naturwissenschaften zur Mitte des 19. Jahrhunderts sowie unter den politischen Bedingungen von Restauration und Reaktion.

[4]Vgl. Menke, Christoph: *Kraft. Ein Grundbegriff ästhetischer Anthropologie*. Frankfurt a.M. 2008.

– „lärmen und wähnen dadurch Kraft auszudrüken, Männer *handeln* und drüken durch die Handlung die Kraft aus, und je größere Kraft vorhanden ist, desto sanfter und unscheinbarer, aber desto nachhaltender wächst die Handlung daraus hervor." (PRA 17, 248) Mit der Wachstumsmetapher, die der intentionalen Handlung die biologische Idee der Lebens- und Bildungskraft[5] unterlegt, zielt Stifter hier auf die Kontinuität unmerklicher, aber wirkmächtiger Prozesse, die vier Jahre später die „Vorrede" zu *Bunte Steine* an physikalischen Kräften exemplifizieren und, rückprojiziert auf die ethisch-soziale Ebene, als das „sanfte Gesez" (HKG 2.2, 12) der Geschichte statuieren wird. In dem Brief an Buddeus ist es als proportionales Verhältnis vorformuliert: Je größer eine Kraft, desto sanfter und unscheinbarer, aber nachhaltender ihre Wirkweise.

Ethisch wie ästhetisch gebietet sich damit eine Ökonomie der Kraft in der Zeit: bewusstes Maßhalten mit energetischer Potenz zugunsten längerer Prozessdauer der Wirkung. „Hebbels Sachen" seien demgegenüber „unbedeutendes schwaches Gemache von Seite einer Unkraft [!], die sich nur bläht, und sittlich widerwärtig thut, um groß zu scheinen" (PRA 17, 249). Hinter dem „Donnern dieser Massen" finde sich nicht „sittliche Tiefe", sondern nur „die Hohlheit sittlicher Größe", weshalb Hebbel „statt des *Tragischen* immer das *Widerwärtige*" gebe (PRA 17, 248 f.).[6] Das wahrhaft „Große" hingegen „posaune[] sich nie aus" – „es *ist* blos, und *wirkt* so" (PRA 17, 249).[7] Zuständliches Sein äußert sich als kontinuierliche Tätigkeit, die innere Potenzen aktualisiert, im Sinne der aristotelischen Wirkungsästhetik also *dynamis* in *energeia* umsetzt; die Verschränkung von Sein und Tun stellt diese Wirkkraft aber auf die Dauer einer im Einzelmoment unspektakulären Nachhaltigkeit, wie Stifter an Grillparzer deutlich macht: Dieser habe die seltene „Kraft, sich von jeder Manier fern zu halten", wodurch es ihm gelinge, „innerlich so groß zu sein, daß man diese Größe nur hingeben d[ü]rf[e] und der Wirkung auf tiefe Gemüther sicher sein k[ö]nn[e]" (PRA 17, 250). Bildlogisch muss das energetische Potential umso größer und unerschöpflicher sein, je länger und anhaltender, das aber heißt: je ökonomischer und gleichmäßiger es wirkt. Die Idee dieses Wirkkräftig-Seins aus verborgenen Tiefen und verhaltener Kraft ruft auch

---

[5]Hubert Thüring weist darauf hin, dass ‚Leben' im 18. Jahrhundert erst in heuristischer Kopplung mit einem der mechanischen Physik analog gesetzten Kraftbegriff als Wissensobjekt konstituiert wurde, was im Gegenzug „die Frage nach dem Wesen der Kraft" provozierte (Thüring, Hubert: *Das neue Leben. Studien zu Literatur und Biopolitik 1750–1938.* Paderborn 2012, 303).

[6]Für seine Kritik an Hebbel, die im Übrigen die Ansicht „*aller* [s]einer literarischen Freunde: Grillparzer an ihrer Spize" (PRA 17, 249) wiedergebe, bittet sich Stifter Diskretion aus: „Ich verleze nicht gerne ohne Noth, gebe also diese Meinung nur als freundschaftliche Mittheilung." (ebd., 250).

[7]Herabminderung und Milderung ästhetischer Wirkungskraft auf dem ethischen Motivationsgrund der Selbstbeherrschung und Affektkontrolle arbeiten hier einem Programm der Einfachheit und Klarheit zu, das Stifter, wie Davide Giuriato zeigt, von der Ästhetik der Aufklärung und Klassik übernimmt, nicht ohne gezielt auch dessen Aporien auszuleuchten, vgl. Giuriato, Davide: *„klar und deutlich". Ästhetik des Kunstlosen im 18./19. Jahrhundert.* Freiburg i.Br./Berlin/Wien 2015.

die „Vorrede" zu *Bunte Steine* auf, wenn sie die folgenden Erzählungen „nur durch das wirken" lassen will, „was sie sind" und was aus dem „Gemüthe" (HKG 2.2, 9) ihres Verfassers in sie übergegangen sein wird. Stifter fasst diese Wirkung vorzugsweise und schon in dem Brief an Buddeus in das zeitphilosophisch topische Bild eines „ruhigen", in seiner Dynamik „gehaltenen" Stroms, in dem der Leser „eine Weile" „fort[gehen]" (PRA 17, 250) könne. Herabminderung, Dehnung und gleichmäßige Verteilung ästhetischen Erregungspotentials im gemessenen Zeitlauf bedingen in diesem Sinn die mäßigende, beruhigende, verhalten-nachhaltige Wirkung des Erzählens.

Die Kopplung von Kraft und Dauer in einem Maß, das Stärke in der Zeit zu Sanftheit moduliert, macht – so meine These – die spezifisch energetische Denkfigur aus, die Ethik, Ästhetik und Erzählpoetik Stifters gleichermaßen grundiert und über die abstrakten Begriffe von Kraft, Maß und Gesetz miteinander verschränkt. Die „Vorrede" zu *Bunte Steine,* der die folgende Lektüre gewidmet ist, legitimiert diese Leitidee im Analogieschluss zu dem geophysikalischen Wechselverhältnis von Elektrizität und Erdmagnetismus, um es schließlich auch dem psychosozialen Kraftfeld der Gesellschaft im Lauf der Geschichte zugrunde zu legen. Das Ideal der unscheinbaren, aber nachhaltenden Wirkung wird damit von einem ethisch gegründeten mimetischen Handlungskonzept in der brieflichen Hebbel-Kritik zum Leitprinzip der Menschheitsgeschichte universalisiert, indem es naturalisiert wird. Programmatisch für Stifters mittleres Werk und zugleich symptomatisch für die politischen Implikationen naturwissenschaftlicher Diskurse der Epoche unternimmt die „Vorrede" den großangelegten Versuch, den ethischen Grundsatz verhalten-nachhaltiger Kraftausübung als Ordnungsprinzip der Natur zu postulieren und mit der Autorität der modernen Naturwissenschaft zu sanktionieren: als objektiv gegebenes Gesetz einer unanfechtbaren höheren Ordnung, deren Erkenntnis zugleich zur Selbsterkenntnis der menschlichen Gesellschaft führt – eine nunmehr naturwissenschaftlich fundierte Strategie im Geist schon der stoischen Naturphilosophie.[8]

In wissenspoetischer Hinsicht ist zu verfolgen, wie Stifter die Apologie des Kleinen, Unscheinbaren und Geringfügigen sowie der auf dieses zielenden Methoden des Sammelns und Reihens im Rekurs auf Alexander von Humboldts Erforschung des Erdmagnetismus legitimiert und dabei das Argument unmerklich-kontinuierlicher Wirkkraft nutzt, um die extrem heikle atmosphärische Elektrizität an die globale Verteilung des Erdmagnetismus zu binden und damit ein zentrales Irritationsmoment für die Vorstellung einsichtiger kosmischer Wohlordnung der Natur zu entschärfen (vgl. Abschn. „Elektrizität und Magnetismus").

Seine subversiven Ansichten über das Große und das Kleine expliziert Stifter zunächst aber an kaum merklichen Prozessen in der Natur, die jene von Leibniz gewürdigten *petites perceptions* unterhalb der Wahrnehmungsschwelle erregen und

---

[8]Zur spezifischen Modernität des von Stifter errichteten und permanent unterlaufenen Grenzregimes von ‚Natur' und Gesellschaft im Sinne Latours siehe Schuster, Jana: Verkettungen der ‚Dinge' und der Wörter. Verunreinigungsarbeit bei Latour und Stifter. In: Alexander Kling/Martina Wernli (Hg.): *Res und verba. Die Narrative der Dinge.* Freiburg i.Br. 2018, 241–269.

von Stifter mit der Sensibilität des Landschaftsmalers als Empfindungen einer niedrigschwelligen, stufenlos gleitenden Stärke evoziert werden, die im 18. Jahrhundert philosophisch als ,Intensität' diskutiert und im poetischen Medium der empfindsamen Idylle als Sanftheit sinnlicher Eindrücke gefeiert wird (vgl. Abschn. „Intensität"). Die Universalisierung verhaltener Kraftwirkung zum Naturgesetz des Sanften legitimiert das stoische Ideal der Mäßigung für das naturwissenschaftliche Zeitalter neu: als in der Latenz versammelte Kraftanspannung und energetische Potenz, die sich auf die Dauer des Lebensganzen bzw. der Menschheitsgeschichte behauptet (vgl. Abschn. „Zeit und Maß"). Auf diesem ethischen Fundament profilieren sich Zeit und Kraft im Sinne von Dauer, Verteilung und Verhaltung bei Stifter auch als poetologische Kategorien, deren äußerste Konsequenz die Maßlosigkeit des Steten selbst hervortreibt (vgl. Abschn. „Sanftmut und Latenz").

Intensität

Zum Zweck der Rechtfertigung seiner gescholtenen Aufmerksamkeit für das immer „noch Kleinere[] und Unbedeutendere[]" (HKG 2.2, 9) führt Stifter in der „Vorrede" zu *Bunte Steine* einen Phänomenbereich an, den 150 Jahre zuvor Leibniz in seiner Vorrede zu den *Nouveaux Essais sur l'entendement humain* von 1704 nobilitiert hatte: den Bereich un- bzw. kaum merklicher Perzeptionen unter- oder knapp oberhalb der Sinnesschwelle sowie der entsprechenden physikalischen Körper bzw. Kräfte, die diese auslösen. Es geht um Eindrücke, die „uns" – so Leibniz in der Übersetzung Ernst Cassirers – „nicht bewußt werden", weil sie „entweder zu schwach und zu zahlreich oder zu gleichförmig sind, so daß sie im einzelnen keine hinreichenden Unterscheidungsmerkmale aufweisen", „im Verein mit anderen" aber „ihre Wirkung tun und sich in der Gesamtheit des Eindrucks, wenigstens in verworrener Weise, geltend machen".[9] Nur aus diesen „Mikroperzeptionen" – einem „punktuellen Geriesel der Empfindungen"[10] – setzen sich die deutlich ins Bewusstsein gelangenden „Apperzeptionen" bzw. „Makroperzeptionen" zusammen,[11] wie Leibniz am „Getöse oder Geräusch des Meeres"[12] aufzeigt: Umfasst dieses quantitativ-simultan zahllose Einzelteile, zusammenstimmende Wellengeräusche, so muss es qualitativ-sukzessiv einmal einen schwachen Anfang im Bewusstsein genommen haben, um noch zu dem stärksten Lärm anwachsen zu können. Stifter ruft solche Mikroperzeptionen in einer Reihe substantivierter Infinitive auf, deren

---

[9]Leibniz, Gottfried Wilhelm: *Neue Abhandlungen über den menschlichen Verstand.* Mit Benutzung der Schaarschmidtschen Übersetzung neu übers., eingel. und erläut. von Ernst Cassirer, Leipzig ³1915, 10.

[10]Boehm, Gottfried: Kraftfeld. Versuch über eine ikonische Kategorie. In: Frank Fehrenbach u. a. (Hg.): *Kraft, Intensität, Energie. Zur Dynamik der Kunst.* Berlin/Boston 2018, 355–371; hier: 362.

[11]Deleuze, Gilles: *Die Falte. Leibniz und der Barock.* Aus dem Französischen von Ulrich Johannes Schneider. Frankfurt a.M. ⁵2012, 141.

[12]Leibniz: *Neue Abhandlungen* (wie Anm. 9), 11.

morphologische Form einen aus zahllosen gleichförmigen Reizen erwachsenden Gesamteindruck bei dynamisch anhaltender Prozessdauer indiziert:

> „Das Wehen der Luft das Rieseln des Wassers das Wachsen der Getreide das Wogen des Meeres das Grünen der Erde das Glänzen des Himmels das Schimmern der Gestirne halte ich für groß[.]" (HKG 2.2, 10)[13]

Die verschiedenen sensoriellen Wahrnehmungen dynamisch-energetischer Phänomene von Luft, Wasser, Erde, Atmosphäre und durch diese vermitteltem Sternenlicht stellen dar, was der alte Gregor in Stifters *Hochwald*-Erzählung die vermeintlichen „Wunder" der Schöpfung nennt und doch von nichts als „ein wenig Wasser und Erde und [...] Luft und Sonnenschein" (HKG 1.4, 267 f.) gewirkt weiß. Charakteristisch für die Naturästhetik seiner frühen und mittleren Erzählungen evoziert Stifter hier „das große Schauspiel wirkender Kräfte in der Natur"[14] in mikrologischer Einstellung auf die „grenzenlose[] Subtilität der Dinge", die im Sinne des von Leibniz verfochtenen Kontinuitätsprinzips „stets und überall eine wirkliche Unendlichkeit in sich schließt",[15] insofern die Kraftwirkung über unendlich viele Stärkegrade vom Minimum zum Maximum anwachsen und wieder abschwellen kann.[16] Das Große ist durch das Kleine bedingt und generiert – diese Denkfigur liegt auch der Inversion der Größenzuschreibungen bei Stifter zugrunde. Die asyndetisch-kommalose Reihung der Infinitive bei gleichmäßiger Rhythmisierung und dichter Lautstruktur führt aber nicht nur Kontinuität, sondern auch Transitorik und Übergängigkeit der Sensationen im Wahrnehmungsprozess vor. Die energetische Mitteilung umfasst dabei je eine Mannigfaltigkeit von Gleichartigem, graduell Differierendem, die sich kontinuierlich entfaltet: frequentiell in den Prozessen des Wehens, Rieselns, Wogens im rhythmischen Wiederkehren ähnlich starker Impulse, gleitend bei den Farb- und Helligkeitsnuancen des Grünens, Glänzens und Schimmerns, die über minimale Differenzen ineinander übergehen.[17] Sämtliche aufgerufene Phänomene appellieren an ein Wahrnehmungssubjekt, das die auf Haut, Ohr und Auge andrängenden Eindrücke als energetische, von immanenter Kraft ausgehende Wirkungen zu begreifen vermag; der

---

[13]Zu Parallelstellen, die diese Formulierung vorwegnehmen, siehe den Kommentar in HKG 2.5, 97 f.

[14]Herder, Johann Gottfried: Vom Erkennen und Empfinden der menschlichen Seele. In: Ders.: *Herders Sämmtliche Werke*. Hg. von Bernhard Suphan. Reprograf. Nachdr. d. Ausg. Berlin 1892, Bd. 8, 168.

[15]Leibniz: *Neue Abhandlungen* (wie Anm. 9), 14.

[16]Das „Gesetz der Kontinuität" nach dem Grundsatz, „*daß die Natur niemals Sprünge macht"*, enthalte „in sich, daß man stets durch einen mittleren Zustand hindurch vom Kleinen zum Großen und umgekehrt fortschreitet, sowohl den Graden, wie den Teilen nach" (Leibniz: *Neue Abhandlungen* (wie Anm. 9), 13 f.).

[17]An bildenden Kunstwerken hat Stifter mehrfach gerade die (auf Identität bzw. Differenz gründenden) „zarten Beziehungen und Abstufungen" sowie „Abwechslungen" in der Mimesis des Materiellen als „Reichtum" des ästhetisch umgesetzten Realen gerühmt (PRA 14, 31 und 159 f.). Zu den Differentialverhältnissen der Farbwahrnehmung siehe Deleuze: *Die Falte* (wie Anm. 11), 143 f.

Impuls des (optisch nicht mehr als Prozess registrierbaren) Wachsens ist ausschließlich von der kinästhetischen Propriorezeption her nachzuvollziehen.
Derartige Kraftwirkungen bzw. Stärkeempfindungen von gleitender Skalierung hatte 1771 der Mathematiker Johann Heinrich Lambert als ‚Intensität' definiert[18] und die winzigen Stufen ihrer ab- und zunehmenden Gradierung im Sinne der infinitesimalen Annäherung an differenzialmathematische Minimalgrößen konzipiert.[19] Bestimmt als ein kontinuierlich gradiertes Maß der Empfindungsstärke im Mittelraum zwischen Extremwerten, erlaubte es der Intensitätsbegriff insbesondere, den Bereich der minimalen Wirkungen und Grade der kleinen Perzeptionen neu zu skalieren. Herder nahm dieses Angebot auf und belegte die in der philosophischen Ästhetik als dunkel und verworren geltende Erkenntnis der Empfindungen mit dem Attribut eines konstitutiv an zeitliche Dauer gebundenen Sanften: Der genuine Modus der Empfindung ist für ihn „daurend in sanftem Maß fortstrebend" und lässt „in der sanften Fortdauer eine Art Wachstum, Zunahme, Genuß mehrerer, längerer Vollkommenheit ahnden".[20] Bei Stifter hält das Epitheton des Sanften in der Rede vom Gesetz noch die Bezugsgröße des empfindenden Subjekts präsent, wie es namentlich im Zentrum der empfindsamen Idylle steht und die als ‚natürlich' postulierte Moral von deren Personal just auf die Sensibilität für subtile Phänomene gründet: Empfänglich für die „sanfte[] Sittsamkeit",[21] die die Natur lehrt, ist das empfindsame Gemüt nur kraft des „feine[n] zärtliche[n] Gefühl[s]", das „die Natur in ihrer einfachen Schönheit zu empfinden" vermag und „schon da gerührt" wird, „wo gröbere, oder schon verhärtete Seelen, die nur erschütternde Eindrüke fühlen, nichts empfinden".[22] In ebendiesem Sinne schränkt Stifter nach dem kritisierten „Donnern [der] Massen" (PRA 17, 249) bei Hebbel hier nun deren konkrete Vorbilder Gewitter, Blitz, Sturm, Vulkan und Erdbeben – gemäß der bis weit in die Neuzeit gültigen aristotelischen Meteorologie sind sie alle meteorologische Phänomene, im Sinne Kants Erscheinungen des Dynamisch-Erhabenen der Natur – auf „einzelne[] Stellen" ein und degradiert sie mit moralischem Unterton zu „Ergebnisse[n] einseitiger Ursachen" und zu nachgeordneten „Wirkungen viel höherer Geseze" (HKG 2.2, 10) bzw. Kraftursachen.[23] Der maximale Spitzenwert einer Kraft sei je nur „ein ganz kleines

---

[18]Den Neologismus *intensitas* hatte um 1730 Christian Wolff für immanente Kraftanspannung und innere Spannungszustände geprägt, für die gegen Ende des 18. Jahrhunderts auch der aus dem Französischen entlehnte, im Deutschen noch junge Energiebegriff konkurriert.

[19]Kleinschmidt, Erich: *Die Entdeckung der Intensität. Geschichte einer Denkfigur im 18. Jahrhundert.* Göttingen 2004, 55 f.

[20]Herder, Johann Gottfried: Übers Erkennen und Empfinden in der menschlichen Seele. In: Ders.: *Herders Sämmtliche Werke* (wie Anm. 14), Bd. 8, 237 f.

[21]Brockes, Heinrich Barthold: Der Wald. In: Ders.: *Irdisches Vergnügen in Gott.* Erster und zweiter Teil. Hg. von Jürgen Rathje. Göttingen 2015, 161–169; hier: 167.

[22]Art. ‚Hirtengedichte'. In: Johann Georg Sulzer: *Allgemeine Theorie der schönen Künste.* Leipzig 1773, Bd. 1, 723.

[23]Kalkuliert setzt Stifter anstelle der Krafturscache, auf die in der Mechanik die Wirkung zurückgeht, den Gesetzesbegriff und bindet die potentielle Gewalt der Kraftausübung damit an die Ordnungsidee des Gesetzes, die zuerst die Stoiker in die Naturbetrachtung einführten. Die

Merkmal" ihrer Potenz, das „vorüber" gehe und „nach Kurzem kaum noch erkennbar" sei (HKG 2.2, 10 f.) – ein Befund, der aufgrund lokal (und wie beim Ausbruch des Tambora 1815 auch global) verheerender Folgen der aufgeführten Naturgewalten nur im konkreten Hinblick auf ein abstraktes Medium der Metrisierung, die diagrammatische Visualisierung von Kraftausschlägen, plausibel wird.[24] Was Stifter demgegenüber in seiner „Großartigkeit" als das „Welterhaltende" (HKG 2.2, 10) anerkennt, ist vielmehr die maximale räumliche Ausbreitung einer Wirkung, die im Sinne der Krafterhaltung bei gleicher energetischer Potenz lokal geringer ausfällt. Niedrige Stärkegrade und sanfte Empfindungen sind im Gegenzug entsprechend als „groß" zu werten, insofern sie die weite Verbreitung der zugrundeliegenden Kräfte indizieren und damit vorzüglich, ohne Ablenkung durch punktuelle Spitzengrade, „auf das Ganze und Allgemeine" (HKG 2.2, 10) hinführen.

Die Inversion der Größenverhältnisse und die Leitidee des Sanften aktualisieren eine vielfach vermittelte alttestamentliche Urszene des Antimajestätischen: die Erscheinung Jahwes vor seinem Propheten Elia im ersten Buch Könige – nicht in dem großen, starken Wind, „Berge umkehrend, und Felsen zermalmend", nicht im Erdbeben und nicht im Feuer, sondern im „Säuseln sanfter Luft" (1 kg 19, 12).[25] Wie das Wehen und Rieseln ist das Säuseln als Frequentativum durch wiederkehrende Impulse skandiert, die eine energetische Wirkung und Empfindung modulieren. Der auditive Kanal impliziert eine besondere Intimität und Eindringlichkeit der Botschaft und verlangt entsprechend gesteigerte Sensibilität des Hörenden; Jahwe, der Ich-bin-Da, offenbart sich diesem in dem

---

Entscheidung für den Kraft- oder den Gesetzesbegriff wird auch in der zeitgenössischen Physik diskutiert: 1842 definiert Julius Robert Mayer Kräfte im Sinn mechanischer Kausalität als Ursachen; Hermann von Helmholtz erörtert methodologisch: „Das Gesetz, als objective Macht anerkannt, nennen wir Kraft. Ursache ist seiner ursprünglichen Wortbedeutung nach das hinter dem Wechsel der Erscheinungen unveränderlich Bleibende oder Seiende, nämlich der Stoff und das Gesetz seines Wirkens, die Kraft." (Mayer, Julius Robert: Über die Erhaltung der Kraft. Eine physikalische Abhandlung [1847]. In: Ders.: *Wissenschaftliche Abhandlungen*. Leipzig 1882, Bd. 1, 68 [Zusätze 1881]) Bilden hier Gesetz, Kraft, Ursache und Wirkprinzip einen Zirkelschluss, so fügt Stifter dem Begriffspaar von Kraft und Gesetz, das in wechselseitiger Stabilisierung der Glieder seinen zentralen Analogieschluss von Natur- und Sittensphäre trägt, noch den physikotheologisch inspirierten Begriff des „Wunder[s]" (HKG 2.2, 12) hinzu und gründet die postulierte gesetzliche Ordnung so metaphysisch.

[24]Explizit genannt werden Medien des Aufzeichnens in der „Vorrede" für magnetische Messungen rund um den Erdball, die Ab- und Zunahme von Werten in „zusammengestellten Tafeln ersichtlich" (HKG 2.2, 11) machen.

[25]Anders als Luther spricht die von Stifter gebrauchte Vulgata-Übersetzung des Joseph Franz von Allioli hier nicht vom ‚Sausen', sondern, im Diminutiv, vom ‚Säuseln' der Luft, um den besonderen Akzent auf die antimajestätische Sanftheit der göttlichen Selbstoffenbarung noch zu verstärken (*Die Heilige Schrift des Alten und Neuen Testamentes. Aus der Vulgata mit Bezug aus dem Grundtext neu übersetzt und mit Anmerkungen erläutert von Dr. Joseph Franz Allioli* [1830–1834]. München/Landshut [7]1851, Bd. 1, 666).

allgegenwärtigen Medium und Modus, die Stifter seinem Credo vom wahrhaft Großen in der Natur programmatisch voranstellt: im Wehen der Luft, das potentiell Gottes Geist (hebr. *rûaḥ*) birgt.

Mit dieser antimajestätisch herabgemilderten Eindringlichkeit der Gotteserscheinung schließt Stifter ganz im Sinne der Kritik Hebbels an die Naturdichter des 18. Jahrhunderts, namentlich Brockes, an, der, angeregt von den technischen Möglichkeiten der Mikroskopie, die Größe der göttlichen Ordnung gerade im Kleinen und Geringen entdeckte und wie später auch Geßner, Klopstock und Goethe, im Rekurs auf 1 Kg 19, 12 dem lärmenden Gewitter das eindringliche Säuseln der Lüfte entgegensetzte.[26] Inspiriert von der Landschaftsmalerei eines Poussin und Lorrain erhebt Geßner die Sanftheit der Natur-, Selbst- und Liebesempfindung zur Leitvokabel der empfindsamen Idylle als eines dezidiert antiheroischen *genus humile:* so topisch in „sanft" „säusel[nden]" Lüften, „sanften Winde[n]" und „sanfte[m] Wehen", „sanft riesel[nden]" Quellen und dem „sanften Glanz" des Mondscheins,[27] die ihr Echo in Stifters Infinitivreihe finden. Die subtilen atmosphärischen Effekte der Landschaftsmalerei selbst gründet John Ruskin anno 1843 ausdrücklich auf die Gotteserscheinung im sanften Säuseln vor Elia: Kongenial zu Stifter verortet er das Göttliche „in quiet and subdued passages of unobtrusive majesty, [in] the deep, and the calm, and the perpetual".[28]

Eingereiht in das Panorama von Luft, Meer, Erde, Himmel und Gestirnen behaupten bei Stifter auch die Getreide den Status des Naturgegebenen.[29] Die sprachliche Mimikry an autonome natürliche Prozesse – das „Wachsen der Getreide" geht metonymisch über in das „Grünen der Erde" und das „Wogen des Meeres" (HKG 2.2, 10), das metaphorisch zugleich für das Kornfeld steht – dissimuliert die agrarische Kultivierungsleistung am etymologischen Ursprung menschlicher Kultur.[30] An der Schnittstelle von Natur und Gesellschaft gibt das

---

[26]Siehe Brockes' Gedicht *Die auf ein starckes Ungewitter erfolgte Stille* von 1721, Geßners Idylle *Damon. Daphne* von 1756 und Klopstocks *Die Frühlingsfeyer* betitelte Hymne von 1759/71, die Stifter und Aprent in das *Lesebuch zur Förderung humaner Bildung* aufgenommen haben, sowie in Goethes *Faust*-Drama den *Prolog im Himmel* (V. 265 f.). Im Hinblick auf die durch Herder vermittelte orientalische Dichtung konstatiert auch Jean Paul, dass „das sanfte Zeichen erhabener, als ein majestätisches" sei (Richter, Johann Paul Friedrich: Vorschule der Ästhetik. In: Ders.: *Sämtliche Werke*. Hg. von Norbert Miller. Darmstadt 2000, I. Abt, Bd. 5, 106).

[27]Geßner, Salomon: *Idyllen*. Kritische Ausgabe. Hg. von E. Theodor Voss. Stuttgart 1973, 11, 22, 72, 63, 44.

[28]Ruskin, John: Modern Painters I. In: Ders.: *The Works of John Ruskin*. Hg. von E. T. Cook und Alexander Wedderburn. Cambridge 1903, Bd. 3, 345.

[29]Indirekt wird hier noch der für die Hirtendichtung bedeutsame Mythos vom Goldenen Zeitalter aktuell, in der die ungepflügte Erde üppig Getreide trägt und freigebig Nahrung spendet, siehe Vergil *Eclogae* 4, 18 f. nach Hesiods Weltalterlehre; vgl. Ovid *Metamorphosen* 1, 109.

[30]Am Getreide, das – so Franziska Frei Gerlachs Beitrag in diesem Band – über die Polysemie der ‚Körnlein' intrikat mit dem geologischen Abbauprodukt Sand verschränkt ist, ließen sich systematisch die in Stifters Prosa strukturbildenden Naturalisierungsstrategien aufzeigen. Eine bezeichnende Entsprechung zur Präsentation von Erzählungen als ‚bunte Steine', mit deren Vorlage der Autor zugleich „ein Körnlein Gutes zu dem Baue des Ewigen beizutragen" (HKG 2,2, 9 f.) hofft, findet sich in der Vorrede zu den *Kinder- und Hausmärchen* der Brüder Grimm

Getreide dem Großprojekt menschlicher Zivilisation das ‚sanfte Gesetz' organischen Lebens vor: das Gesetz kontinuierlich-gleichmäßigen Wachstums aus
immanenten Kräften heraus, das das Bildungskonzept und Erzählprinzip der frühen *Haidedorf*-Erzählung (1840/44) und des *Nachsommer*-Romans (1857) prägt –
und in dem späten autobiographischen Fragment *Mein Leben* (1868) am einzelnen wachsenden „Kornhalm" seine psychologische und poetologische Schlüssel-
funktion als Remedium gegen die Urerfahrung eines „Entsetzlichen" (PRA 25,
179) am Grund der Subjekt- und Sprachwerdung aufdeckt.

Elektrizität und Magnetismus

Stifters Umkehrung der Größenattribute setzt bei energetischen Nuancen der
Wahrnehmung an, die bereits die Bemessungsgrundlage einer Größen- und Wert-
zuschreibung verunsichern, insofern sie zwischen Quantität und Qualität, mani-
festem und latentem Status, Extension und Intension, objektiver Kraftwirkung
und subjektiver Empfindung schwanken. Diese Ambivalenz ist konstitutiv für
die physikalischen Beobachtungsphänomene, die den neuen Intensitätsbegriff
um 1800 allererst bedingen: Licht, Wärme, Magnetismus und Elektrizität.[31] In
der Ästhetik, die Baumgarten als Lehre der unteren Erkenntnisvermögen und des
Undeutlichen konzipierte, führten diese Phänomene in einen Bereich verworrener
Erkenntnis unterhalb der Schwelle strikter logischer Unterscheidbarkeit,[32] der eine

---

seit der Erstausgabe von 1819: Im Sinne der Idee von der Naturdichtung des Volksmunds und
im Rekurs auf das schon von Ludwig Bechstein veröffentlichte Märchen von der *Kornähre*
als unverdienter Gottesgabe stellen die Grimms die gesammelten Märchen als einzelne, von
den Alten überlieferte „Ähren" vor, die ihre „Notwendigkeit" wie das Naturprodukt „in sich"
selbst trügen und durch „ihr bloßes Dasein" ‚wirken' sollten (Brüder Grimm: *Kinder- und
Hausmärchen*. Ausgabe letzter Hand mit den Originalanmerkungen der Brüder Grimm. Mit
einem Anhang sämtl., nicht in allen Aufl. veröff. Märchen und Herkunftsnachweisen hg. von
Heinz Rölleke. Stuttgart 2013, Bd. 1, 16). Auch Stifters Gleichsetzung von Erzählungen und
gesammelten Steinen bzw. „Körnlein" zum „Baue des Ewigen" (HKG 2.2, 9 f.) geht, in der
frühen Erzählung *Das Haidedorf*, die parabolische Vorstellung vom Wort Gottes als Samenkorn voraus. Mit demselben Gestus der *humilitas* wie Stifter und in derselben mikrologischen
Aufmerksamkeit noch für das „[K]leinste", empfehlen die Grimms ihre Märchen als „Brosa-
men der Poesie" und „vielleicht […] einzige Samen für die Zukunft" (Grimm: *Kinder- und
Hausmärchen*, ebd., 11, 24, 15). Den „epische[n] Grund der Volksdichtung" vergleichen sie
ihrerseits „dem durch die ganze Natur in mannigfachen Abstufungen verbreiteten Grün, das
sättigt und sänftigt, ohne je zu ermüden" (ebd., 20) – ein Bild, dem bei Stifter das „Grünen der
Erde" (HKG 2.2, 10) als intuitives Vorbild für ein energetisches Wirken im schlichten So-Sein
korrespondiert.

[31]Kleinschmidt: *Entdeckung* (wie Anm. 19), 30, 47.

[32]Siehe Adler, Hans: Fundus Animae – der Grund der Seele. Zur Gnoseologie des Dunklen in
der Aufklärung. In: *Deutsche Vierteljahrsschrift für Literaturwissenschaft und Geistesgeschichte*
62/2 (1988), 197–220.

irreduzible „epistemologische ‚Unruhe‘"[33] provozierte; in der mechanischen Physik wurden sie als ‚Imponderabilien‘, elastische, unwägbare Fluida, konzipiert, die als feinstoffliche Trägersubstanzen Zustandsänderungen in der Körperwelt bewirken sollten. Demgegenüber wiesen naturphilosophisch inspirierte Experimentalphysiker wie Hans Christian Ørsted und Michael Faraday in den 1820/30er Jahren die wechselseitige Einflussnahme und Transformierbarkeit von Elektrizität, Magnetismus und Licht nach und erhoben ‚Kraft‘ als von Materie unabhängige Größe zum Grundbegriff einer dynamistischen Physik.[34]

Dem folgt Stifter in der „Vorrede" mit dem Konzept einer einheitlichen „electrische[n] und magnetische[n] Kraft" (HKG 2.2, 11) um den Erdball.[35] Zuvor aber führt er den Kraftbegriff für einen anderen physikalischen Phänomenbereich von intensiver Größe ein: für den thermodynamischen Druck, der „die Milch im Töpfchen der armen Frau emporschwellen und übergehen" lässt und nichts anderes sei als eben die „Kraft", die auch „die Lava in dem feuerspeienden Berge empor treib[e]" (HKG 2.2, 10). Vulkan und Milchtopf unterscheiden sich in Stifters Engführung nur hinsichtlich des Stärkegrads und der Ausdehnung ein und derselben Kraft, deren „Wirkungen" nach Baumgartners *Naturlehre* „nicht immer so tumultuarisch und heftig einzutreten [brauchen], wie bei Erdbeben und vulcanischen Ausbrüchen, sondern [...] auch allmälig und ohne bemerkbare Erschütterung Statt finden [können]".[36] Ein ähnliches Wirkungsspektrum von unmerklicher Tätigkeit bis zu großartiger Manifestation kommt der Elektrizität zu:[37] Diesseits der

---

[33]Giuriato: *„klar und deutlich"* (wie Anm. 7), 65.

[34]Meya, Jörg/Sibum, Heinz Otto: *Das fünfte Element. Wirkungen und Deutungen der Elektrizität.* Reinbek 1987, 158–190.

[35]Stifters akademischer Lehrer Baumgartner nimmt noch in der zweiten Auflage seiner *Naturlehre* für die Elektrizität eine „äußerst feine ausdehnsame Materie" an (Baumgartner, Andreas von: *Die Naturlehre nach ihrem gegenwärtigen Zustande mit Rücksicht auf mathematische Begründung.* Teil II, Wien ²1826, 240). Die achte Auflage von 1845 erklärt die frühere „Annahme einer materiellen Grundlage dort, wo sich dieselbe durch gar kein directes Merkmal nachweisen läßt", für eine „mißliche Sache" und hält dem die „in der neuesten Zeit Statt gefundenen Bestrebungen Faraday's" entgegen (Ders.: *Die Naturlehre nach ihrem gegenwärtigen Zustande mit Rücksicht auf mathematische Begründung.* Achte verm. und umgearb. Aufl. Wien 1845, 427). Auch der von Faraday propagierte Kraftbegriff bleibt dabei – so Baumgartners grundsätzliche methodologische Feststellung schon in der Einleitung der *Naturlehre* – nur eine hypothetische Bezeichnung für „die nicht sinnlich wahrnehmbare Ursache" (ebd., 6) einer Naturerscheinung.

[36]Baumgartner: *Naturlehre* [1845], 840 f. Stifter kombiniert hier komplexe Druckphänomene miteinander: das „Ueberlaufen siedender Körper" (ebd., 205) wie der Milch, die beim Sieden anschwillt und an Volumen wächst, und das „Bersten oder Schmelz[en]" der Vulkanwände „in Folge des starken Druckes" der „Lavasäule" aus dem heißen Erdinneren (ebd., 837).

[37]Ihren althergebrachten Status als geringfügige, zu vernachlässigende Naturkraft verliert die Elektrizität erst zur Mitte des 18. Jahrhunderts mit Erfindung der Leydener Flasche zur Verstärkung elektrischer Effekte sowie mit dem Nachweis der elektrischen Natur des Blitzes durch Franklin. In diesem wissenshistorischen Kontext sieht Michael Gamper auch Stifters Poetik der Elektrizität maßgeblich durch jenes „Verhältnis von latenter und manifester Präsenz" geprägt, das den schwierigen epistemologischen Stellenwert der Elektrizität an sich bedingt (Gamper, Michael.: Stifters Elektrizität. In: Ders./Karl Wagner (Hg.): *Figuren der Übertragung. Adalbert Stifter und das Wissen seiner Zeit.* Zürich 2009, 209–234; hier: 209).

spektakulären Entladung des Blitzes, im Bereich unsichtbarer Phänomene, die höchstens außergewöhnlich sensitive Naturen wie Ditha in Stifters *Abdias*-Erzählung spürbar affizieren, bedarf es der Vermittlung des „geistige[n]" (HKG 2.2, 11) Auges der Wissenschaft samt technischer Apparaturen und formaler Aufzeichnungsverfahren, um die subliminale, aber globale Ausbreitung der Elektrizität festzustellen: Es sind geringfügige Auslenkungen der magnetischen Kompassnadel, die im Zuge der Erforschung des Erdmagnetismus Wirkungen aus dem benachbarten Bereich der Elektrizität indizieren.

Stifter rückt mit diesem Hinweis eine Schlüsselepoche in der Geschichte der Elektrizitäts- und Magnetismusforschung in den Fokus, die Entdeckung ihrer Wechselwirkung: An seitlichen Auslenkungen der Magnetnadel hatte Ørsted 1820 die Wirkung von Elektrizität auf Magneten nachweisen können; als Faraday 1831 den umgekehrten Effekt von Magneten auf elektrische Leiter nachweisen konnte, formulierte er für die elektromagnetische Induktion ein Gesetz von magnetischen Kurven bzw. Kraftlinien im Raum, wie sie in Eisenfeilspänen bildlich werden, die sich um einen Magneten formieren, und begründete damit die in den 1860er Jahren von James Maxwell mathematisierte Feldtheorie. Im Anschluss an Ørsted führte André-Marie Ampère den Erdmagnetismus auf gigantische elektrische Kreisströme im Erdinnern zurück und eröffnete so die Elektrodynamik, die sich zugleich als Theorie des Magnetismus verstand. Die „Vorrede" zu *Bunte Steine* spricht in diesem Sinn von der „Electricität und de[m] aus ihr kommenden Magnetismus" (HKG 2.2, 11)[38] und zieht als Referenz, namentlich ungenannt, Alexander von Humboldt heran: Dieser hatte auf seiner Amerikareise von 1799 bis 1804 systematisch magnetische Daten gesammelt und nach Deklination (Ortsmissweisung) und Inklination (Neigung) als drittes Kriterium für die Stärke der magnetischen Kraft den Begriff der ‚Intensität' eingeführt, die vom magnetischen Nordpol zum magnetischen Äquator hin abnehme, wie er als Gesetz formulieren konnte.[39] Seit 1828 war auf Humboldts Anregung hin ein globales Netzwerk magnetischer Warten aufgebaut worden, in denen „ununterbrochen durch gleichzeitige Beobachtungen jede regelmäßige oder unregelmäßige Regung der Erdkraft erspähet"[40] werden konnte und Veränderungen der magnetischen Intensität noch von einem Vierzigtausendstel gemessen und verzeichnet wurden. Binnen dreier Jahre werde „die Masse der Beobachtungen" auf fast

---

[38]Der dritte, der Elektrizität gewidmete *Winterbrief aus Kirchschlag,* der 1866 zugleich eine nicht mehr zustande gekommene „umfassendere Schrift" des Autors über die Elektrizität ankündigt, spekuliert, „Licht, Wärme, Magnetismus und Electricität [seien] wahrscheinlich nur eins in verschiedenen Richtungen, Electricität [sei] dann das Ganze, die anderen dieser Dinge einzelne Wirkungen" (HKG 8.2, 330).

[39]Stifter nimmt in der „Vorrede" keinen Bezug auf das System von Linien, mit dem Humboldt im Anschluss an Edmond Halley die globalen magnetischen Kräfteverhältnisse darstellte: die isodynamischen gleicher Intensität, die isoklinischen gleicher Neigung und die isogonischen gleicher Abweichung vom Ortsmeridian.

[40]Humboldt, Alexander von: *Kosmos. Entwurf einer physischen Weltbeschreibung.* Stuttgart/Tübingen 1845, Bd. 1, 197.

zwei Millionen anwachsen, vermutete er 1845 im ersten Band des *Kosmos*;[41] erst auf
dieser Datenbasis seien „allgemeine tellurische Phänomene" von lokalen Störungen
„im Innern des ungleich erwärmten Erdkörpers oder in der wolkenbildenden Atmosphäre"[42] zu unterscheiden, bei denen die „Störung des regelmäßigen Ganges der
Magnetnadel" eine „Störung[] des Gleichgewichts in der Vertheilung des Erdmagnetismus"[43] anzeige. Humboldt nennt solche Störungen „magnetische Perturbationen" bzw. „Ungewitter",[44] um analog zum meteorologischen Gewitter elektrische
Wirkursachen zu indizieren.[45] Die „Vorrede" zu *Bunte Steine* zeigt Stifter fasziniert
von Humboldts Befund, dass sich „die Perturbation oftmals über Meer und Land,
auf Hunderte und Tausende von Meilen im strengsten Sinne des Worts gleichzeitig"
offenbare oder „sich in kurzen Zeiträumen allmälig in jeglicher Richtung über die
Oberfläche der Erde" fortpflanze.[46] In diesem strengsten Wortsinn folgert Stifter,

> „daß manche kleine Veränderungen an der Magnetnadel oft auf allen Punkten der Erde
> gleichzeitig und in gleichem Maße vor sich gehen, daß also ein magnetisches Gewitter
> über die ganze Erde geht, daß die ganze Erdoberfläche gleichzeitig gleichsam ein magne-
> tisches Schauern empfindet". (HKG 2.2, 11)

Gilt Humboldt der periodische Gang der Magnetnadel als zentrales Indiz telluri-
scher Gesetzmäßigkeit (darin den von Goethe gedeuteten Barometerschwankun-
gen ähnlich), so postuliert Stifter gezielt noch für dessen Störungen das Prinzip
der Stetigkeit, indem er den energetischen Überschuss des Elektrischen zur „alles
umfließe[nden]" (HKG 2.2, 11) Kraft erklärt: Gekoppelt an den Magnetismus und
herabgemildert auf eine kaum merkliche Intensitätsstufe kann die sonst nur im
Extrem manifest werdende Elektrizität – in einer neuerlichen Formulierung des
‚sanften Gesetzes' niedrigschwelligen energetischen Wandels nun in der gleitenden Reihe von Präsenspartizipien – als „sanft und unablässig verändernd bildend
und lebenerzeugend sich darstelle[n]" (HKG 2.2, 11).
    Die begriffliche Offerte eines ‚magnetischen Ungewitters' bietet Stifter die
kongeniale Möglichkeit, das lokale meteorologische Gewitter – den Störfall seines erzählerischen Kosmos – radikal zu depotenzieren, den semantischen Gel-
tungsbereich des Gewitterbegriffs in den Erdmagnetismus hinein zu verschieben
und auf die Intensität einer unmerklichen Dauererregung des Erdballs festzulegen.
Zugleich hält Stifters kinästhetische Metapher des Schauerns in ihrem Appell an
das Witterungsorgan der Haut auch für das magnetische Gewitter noch die etymologische Prägung des Gewitter- und Wetterbegriffs als Intensivum von ‚wehen'

---

[41]Ebd.

[42]Ebd., 437.

[43]Ebd., 198.

[44]Ebd., 436 f.

[45]In Anlehnung an Humboldt werden diese Perturbationen noch heute magnetische Stürme genannt,
nun aber auf Sonnenwinde zurückgeführt.

[46]Humboldt: *Kosmos* (wie Anm. 40), 185.

präsent[47] und verweist die Suche nach den Ursachen (un)merklicher Kraftwirkungen damit auf die Sphäre jenes dynamisch-transitorischen Unsichtbaren, das vorzüglich im Wehen der Luft spürbar wird.

Steht hinter Stifters Fokus auf die Elektrizität das *horrendum* des Blitzschlags, so ist mit jener auch dieses gebändigt und wie das Gewitter durch ein magnetisches Gegenstück komplementiert, dessen Entladung nicht tötet, sondern rettet: das Nord- bzw. Polarlicht, das Faraday 1844 als magnetisches Phänomen nachweisen konnte und das nach Humboldt auftritt, wenn die Störung im Verteilungsgleichgewicht des Erdmagnetismus eine große Stärke erreicht und dieses, wie beim elektrischen Gewitter, durch eine von Lichtentwicklung begleitete Entladung wiederhergestellt wird.[48] In Stifters nach dem elektrisch polarisierbaren Quarzgestein benannter Erzählung *Bergkristall* sichert das „sanfte[] Zuken" des himmlischen „Gewitterstoff[s]" (HKG 2.2, 228) im Nordlicht – nicht kausal, aber dramaturgisch verschränkt mit dem unterirdischen Donner des Eises – das Wachbleiben und Überleben der Kinder, denen hier die „Natur in ihrer Größe" (HKG 2.2, 227), Aufmerksamkeit heischend und damit lebensrettend, zur Hilfe kommt, sodass nach Wiederherstellung des elektromagnetischen Gleichgewichts mit der erfolgreichen Rettungsaktion auch ein neues Miteinander zwischen den sozialen Kraftfeldern der beiden Dörfer begründet werden kann.

Von den niedrigschwelligen Kraftwirkungen, die in der „Vorrede" die metonymisch gleitende Infinitivreihe aufruft, über die Engführung von überkochender Milch und Vulkanausbruch als verschieden starker Manifestationen derselben thermodynamischen „Kraft" (HKG 2.2, 10) bis zu der integralen „electrische[n] und magnetische[n] Kraft" (HKG 2.2, 11) um den Erdball, die „das Gesez" (HKG 2.2, 12) der Natur repräsentiert, impliziert Stifters Argument der ‚Kraft' – im physikalischen Teil der „Vorrede" tritt es nur im Singular auf – die Unzerstörbarkeit und Umwandelbarkeit, die Mayers und Helmholtz' Formulierungen des Krafterhaltungsgesetzes in den 1840er Jahren zugrunde liegt und bei Helmholtz letztlich zur Ablösung des Kraft- durch den Energiebegriff führt. Wie Mayer behält Stifter den Kraftbegriff bei, unterstellt implizit aber wie Helmholtz einen „Vorrath[]" an Energie, der durch allen bunten Wechsel der Naturprozesse nicht vermehrt, aber auch nicht vermindert werde" und sich „als lebendige Kraft bewegter Massen", „als regelmässige Oscillation in Licht und Schall", „als Wärme, das heisst als unregelmässige Bewegung der unsichtbar kleinen Körpertheilchen", „als innere

---

[47]Art. ‚Wetter'. In: Johann Christoph Adelung: *Grammatisch-kritisches Wörterbuch der Hochdeutschen Mundart mit beständiger Vergleichung der übrigen Mundarten, besonders aber der oberdeutschen.* Zweyte, verm. und verb. Ausgabe. 4 Bde. Leipzig 1793–1801; hier: Bd. 4: Seb–Z, Sp. 1512.

[48]Während Humboldt das Nordlicht aber noch als meteorologisches Phänomen deutet und der Erde zuschreibt, sieht man es heute vom Weltraumwetter verursacht.

Spannung und Druck elastischer Körper", „als chemische Anziehung, elektrische Ladung oder magnetische Vertheilung" zeigen könne.[49]

Ist Stifters Fokuswechsel vom punktuell Spektakulären auf das durch ausdauernd-geringfügige Kraftwirkung repräsentierte „Ganze", „Allgemeine" und „allein [...] Welterhaltende" (HKG 2.2, 10) neben dem Kontinuitätsprinzip maßgeblich durch das Krafterhaltungsprinzip bedingt, so profiliert er dieses an der global, aber subliminal wirksamen Elektrizität erkenntnistheoretisch: Erst die technisch ermöglichte Erweiterung der Beobachterperspektive auf die Sphäre unterhalb der Wahrnehmungsschwelle erschließt am gleichsam seismographischen Medium der Magnetnadel die wahre Bandbreite des Wirkungsspektrums und die wahre Größe des Wirkungsraumes der Elektrizität diesseits der vermeintlich großartigen, tatsächlich nur punktuellen Entladung im Blitz. Minimale Abweichungen der Nadel rund um den Globus, die im Maß der Winkelgrade datiert und entlang der gelisteten Messdaten rekonstruiert werden, indizieren die maximale Ausbreitung einer alles umfließenden Kraft, die, verbreitet auf dem „ungeheuren Schauplaz" der „ganzen Erde" und des „ganzen Himmel[s]", das eigentlich „Große[]" in der Natur" (HKG 2.2, 11) darstellt. Epistemologisch ist der Fokus damit von unscheinbaren Phänomenen auf gänzlich unsicht- und unspürbare, zugleich aber vitale Kraftwirkungen verschoben; auf die poetologischen Implikationen der im Geringsten das Größte, in unmerklicher Stärke globale Kraft- und Welterhaltung erschließenden Methode weist die „Vorrede" ausdrücklich hin: Analog zu „allerlei Spielereien für junge Herzen", mit denen der Erzähler und selbsterklärte Sammler Stifter – seinerseits „von ganz anderen Gesezen geleitet" als „Großes oder Kleines zu bilden" (HKG 2.2, 9) – „ein Körnlein Gutes dem Baue des Ewigen beizutragen" (HKG 2.2, 9 f.) hofft, ist es die vermeintliche „Spielerei" (HKG 2.2, 10) empirisch-induktiver Beobachtung (hier am technischen Apparat), gewissenhafter Messung und Verzeichnung, die in den gelisteten Daten ein höchstes Gesetz entdeckt und über dem Sammeln von „Körnchen nach Körnchen" (HKG 2.2, 11) selbst eine „ehrfurchterregend[e]" (HKG 2.2, 10) Würde erlangt.

Zeit und Maß

Gelöst von meteorologischer Kontingenz gibt die Elektrizität als Kronzeugin der hinter dem „Auffälligen" (HKG 2.2, 11) verborgenen Gesetzhaftigkeit der Natur auch „das sanfte Gesez" vor, „wodurch das menschliche Geschlecht" – durch die Zeit – „geleitet" (HKG 2.2, 12) werde. Wie in Herders Geschichtsphilosophie impliziert der Analogieschluss von „innere[r]" und „äußere[r] Natur" die Naturgesetzlichkeit beider Domänen und subsumiert Menschheitsgeschichte und Moralsphäre der in der „Schöpfung" (HKG 2.2, 11) vorfindlichen Ordnung; die Formel vom ‚sanften Gesetz' verschränkt die Autorität der neuzeitlichen Physik

---

[49]Helmholtz, Hermann von: Über das Ziel und die Fortschritte der Naturwissenschaft [1869]. In: Ders.: *Populäre wissenschaftliche Vorträge.* Braunschweig 1871, Bd. 2, 181–211; hier: 197.

mit der metaphysischen Würde der alttestamentlichen Gottesoffenbarung von zugleich absoluter Setzungsgewalt und antimajestätischer Eindringlichkeit und macht beide Referenzen für eine antirevolutionäre Gesellschaftsordnung langsamer Entwicklungsprozesse im Sinne des erdgeschichtlichen Gradualismus geltend. Wie der physikalische Teil der „Vorrede" zielt auch der moralische auf Kraft- und Bestandserhaltung:[50] Ist es in energetischer Hinsicht auf den Organismus die „Arbeitsamkeit, wodurch wir erhalten werden" (HKG 2.2, 13), so sichern auf gesellschaftlicher Ebene individuelle „Kräfte" mit dem „Bestand des Einzelnen" auch „den Aller" (HKG 2.2, 12). Zerstörten aber Einzelne zur unbedingten eigenen Bedürfnisbefriedigung die Lebensbedingungen anderer, so „ergrimmt etwas Höheres in uns" und mobilisiert auf „das Bestehen der gesammten Menschheit hinwirken[de]" Kräfte, die das gestörte Gleichgewicht wiederherstellen, wodurch wir uns „noch viel höher und inniger" denn „als Einzelne fühlen", nämlich „als ganze Menschheit" (HKG 2.2, 12), „menschlich verallgemeinert" und „in der ganzen Menschheit erhoben" (HKG 2.2, 13). Wer angesichts historischen Unrechts „Mitleid" verspürt und „das Tragische" im Untergehen der Gerechten empfindet, den hebt die Gewissheit der (unterstellten) Marginalität des Bösen in der Weltgeschichte zugleich „mit Schauern in den reineren Äther des Sittengesezes" (HKG 2.2, 14) empor.[51] Das Ergrimmen über Ungerechtigkeit und das Schauern als Empfindung des Tragischen markieren die höchsten Stärke- und Erregungsgrade einer Teilhabe an „Gerechtigkeit" und „Sitte" als strukturbildender „Kräfte" (HKG 2.2, 13) der Geschichte,[52] die, so tautologisch wie bei

---

[50]Auch das fünfzehnte Buch von Herders *Ideen für eine Philosophie der Geschichte der Menschheit* bestimmt nach einem mechanischen Prinzip von Wirkung und Gegenwirkung Individuum wie Gesellschaft jeweils als „ein daurendes Natursystem der vielfachsten lebendigen Kräfte", die nach „Ebenmaß" und „Gleichgewicht" streben (Herder: *Sämmtliche Werke* (wie Anm. 14), Bd. 14, 226).

[51]Das „Erhabene", das Stifter nicht für die Konfrontation mit den Naturgewalten, wohl aber für die Betrachtung des in den „Bewegungen" der Geschichte manifest werdenden „Gesez[es] der Gerechtigkeit und Sitte" (HKG 2.2, 13) gelten lässt, ist hier als Intensitätsempfindung konzipiert. Eine solche hatte Kant jenen „prächtig einherziehende[n]" (ebd., 10) Erscheinungen zugesprochen, die Stifter im ersten Teil der „Vorrede" gezielt depotenziert: Kant zufolge gelten „am Himmel sich auftürmende Donnerwolken, mit Blitzen und Krachen einherziehend, Vulkane in ihrer ganzen zerstörenden Gewalt, Orkane mit ihrer zurückgelassenen Verwüstung" oder „der grenzenlose Ozean, in Empörung gesetzt", als „erhaben", insofern sie im ästhetischen Urteil „die Seelenstärke über ihr gewöhnliches Mittelmaß erhöhen" (Kant, Immanuel: Kritik der Urteilskraft. In: Ders.: *Kant's Gesammelte Schriften*. Hg. von der Königlich Preußischen Akademie der Wissenschaften. Berlin 1908, Abt. I, Bd. 5, 261).

[52]Wie in der Geschichtsphilosophie des späten 18. Jahrhunderts spielt der Kraftbegriff auch im frühen Historismus eine zentrale Rolle als geschichtliches Strukturprinzip. So sah Leopold von Ranke in der Weltgeschichte „geistige, Leben hervorbringende, schöpferische Kräfte, [...] moralische Energien, die wir in ihrer Entwickelung erblicken"; diese seien zwar nicht zu „definieren", man könne sich aber „ein Mitgefühl ihres Daseins [...] erzeugen" (Ranke, Leopold von: *Die großen Mächte* [1833]. Neu hg. von Friedrich Meinecke. Leipzig 1916, 60). Auch in der Geschichtsbetrachtung appelliert ‚Kraft' an innerlichen Nachvollzug – und legt zugleich die Analogie mit äußeren Naturgewalten vorzüglich des Meteorologischen nahe: Carl von Rottecks *Allgemeine Geschichte,* nach der Stifter selbst unterrichtete, stellt den „geräuschvollen Begebenheiten" der Weltgeschichte „jene *leise eintretenden Veränderungen*" entgegen, „welche umfassender und dau-

Helmholtz,[53] zugleich als *das* „menschenerhaltende [Gesez]" (HKG 2.2, 15) identifiziert werden[54] – den Plural, der statt der unanfechtbaren Instanz ‚Natur' die kontingente Sphäre des Politischen ins Spiel brächte, vermeidet Stifter. In strikt geführter Analogie zur Elektrizität als geophysikalischer Universalkraft, deren Autorität am Ende des physikalischen Teils der „Vorrede" auf das als „Wunder" sich erhebende „Gesez" (HKG 2.2, 12) der Natur schlechthin übergeht, bemessen sich Wirk- und Geltungsmacht des Sittengesetzes nach maximaler räumlich-zeitlicher Ausbreitung bei minimaler Stärke an den zahllosen gleichzeitig affizierten Einzelposten: Wie die Elektrizität den gesamten Erdkörper „umfließ[t]" und „sanft und unablässig verändernd bildend und lebenerzeugend sich darstell[t]" (HKG 2.2, 11), so wirkt auch „das Sittengesez still und seelenbelebend durch den unendlichen Verkehr der Menschen mit Menschen" (HKG 2.2, 14). Das „Erhabene" „unmeßbar große[r] Kräfte", die „in der Zeit oder im Raume auf ein gestaltvolles vernunftgemäßes Ganzes zusammen []wirk[en]" (HKG 2.2, 13 f.), wird nicht in der weitgehend ausgesparten Weltpolitik, sondern in den Annalen des Alltäglichen im zwischenmenschlichen Umgang konkret.

Schlüssel zur Erkenntnis von Natur und Gesellschaft sind jeweils mikrologische Beobachtungs- und Aufzeichnungsverfahren, die auch das Unscheinbare und Ereignislose protokollieren: Erst die Sammlung erdmagnetischer Messdaten „tagtäglich zu festgesetzten Stunden" (HKG 2.2, 10) und deren Verzeichnung in tabellarischen Spalten auf „zusammengestellten Tafeln",[55] die für jeden Messzeitpunkt einen aussagekräftigen Messwert vorsehen, erschließen eine untergründige Kontinuität elektromagnetischer Kraftwirkungen und implementieren ein chronologisches, lineares Prinzip, entlang dessen sich für das „geistige" (HKG 2.2, 11) Auge

---

ernder als die mächtigsten Stürme wirken" (Rotteccks, Carl von: *Allgemeine Geschichte*. Freiburg [11]1835, Bd. 1 [1813], 39). Gegen deren „Kraft" macht Rotteck, Kernaspekte von Stifters „Vorrede" geradezu vorwegnehmend, in pastoral-idyllischer Topik „den stillen, aber allbelebenden Hauch des Frühlings" und die „langsamen aber unwiderstehlichen Einflüsse der Witterung und der Jahreszeiten" geltend (ebd.). Herder hingegen vermittelt Gewalt und Sanftheit, Kontingenz und Regularität der Naturkräfte zugunsten des Erhaltungsprinzips: „Auch die Stürme des Meers, oft zertrümmernd und verwüstend, sind Kinder einer harmonischen Weltordnung und müssen derselben wie die säuselnden Zephyrs dienen. […] Wie die Stürme des Meers seltner sind als seine regelmäßigen Winde, so ist's auch im Menschengeschlecht eine gütige Naturordnung, *daß weit weniger Zerstörer als Erhalter in ihm geboren werden.*" (Herder: *Sämmtliche Werke* [wie Anm. 14], Bd. 14, 215).

[53]Siehe Anm. 23.

[54]Auch Stifters Aufsatz *Die Poesie und ihre Wirkungen* bestimmt die Sitte als genuin anthropologische Kategorie, als „[d]as höchste Gesez des Menschen als Menschen, wodurch er einzig von allen Geschöpfen absteh[e]" (HKG 8.1, 127).

[55]Zur Rolle der „Täfelchen" bei Stifter siehe den Beitrag von Elmar Locher in diesem Band.

der Wissenschaft eine höhere Gesetzmäßigkeit des Geschehens und die Norm statistischer Werte abzeichnen.[56] Der Fokuswechsel von der punktuellen Erscheinung
schlagkräftiger Größe zu kontinuierlicher, ubiquitärer Wirksamkeit in kleinen
Dosen bedingt einen Wechsel der Zeitstruktur des Beobachtens selbst: Der *kairos*
der akuten Konfrontation mit der „Furcht und Bewunderung" (HKG 2.2, 11) erregenden Übermacht der Elementargewalten wird, dem Kontinuum der herabgemilderten Kraftwirkung folgend, zum *chronos* einer steten, tendenziell lückenlosen
Pulsmessung am Erdkörper eingeebnet,[57] die dessen immanente Systematik als
einzig gültiges „Gesez" und „Wunder" (HKG 2.2, 12) einzusehen lehrt. Entsprechend entdeckt der auf die Historie verwiesene „Menschenforscher" (HKG 2.2,
13)[58] in den „gewöhnlichen alltäglichen in Unzahl wiederkehrenden Handlungen
der Menschen" das Gesetz der Sitte als mechanischen „Schwerpunkt" (HKG 2.2,
14).[59]

Die eingenommene Perspektive auf ein imaginäres Tableau historischer Entwicklungsstufen ist die des distanzierten Philosophen, der auf die Verallgemeinerung des Menschlichen zielt und dazu aus dem Vermögen zu jenem „Überblick
über ein Größeres" (HKG 2.2, 15) schöpft, das er am historischen Gipfelpunkt
der Selbstvervollkommnung des Menschengeschlechts verortet. Die schon von
den „Alten" verfochtene Moral der „Mäßigung" und Relativierung des „Einseitige[n]", „nur von einem Standpunkte Gültige[n]", zugunsten der Verträglichkeit
mit dem „Allgemeine[n]" (HKG 2.2, 15) gewinnt damit auch epistemologische
Relevanz als proto-wissenschaftliche Technik der (Selbst)Objektivierung.

---

[56]Paul Fleming bezieht die in der „Vorrede" zu *Bunte Steine* propagierten Moralvorstellungen im
antiken ethischen Sinn des goldenen Mittelmaßes auf Adolphe Quetelets sozialstatistisches Mittelwertkonzept, ohne allerdings den naturwissenschaftlichen Kontext und den bei Stifter paradigmatischen Stellenwert von Elektrizität und Meteorologie zu berücksichtigen, in deren Rahmen
statistische Verfahren konkret zum Einsatz kommen (Fleming, Paul: *Exemplarity and Mediocrity. The Art of the Average from Bourgeois Tragedy to Realism.* Stanford 2009, 139–162). Siehe
hierzu Attanucci, Timothy: *„The Gentle Law" of Large Numbers: Meteorology, Statistics, and
Stifter's Poetics of Small Things* [noch unveröffentliches Manuskript].

[57]Zum wissensgeschichtlichen Wechsel der Wetterbeobachtung von der ‚Zeit der Meteore', der
Ausrichtung auf einzelne, hervorgehobene kairologische Momente, die schicksalhaft semantisiert und sakralisiert werden, zur chronometrisch organisierten Datensammlung der modernen
Meteorologie und Klimatologie siehe, im Anschluss an Michel Serres, Golinski, Jan: *British
Weather and the Climate of Enlightenment.* Chicago/London 2007, 78 f.

[58]Anders als der „feinere Menschenforscher" im einleitenden Abschnitt zu Schillers psychosozialer Fallgeschichte *Der Verbrecher aus verlorener Ehre* zielt Stifters „Vorrede" zu *Bunte Steine*
programmatisch auf eine Chronik des Alltäglichen als Traggrund der Gesellschaft; die Erzählungen gehen gleichwohl wie Schillers Erzähler von den „Verirrungen" Einzelner im Konflikt mit
allgemeinen Normen aus (Schiller, Friedrich: *Schillers Werke.* Nationalausgabe. Begr. von Julius
Petersen, fortgef. von Lieselotte Blumenthal und Benno von Wiese, hg. im Auftrag der Stiftung
Weimarer Klassik und des Schiller-Nationalmuseums in Marbach von Norbert Oellers. Weimar
1954, Bd. 16, 7).

[59]Eine zweite Metapher von den Alltagshandlungen als den „Millionen Wurzelfasern des Baumes
des Lebens" (HKG 2.2, 14) am Fundament der Gesellschaft führt im Sinne der Wachstumsidee
auch das biologische Argument fort.

Über das Bindeglied der Geschichtsschreibung legitimiert die naturwissenschaftliche Methodik die für Stifters mittleres und spätes Werk grundlegenden poetischen Verfahren: das in der Einleitung zu *Bunte Steine* reflektierte Sammeln und Aneinanderreihen von Unscheinbarem, das chronologische Erzählen und die Mimesis minderer, wiederkehrender Alltagshandlungen diesseits der „großen Züge[]" (HKG 2.2, 14) des Epischen sowie die distanziert-objektivierende Erzählperspektive, die sich aus den frühen, novellistisch-krisenhaften Erzählungen der 1840er Jahre heraus entwickelt. Das moralische Gebot der Selbstbeherrschung, für das der Brief an Buddeus schon 1847 die energetische Formel von der niedrigschwelligen Langzeitwirkung wahrer, verhaltener Größe formuliert, und die chronologische Einebnung des Erzählens bedingen einander, insofern die hochgradigen Erregungen affektiver Augenblicke – metaphorisch mit dem Gewitter gleichgesetzt oder narrativ mit diesem enggeführt – ein auf kritische Höhe- und Wendepunkte zugespitztes dramatisch-novellistisches Erzählen, unscheinbar-sanfte Nachhaltigkeit wahrer innerer Kraft und folgerichtiger mimetischer Handlung aber den langen Atem metonymisch gleitender syntagmatischer Beschreibung erfordern.[60]

Die zunehmende Depotenzierung eines kairologischen Zeitverständnisses zugunsten kalkulierbarer Kontinuität kleinteiligen Alltagsgeschehens, überraschungsarmer Konstanz und stoischer Apathie der Charaktere hat Stifter in *Die Mappe meines Urgroßvaters* therapeutisch motiviert: als rehabilitatives Schreibprogramm zur nachträglichen Entlastung von der Zumutung, den Schock des Wirklichen – hier eines mutmaßlichen Liebesverrats – prompt und adäquat parieren zu müssen. Dem geht im Dienste der Affektreinigung rigider Erfüllungsaufschub zur Erprobung der Konstanz von Gefühlen *à la longue* einher. Programmatisch zelebriert die Großerzählung *Der Nachsommer* für die Zeit nach der fatalen Verfehlung des rechten Liebesaugenblicks die kompensatorische Pflege einer entpassionierten Altersbeziehung zur zyklisch wiederkehrenden Sommerszeit und revidiert die nachgereichte katastrophische Vorgeschichte in der erosfreien Bildungs- und Liebesgeschichte des jungen Drendorf.[61] Um initial aber ein narratives Ereignis zu provozieren, ist es nötig, im drohenden, nicht zum Ausbruch kommenden Gewitter die von der zeitgenössischen Klimatologie zunehmend der Statistik unterworfene Kontingenz des Meteorologischen aufzurufen, dessen Potential aber nicht zu aktualisieren – die in der Schwebe gehaltene Wetterfrage entbindet die verhaltene „Kraft" eines auf ein dramatisches Minimum reduzierten Erzählens, die dem eigenen Anspruch nach

---

[60]Während der genuin ästhetische Reiz einer syntagmatisch-metonymischen Textstruktur wie der Infinitivreihe der „Vorrede" in einer Tendenz zur „Ausschöpfung des Paradigmas" (Drügh, Heinz: *Ästhetik der Beschreibung. Poetische und kulturelle Energie deskriptiver Texte (1700–2000)*. Tübingen 2006, 17) im Sinne der poetischen Sprachfunktion Jakobsons liegt, so steht das energetische Potential des sprachlichen „Intensitätsgefüge[s]" (Boehm: *Kraftfeld* (wie Anm. 10), 355) mit wachsender Tendenz zu variationsloser Aufzählung und schmuckloser, auf Durchsichtigkeit der Rede angelegter Parataxe rezeptionsästhetisch zur Disposition.

[61]Siehe hierzu Zumbusch, Cornelia: Nachgetragene Ursprünge. Vorgeschichten im Bildungsroman (Wieland, Goethe und Stifter). In: *Poetica* 43 (2011), 267–299.

„desto nachhaltender" wirkt, je „sanfter und unscheinbarer" sie sich entfaltet (PRA 17, 248).[62]

Sanftmut und Latenz

Ihre Idealvorstellung gelungenen Lebens entwirft die „Vorrede" zu *Bunte Steine* im objektivierenden Über- und imaginären Rückblick auf „[e]in ganzes Leben voll Gerechtigkeit Einfachheit [...] Verstandesgemäßheit", das nur durch „Bezwingung seiner selbst" zu erreichen ist und „mächtige Bewegungen des Gemüthes" (HKG 2.2, 12) ausschließt bzw. – analog zu Sturm, Blitz, Vulkanausbruch und Erdbeben auf der geophysikalischen Ebene – zu punktuellen Erregungserscheinungen relativiert. Selbstbezwingung ist dabei als intensive Größe konzipiert: als innere Spannkraft, die die Empfindungsstärke affektiver Impulse unterhalb einer Erregungsschwelle des Mitreißenden hält. In diesem Sinn plädiert Schillers 13. Brief *Über die ästhetische Erziehung des Menschen* dafür, den sinnlichen „Trieb" ‚abzuspannen', in seiner „Energie" zu mindern, und die „Intensität" sinnlicher Eindrücke durch die „moralische Intensität" der Vernunft zu ‚mäßigen', indem sinnliche Reize in die Fläche der Erscheinungen verteilt und dafür jeweils in ihrer Tiefe respektive Stärke beschnitten werden.[63]

Gleichmäßige Verteilung von Kraft zugunsten energetischer Selbsterhaltung über Verluste von Einzelposten hinweg sieht schon die immanente Moral der *Studien* vor, die, am konsequentesten in der *Abdias*-Erzählung, metaphorisch und diegetisch-konkret von Argumenten des Elektrischen und des Magnetischen getragen wird: So hängt die Ausgeglichenheit von Charakter und Lebensführung nach einer Erzählerreflexion für den Einzelnen davon ab, seine „Liebe" zu „theilen" und „von vielen Dingen" – magnetisch – „sanft gezogen" zu werden, wohingegen „andere" wie Abdias selbst „nur eines" haben und, gleichsam elektrifiziert, „das Gefühl dafür steigern [müssen], daß sie die übrigen tausend linden Seidenfäden des Wohles entbehren lernen, womit das Herz der erstern täglich süß umhüllet und abgezogen wird" (HKG 1.5, 299). In einer Erzählung, die an der bioelektrischen Erregbarkeit ihrer Protagonisten bis hin zum tödlichen Blitzschlag auch eine Anthropologie der Elektrizität entfaltet und dazu sowohl den Mesmerismus als auch Faradays Feldtheorie integriert,[64] geht es nach der suggestiven Sinnofferte der Magnetmetaphorik moralisch um die gleichmäßige Verteilung affektiver Energien, physikalisch um die

---

[62]Hinsichtlich der Konzeption und Organisation von Zeit arbeiten Stifters Texte damit einer Kernabsicht menschlichen Erzählens entgegen: der Wiederaufladung des gleichförmigen, metrisierten Zeitverlaufs mit dem *kairos* sinnstiftender Ereignisse (vgl. Kermode, Frank: *The Sense of an Ending. Studies in the Theory of Fiction with a New Epilogue.* New York 2000, 46). Stifters späte Texte tendieren demgegenüber dazu, das den Zeitlauf skandierende Syntagma vom Ereignis der Bedeutung zu entleeren und den ästhetischen Reiz energetischer Intensität und gleitender Übergänge in *histoire* und *discours* zu tilgen.

[63]Schiller, Friedrich: Über die ästhetische Erziehung des Menschen. In: Ders.: *Schillers Werke* (wie Anm. 58), Weimar 1962, Bd. 20, 352.

[64]Schuster: *Verkettungen* (wie Anm. 8), 256–258.

rechte Dosierung der Elektrizität, die sich global gesehen „sanft und unablässig verändernd bildend und lebenerzeugend" (HKG 2.2, 11) zeigt, wie die „Vorrede" zu *Bunte Steine* postuliert, im „Unmaß" (HKG 8.2, 329) aber tödlich wirkt, wie der dritte *Winterbrief aus Kirchschlag* ergänzt. Doch nicht das Gewitter sei die höchste Wirkung der Elektrizität, wie hier erneut insistiert wird; vielmehr werde

> „das sanfte, holde und lindernde Strömen derselben in dem All […] das lebenserwekendste und beseligendste sein, wie jedes zarte Maß beglükt, das Unmaß zerrüttet. Wie ein Zustand ohne alle Electricität wäre, wissen wir nicht; wie zu viel Electricität wirkt, wissen wir; sie tödtet." (HKG 8.2, 329)

Anno 1866, in demselben Jahr, in dem Werner von Siemens die Stromerzeugung zur Serienreife bringt und elektrischer Strom (nach der von Benjamin Franklin eingeführten Fluidmetapher) zum Inbegriff verfügbarer Energie avanciert, propagiert Stifter das freie kosmische „Strömen" der Elektrizität in Korrespondenz zu dem Wehen der Luft und dem Wogen des Meeres einmal mehr als Paradigma des rechten, innere Spannkraft regulierenden Maßes, das sich in kontinuierlichen, potentiell unendlichen energetischen Impulsen mitteilt und gleichmäßig, aber unmerklich verteilt.

Moralisches Komplement dieser sanften Intensität im zuträglichen Mittelspektrum zwischen den Extremen ist die Sanftmut, programmatisch verkörpert in der Figur des Obristen in *Die Mappe meines Urgroßvaters*.[65] Erhebt der Pädagoge Stifter auch den Anspruch, den Charakter der Zöglinge im Sinne Ovids durch Poesie zu sänftigen,[66] so ist Sanftmut in seinen Erzählungen vielmehr der bittersüße Ertrag eines dem Liebesverrat oder Liebesverlust folgenden Lernprozesses, der Schmerz und Verzweiflung lindert und deren energetisches Potential auf das Langzeitprojekt der zweiseitigen Veredelung von innerer und äußerer Natur umlegt.[67] Vom „sanfte[n] Gesetz der Schönheit, das [!] uns zieht" (HKG 1.2, 255), spricht schon Brigitta in der gleichnamigen, 1843 erstveröffentlichten Novelle, um Jahrzehnte nach dem erlittenen ehelichen Vertrauensbruch die

---

[65]„Der sanftmüthige Obrist" lautet der Titel eines Kapitels der *Mappe,* in dem der Obrist als väterlicher Freund dem vom Selbstmord abgehaltenen jungen Augustinus die eigene wendungsreiche Lebensgeschichte erzählt: vom jugendlichen Heißsporn zum Familienvater und vom trostlosen Witwer zum umsichtigen Erzieher seiner Tochter und Sorgetragenden auch für das Gemeinwohl der Landbevölkerung.

[66]„Emollit mores […]'" (HKG 8.1, 141) – sie sänftigt die Sitten, so zitiert Stifter in dem Aufsatz *Die Poesie und ihre Wirkungen* direkt (andernorts auch indirekt) aus Ovids *Epistulae ex Ponto. Der Nachsommer* als Großerzählung von den Selbsttechniken der Besänftigung traut diese Leistung der Poesie allein nicht zu: Vermag die durch Kunst und Wissenschaft im jungen Drendorf erregte Freude inneren Schmerz nicht nachhaltig zu betäuben, so ist es methodisch-praktisch vielmehr das „Regelmäßige" einer „festen, ernsten, strengen Beschäftigung" nach striktem täglichem Zeitplan, das „seine sanfte Wirkung" auf ihn tut (HKG 4.2, 171).

[67]Siehe hierzu Schuster, Jana: Sanftmütige Gärtner, oder: post-katastrophische Kulturation im frühen Anthropozän. Bio- und Geonarrative bei Adalbert Stifter. In: Gabriele Dürbeck/Jonas Nesselhauf (Hg.): *Repräsentationsweisen des Anthropozän in Literatur und Medien. Representations of the Anthropocene in Literature and Media.* Berlin 2019, 29–47.

Attraktion der schönen Gabriele auf ihren Gatten Murai als quasi-magnetische Anziehungskraft und unweigerlich-naturgesetzliche Notwendigkeit zu exkulpieren. Die metaphorische Engführung von magnetischer Anziehung und erotischem Reiz ist topisch – den Eros des Augen-Blicks zwischen Murai und Gabriele aber als sanft zu postulieren, bleibt das unwahrscheinliche Kunststück einer tödlich gekränkten Seele, die im Moment der tiefsten Enttäuschung ihr „aufgequollne[s] schreiende[s] Herz gleichsam in ihre Hand [nimmt], und zerdrückt[]" (HKG 1.2, 244), die Ehe löst und sich der Urbarmachung der ungarischen Steppe widmet. Die propagierte Sanftheit des dem Geschlechtstrieb unterstellten Naturgesetzes zeugt hier vielmehr von der nach symbolischer Selbsttötung qualvoll erlangten Sanftmut der Sprecherin.

So sind Stifters Sanftmütige Figuren des „Nachsommer[s] nach schweren lärmenden Gewittern" (HKG 1.1, 206), wie erstmals 1840 *Der Hochwald* formuliert – die Phase der dem Erotischen sprichwörtlich zugeschriebenen, in *Das Haidedorf* konkretisierten Schwüle und jener „feurigen gewitterartigen Liebe" (HKG 4.3, 223), die *Die Narrenburg* in der Gewitternacht des Ehebruchs in Szene setzt und die in *Der Nachsommer* programmatisch ausgespart bleibt, haben diese postkatastrophischen Existenzen überwunden, die Impulse ihrer Leidenschaft im unbedingten Begehren haben sich längst entladen, ihre inständige Kraft liegt nunmehr in der Intensität moralischen Handelns nach dem sanften Gesetz der Sitte bei möglichst ausgewogener Verteilung ihrer Energien und Affekte auf möglichst viele dem Anspruch nach auch das Gemeinwohl befördernden Interessen. Die idyllische Sanftheit von Natur und Subjekt auf dem Motivationsgrund eingeklammerter katastrophischer Vorgeschichten schließt, wie Jean Paul für die Idylle fordert, die „heißen Wetterwolke[n] der Leidenschaft"[68] aus – wo das Gewitter, anders als im *Nachsommer,* noch ausbricht, steht es, wie in *Kalkstein,* im Zeichen des Überstanden-Habens.[69]

In der Konsequenz dieser Depotenzierung des Akut-Dringlichen, Dramatisch-Kritischen zu geringfügigen energetischen Dosen in gleichmäßiger Verteilung kehrt das vom kairologischen Augenblick losgelöste Katastrophische im Modus des Sanft-Beharrlichen zurück und erlangt, wie der Schneefall in *Bergkris-*

---

[68]Jean Paul: *Sämtliche Werke* (wie Anm. 26), Darmstadt 2000, I. Abt, Bd. 5, 260.

[69]„Es ist vorüber." (HKG 2.2, 78) – so besiegelt der nach dem frühen, unverstandenen Andrang des Eros zölibatär lebende Karpfarrer das Ende eines im Pfarrhaus stoisch ertragenen Gewitters, dessen gewaltige Ausmaße er im Sinne der „Vorrede" durch „[d]as Zarteste das Weichste der Natur [...] veranlaßt" (ebd., 84) weiß: „Die feinen unsichtbaren Dünste des Himmels, die in der Hitze mehrerer Tage unschädlich in dem unermeßlichen Raume aufgehängt sind, mehren sich immer, bis die Luft an der Erde so erhitzt und verdünnt ist, daß die oberen Lasten derselben niedersinken [...], wodurch sie sich sogleich zu Nebelballen bilden, das electrische Feuer erzeugen, und den Sturm wach rufen [...]." (ebd.).

tall und *Aus dem bairischen Walde*,[70] die beängstigende Intensität einer zu infini-
tem Wachstum gedehnten Eskalationsdynamik.[71] Die „Neigung zum Exzessiven,
Elementar-Katastrophalen, Pathologischen", die nach Thomas Manns Diagnose
„hinter der stillen, innigen Genauigkeit" von Stifters Naturbetrachtung „wirksam"
ist[72] und sich nach dem sanften Gesetz maximaler Ausdehnung bei minimaler
Kraftwirkung im Modus unendlich gradier- und kumulierbarer Impulse manifestiert, speist sich aus unterhalb ihrer kritischen Schwelle virulent gehaltenen Erre-
gungspotentialen. Im Medium des unendlich Subtilen wachsen die Gespenster des
Abgedrängten aus der Latenz zu unheimlicher Größe empor.

---

[70]Über das Frequentativ des Rieselns entsprechen die langsamen Katastrophen von End-
los-Schneefall oder Versandung auch morphologisch einem Modus des Sanften, der in seiner
Ausschließlichkeit zu anästhetischer Auslöschung führt. Zu dieser „Infinitesimaldramatik" siehe
den Beitrag von Hans-Georg von Arburg in diesem Band.

[71]Stifters letzter, autofiktionaler Text *Aus dem bairischen Walde* von 1867 über den Jahrhun-
dertschneefall im November 1866 protokolliert minutiös die horrenden Effekte, die die unwahrscheinliche Verstetigung der Temperatur auf dem Nullpunkt des Thermometers bei anhaltendem
Niederschlag zeitigt. Der Versuch, schriftlich jene „Wirkungen" einzuholen, „die weit über mein
Wissen gingen" (PRA 15, 338), dokumentiert die Maßlosigkeit kleinstteiliger Kontinuität auch
als Schreib- und Textprinzip.

[72]Mann, Thomas: *Die Entstehung des Doktor Faustus.* In der Fassung der Großen kommentierten
Frankfurter Ausgabe. Frankfurt a.M. 2012, 109.

Gesetz ohne Gesetz. Stifters Mikroethik

4

Felix Christen

Ein Sittengesetz aus empirischer Anschauung abzuleiten ist, aus einer kantischen Perspektive besehen, ein gefährliches Unterfangen. Zwar ist in den Naturwissenschaften Kant zufolge eine Verallgemeinerung der Erfahrung bis zu einem gewissen Grad möglich und üblich, weil zwischen a priori abgeleiteten physikalischen Gründen und der Physik als Erfahrungswissenschaft, die ihre Beobachtungen zu Prinzipien verallgemeinert, unterschieden werden kann.[1] Im Bereich der Ethik aber unterliegt die Verallgemeinerung des Empirischen stets der Gefahr eines vollständigen Irrtums. Die kantische Differenzierung der naturwissenschaftlichen Erkenntnismittel prägt auch Andreas Baumgartners 1824 in drei Bänden erschienene *Naturlehre nach ihrem gegenwärtigen Zustande mit Rücksicht auf mathematische Begründung*, mit der Stifter als Hauslehrer gearbeitet hat. Baumgartner unterscheidet zwischen „reine[r] Naturlehre" und „Erfahrungsnaturlehre",[2]

---

[1]Die Physik könne, so Kant, „manches Princip auf das Zeugniß der Erfahrung als allgemein annehmen, obgleich das letztere, wenn es in strenger Bedeutung allgemein gelten soll, aus Gründen a priori abgeleitet werden müßte" (Kant, Immanuel: *Kants Werke*. Akademie-Textausgabe. Unveränderter photomechanischer Abdruck des Textes der von der Preußischen Akademie der Wissenschaften 1902 begonnenen Ausgabe von Kants gesammelten Schriften. Berlin 1968, Bd. VI, 215; vgl. wegen der komplizierten editionsphilologischen Probleme, die der vielfach verderbte Druck der *Metaphysik der Sitten* aufwirft, auch: Ders.: *Metaphysische Anfangsgründe der Rechtslehre. Metaphysik der Sitten. Erster Teil*. Hg. von Bernd Ludwig. Hamburg ³2009; die zitierte Passage hier: 11).

[2]Baumgartner, Andreas: *Naturlehre nach ihrem gegenwärtigen Zustande mit Rücksicht auf mathematische Begründung*. Wien 1824, Bd. I, 4. Vgl. dazu Begemann, Christian: Metaphysik und Empirie. Konkurrierende Naturkonzepte im Werk Adalbert Stifters. In: Lutz Danneberg/ Friedrich Vollhardt/Hartmut Böhme/Jörg Schönert (Hg.) *Wissen in Literatur im 19. Jahrhundert*. Tübingen 2002, 92–126; hier: 102–105.

F. Christen (✉)
Zürich, Schweiz
E-Mail: felix.christen@ds.uzh.ch

© Springer-Verlag GmbH Deutschland, ein Teil von Springer Nature 2019
D. Giuriato und S. Schneider (Hrsg.), *Stifters Mikrologien*, Abhandlungen zur
Literaturwissenschaft, https://doi.org/10.1007/978-3-476-04884-4_4

wobei die ‚reine' Naturlehre nur deshalb notwendig ins Spiel kommt, weil sich „nicht läugnen" lasse, dass die durch die Sinne vermittelte Kenntnis der Gegenstände „immer das Gepräge des anschauenden und denkenden Subjectes an sich trägt".[3] Gegenüber dieser Unterteilung der Naturlehre in Verallgemeinerungen der Erfahrung auf der einen und aus „Gründen a priori"[4] abgeleitete Prinzipien auf der anderen Seite gibt es im kantischen Gebäude jedoch keine – auch keine wie bei der Physik mit Einschränkungen gültige – Erfahrungssittenlehre:

> „Allein mit den Sittengesetzen ist es anders bewandt [als mit den Naturgesetzen, F.Ch.]. Nur sofern sie als a priori gegründet und nothwendig *eingesehen* werden können, gelten sie als Gesetze, ja die Begriffe und Urtheile über uns selbst und unser Thun und Lassen bedeuten gar nichts Sittliches, wenn sie das, was sich blos von der Erfahrung lernen läßt, enthalten, und wenn man sich etwa verleiten läßt, etwas aus der letztern Quelle zum moralischen Grundsatze zu machen, so geräth man in Gefahr der gröbsten und verderblichsten Irrthümer."[5]

Diese entschiedene Entgegensetzung in der Erfassung von Natur- und Sittengesetzen, die Kant in seiner Moralphilosophie im ausgehenden 18. Jahrhundert mit unüberblickbarer Wirkungsgeschichte exponiert hat,[6] scheint für Stifter in der „Vorrede" zu den *Bunten Steinen* nicht zu gelten. Denn die Naturgesetze und das „Sittengesez" – ein Wort, das Stifter nur im Singular verwendet, es handelt sich stets um dieselbe ‚allgemeine Kraft' – sind nach ähnlichen und deshalb übertragbaren,[7] ja letztlich identischen mikrophysikalischen bzw. mikromoralischen Prinzipien am Werk, und sie sind empirisch bis zu einem gewissen (unvollständigen) Grad erschließbar:

> „So wie in der Natur die allgemeinen Gesetze still und unaufhörlich wirken, und das Auffällige nur eine einzelne Äußerung dieser Geseze ist, so wirkt das Sittengesez still und seelenbelebend durch den unendlichen Verkehr der Menschen mit Menschen, und die Wunder des Augenblikes bei vorgefallenen Thaten sind nur kleine Merkmale dieser allgemeinen Kraft." (HKG 2.2, 14 f.)

---

[3]Baumgartner: *Naturlehre* (wie Anm. 2), Bd. I, 3.

[4]Kant: *Kants Werke* (wie Anm. 1), Bd. VI, 215.

[5]Ebd.

[6]Vgl. zur unmittelbaren Wirkung der *Metaphysik der Sitten* die Zusammenfassung in: Ludwig, Bernd: Einleitung. In: Kant: *Metaphysische Anfangsgründe der Rechtslehre* (wie Anm. 1), XIII–XL; hier: XXIV–XXVI; spezifisch zu Stifters Kant-Rezeption Domand, Sepp: *Wiederholte Spiegelungen. Von Kant zu Goethe zu Stifter. Ein Beitrag zur österreichischen Geistesgeschichte.* Linz 1982; mit Blick auf die eher rudimentäre Darstellung von Kants Philosophie in den Stifter mit Sicherheit bekannten *Elementa philosophiae* von Likawetz Bauer, Werner M.: Philosophischer Zeitgeist. Adalbert Stifter und die ‚Elementa philosophiae' des Josef Calasanz Likawetz. In: Alfred Doppler/Johannes John/Johann Lachinger/Hartmut Laufhütte (Hg.): *Stifter und die Stifterforschung im 21. Jahrhundert. Biographie – Wissenschaft – Poetik.* Tübingen 2007, 67–83.

[7]Vgl. dazu Naumann, Barbara: Im Bilde des Gesetzes. Aspekte des Rechts bei Kleist und Stifter. In: *Poetica* 33/3–4 (2001), 503–523; hier: 511.

Die Ähnlichkeitsrelation der allgemeinen Gesetze der Natur und des Sittengesetzes bedeutet nun allerdings nicht, dass die Ethik als Wissenschaft vom
moralischen Handeln bei Stifter einfach eine Art Unter- oder Nebenwissenschaft
einer übergeordneten Naturwissenschaft wäre. Der entscheidende Umstand liegt
vielmehr darin, dass diese Ethik Stifters – und das wäre Kant zufolge ganz und
gar unmöglich – in eins mit den Wissenschaften von der Natur an der Erfahrung
orientiert ist. Sie ist keine *Meta*physik der Sitten, die in ihren Gesetzen von einem
obersten Gesetz abhinge, das unabhängig von der Erfahrungswirklichkeit operieren könnte und müsste. Vielmehr ist Stifters Ethik eine der Anschauung ver-
pflichtete und narrativ ausgeführte Moraltheorie, d. h. eine Betrachtung und
Erzählung menschlichen Handelns im Hinblick auf die diesem innewohnende
Moralität – eine Moralität, die nicht wie der sittliche Imperativ Kants vor der
Erfahrung immer schon *gegeben* ist, sondern die es als „sanfte[s] Gesez" (HKG
2.2, 12) allererst aus der Erfahrung zu *erkennen* gilt.[8]

Die Gesetzlichkeit dieser Moralität operiert diesseits juridischer Gesetzgebungen in einem Raum, in dem, wie Arno Schmidt zum *Nachsommer* pole-
misch vermerkt hat, kein einziges Mal ein Polizist Erwähnung findet.[9] Diese
Entkoppelung des Sittlichen von den juridischen Gesetzen lässt sich näher als eine
‚Mikroethik' bestimmen,[10] die sich an der Erfahrung orientiert: an Reihen einzelner, ‚kleiner' Erfahrungen (im Gegensatz zu einem einen allgemeinen Nomos etab-
lierenden singulären Gesetzesgrund) und an Techniken, die die Erfahrungen ordnen
und bearbeiten. Die mikroethischen Prinzipien überschneiden sich dabei mit der
„Experimentalität der Bildung" im *Nachsommer,* wie sie Michael Gamper scharf-
sichtig herausgearbeitet hat,[11] und erlauben es, Ulrich Kinzels Überlegungen zu

---

[8]Vgl. dazu auch Gamper, Michael: Stifters Elektrizität. In: Ders./Karl Wagner (Hg.): *Figuren der
Übertragung. Adalbert Stifter und das Wissen seiner Zeit.* Zürich 2009, 209–234; hier: 230.

[9]Schmidt, Arno: Der sanfte Unmensch. Einhundert Jahre ‚Nachsommer'. In: Ders.: *Nachrichten
von Büchern und Menschen, Bd. 2: Zur Literatur des 19. Jahrhunderts.* Frankfurt a.M. 1971,
114–136; hier: 124: „[S]o groß ist die Ordnung, daß ich mich nicht erinnern kann, im ganzen
Tausendseitenbuch auch nur einmal einen Polizisten erwähnt gefunden zu haben."

[10]Den Begriff ‚Mikroethik', der gegenwärtig auch in der Medizinischen Ethik Verwendung fin-
det zur Beschreibung der ethischen Implikationen alltäglichen ärztlichen Handelns, hat Karl-Otto
Apel als Gegenterminus zu der von ihm favorisierten ‚Makroethik' geprägt. Vgl. Apel, Karl-
Otto: *Transzendentale Reflexion und Geschichte.* Berlin 2017, 226–254, sowie ders.: A Planetary
Macroethics for Human Kind. The Need, the Apparent Difficulty, and the Eventual Possibility.
In: Eliot Deutsch (Hg.) *Culture and Modernity. East-West Philosophic Perspectives.* Honolulu
1991, 261–278. Vgl. zur Medizinischen Ethik Komesaroff, Paul A.: From Bioethics to Microeth-
ics. Ethical Debate and Clinical Medicine. In: Ders. (Hg.): *Troubled Bodies. Critical Perspectives on Postmodernism, Medical Ethics, and the Body.* Durham, NC 1995, 62–86; bes.: 67 f.;
Truog, Robert D. u. a.: Microethics. The Ethics of Everyday Clinical Practice. In: *Hastings Cen-
ter Report* 45/1 (2015), 11–17.

[11]Gamper, Michael: „Ich versuchte wieder und immer wieder". Experimentalität der Bildung in
Adalbert Stifters ‚Der Nachsommer'. In: Bettine Menke/Thomas Glaser (Hg.): *Experimental-
anordnungen der Bildung. Exteriorität – Theatralität – Literarizität.* Paderborn 2014, 171–186.

ethischen Projekten in der Literatur des 19. Jahrhunderts auf die Frage der Gesetze zuzuspitzen.[12] Nach Bemerkungen zu Stifters politischer Publizistik soll dazu am Beispiel der Vogelhaltung im *Nachsommer* die Darstellung moralischer Interaktionen zwischen Menschen und Tieren analysiert werden. Das – unerreichte – Ziel dieser Interaktionen ist eine Harmonie zwischen dem Haushalt der Natur und der menschlichen sittlichen Ordnung. Daran anschließend werde ich Überlegungen zur Struktur der Gastfreundschaft vorbringen, die mit Bezug auf kürzere Erzählungen bereits Gegenstand der Stifter-Forschung geworden ist.[13] Gastfreundschaft ist, wie Jacques Derrida in einem kleinen Buch zum Thema pointiert bemerkt hat, ein „Gesetz ohne Gesetz"[14] und deshalb besonders geeignet, Fragen zum Verhältnis von Ethik und Recht schärfer zu konturieren. So verstanden führt das Konzept der Gastfreundschaft in der Logik der Erzählungen Stifters auf paradigmatische Weise die allgemeinere Unterscheidung von juridischen Gesetzen und Sittengesetz vor Augen, die auch im Zentrum seiner rechtstheoretischen Texte steht. Stifters Mikroethik umreißt den Rahmen sittlichen Handelns auf eine Weise, durch welche die Handelnden die kodifizierten Gesetze entbehren könnten, wenn sie sittlich vollkommen ausgebildet wären. Diese Bildung zur Moralität bedarf nicht zuletzt der ästhetischen Erziehung und verweist damit neben der im *Nachsommer* prominenten Malerei, Skulptur und Musik auch auf die extensive Auseinandersetzung mit Literatur, wie sie beispielhaft Gustav mit der Lektüre von Goethes gesammelten Werken bevorsteht[15] und wie sie Stifters lange Erzählung auch selbst ihren impliziten ebenso wie ihren realen Leserinnen und Lesern abverlangt.[16]

Neben den genannten Künsten ist auch die Architektur nicht nur Gegenstand ästhetischer Bildung, sondern durch die Ordnungsstruktur, die zum Wohnen ebenso wie zur Betrachtung einladende Gebäude vorgeben, selbst Mittel der Erziehung zur Sittlichkeit. Die architektonische ist zugleich eine sittliche Ordnung

---

[12]Vgl. Kinzel, Ulrich: *Ethische Projekte. Literatur und Selbstgestaltung im Kontext des Regierungsdenkens. Humboldt, Goethe, Stifter, Raabe.* Frankfurt a.M. 2000 sowie neuerdings auch ders.: Ethos. In: Christian Begemann/Davide Giuriato (Hg.): *Stifter-Handbuch. Leben – Werk – Wirkung.* Stuttgart 2017, 298–301.

[13]Vgl. Fountoulakis, Evi: *Die Unruhe des Gastes. Zu einer Schwellenfigur der Moderne.* Freiburg i.Br. 2014, 67–88 (zu „Der Kuß von Sentze"); Bürner-Kotzam, Renate: *Vertraute Gäste – Befremdende Begegnungen in Texten des bürgerlichen Realismus.* Heidelberg 2001, 151–188 (zu *Zwei Schwestern* und *Der Hagestolz*).

[14]Derrida, Jacques: *Von der Gastfreundschaft.* Mit einer „Einladung" von Anne Dufourmantelle. Übers. von Markus Sedlaczek. Wien [2]2007 (frz. 1997), 64. Derrida postuliert eine „*Antinomie* […] zwischen *dem* Gesetz der Gastfreundschaft, dem unbedingten Gesetz der uneingeschränkten Gastfreundschaft […] auf der einen und *den* Gesetzen der Gastfreundschaft auf der anderen Seite, jenen stets bedingten und konditionalen Rechten und Pflichten, wie die griechisch-lateinische, ja jüdisch-christliche Tradition, wie alles Recht und alle Rechtsphilosophie bis Kant und insbesondere Hegel sie über die Familie, die bürgerliche Gesellschaft und den Staat definieren" (ebd., 60 f.).

[15]Vgl. HKG 4.1, 248–250.

[16]Vgl. zur Poetik der Lektüre, die Stifters Erzählung entwirft, Kinzel: *Ethische Projekte* (wie Anm. 12), 455–465.

und bildet möglicherweise sogar eine Rechtsordnung ab. In ihren Überlegungen zu „Stifters Gittern" hat Juliane Vogel mit Bezug auf Cornelia Vismanns rechtstheoretische Arbeiten darauf hingewiesen, dass die Gitter, durch die Heinrich Drendorf in Stifters *Nachsommer* ins Rosenhaus gelangt, einen „konstitutive[n] Bestandteil europäischer Rechtsarchitektur" darstellen. „Stifters vergitterte Garten- und Hoftore zitieren", so Vogel, „die Gitterschranken, die den Eingang alteuropäischer Rechtsbehörden markierten und den Bereich des Gesetzes von einem Bereich ‚vor dem Gesetz' abgrenzten. Sie referieren auf die Cancellen, die den freien Eintritt zu den Gerichten und Kanzleien behinderten und zugleich das Verlangen erregten, in das hinter dem Gitter vermutete Arkanum einzutreten oder auch Einsicht zu nehmen."[17] Dieser Zugang zum Gesetz, den Vogel rechtsarchitekturhistorisch in den Blick rückt, betrifft aber augenscheinlich nicht direkt Gerichte oder Kanzleien. Heinrich Drendorf befindet sich am Gittertor des Asperhofs nicht vor Gericht, sondern vor einem Privathaus. Um welchen „Bereich des Gesetzes" kann es sich also unter diesen Bedingungen handeln – vor welchem Gesetz steht Heinrich?

Stifter behandelt in seinen staats- und rechtstheoretischen Texten die Frage der Gesetze eingehend, insbesondere in der Artikelserie, die 1850 im *Wiener Boten* erschien und einem *„Buch-Plan Stifters"* entsprang, dessen Absicht es war, wie er im März 1850 an Heckenast schreibt, „das gesammte Gebiet des Rechtes in den allgemeinsten Grundlinien und allgemein verständlich [zu] behandeln" (HKG 8.3, 294). Das Hauptanliegen von Stifters Theorie des Rechts betrifft die Klärung des Verhältnisses von „Rechtsgesetz" (HKG 8.2, 244) und Sittengesetz. Diese Erörterung hat eine genealogische Argumentationsgrundlage. In seinem früheren Text „Der Staat", der im April 1848 in der *Constitutionellen Donau-Zeitung* erschien, bestimmt er die Genese der Gesetze aus der Entwicklung des Staates, den er als eine erweiterte Familienstruktur versteht:

> „In dem Urstande der Menschen, wo sie erst anfangen Kenntnisse zu sammeln und sittliche Begriffe zu bekommen, dann überhaupt, wo Menschen sehr dünne wohnen, gibt sich die Ordnung aus den natürlichen Banden der Verwandtschaft. Der Familienvater ordnet an, was in der Familie zu geschehen hat, und die Familie gehorcht. Jede Familie ist da ein Staat." (HKG 8.2, 31)

Durch den Zusammenschluss mehrerer Familien bilde sich allmählich, so argumentiert Stifter weiter, „ein Volk oder eine Nation" aus, deren „Oberleitung […] meistens das Haupt der angesehensten oder mächtigsten Familien" führe: „Die Anordnungen des Oberhauptes werden ohne weiter zu fragen, befolgt", und „[m]an nennt die Art und Weise, nach der etwas zu geschehen hat, ein Gesetz. Im absoluten Staate gibt also nur der Wille des Oberhauptes die Gesetze."

---

[17]Vogel, Juliane: Stifters Gitter. Poetologische Dimensionen einer Grenzfigur. In: Sabine Schneider/Barbara Hunfeld (Hg.): *Die Dinge und die Zeichen. Dimensionen des Realistischen in der Erzählliteratur des 19. Jahrhunderts. Für Helmut Pfotenhauer.* Würzburg 2008, 43–58; hier: 55. Vgl. dazu Vismann, Cornelia: *Akten. Medientechnik und Recht.* Frankfurt a.M. 2000.

(HKG 8.2, 32) Zweck dieser Gesetze muss, und zwar unabhängig von der Staats-
form,[18] die *Freiheit* sein, die Stifter negativ als Recht zur Ungestörtheit, positiv
aber als Bedingung von Tugendausübung definiert: „Das aber ist menschliche
Freiheit, daß Keiner den Menschen in der Pflicht der Sittlichkeit und Tugend stören darf." (HKG 8.2, 69 f.) Im Artikel „Was ist das Recht?" kann er deshalb die
Frage, „was der Mensch dem Menschen schuldig" sei, wie folgt beantworten:

> „Der Mensch ist als Mensch auf der Welt, er hat einen freien Willen, mit dem er sich gut
> und glücklich machen, und mit [dem] er sich auch zu Grunde richten kann, er hat hiezu
> ein Gewissen, welches ihm ohne Ausnahme vorschreibt, seine reine Menschlichkeit zu
> entwickeln, Das heißt, so gut und so vollkommen zu werden, als es für einen Menschen
> möglich ist. Hievon geht das Gewissen nie und nirgends ab, es stellt diese Forderung an
> sich selber immer und allzeit als Gesetz auf, weßhalb wir sie auch das Sittengesetz heißen
> [...]. Folglich gibt die Vernunft auch die Befugniß, zu fordern, daß man von Andern nicht
> in Erfüllung dieses Gesetzes gehindert werde, und daß man die Hinderung mit Zwang
> hintanhalten darf, und Dieß ist das Recht. [...]
> Recht ist ein solches Verhalten der Menschen, wodurch alle als Personen, d. h. nach
> höchster sittlicher Vollkommenheit strebende Wesen, neben einander bestehen können.
> Als oberstes Rechtsgebot könnte man es so sagen: Enthalte dich jeder Handlung, wodurch
> ein Anderer in seiner Persönlichkeit, d. h. in seinem Streben nach sittlicher Vollkommen-
> heit, gestört werden würde." (HKG 8.2, 233 f.)

Das Recht regelt und definiert laut Stifter keineswegs selbst das sittliche Verhalten, sondern ermöglicht die ungestörte Ausübung der Sittlichkeit. Stifters
Erläuterungen sind dabei nicht einfach theoretische Notizen, sondern haben als
publizistische Aktivität ihrerseits einen normativen und politischen Charakter.
Denn sie beabsichtigen die allgemeinverständliche Darstellung der Staats- und
Rechtsprinzipien „für das Volk" (HKG 8.3, 294)[19] und wollen damit einsichtig
machen und etablieren, wovon sie sprechen. Indem er den Zweck der Rechts-
gesetze evident macht, nämlich durch die Freiheit *von* Gewalt die Freiheit *zur*
Moralität zu sichern, rückt Stifter den Raum des Sittengesetzes diesseits der
Rechtsgesetze in den Blick.

Ebendieser Raum ist auch Gegenstand des *Nachsommers*. Seine Sittlichkeit
konstituiert sich nicht primär über bürgerliche moralische Grundsätze (etwa: „Ein
Kind darf seinen Eltern nicht ungehorsam sein" (HKG 4.3, 203)[20]), auch wenn
Grundsätze dieser Art durchaus an- und ausgesprochen werden. Vielmehr resul-
tiert sie aus alltäglichen Praktiken, die gerade keinen Gesetzescharakter zu haben
scheinen, sondern eine sittliche Pragmatik im Detail je schon vollziehen. Diese
sittliche Pragmatik lässt sich, wie Ulrich Kinzel orientiert an Foucaults späten
Schriften und Vorlesungen ausführlich gezeigt hat, auf „Techniken des Selbst"
beziehen,[21] die keineswegs altertümlich oder gar vormodern sind, sondern mit

---

[18]Stifter nennt absolute Monarchie, konstitutionelle Monarchie, Aristokratie und Republik. Vgl.
HKG 8.2, 32–39.

[19]Stifter an Heckenast, 20. März 1850.

[20]So Risach im „Rückblick" als junger Mann zu Mathildes Mutter.

[21]Kinzel: *Ethische Projekte* (wie Anm. 12), 396.

denen sich Stifters Erzählung trotz aller Kritik an der Stadt und am Staat durchaus auf der Höhe der Entwicklungen des 19. Jahrhunderts bewegt. Das Verhalten des Individuums wird über eine Vielzahl von Praktiken trainiert und konstituiert sich als Selbstverhältnis, das nicht bedingungslosen Gehorsam nach außen verlangt, sondern die Ausbildung ebendieses Selbst in seinem Verhältnis zu sich und zu seiner Umgebung und deren Normen pflegt. Dieses Individuum findet den Grund seiner Sittlichkeit in einer Askesis: in alltäglichen, stets sich wiederholenden Übungen.[22] Deshalb stehen keine großen sittlichen Entscheidungen oder tragischen Verfehlungen im Zentrum der Aufmerksamkeit der Erzählung, sondern alles geht allmählich im Kleinen seinen Gang. Der Asperhof stellt dabei ein Modell vor, das im Idealfall – analog zu Stifters Theorie der Staatsgenese, aber unter anderen Grundvoraussetzungen – über seine engeren räumlichen Grenzen hinauswachsen und sich zum idealen Staat entwickeln könnte. Er soll für diese Entwicklung wegweisend, ein „Beispiel" (HKG 4.1, 225), sein. Im Unterschied zum Urstaat, wie Stifter ihn im Artikel „Der Staat" beschreibt, gibt jedoch der Patriarch (Risach) zumeist nicht Befehle, die zugleich die Gesetze sind, sondern hat einen Hof errichtet, der durch die fortwährenden Praktiken, die seine Instandhaltung und Weiterentwicklung verlangen, eine Ordnung etabliert und erhält. Die Anwendung von absoluten Gesetzen des Handelns, die nicht zweckbezogen sind, lehnt Risach hingegen entschieden ab, was unter anderem zu seinem Bruch mit dem Staatsdienst geführt hat, wie er rückblickend ausführt. Auch und gerade durch diese Erzählung seines Scheiterns als Staatsdiener hält er Heinrich zur ethischen Reflexion an – zu einer Reflexion, die über die Ausführung von Befehlen hinausgeht, ja den Sinn der Befehlsstruktur überhaupt infrage stellt – und beruft sich auf einen sittlich determinierten Affekt, der das Gehorchen erschwert, wo nicht verunmöglicht: „Eine Handlung, die nur gesetzt wird, um einer Vorschrift zu genügen oder eine Fassung zu vollenden, konnte mir Pein erregen." (HKG 4.3, 140) Das „Geschick zum Gehorchen" (HKG 4.3, 140), wie er es nennt, fehlt Risach, und er verlangt es auch nicht von denjenigen, die ihm mehr oder weniger untergeben sind.

Während es auf dem Asper- und dem Sternenhof keiner Rechtsgesetze bedarf, räumt Risach gleichwohl ein, dass für die Gesellschaft insgesamt Gesetze doch besser als keine Gesetze sein können, etwa in Bezug auf die „Wiederherstellung alter Kunstwerke" (HKG 4.1, 112), der er mit unermüdlicher Geduld für die kleinsten Details einen Großteil seiner Zeit widmet:

> „‚Und glaubt ihr, daß ein Gesez, welches verbiethet, an dem Wesen eines vorgefundenen Kunstwerkes etwas zu ändern, dem Verfalle und der Zerstörung desselben für alle Zeiten vorbeugen würde?' fragte ich.
> ‚Das glaube ich nicht,' erwiderte er; ‚denn es können Zeiten so geringen Kunstsinnes kommen, daß sie das Gesez selber aufheben; aber auf eine längere Dauer und auf eine bessere Weise wäre doch durch ein solches Gesez gesorgt, als wenn gar keines wäre.

---

[22]Vgl. dazu näher Kinzels allgemeine Ausführungen zum „Landleben" (ebd., 11–51) sowie insbesondere seine Analyse der pädagogischen Techniken im *Nachsommer* (ebd., 418–426).

Den besten Schuz für Kunstwerke der Vorzeit würde freilich eine fortschreitende und nicht mehr erlahmende Kunstempfindung gewähren."" (HKG 4.1, 113)

Ein Gesetz zum Schutz alter Kunstwerke ist qua seiner Gesetzlichkeit, die von der jeweiligen gesetzgebenden Instanz abhängt, stets in seiner Dauer gefährdet, während eine fortgeschrittene Kunstempfindung gar keiner Gesetze zum Schutz der Kunst mehr bedarf. So wie die Ausbildung dieser Kunstempfindung zentraler Bestandteil der Erziehung auf dem Asperhof ist, soll sie überhaupt in der Gesellschaft, im Staat gefördert werden und damit die nur ad interim notwendigen Gesetze überflüssig machen. Diese Konzeption einer Gesetzlosigkeit ist so durchdacht, dass auch die Hinführung zur Kunstempfindung nicht ein äußerliches Gesetz der Erziehung ist, sondern vom Subjekt selbst vollzogen wird. Denn Heinrich erfährt die Schönheit der antiken Skulptur zunächst selbst, ohne direkte Anleitung Risachs.[23] Aber die Ordnungsstruktur, die diese ,fortschreitende Kunstempfindung' ermöglichen soll, bleibt keineswegs dem Zufall überlassen, sondern gehorcht strengen Regeln, die das Subjekt regulieren, das sich ästhetisch ebenso wie sittlich vervollkommnen soll.[24] Obgleich Risach im Kunstgespräch, das unmittelbar an Heinrichs Statuenerlebnis anschließt, das „Besizen des Schönen" an eine Betrachtung „aus eigenem Antriebe" koppelt (HKG 4.2, 76), erkennt Heinrich – der die Schönheit der Skulptur mit „Nausikae" (HKG 4.2, 74) und also mit Natalie in Verbindung bringt, noch bevor ihm seine Liebe zu ihr deutlich wird[25] –, dass die museale Präsentation der Statue die Wirkung mitbedingt, die sie auf ihn hat:

> „Die einfache Wand des grauen Amonitenmarmors hob die weiße Gestalt noch schärfer ab, und stellte sie freier. Wenn ein Bliz geschah, floß ein rosenrothes Licht an ihr hernieder, und dann war wieder die frühere Farbe da. Mir dünkte es gut, daß man diese Gestalt nicht in ein Zimmer gestellt hatte, in welchem Fenster sind, durch die alltägliche Gegenstände herein schauen, und durch die verworrene Lichter einströmen, sondern daß man sie in einen Raum gethan hat, der ihr allein gehört, der sein Licht von oben bekömmt, und sie mit einer dämmerigen Helle wie mit einem Tempel umfängt." (HKG 4.2, 74 f.)

Die überdeterminierten Farbeffekte entspringen einer minutiösen Logik der Präsentation, die Heinrich zur Betrachtung nachgerade zwingt: „Ich *vermochte*

---

[23]Vgl. HKG 4.2, 72–75. Vgl. zu den Voraussetzungen von Heinrichs Statuenerlebnis auch Zumbusch, Cornelia: Perlgrau. Zur Farbe der Prosa in Stifters ,Nachsommer'. In: Thomas Gann/ Marianne Schuller (Hg.): *Fleck, Glanz, Finsternis. Zur Poetik der Oberfläche bei Adalbert Stifter.* Paderborn 2017, 163–179; hier: 171 f.

[24]Vgl. Giuriato, Davide: *„klar und deutlich" Ästhetik des Kunstlosen im 18./19. Jahrhundert.* Freiburg i.Br./Berlin/Wien 2015, 319: „Die ethische Gymnastik im Rosenhaus umfasst nicht nur die Herstellung eines künstlich geordneten Alltags auf der Grundlage schlichter Verhaltensregeln. Die Ausbildung zu einem ausbalancierten Dasein, das mit der Abkühlung der Leidenschaften einen in der Konsequenz versteinerten ,Menschen' ohne individuelle Merkmale adressiert, erfolgt auch durch die Vermittlung ästhetischer Werte und Praktiken."

[25]Vgl. HKG 4.3, 130 und die Bemerkung dazu unten.

nun nicht weiter zu gehen, und richtete meine Augen genauer auf die Gestalt."
(HKG 4.2, 73)[26] Seine vermeintlich selbständige Kunsterfahrung wird aber nicht
nur durch Risachs Präsentation der Skulptur vor-, sondern in dem Kunstgespräch
auch unmittelbar nachbereitet. In diesem Gespräch integriert Risach die Kunsterfahrung in detaillierte Belehrungen, die für die Herkunft der Skulptur, ihre Präsentation sowie das Wesen der Kunst im Allgemeinen von Relevanz sind – und
damit für Heinrich kaum etwas an Erklärung und Interpretation zu wünschen
übriglassen. Die Kunstpädagogik usurpiert das Kunstwerk, und das Kunstwerk
dient durch seine wiederholte Betrachtung der Einübung der Lehrinhalte: „‚Ihr
werdet wohl erlauben,' sagte ich, ‚daß ich die Gestalt öfter ansehen darf, und
daß ich mir nach und nach einpräge und immer klarer mache, warum sie denn
so schön ist, und welches die Merkmale sind, die auf uns eine solche Wirkung
machen.'" (HKG 4.2, 86) Die Kunstbetrachtung wird damit wie die „Körper-
bewegungen" (HKG 4.2, 68), zu denen Risach Gustav und Heinrich anleitet, zu
einem Teil regelmäßiger Übungen, die bei der Ausbildung des Körpers ebenso wie
bei der antiken Skulptur, die ihrerseits den schönen und gesunden Körper darstellt,
ihr Ideal in der Antike finden[27] und etwa in der „Kunst des Schwimmens" (HKG
4.2, 69) in einem kleinen Waldsee beim Asperhof die umgebende Natur und das
Projekt einer Erziehung zur Sittlichkeit integrieren.[28]

Diese Integration von natürlicher und sittlicher Ordnung zeigt sich auch im
Umgang mit Vögeln, der ein konstitutiver Bestandteil der Hofstruktur ist. Die
Vögel als Insektenvertilger ermöglichen überhaupt erst die Perfektion der merkwürdigen Rosenwand, in der sich die Spuren zweier Traumata Risachs über-
kreuzen, nämlich erstens der Verlust der Liebe Mathildes, mit der sich eine
Beziehung im Zeichen der Rosen anbahnte,[29] die am elterlichen Gesetz und an
Risachs Wille, diesem Gesetz gegen sein eigenes Bedürfnis zu gehorchen, scheiterte. Zweitens erinnert die zwanghafte Ordnungsstruktur, die dieser Rosenwand
wie auch der Innen- und Außeneinrichtung des Asperhofs insgesamt anhaftet, an
den Verlust der Mutter, den der junge Risach durch die Erhaltung einer von der
toten Mutter hinterlassenen detaillierten Zimmerordnung zu bewältigen versucht:
„Ich getraute mir kaum etwas zu berühren, um es nicht zu zerstören" (HKG 4.3,
162), stellt Risach rückblickend auf die mütterliche Zimmerordnung fest, die noch
die direkte Berührung der, wie es heißt, „vorsorglichen Finger" (HKG 4.3, 162)
der Mutter erhält. Aus der Betrachtung der Vögel, wie sie sich über die Jahre „von
selber" ergibt, entwickelt Risach aber auch weitgehende Überlegungen, die eine
theologisch grundierte Ästhetik in eine Art wechselseitiger sittlicher Bespiegelung
zwischen Menschen und Vögeln überführt: „‚Diesen Thierchen nun, die so nüzlich

---

[26]Hervorh. F.Ch.

[27]HKG 4.2, 69: „Bei den alten Römern ist ein großer Theil ihrer Erfolge in der Geschichte und
ihres früheren Glückes in der Pflege und Entwicklung ihres Körpers zu suchen. Ihr Glück dauerte
auch nur so lange, als die vernünftige Pflege ihrer Leibesübungen dauerte."

[28]Vgl. ebd., 67–69.

[29]Vgl. HKG 4.3, 188 f.

sind, hat [Gott], ich möchte sagen, die goldene Stimme mitgegeben, gegen die der
verhärtetste Mensch nicht verhärtet genug ist.[']" (HKG 4.1, 160 f.) Die Vögel
sind nicht nur nützlich *und* schön; vielmehr hat die Schönheit des Vogelgesangs
selbst einen sittlichen Effekt. Wegen des Gesangs würden Vögel auch in Käfigen
gehalten, aber – und das ist der entscheidende Punkt in Risachs Argumentation –
die diesen kleinen Vogelgefängnissen in jeder Hinsicht (ob ökonomisch, ästhetisch
oder sittlich) überlegene Strategie ist es, eine Art Riesenkäfig zu konstruieren, der
gar nicht mehr als solcher erkennbar ist, sondern den Anschein der Freiheit hat.
Mit der Freiheit als Stifter'schem Zentralmoment in der Diskussion von Recht und
Sittlichkeit werden zugleich die Bedingungen moralischen Handelns erörtert.[30]
Der Asperhof ist ein riesenhafter Vogelkäfig, der jener Freiheit einen Rahmen gibt,
in der die Vögel nützlich und schön sein können:

> „Zwar singt ein Vogel in einem Käfiche auch [...]. Wenn er jung und sogar auch alt
> gefangen wird, vergißt er sich und sein Leid, wird ein Hin- und Widerhüpfer in kleinem
> Raume, da er sonst einen großen brauchte, und singt seine Weise; aber dieser Gesang
> ist ein Gesang der Gewohnheit, nicht der Lust. Wir haben an unserm Garten einen
> ungeheueren Käfich ohne Draht Stangen und Vogelthürchen, in welchem der Vogel
> vor außerordentlicher Freude, der er sich so leicht hingibt, singt, in welchem wir das
> Zusammentönen vieler Stimmen hören können, das in einem Zimmer beisammen nur ein
> Geschrei wäre, und in welchem wir endlich die häusliche Wirthschaft der Vögel und ihre
> Geberden sehen können, die so verschieden sind und oft dem tiefsten Ernste ein Lächeln
> abgewinnen können." (HKG 4.1, 161)

Mit der „häuslichen Wirthschaft der Vögel" werden die Ökonomik, die Haus-
wirtschaft des Asperhofs, und das Leben der Vögel in dem „ungeheueren Käfich"
unmittelbar verbunden. In der Darstellungslogik von Stifters Erzählen handelt
es sich dabei keineswegs um eine Allegorie. Es ist also nicht so, dass die Erzählung an dieser Stelle nur allegorisch über die Menschen spricht, die in einem
Riesenkäfig der Ordnung wohnen. Eine solche Lektüre würde hinter der anti-
metaphorischen Grundhaltung der Erzählung zurückbleiben. Vielmehr zeigt sich
an der metonymischen Nachbarschaft von Vögeln und Menschen, wie beide denselben Raum bewohnen, den Risach im Hinblick auf die Vögel „Käfich" nennt
und der aufgrund seiner strengen Ordnungsstruktur auch im Hinblick auf die Menschen als eine Art ,Käfig ohne Draht und Stangen' bestimmbar ist, der jedoch als
Freiheit *erfahren* wird und in dem sich die Menschen ebenso wie die Vögel, wie
Risach vermerkt, „außerordentlicher Freude" hingeben können.[31]

---

[30]Deshalb spreche ich von einer Mikro*ethik,* nicht lediglich von einer Mikromoral; die sittliche
Pragmatik wird in der Erzählung nicht nur dargestellt, sondern auch reflektiert. Vgl. zur „Ethik
als Reflexionstheorie der Moral" seit dem ausgehenden 18. Jahrhundert die grundlegenden Ausführungen von Luhmann, Niklas: *Paradigm Lost. Über die ethische Reflexion der Moral.* Frankfurt a.M. 1990, hier: 14.

[31],Freude' und ,freuen' sind sehr häufige Vokabeln im *Nachsommer,* besonders im zweiten Band
sowie im letzten Kapitel des dritten Bandes.

Risach scheint sich aber nur zu schmerzlich bewusst zu sein, dass noch nicht der ganze Staat zu einem solchen Käfig der Freiheit und der Freude umgebaut worden ist. Die Nachahmung, die das Prinzip ist, durch das die Struktur seines Hofs im besten Falle auf den gesamten Staat transferiert würde, greift noch nicht: „Man hat uns in diesem Hegen von Vögeln in einem Garten nicht nachgeahmt." (HKG 4.1, 161) Gerade weil die „Leute" die Vögel und den Vogelgesang so schön finden, sperren sie die Vögel ein, da sie noch nicht über Risachs avanciertere Techniken der Vogelhaltung verfügen: „[D]a sie keinen Käfich mit unsichtbaren Drähten und Stangen machen können, wie wir [...], so machen sie einen mit sichtbaren, in welchem der Vogel eingesperrt ist, und seinem zu frühen Tode entgegen singt." (HKG 4.1, 161) Für sittlich noch schlechter als das Einsperren hält Risach das Töten und Essen von Vögeln – ebendies zeige, „wie weit wir noch von *wahrer Gesittung* entfernt sind" (HKG 4.1, 162).[32] Weil die moralische Mimesis, die sich am Asperhof orientiert, noch in den Anfängen steckt,[33] muss Risach auf die Forderung nach einem Rechtsgesetz zurückgreifen, das in der avancierten sittlichen Ordnung des Asperhofs vollkommen überflüssig wäre. Wo diese Gesittung noch fehlt, bedarf es jedoch noch immer der Gesetze, wie Risach ausführt:

> „Ich glaube aber auch, daß unsere Obrigkeiten das Ding nicht gering achten sollten, daß ein strenges Gesez gegen das Fangen und Tödten der Singvögel zu geben wäre, und daß das Gesez auch mit Umsicht und Strenge aufrecht erhalten werden sollte. Dann würde dem menschlichen Geschlechte ein heiligendes Vergnügen aufbewahrt bleiben, wir würden durch die Länder wie durch schöne Gärten gehen[.]" (HKG 4.1, 163)

Die detaillierte Betrachtung der Vögel und die Interaktion mit ihnen, zu der Risach in dieser Passage Heinrich anleitet, zielt auf ein Verstehen der „*Sitten* der Vögel" (HKG 4.1, 165),[34] das nur durch ein, wie er es nennt, „lebendige[s] Beisammenleben" (HKG 4.1, 166), nicht durch naturwissenschaftliche Beobachtung zu erzielen sei. Das „lebendige Beisammenleben" mit den Vögeln *ist* bereits selbst die Sittlichkeit, die Risach vor Augen hat, *erzieht* aber auch zu ihr. Er merkt dabei explizit an, dass der menschliche „Zerstörungstrieb" nicht angeboren sei, sondern „daß er durch eine bessere Erziehung sein Gegentheil" werde (HKG 4.1, 165). Das „lebendige Beisammenleben" im gemeinsamen Garten oder „Käfich mit unsichtbaren Drähten und Stangen" ist der ethische Reflexionsbegriff (HKG 4.1, 161), der eine alltägliche und langdauernde Praxis als Grundlage und zugleich auch schon, wenn man so will, „wirklichste Wirklichkeit" (HKG 4.1, 197) der Moral etabliert.

---

[32]Hervorh. F.Ch.

[33]Nur die unmittelbaren Nachbarn übernehmen mitunter, was ihre Erträge erhöht. Vgl. HKG 4.1, 162 f.: „Ich hoffe, daß, wenn unseren Nachbarn die Augen über den Erfolg und den Nuzen des Hegens von Singvögeln aufgehen, sie vielleicht auch dazu schreiten werden, uns nachzuahmen; denn für Erfolg und Nuzen sind sie am empfänglichsten." Die Durchsetzung der Gesittung soll hier also über dem Umweg der ökonomischen Vorteile erfolgen, die sie verspricht.

[34]Hervorh. F.Ch.

Der Umgang mit den Vögeln ist dazu besonders geeignet, weil sie in ihrer eigenen Sozialstruktur in Stifters Erzählung der menschlichen entsprechen. Diese Entsprechung ist wiederum nicht schlicht allegorisch zu verstehen. Denn Risach geht in seinen Erläuterungen davon aus, dass die Tiere eine Sozialstruktur aufweisen, die mit der menschlichen übereinstimmt: mit Jugend, Ehe, Familie und so fort. Dieses „lebendige Beisammenleben" verdichtet sich im Blickkontakt: Das Rotkehlchen „sah mit den schwarzen glänzenden Augen unerschrocken und vertraulich zu uns herauf" (HKG 4.1, 163). Der Blickaustausch zwischen Vögeln und Menschen ist gleichsam die Verbindungsachse der gedoppelten und sich gegenseitig stabilisierenden sittlichen Ordnungen beider. Dieses Ensemble hält Risach aber nicht davon ab, ja es nötigt ihn gewissermaßen dazu, diejenigen Vögel, die sich nicht in den *oikos* des Asperhofs einfügen lassen, zu vertreiben: „[D]aß auch unnüze Glieder herbeikommen, Müssiggänger Störefriede, das begreift sich" (HKG 4.1, 169).[35] Diese ökonomisch-moralische Beurteilung der Vögel führt in ihrer Konsequenz bis zur Tötung bestimmter Vogelarten: „Als einen bösen Feind zeigte sich der Rothschwanz: Er flog zu dem Bienenhause, und schnappte die Thierchen weg. Da half nichts als ihn ohne Gnade mit der Windbüchse zu tödten." (HKG 4.1, 170) Die Erhaltung der strengen Ordnungsstruktur ist ein Primärzweck, der, wenn er an die Stelle von Rechtsgesetzen tritt, bedingungslos aufrechterhalten werden muss.

Diese latente Gewalt in der sittlichen Ordnung des Asperhofs äußert sich jedoch nicht manifest gegen die Menschen, die ihn bewohnen, und zwar deshalb nicht, weil Gustav und Natalie ebenso wie Heinrich keine „Müssiggänger" oder „Störefriede" sind, sondern alles wollen, was Risach oder – abstrakter formuliert – was die Ordnungsstruktur des Hofs will. Heinrich stimmt allen Vorschlägen seiner Eltern oder Risachs stets zu, aber nicht etwa aus reinem Gehorsam – reiner Gehorsam wäre ebenjener schwere sittliche Fehler, den Risach in seiner Jugend begangen hat –, sondern weil er in der Tat stets dasselbe will, was seine Eltern und sein Mentor wollen. Diese auf den ersten Blick durchaus ermüdende und in der Erzählung auf gleichförmige Weise oft wiederholte Zustimmung Heinrichs ist – so befremdlich sie auch erscheinen mag – Bedingung seiner Sittlichkeit. Denn eine Sittlichkeit, die nur auf Unterordnung, nicht auf Freiheit basierte, wäre bloßer Zwang. Ihr ethisches Hauptproblem löst Stifters Erzählung, indem Heinrich stets wirklich will, was die Eltern wollen, und er also tun kann, was er will. Er lebt in einer Freiheit, die genau kongruent ist mit den Wünschen seiner Eltern und seines Mentors.[36]

---

[35] Vgl. dazu Borgards, Roland: Tiere. In: Begemann/Giuriato: *Stifter-Handbuch* (wie Anm. 12), 326–329: hier: 327 f.: „[S]elbst bei den gehegten Vögeln kennt die Tierfreundschaft Risachs klare Grenzen. Geliebt werden nur die Vögel, die einen landwirtschaftlichen Nutzen bringen."

[36] „[Z]u wollen, was man soll" („*vouloir, comme il faut*"), als Prinzip faktischer Freiheit, formuliert bereits Leibniz, Gottfried Wilhelm: *Neue Abhandlungen über den menschlichen Verstand/ Nouveaux Essais sur L'entendement humain*. Französisch/deutsch. Hg. und übers. von Wolf von Engelhart/Hans Heinz Holz. Darmstadt 2013, 254 f. (Buch II, Kap. 21, § 8). Für den Hinweis auf Leibniz danke ich herzlich Vera Bachmann (Regensburg).

Diese Struktur einer Freiheit, die in ihren Äußerungen von einem Gehorchen ununterscheidbar ist – die ein Verhalten ist, das sich in der gemeinsamen mikromoralischen Praxis als Freiheit *erfährt* und nur deshalb als sittlich *verstehen* kann –, hat allerdings einen Schönheitsfehler. Im letzten Kapitel der Erzählung erklärt ein etwas zu gut gelaunter Risach,[37] welches Gesetz am Grund dieses als Freiheit erfahrenen Gehorsams eben doch steht. Heinrich soll wie seine Eltern werden: „[W]erde, wie sie sind" (HKG 4.3, 263). Dieser Imperativ, der an die Stelle der auf Individualität gepolten pindarischen Maxime „Werde, der du bist"[38] tritt, beschränkt die Sittlichkeit auf Nachahmung, die in der Generationenfolge noch einmal dasselbe hervorbringt, wie auch der Asperhof insgesamt zunächst von den Nachbarn und schließlich von allen im Staat nachgeahmt werden soll. Aber Risach bleibt bei diesem strengen Gesetz nicht stehen, sondern hebt es *als* Gesetz wiederum auf. Denn er kann sich eben darauf verlassen, dass Heinrich werden *will* wie seine Eltern bzw. wie sein neuer Vater Risach, der ihn in dieser Rede denn auch mit „mein Sohn" (HKG 4.3, 263) anspricht. So steht nach dem strengen Imperativ ein Imperativ des Herzens, der aber in Heinrichs Fall mit dem ersten Imperativ koinzidiert: „Gehe nur den Weg deines Herzens wie bisher, und alles wird sich wohl gestalten." (HKG 4.3, 264) Die Reflexion der freiwilligen Nachahmung der Elterngeneration ist dabei selbst ein Teil des Nachzuahmenden. Deshalb kann Heinrichs ergriffene Zustimmung zu Risachs Monolog zu einer gestischen Vereinigung beider führen: „Ich reichte ihm die Hand, er zog mich an sich, und küßte mich auf den Mund." (HKG 4.3, 264)

Der Kuss zwischen Heinrich und seinem Mentor und neuen Vater Risach, der die Identität zwischen der Eltern- und der Kindergeneration mit deutlich inzestuösen Obertönen besiegelt,[39] markiert gewissermaßen den Schlussstein der Annäherung beider, die damit beginnt, dass Heinrich zu Anfang der Erzählung als vollkommen unbekannter Gast das Rosenhaus aufsucht. Heinrichs Herkunft scheint dabei zunächst keine Rolle zu spielen, ja der Gast wird noch nicht einmal nach seinem Namen gefragt (und sein Name bleibt im *Nachsommer* überhaupt bis gegen Ende des dritten Bandes ungenannt).[40] Der in der Erzählung ebenfalls

---

[37]Vgl. zu Risachs Ausgelassenheit Drügh, Heinz: *Ästhetik der Beschreibung. Poetische und kulturelle Energie deskriptiver Texte (1700–2000).* Tübingen 2006, 274.

[38]Pind. P. 2, 72.

[39]Auf Exogamie scheint auf dem Asperhof überhaupt wenig Wert gelegt zu werden, wenn Natalie und Heinrich, die mit Risach ihren Adoptivvater oder zumindest einen gemeinsamen symbolischen Vater teilen, als die idealen Ehegatten auftreten können.

[40]Vgl. bereits Schmidt: *Der sanfte Unmensch* (wie Anm. 9), 119, sowie Begemann, Christian: Adalbert Stifter: Der Nachsommer. In: Dorothea Klein/Sabine Schneider (Hg): *Lektüren für das 21. Jahrhundert. Schlüsseltexte der deutschen Literatur von 1200 bis 1990.* Würzburg 2000, 203–225; hier: 219, und dazu HKG 4.3, 237, 240, 243, 245, 262, 266 f. Bezeichnenderweise wird der Name nur in familiären Zusammenhängen verwendet, als würde der Vorname außerhalb dieser Zusammenhänge gar nicht existieren. Die erste der angeführten Stellen lautet beispielsweise: „,Der Herr und die Frau Drendorf haben für ihren Sohn Heinrich um deine Hand geworben, Natalie.'"

noch namenlose Risach[41] fragt seinen Gast lediglich nach seinen Wünschen –
„„Was wollt ihr, lieber Herr?‟‟ (HKG 4.1, 49) –, worauf sich der Disput über das
nach Heinrichs Ansicht drohende Gewitter entspinnt, das Anlass für die „Einkehr‟
ist. Risach verschiebt dabei auf eine für die Frage der Ethik im *Nachsommer* entscheidende Weise die Gastfreundschaft von sich auf das Haus – eine durchaus
merkwürdige Formulierung Risachs, die es aber ernst zu nehmen gilt:

> „Das Zweite ist, daß, wenn ihr mit oder ohne Gewitter in dieses Haus kommen wollt, und
> wenn ihr gesonnen seid, seine Gastfreundschaft anzunehmen, ich sehr gerne willfahren
> werde. Dieses Haus hat schon manchen Gast gehabt, und manchen gerne beherbergt; und
> wie ich an euch sehe, wird es auch euch gerne beherbergen, und so lange verpflegen, als
> ihr es für nöthig erachten werdet. Darum bitte ich euch, tretet ein.‟ (HKG 4.1, 51)[42]

Heinrich wird eingeführt in die penible Ordnung des Hauses, das ihn gastfreund-
lich empfängt – eine häusliche Ordnung, die qua Praktiken, die sie errichten und
erhalten, zugleich, wie ausgeführt, eine sittliche Ordnung nicht nur abbildet, sondern nachgerade verkörpert.

In der Antike ist die Gastfreundschaft als ein Recht etabliert, das nicht zuletzt
darauf gründet, dass sich im Gast ein Gott verbergen kann, und das Recht der
Gastfreundschaft ist denn auch konstitutiv für die Logik der *Odyssee*, die von
Heinrich bevorzugt gelesen wird. Auch dass der Gast in Stifters Erzählung nicht
nach seinem Namen gefragt wird, ist in den antiken Texten präfiguriert. Denn gilt
das Gastrecht *unbedingt*, darf es nicht von der Nennung von Namen und Stand
abhängig gemacht werden. So bleibt Odysseus' Name in der Phäaken-Episode
gegenüber seinem Gastgeber zunächst ungenannt; erst nach dem Mahl fordert ihn
Alkinoos auf, seinen Namen zu nennen.[43] Diese Episode der *Odyssee* ist für den
Nachsommer zentral – nicht nur, weil Heinrich in einer sprechenden Verschiebung
Nathalie für Alkinoos' Tochter Nausikaa hält,[44] sondern auch, weil Heinrich dabei
exakt jene Stelle der *Odyssee* referiert, an der Odysseus als Gast noch unerkannt
und ohne Name ist, aber bereits nach den Gesetzen der Gastfreundschaft bewirtet
wird.[45]

Gastlichkeit kennt freilich nicht nur eine Kodifizierung im *ius hospitalis,* sondern hat auch eine ethische Dimension. Derrida geht davon aus, „daß das Problem
der Gastfreundschaft mit dem Problem der Ethik koextensiv ist‟,[46] und fragt mit

---

[41]Vgl. zur Nennung von Risachs Namen HKG 4.1, 179, 204–206, und HKG 4.2, 170. Regelmäßig verwendet wird der Name erst gegen Ende des dritten Bands des *Nachsommers;* vgl. HKG
4.3, 232, 245–247, 251, 253 f., 257, 260 f., 263–265, 267–270, 272 f., 274–277, 279, 281 f.

[42]Das volle Wort „Gastfreundschaft‟ wird nur an dieser Stelle der Erzählung und nur als Eigenschaft des Hauses verwendet.

[43]Vgl. dazu auch Bürner-Kotzam: *Vertraute Gäste – Befremdende Begegnungen* (wie Anm. 13),
18.

[44]Vgl. HKG 4.3, 130 („sie war die Nausikae von jetzt‟).

[45]Vgl. ebd., 129.

[46]Derrida: *Von der Gastfreundschaft* (wie Anm. 14), 106.

Blick auf die noch unbekannte Herkunft eines Gastes: „Muß man der Versuchung, den Anderen zu fragen, wer er ist, wie sein Name lautet, woher er kommt usw., nicht auch eine Art Zurückhaltung auferlegen?"[47] Er unterscheidet dabei eine bedingte, jeweils juridisch kodifizierte Gastfreundschaft (die wissen will und muss, wen sie vor sich hat, um entscheiden zu können, ob diese Person Aufnahme findet oder nicht) von einer unbedingten Gastfreundschaft, einem „Gesetz ohne Gesetz",[48] das als Bedingung der Möglichkeit von Gastlichkeit unabhängig und ohne Einschränkung durch historisch variable Gesetzgebungen gelten muss, aber seine Form gleichwohl nur in den jeweiligen Gesetzgebungen erhalten kann. Im *Nachsommer* ist nun der Progress der Erzählung vom dritten Kapitel des ersten Bandes bis zum letzten Kapitel des dritten Bandes, von der „Einkehr" bis zum Hochzeitsfest, zugleich eine Klärung der Bedingungen der Gastfreundschaft. Denn während die anonyme Aufnahme eines dem Gastgeber Unbekannten am Anfang des Erzählten eine offene Gastlichkeit zu versprechen scheint, macht Risachs Erklärung der anfänglichen Gastfreundschaft an der Hochzeit von Heinrich und Nathalie deutlich, dass diese Aufnahme weder unbedingt gewesen ist noch einem *ius* gehorcht hat, sondern familialen und insbesondere ökonomischen Absichten entsprungen ist: „‚Habe ich es gut gemacht, Natta,‘ sagte mein einstiger Gastfreund, ‚daß ich dir den rechten Mann ausgesucht habe? […] [I]ch habe ihn auf den ersten Blick erkannt. Nicht blos die Liebe ist so schnell wie die Electricität sondern auch der Geschäftsblick.‘" (HKG 4.3, 265)

Risachs *argumentum ad pecuniam* ist mit seinen Unternehmungen insgesamt konform.[49] Der Asperhof ist so angelegt, dass er allerhöchste Erträge ermöglicht, und ebendieses hocherfolgreiche Privatunternehmen soll von Heinrich fortgeführt werden. Allerdings findet auch keine bloße Reduktion auf ökonomische Prinzipien statt. Vielmehr sollen die Bereiche der Gastfreundschaft und der Ökonomik, der Liebe und der Ökonomie miteinander dergestalt kompatibel gemacht werden, dass sie sich gegenseitig nicht etwa auslöschen, sondern befördern. Diese wechselseitige Beförderung auf die Gesellschaft insgesamt auszuweiten, ist das erklärte Ziel der Risach'schen sittlichen Pragmatik. Deshalb sind die „Beschäftigungen mit einzelnen gleichsam kleinlichen Gegenständen" (HKG 4.3, 63), wie Risach sie nennt, kein Zeitvertreib eines alten Sonderlings, sondern zielen auf eine Revision des Staatswesens. Die Mikroethik einer auf der Erfahrung „lebendigen Beisammenlebens" (HKG 4.1, 166) basierenden sittlichen Ordnung hat einen maximalen Anspruch. Sie entwirft das Paradigma eines Zusammenlebens, das keiner Rechtsgesetze mehr bedarf, wenn das Ethos in allen Einzelheiten, also auch im Ganzen, vollkommen geworden ist.

---

[47]Ebd., 96.

[48]Ebd., 64.

[49]Vgl. dazu Giuriato: *„klar und deutlich"* (wie Anm. 24), 318, Anm. 323: „Wie es scheint, verbirgt Risachs hoher Sinn für das Familienglück ein eher prosaisches Interesse an Erhalt und Steigerung des Besitzes."

Rieseln. Stifters Infinitesimaldramatik

Hans-Georg von Arburg

> *Wie entsteht ein Verhängnis? Indem es seine Entstehung verbirgt.*
>
> Thomas Hürlimann, *Das Gartenhaus*

Stifter ist undramatisch. Das ist spätestens seit Hebbels Stifter-Schelte allgemein bekannt, und dagegen hatte auch der Gescholtene selbst nichts einzuwenden. Katastrophen waren für Stifter in der Kunst nicht erwünscht. In der „Vorrede" zu den *Bunten Steinen* hält er der Überwältigung durch das spektakuläre Große die Übersicht über minimale Magnetnadelausschläge entgegen. Allerdings entwickeln diese mikroskopischen Ereignisse eine eigene Dramatik. Man muss sie nur richtig zu betrachten und zu beschreiben wissen. Wenn man die „kleine[n] Veränderungen an der Magnetnadel" auch „wirklich auf dem ganzen Erdboden" beobachtet und danach in „Tafeln" zusammenstellt, so führt Stifter in der „Vorrede" aus, dann kann man darin ein „magnetisches Gewitter" erkennen, das „über die ganze Erde geht". Die „ganze Erdoberfläche" empfindet dabei „gleichzeitig gleichsam ein magnetisches Schauern" (HKG 2.2, 11). Und das ist nachgerade „begeisterungserweckend" (HKG 2.2, 10 f.). Aus massenhaften kleinsten Differenzen entsteht also eine ganz eigentümliche Dramatik. Eine solche Dramatik habe ich im Sinn, wenn ich im Titel von *Infinitesimaldramatik* spreche. Wie bei der Infinitesimalrechnung gibt es auch bei dieser Dramatik der kleinsten Differenzen keinen eindeutigen Umschlagspunkt. Zum klassischen Drama fehlt ihr die Peripetie. Und doch hat die lange Reihe gleichförmiger Schrittchen ein dickes Ende und steuert nicht selten auf eine Katastrophe zu. In der „Vorrede" zu den *Bunten Steinen* übersetzt sich diese Infinitesimaldramatik in ein Inventar mikroskopischer

H.-G. von Arburg (✉)
Lausanne, Schweiz
E-Mail: hg.vonarburg@unil.ch

© Springer-Verlag GmbH Deutschland, ein Teil von Springer Nature 2019
D. Giuriato und S. Schneider (Hrsg.), *Stifters Mikrologien,* Abhandlungen zur Literaturwissenschaft, https://doi.org/10.1007/978-3-476-04884-4_5

Naturphänomene, die nur „Körnchen nach Körnchen" wahrnehmbar sind. Dazu gehört auch das „Rieseln des Wassers" (HKG 2.2, 10 f.).[1] Dieses *Rieseln* ist nun freilich mehr als nur ein Beispiel unter anderen. Es ist ein zentrales Stichwort für Stifters undramatische Dramatik überhaupt. Vor allen Dingen aber umfasst es diese Dramatik vollumfänglich. Neben ihrer naturwissenschaftlichen, objektiven Seite hat diese Grammatik nämlich auch eine menschliche, subjektive Seite. Und für Stifters Figuren hat das allgegenwärtige Rieseln oft fatale Folgen. Vom ominösen Schicksal im *Abdias* über das mysteriöse Verschwinden im *Turmalin* bis zur totalen Erosion in der *Narrenburg* und dem lebensbedrohenden Schneefall im *Bergkristall* markiert es eine unaufhaltsame Bewegung zum Tode. Dabei wirkt das Rieseln bei Stifter als Prinzip oft noch dort weiter, wo das Wort gar nicht mehr auftaucht: paradigmatisch etwa in der Erzählung des sanftmütigen Obristen aus der *Mappe meines Urgroßvaters*. Und gerade hier wirkt es besonders verhängnisvoll.

„Wie entsteht ein Verhängnis?", fragt sich Thomas Hürlimann in seiner Novelle *Das Gartenhaus* (1989). Und er erklärt: „indem es seine Entstehung verbirgt."[2] Genau das gilt auch für Stifters Rieseln. Es ist eine Chiffre für die allgemeine Verstörung, die W. G. Sebald als Herrscherin über Stifters Textwelt entdeckt hat. Sie wird „nirgends dramatisch akzentuiert", sondern „lautlos vollzieht sich der Prozess der Korrosion".[3] Und eben dieser Prozess und seine dramatische Wirkung interessieren mich hier. Es geht mir dabei weniger um ein literarisches Programm und auch nicht so sehr um die literaturwissenschaftliche Gattungsfrage nach dem wesenhaft Dramatischen. Mich interessiert vielmehr die ästhetische Wirklichkeit des (un-)dramatischen Rieselns bei Stifter. Diese Wirklichkeit ist im Grunde genommen ein ganzer Wirkungszusammenhang. Dazu gehört neben den beschriebenen Naturphänomenen und ihrer Wirkung auf die literarischen Figuren auch der Leser von Stifters Texten. Ich frage mich also, wie Stifter das Rieseln literarisch zuerst so inszeniert und später internalisiert, dass es sich immer effektiver auf den Leser überträgt. Diese Frage lässt sich nicht rein werkimmanent beantworten. Der gesuchte Wirkungszusammenhang käme so ja gerade nicht in den Blick. Man muss sich dafür schon das ganze Zusammenspiel von semantischen Dispositionen, epistemischen Orientierungen und rezeptionsästhetischen Phänomenen ansehen. Einige Grundregeln dieses Spiels arbeite ich im Folgenden an einer Reihe von Textbeispielen heraus. Dabei verstehe ich diese Beispiele als typische Formen eines dramaturgischen Spezialeffekts. Um diesen *special effect* nachvollziehbar zu machen, muss man sich zuerst in der Wort- und Wissensgeschichte des Rieselns im Umfeld von Stifter umsehen. Denn Stifter hat sich, wie mir scheint, für die Wirkungsweise des Rieselns gerade wegen seiner Fixierung

---

[1]Vgl. Frei-Gerlach, Franziska: Die Macht der Körnlein. Stifters Sandformationen zwischen Materialität und Signifikation. In: Sabine Schneider/Barbara Hunfeld (Hg.): *Die Dinge und die Zeichen. Dimensionen des Realistischen in der Erzählliteratur des 19. Jahrhunderts. Für Helmut Pfotenhauer.* Würzburg 2008, 109–122.

[2]Hürlimann, Thomas: *Das Gartenhaus.* Zürich 1989, 8.

[3]Sebald, W. G.: Die Beschreibung des Unglücks. Zur österreichischen Literatur von Stifter bis Handke. Salzburg 1985, 34.

auf die Sprache und aufs Wort sowie seiner Faszination für naturwissenschaftliche Erklärungs- und Erzählmodelle begeistert.[4]

Zur Wort- und Wissensgeschichte des ‚Rieselns' im 19. Jahrhundert

Das neuhochdeutsche Wort *rieseln* kommt vom mittelhochdeutschen *rîsen*, ‚fallen' oder ‚(in sich) zusammenfallen'. Seine Bedeutung folgt ganz dem „beweglichkeit, wiederholung, kleinheit bezeichnenden l-suffix".[5] *Rieseln* bezeichnet allgemein eine langsame Abwärtsbewegung „in einzelnen theilchen, tropfen- oder körnerweise".[6] Im Grimmschen Wörterbuch wird diese allgemeine Bedeutung zunächst materiell differenziert. Neben den elementaren Regen- und Tautropfen, Schneeflocken und Hagelkörnern, Sandkörnern, Steinchen und zerfallendem Erdreich kann auch organische Materie wie Laub, Heu oder Reisig rieseln. Indes zeichnet sich schon innerhalb dieser rieselungsfähigen Umwelt eine zweite, immaterielle Bedeutungsdifferenz ab. Ja für das *Rieseln* ist oft gerade die Übergänglichkeit zwischen Materie und Geist entscheidend, mit unmittelbaren Folgen für den Menschen. Vom „abfallenden heu" ist es nur ein Schritt zu den ausfallenden „haaren bei kranken, alten leuten".[7] Und der rieselnde Schnee schwillt rasch zur unheilvollen Lawine an.[8] Das aus der Quelle rieselnde Bächlein führt im 18. Jahrhundert metonymisch über den durch „edle gesteine" rieselnden Wein zum „blute, das aus der wunde rinnt".[9] Dieselbe Dynamik der subtilen Steigerung beherrscht auch das akustische Bedeutungsspektrum. Aus einem leisen *Rieseln* wird unversehens ein lautes *Rauschen*, wobei oft unklar ist, „ob die vorstellung des flieszens oder die des rauschens" vorherrscht.[10] Im 19. Jahrhundert verlagert sich das Kräftemessen zwischen Auge und Ohr dann oft recht schauerlich auf das Verhältnis zwischen Mensch und Natur. Dabei rieseln „unangenehme empfindungen, angst, schreck" nicht nur „gleichsam wie kaltes wasser durch den körper des menschen". Die „morgenluft" kann sensiblen Naturen wie etwa Eichendorffs Taugenichts auch ganz unverblümt „durch alle glieder" rieseln.[11] Und für all das gibt es keine bündigere Formel als die unpersönliche Redeweise: *es rieselt.*[12]

---

[4]Vgl. Geulen, Eva: *Worthörig wider Willen. Darstellungsproblematik und Sprachreflexion in der Prosa Adalbert Stifters.* München 1992, und Selge, Martin: *Adalbert Stifter. Poesie aus dem Geist der Naturwissenschaft.* Stuttgart/Berlin/Köln/Mainz 1976.

[5]Grimm, Jacob und Wilhelm: *Deutsches Wörterbuch.* 16 Bde. (in 32 Teilbdn.). Leipzig 1854–1961; hier: Bd. 14, Sp. 937.

[6]Ebd.

[7]Ebd.

[8]Ebd.

[9]Ebd., 938.

[10]Ebd.

[11]Ebd., 939.

[12]Ebd., 937.

Diese Übergänglichkeit vom Unbelebten zum Belebten, vom Sichtbaren zum Hörbaren und von der Morgenluft zur Todesangst macht das *Rieseln* besonders attraktiv für die Beschreibung physikalischer und psycho-physischer Übertragungsszenarien. Seine wissenschaftlichen Haupteinsatzgebiete sind die Neurologie und die Elektrizitätslehre. Dafür interessierte sich in der Stifterzeit speziell der Berliner Naturphilosoph und Physiologe Johannes Müller (1801–1858). Schon in seiner Abhandlung *Über die phantastischen Gesichtserscheinungen* von 1826 untersucht Müller die „Wechselwirkungen des geistigen und des sinnlichen Lebens". Er erklärt sie dort physiologisch als mikroskopisch kleine Bewegung von „Energie", die vermittels einer „Sehsinnsubstanz" von der Netzhaut über die Sehnerven ins Gehirn gelange und umgekehrt.[13] Die phantastischen Licht-Bilder, die Müller beim Einschlafen an sich selbst beobachtet, hätten zwar in den „tiefern unbeweglichen Theilen der Sehsinnsubstanz" ihren materiellen Ursprung.[14] Aber eben deshalb müsse sich ihre oft sehr bewegende Wirkung auf unsere Psyche quasi rieselnd übertragen. Müller beschreibt diese Übertragung hier zwar noch als ‚sympathetisch' oder ‚assoziativ'.[15] Aber schon einige Jahre später spricht er in seinem epochemachenden *Handbuch der Physiologie des Menschen* (1833–1840) im Zusammenhang mit sensorischen Idiosynkrasien ausdrücklich von „rieselnde[n] Empfindungen und Schauergefühle[n]" oder schlicht von einem „Rieseln durch den Körper".[16] Als typisches Symptom bei „Nervenschwachen" oder Menschen mit besonders „reizbaren Nerven" wird dieses Rieseln dann zur festen Vokabel der von Müller so genannten *Nervenphysik*.[17]

Aber nicht nur internationale Koryphäen wie Müller suchten zu Stifters Lebzeiten nach einem geeigneten Vokabular für psycho-physische Übertragungsprozesse im menschlichen Organismus und im Austausch zwischen dem Menschen und der (organischen wie anorganischen) Natur. Die Suche beschäftigte auch lokale Größen mit mehr Bodenhaftung wie den Wiener Physiker Andreas Baumgartner (1793–1865). Stifter hatte Baumgartners Vorlesungen als Student in Wien besucht und dessen große *Naturlehre nach ihrem gegenwärtigen Zustande* (1824–1831) noch Jahrzehnte später eifrig konsultiert.[18] Bei der Beschreibung

---

[13]Müller, Johannes: *Über die phantastischen Gesichtserscheinungen. Eine physiologische Untersuchung mit einer physiologischen Abhandlung des Aristoteles über den Traum, den Philosophen und Aerzten gewidmet.* Koblenz 1826, [III]–20; hier: V und 10.

[14]Ebd., 30–39; hier: 35.

[15]Vgl. ebd., 31, 32, 35 und 39 (‚Sympathie') bzw. 40, 111, 112, 114 (‚Association').

[16]Müller, Johannes: *Handbuch der Physiologie des Menschen.* Dritte verb. Aufl., 2 Bde. Coblenz 1837–1840; hier: Bd. 1, 708–709, 776, 818; Bd. 2, 483, 502.

[17]Vgl. ebd. den III. und V. Abschnitt des Dritten Buches über die spezielle Physiologie („Die Physik der Nerven"), Bd. 1, 685–779 („Von der Mechanik des Nervenprincips") und 803–866 („Von den Centraltheilen des Nervensystems").

[18]Vgl. Enzinger, Moritz: *Adalbert Stifters Studienjahre (1818–1830).* Innsbruck 1950, 128–151, und Pichler, Franz: Andreas Baumgartner und sein Werk zur ‚Naturlehre'. In: Alfred Dopper/ Johannes John/Johann Lachinger/Hartmut Laufhütte (Hg.): *Stifter und die Stifterforschung im 21. Jahrhundert. Biographie – Wissenschaft – Poetik.* Tübingen 2007, 117–125.

ominöser Übergänglichkeiten beim Magnetismus, der Elektrizitätslehre oder
Meteorologie will Baumgartner vor allem eins: allgemein verständlich bleiben.
Gerade deshalb ringt er hier um Worte. So dürfe man sich etwa beim Magnetisch-
werden eines Körpers „nicht vorstellen [...], daß ein magnetisches Fluidum in
die eine, das andere in die zweite Hälfte des neuen Magnetes übergehe".[19] Und
darum darf hier auch nichts rieseln. Umso mikroskopischer stellt sich dann Baumgartner die „Trennung der zwei magnetischen Fluida" in einem „ungemein kleinen Stücke jenes Körpers" oder „einem magnetischen Elemente desselben" vor.
Bei den elektromagnetischen Übertragungen, wo noch die schwächsten Ströme
elektrischer Teilchen im Verbund stark magnetisierend wirkten, wählt Baumgartner bewusst „kürzere Ausdrücke", um „die Gesetze dieser merkwürdigen
Wirkung des electrischen Stromes einfach übersehen zu können".[20] Und eben
hier beginnt es auch in Baumgartners Text zu rieseln und zu rauschen. Unter den
meteorologischen Phänomenen fordert zumal die Gewitterelektrizität Baumgartners Beschreibungssprache heraus. So wird beispielsweise das „Oscilliren der
Hagelkörner" nach einem Gewitter zum „elektrische[n] Tanz".[21] Und wie bei der
„Bildung des Hagels" entstehen auch bei vielen anderen „bis jetzt unerklärten
Phänomenen" in Baumgartners sonst glasklarer Diktion terminologische Stör-
geräusche.[22] Bei der Beschreibung einzelner Gegenstände hatte sich Baumgartner
das Reden vom Rieseln der Dinge noch verboten. In ihrem Verbund überträgt es
sich nun auf den Text selbst und verstärkt sich so zum semantischen Rauschen.

Die Grundformel im *Alten Siegel*

Die skizzierte sprach- und wissensgeschichtliche Informationsgrundlage ist selbst-
verständlich noch zu schmal, um repräsentative Aussagen zuzulassen. Sie müsste
dafür gehörig verbreitert werden. Dennoch zeichnet sich bereits auf dieser Basis
so etwas wie eine epochale Symptomatik des Rieselns ab. Dazu gehören die Übergänglichkeiten zwischen organischer und anorganischer Natur, Geist und Materie, Mensch und Umwelt, die mikroskopischen Masseteilchenbewegungen mit
überwältigenden Massenwirkungen, die psycho-physischen Idiosynkrasien einer
schauderhaften Nervenphysik und nicht zuletzt auch die optisch-akustischen Par-
onomasien von rieseln, rinnen, rollen und rauschen. All das findet man in Stifters
literarischem Werk wieder. Und es ist fast unvermeidlich, den entsprechenden
Textbefund auch mit dem poetologischen Rieseln in der „Vorrede" zu den *Bun-*

---

[19]Dieses und das folgende Zitat nach der sechsten, von Baumgartner und Andreas von Etting-
hausen gemeinsam umgearbeiteten Auflage: Baumgartner, Andreas: *Die Naturlehre nach ihrem
gegenwärtigen Zustande mit Rücksicht auf mathematische Begründung*. Wien 1839, 2. Teil, 472
(§ 281).

[20]Ebd., 2. Teil, 549 (§ 381).

[21]Ebd., 3. Teil, 740–741 (§ 238).

[22]Ebd., 741.

ten Steinen abzugleichen. Liest man Stifters Texte von dieser kleinen Symptomatik her, dann findet man allerdings noch mehr. Denn Stifter konzentriert das allgemeine Rieseln an neuralgischen Stellen seiner Texte und macht es so über die materielle Präsenz der Vokabel hinaus zu einem wirkungs- und rezeptionsästhetischen Spezialeffekt.

Der *locus classicus* des Rieselns als gewaltiger lawinenartiger Bewegung kleinster Elementarteilchen ist eine Passage aus Stifters früher Erzählung *Das alte Siegel* (1843/1847). Am Anfang des dritten Kapitels ist seine phänomenale Wirkungsart komplett ausformuliert. Und auch die subjektive Wirkungskraft dieses Rieselns wird dort regelrecht ausgestellt. Die Textstelle ist so paradigmatisch, dass ich sie hier in voller Länge zitiere:

> „Es geht die Sage, daß, wenn in der Schweiz ein thauiger sonnenheller lauer Wintertag über der weichen, klafterdicken Schneehülle der Berge steht, und nun oben ein Glöckchen tönt, ein Maulthier schnauft, oder ein Bröselein fällt – sich ein zartes Flöckchen von der Schneehülle löset, und um einen Zoll tiefer rieselt. Der weiche, nasse Flaum, den es unterwegs küsset, legt sich um dasselbe an, es wird ein Knöllchen und muß nun tiefer nieder, als einen Zoll. Das Knöllchen hüpft einige Handbreit weiter auf der Dachsenkung des Berges hinab. Ehe man dreimal die Augen schließen und öffnen kann, springt schon ein riesenhaftes Haupt über die Bergesstufen hinab, von unzähligen Knöllchen umhüpft, die es schleudert, und wieder zu springenden Häuptern macht. Dann schießt's in großen Bögen. Längs der ganzen Bergwand wird es lebendig, und dröhnt. Das Krachen, welches man sodann herauf hört, als ob viele tausend Späne zerbrochen würden, ist der zerschmetterte Wald, das leise Aechzen sind die gescholbenen Felsen – dann kommt ein wehendes Sausen, dann ein dumpfer Knall und Schlag – – dann Todtenstille – nur daß ein feiner weißer Staub in der Entfernung gegen das reine Himmelsblau empor zieht, ein kühles Lüftchen vom Thal aus gegen die Wange des Wanderers schlägt, der hoch oben auf dem Saumwege zieht, und daß das Echo einen tiefen Donner durch alle fernen Berge rollt. Dann ist es aus, die Sonne glänzt, der blaue Himmel lächelt freundlich, der Wanderer aber schlägt ein Kreuz und denkt schauernd an das Geheimniß, das jetzt tief unten in dem Thale begraben ist.
> So wie die Sage das Beginnen des Schneesturzes erzählt, ist es oft mit den Anfängen eines ganzen Geschickes der Menschen." (HKG 1.5, 372–373)

Die Passage enthält ausdrücklich alle wesentlichen Elemente des Rieselns bei Stifter: die mikroskopische Ursache und ihre zerstörerische Wirkung, die unmerkliche Fallbeschleunigung des hüpfenden „Knöllchens" zum springenden „Haupt", das Ruckartige dieses Falls in vier aneinandergereihten *dann*-Sätzen, die Grenzen des menschlichen Sinnesapparats (in diesem Fall des Auges) als seine Möglichkeitsbedingung, den Umschlag vom *ehe* ins *schon* als seine dramatische Peripetie, die in der unpersönlichen Verbalphrase „es wird lebendig" unheimlich animierte Materie, das Oszillieren zwischen Optik und Akustik des unerhörten Schauspiels, den mikroskopischen Gewaltakt zwischen dem „kühlen Lüftchen" und der „Todtenstille", die Diskrepanz zwischen seiner physischen Plötzlichkeit und seiner psychischen Tragweite („dann ist's aus" und der Wanderer bekreuzigt sich „schauernd"), die exemplarische Gültigkeit des Falls für das „ganze Geschick der Menschen" und nicht zuletzt seine narrative Darstellungsform, die langsam *gehende* „Sage". Peter Utz hat diese Szene als Urszene alpiner Katastrophenerzählungen beschrieben.[23] Seine aufmerksame Interpretation öffnet die Augen dafür, wie das „Bröselein" ein „Knöllchen" und dann eine Lawine wird: durch den dreimaligen Augenaufschlag nämlich, der aus der dynamischen Kontinuität eine Serie von Kontiguitäten macht.[24] Als Bedingung des existentiellen Effekts des anfänglichen Rieselns auf den Menschen ist diese wiederholt für ein Nu unterbrochene Bewegung tatsächlich unabdingbar. Das Zitat liefert damit so etwas wie die Grundformel von Stifters Rieseln. Diese Formel wird später eigentlich nur noch ausdifferenziert. Gleichzeitig verschwindet aber das Rieseln langsam von der Textoberfläche und wird vom Text gleichsam verschluckt und verinnerlicht. Was vormals noch als rieselnder Regen die Sicht verstellt, wie es im *Beschriebenen Tännling* scheinbar unschuldig heißt, das wird vom älteren Stifter nach und nach gänzlich unsichtbar gemacht.[25] Die anfangs noch explizite Grundformel wirkt später implizit weiter und weiter. Und genau das ist der springende Punkt. Denn erst ausdifferenziert wird der hier noch ausbuchstabierte Effekt zu einem *special effect*. Und erst implizit wird die demonstrative Dramatik des Rieselns aus dem *Alten Siegel* zur Infinitesimaldramatik.

Phänomenologie des Rieselns in den *Studien*

Dieser Prozess der Ausdifferenzierung und gleichzeitigen Intensivierung lässt sich schrittweise an einer Reihe von Textbeispielen nachverfolgen. Die frühen *Studien* belegen Stifters fast schon systematische Arbeit an einer eigenen Phänomenologie des Rieselns. *Der Hochwald* (1841/1844) taucht es in den Abglanz der schwarzen Romantik. Die Schwestern Johanna und Clarissa werden in dieser Erzählung von ihrem Vater an einen einsamen Waldsee in Sicherheit vor dem Dreißigjährigen Krieg gebracht. Dort „riesel[t]" zuerst nur „ein flüchtig Schauern" vor dem „flimmernden" „Zaubersee" durch Johannas „Glieder" (HKG 1.4, 248). Dasselbe schauerliche Rieseln ergreift aber später auch den naturverbundenen Jäger Gregor. Und dabei erfährt man auch den wahren Grund dafür. Er liegt in eben dieser Naturverbundenheit, durch die sich das „kindliche Rieseln und Schwätzen"

---

[23]Vgl. Utz, Peter: *Kultivierung der Katastrophe. Literarische Untergangsszenarien aus der Schweiz.* München 2013, 138–141.

[24]Ebd., 140.

[25]Vgl. HKG 1.6, 383. Mit Peter Utz kann man diese Selbstverhüllung des Rieselns freilich schon in der Lawinensage aus dem *Alten Siegel* angelegt sehen: „Genau darum geht es auch dem Text: Die herausfordernde Faszination der Lawine ist es, dass sie als Ereignis die eigenen Ursachen verbirgt. Dieses ‚Geheimnis' will diese Darstellung nicht aufklären, sondern ihrerseits nochmals verrätseln. […] Denn das ganze Geschehen bleibt ja ein ‚Geheimnis', das sich in der Lawine gewissermaßen gleich unter sich selbst begräbt" (Utz: *Kultivierung der Katastrophe* (wie Anm. 22), 140).

des Wassers auf Gregor überträgt. Die Menschen, so erklärt Gregor, begriffen die „lauter stille[n] und unscheinbare[n]" Dinge der Natur nicht und dichteten ihnen darum „ihre ungeschlachten" Ansichten an (HKG 1.4, 268). Er selber dagegen versteht die Naturdinge in ihrer lauteren Unscheinbarkeit. Daher „rieselt" ihm „dieß alles" auch so „sonderbar durch die Gebeine" (HKG 1.4, 267). Und deshalb werden ihm die durch die Natur rieselnden Kleinigkeiten umso „ungeheurer" (HKG 1.4, 268).[26] In dieser osmotischen Naturerfahrung erschöpft sich die Wirkung des Rieselns im *Hochwald* allerdings nicht. Beobachtet man Gregor genauer, dann wird klar, dass *dies alles* am Ende auch für Stifters eigenen Text und seine Wirkung auf den Leser gilt. Gregor, diese „Stimme der Wüste", weiß von den erlebten Naturdingen nämlich wie „aus einem alten schönen Dichtungsbuche" zu erzählen (HKG 1.4, 244). Und von Gregor instruiert lernen auch die Schwestern „wie zart gedichtete Wesen aus einer nordischen Runensage" im Buche der Natur zu lesen. Das simuliert die erhoffte Wirkung des natürlichen Rieselns auf den Leser. Es wird darin aber auch ein Abgrund sichtbar. Denn genau diese Naturverstrickung wird den Schwestern zum Verhängnis. Sie verfallen dem Zauber der Waldwüste und schicken ihren bedingungslosesten Liebhaber, den Wildschützen Ronald mit der „schwärmerische[n] Dichtung" (HKG 1.4, 285) in seinen Zügen, in den sicheren Tod. Und eben dies verstrickt auch den Leser fatal in ihr tragisches Ende. Er fühlt den Schmerz physisch mit, den der Bericht der gegenseitigen Vernichtung von Vater, Bruder und Geliebtem bei den Schwestern hervorruft. Am Ende „rieselt[]" auch „durch das todtenstille verdunkelte Zimmer" des Lesers „nur mehr ein leises, kaum hörbares Weinen" – „und endlich auch dieß nicht mehr" (HKG 1.4, 315).

Diese naturpoetische Übertragungsmagie wird in der *Narrenburg* (1841/1844) ironisch umspielt, ohne dass sie dadurch jedoch vernichtet würde. Dabei akzentuiert die offensichtliche Entgegensetzung und heimliche Verschränkung zwischen dem Naturraum der grünen Fichtau und dem Kulturraum des grauen Schlosses Rothenstein die Matrix, auf der Feinstoffliches schicksalhaft werden kann.[27] Das Verhängnis ist diesmal ein genealogisches und lautet auf den Namen der Familie von Scharnast. Heinrich erfüllt zwar die närrischen Bedingungen seines Vorfahren Hanns von Scharnast und erstreitet sich die Narrenburg als legitimer Erbe. Das Gesetz aber, unter dem sich sein Glück erfüllt, ist das der Erosion. Schon von

---

[26]Die Anklänge dieser Stelle an die oben zitierte Schlüsselstelle aus der „Vorrede" zu den *Bunten Steinen* sind unverkennbar. Versteht man die „Vorrede" als Stifters poetologischen Schlüsseltext, dann gilt das, was Gregor hier über das rieselnde Wirken der (mytho-)poetischen Natur sagt, für Stifters Werk insgesamt.

[27]Zur narrativen Topografik von Naturraum versus Kulturraum vgl. Begemann, Christian: *Die Welt der Zeichen. Stifter-Lektüren.* Stuttgart/Weimar 1995, 210–241, zu ihrer Verschränkung auf der Ebene eines narrativen ‚Kryptotextes' vgl. Titzmann, Michael: Text und Kryptotext. Zur Interpretation von Stifters Erzählung ‚Die Narrenburg'. In: Hartmut Laufhütte/Karl Möseneder (Hg.): *Adalbert Stifter: Dichter und Maler, Denkmalpfleger und Schulmann. Neue Zugänge zu seinem Werk.* Tübingen 1996, 335–373.

weitem beschwört das Rieseln, Rollen und Rauschen der Pernitz zwischen der fröhlichen Fichtau und dem düsteren Rothenstein den Zerfall der Narrenburg. Die nächtliche Stille über der Fichtau wird „nur" von den „Wässer[n], wo sie hinter den Felsen rannen, unaufhörlich plätscherten und rieselten", unterbrochen (HKG 1.4, 340). Und gestört wird sie durch nichts „als unten die emsig rieselnden Wasser" und oben die „Spitzen der flimmernden Sterne" (HKG 1.4, 352). Aber eben diese vertikale Störung ist ein böses Omen. Sie sabotiert schließlich Heinrichs Versuch, den sichtbaren Zerfall der Narrenburg an der Oberfläche aufhalten und seine verhängnisvolle Wirkung rückgängig machen zu wollen. Um den allseits rollenden und rieselnden Mörtel zu stabilisieren,[28] hetzt Heinrich „Arbeitsleute aller Art" auf den Rothenstein, „so daß es schien, als rühre sich nun der ganze Berg" (HKG 1.4, 408). Zwar kann Heinrich zu Recht stolz darauf sein, wie obenauf am Ende „Alles spiegele und schimmere" (HKG 1.4, 428 f.). Aber seine katastrophische Erbmasse holt ihn im Familienarchiv des darunter liegenden Felsensaals dennoch ein. Statt diesen Raum nach der Lektüre der Autobiographie seines unglückseligen Großonkels Jodok in die Luft zu jagen, wie dieser geraten hatte,[29] flieht Heinrich aus dem Archiv, versiegelt es und verdrängt damit seinen Inhalt.[30] Und so „rollt" unten „Alles fort" (HKG 1.4, 410), wie es Jodok prophezeit hatte. Oben aber geht die Zeit „fort und fort, und klärt[] nichts auf" (HKG 1.4, 429). Desto sicherer unterminiert daher der Sprengsatz im unterirdischen Familienarchiv das Happy End von Heinrichs Lebensplan. Bezeichnenderweise wünscht der Erzähler den Segen Gottes über den glücklichen Heinrich und seine Anna aus der grünen Fichtau „empor" statt herab (HKG 1.4, 436). Ob Heinrich das Glück, das er dort unter dem „silberne[n] Rieseln der Wasser" einst vergeblich gesucht hatte, hier wirklich finden wird (HKG 1.4, 362), ist mehr als fraglich.

Im *Abdias* (1842/1847) unterstellt Stifter das verhängnisvolle Rieseln dann ganz dem fortrollenden Schicksal. Dabei macht die forcierte Nähe zum meteorologischen und elektrischen Wissen der Zeit seine menschliche Seite nur noch bestürzender.[31] Wie dem Beduinen „ein leichter glänzender Funke auf sein Haupt" springt, wie er „durch seine Nerven ein unbekanntes Rieseln" fühlt und dann „auf ewig nichts mehr" hört, so trifft das blinde Schicksal das Menschenherz (HKG 1.5, 237). Man kann diesem Schicksal und seinem „Schimmer" im „Herzen" der Menschen zwar nachfühlen. Es aber nach kausalen Naturgesetzen ergründen und seine Lebensaufgabe vernünftig lösen zu wollen, ist hoffnungslos.[32] Das zeigt die Geschichte des wetterfühligen Juden Abdias aus der nordafrikanischen Wüste. Abdias' Geschichte funktioniert ebenso offensichtlich wie widersinnig nach einem

---

[28]Vgl. HKG 1.4, 373.

[29]Vgl. ebd., 412.

[30]Vgl. ebd., 426 f.

[31]Vgl. Gamper, Michael: *Elektropoetologie. Fiktionen der Elektrizität 1740–1870*. Göttingen 2009, 275–280.

[32]Vgl. HKG 1.5, 238.

anderen Gesetz: dem der fatalen Wiederholung. Ihr Grundsatz ist das Rieseln. So wird die von Feinden verwüstete Wohnung des Abdias durch das „sanfte Rieseln der rinnenden Gewässer" in der Regenzeit „noch einmal zerstört" und zu „Brei" gemacht (HKG 1.5, 254, 266). Und so rieselt das Verhängnis auch in der Einöde der böhmischen Alpen weiter, wohin Abdias mit seiner blinden Tochter Ditha emigriert. Der Blitz schlägt hier in Abdias' Haus ein und macht Ditha im Faradayschen Käfig ihres Zimmers zuerst sehend.[33] Dann erschlägt er die gewitterfreudige Ditha in einem von Abdias vergeblich gegen das heranziehende Gewitter errichteten Haus aus Flachsgarben.[34] Nun fällt „[k]ein Tropfen Regen" mehr, „nur die dünnen Wolken rieselten, wie schnell gezogene Schleier, über den Himmel" (HKG 1.5, 340). Und unter dem ehernen Gesetz dieser Wiederholung beginnt selbst der Himmel zu rieseln. Mindestens grammatikalisch, denn wenn Ditha „die Wolken, die an dem Himmel zogen", betrachtet, dann läßt sie die „Gräsersamen über die graue Seide ihres Kleides rieseln und sah zu, wie *er* rieselte" (HKG 1.5, 334).[35]

Überhaupt ist die Synchronisierung der Naturgesetze am Himmel und im Menschenherz bei Stifter höchst problematisch. Das bestätigt eine spätere Erzählung aus den *Studien, Der Hagestolz* (1845/1850). Der stetigen Zeit der Natur widerstrebt hier die Lebenszeit des unsteten Menschen. Dem rieselnden Wasser antwortet das bald träge, bald hüpfende Herz. Das Rätsel Zeit aber ist nirgends größer als dort, wo die Rhythmen dieser asynchronen Zeiten sich angleichen. Wie der Jüngling Victor in seine Zukunft hineinläuft, so rieseln auch die Wasser lustig durch die Landschaft.[36] Doch „welch ein räthselhaftes, unbeschreibliches, geheimnißreiches, lokendes Ding ist die Zukunft, wenn wir noch nicht in ihr sind – wie schnell und unbegriffen rauscht sie als Gegenwart davon – und wie klar, verbraucht und wesenlos liegt sie dann als Vergangenheit da!" (HKG 1.6, 14) Weil das Rieseln des Wassers sich immer gleich bleibt,[37] wird es zum eigentlichen Helden der völlig undramatischen Lebensgeschichte des „harmlosen Karakter[s]"

---

[33]Vgl. ebd., 319–323.

[34]Vgl. ebd., 328 f., 337–341.

[35]Hervorhebung von mir. Das Personalpronomen *er* bezieht sich hier am sinnvollsten gewiss auf die „Gräsersamen". Das legt auch der Fassungsvergleich mit der früheren Journalfassung nahe, wo Ditha „leise, leise [...] die reifen Gräsersamen über die graue Seide ihres Kleides rieseln" lässt (HKG 1.2, 152). Nur wird dieser intuitive Bezug in der Studienfassung durch den divergenten Numerus sabotiert. Bei dem ebenfalls naheliegenden „Getreide" und den „Gräsern" passt das Genus nicht, und die maskulinen „Halme" können nicht wirklich rieseln. In der Textumgebung bietet sich am ehesten der „Flachs" mit seinen rieselungsfähigen Samen als Bezugswort an, der in der Schlusspassage des Textes auch eine zentrale Rolle spielt. Diese Verbindung funktioniert aber wiederum syntagmatisch nicht, sondern macht höchstens paradigmatisch Sinn.

[36]Vgl. HKG 1.6, 15.

[37]Vgl. ebd., 15, 27, 43, 50, 82, 139.

Victor (HKG 1.6, 9).[38] Dieser wird erst zum Sieger, der in seinem Namen steckt, indem er sich dem heldenhaften Rieseln stellt. Victor muss nämlich „die Stelle" zuerst richtig verstehen, „wo das Licht gleichsam über die grünen Buchen herab rieselt" (HKG 1.6, 36), und die für ihn einst „bedeutsam" werden soll, wie ihm seine Ziehmutter voraussagt (HKG 1.6, 36, 85). *Wie* bedeutsam sie sein wird, leuchtet ihm allerdings erst bei seinem hagestolzen Onkel auf dessen einsamer Insel ein. Als dort ein „prachtvolles Gewitter" (HKG 1.6, 116) das Gesicht des menschenfeindlichen Onkels erhellt, scheint es Victor plötzlich „als ob das Feuer durch die grauen Haare des Mannes flöße und ein rieselndes Licht über seine verwitterten Züge ginge" (HKG 1.6, 117). Und er erkennt, dass der ewige Junggeselle im Grunde herzensgut ist und früher durchaus liebesfähig war. Eben diese Aufklärung jedoch birgt für den Jüngling Victor einen ureigenen Schrecken. Denn durch sie erfüllt sich die Prophezeiung der „überreinlichen" Ziehmutter in einem abgründigen Geheimnis (HKG 1.6, 85): im Liebesverhältnis, das die alten Leute totschwiegen und dem Victor seine eigene Existenz verdankt.[39]

Katastrophenszenarien im Spätwerk

Stifters Erzählungen aus den 1840er Jahren enthalten eine ziemlich komplette Phänomenologie des Rieselns. Soviel lässt sich als Zwischenbilanz aus den *Studien* festhalten. Das macht die *Studien*-Erzählungen gleichsam zu Etüden der Aussagbarkeit dessen, was man die mikroskopische Dramatik bei Stifter nennen könnte. Mit den 1853/54 publizierten *Bunten Steinen* ändert Stifter seine dramaturgische Strategie. Zwar ist hier in der „Vorrede" noch an einer theoretischen Schlüsselstelle vom Rieseln die Rede. In den nachfolgenden Erzählungen verschwindet es jedoch fast völlig von der Bildfläche. Das überrascht auf den ersten Blick, ist jedoch im Zusammenhang von Stifters Gesamtwerk betrachtet nur konsequent. Denn damit beginnt jene Implikation und Intensivierung des Rieselns, die sich in Stifters Spätwerk noch weiter verstärken wird.

Das seltener und unsichtbarer werdende Rieseln kündigt schon in den *Bunten Steinen* nicht mehr und nicht weniger als eine existentielle Katastrophe an. So steht in *Bergkristall* das leise Rieseln des Schnees für den Erfrierungstod im

---

[38]Die auf November 1849 datierte „Vorrede" zum fünften und sechsten Band der *Studien* insistiert mit der Frontstellung zur Revolution von 1848 gerade in ihrer lakonischen Kürze auf der eigentümlichen Gegendramatik des Undramatischen: „Schon vor längerer Zeit hätten diese zwei letzten Bände der Studien erscheinen sollen, aber verschiedene Umstände verhinderten es. Ein Theil des fünften Bandes war bereits gedruckt, als die Bewegung des Jahres 1848 ausbrach. Ich übergebe diese Bände nun der Oeffentlichkeit, da es doch vielleicht Menschen gibt, die bei diesen einfachen Schilderungen und bei diesen harmlosen Karakteren eine Stunde der Erholung zubringen" (ebd., 9).

[39]Vgl. ebd., 127 f. und 137 f.

ewigen Eis. Ihm entrinnen der kleine Konrad und seine Schwester Susanna nur mit
Not. Wo „alles still, unermeßlich still" bleibt und die Kinder nur „das Rascheln
ihrer Füße, sonst nichts" hören, wo der Schnee „so troken [...] wie Sand" von
ihren Füßen „abrieselt[]" und „überall in die Klüfte hinein rieselt[]", und sich vor
„Eis – lauter Eis" jeder Gegenstand verliert, dort gehen noch die unschuldigsten
Menschenkinder der Welt verloren (HKG 2.2, 216 f.). Und allein ein Wunder
in der Christnacht, der Geburtsstunde des Menschensohns, gibt die Verlorenen
der Welt wieder und macht sie erst zu vollgültigen Mitgliedern der Dorfgemein-
schaft.[40] Das Gegenstück zu diesem schneeweißen Wunder ist die rabenschwarze
Erzählung *Turmalin:* „Der Turmalin ist dunkel, und was da erzählt wird, ist sehr
dunkel" (HKG 2.2, 135). Auch in *Turmalin* fällt das Rieseln wie ein Donnerschlag
in die stille und wie eingefrorene Wohnung des ominösen Rentherrn. Es realisiert
dort buchstäblich, wie das von diesem kauzigen Privatier zelebrierte Familien-
regime nach dem Ehebruch seiner Frau implodiert. Die Gerichtsvollzieher können
nach dem spurlosen Verschwinden von Mann, Frau und Kind aus der Wohnung
„schier keine Veränderung" feststellen. Alles ist „wie nach dem Gebrauche", nur
„der leichte schnell rieselnde Staub" in den Falten der Vorhänge lässt erkennen,
„wie es hier anders geworden" ist (HKG 2.2, 146 f.).[41] Diese mikroskopische
Peripetie wird im *Turmalin* aber im Gegensatz zur Wiedergeburt von Konrad
und Susanna im *Bergkristall* durch kein Wunder mehr revoziert. Die Frau verschwindet aus dem Text, der zum Straßenmusikanten heruntergekommene Rent-
herr erhängt sich in einem Kellerloch, und seine missgestaltete Tochter wird auf
Kosten ihres naturpoetischen Genies resozialisiert.

In den Katastrophenszenarien der *Bunten Steine* kann sich die Menschheit
vor dem heranrieselnden Untergang zwar gerade noch retten. Aber diese Rettung
macht nicht wirklich glücklich. Dafür sind ihre individuellen Kosten schlicht zu
hoch. Man muss diese Texte darum bis zum bitteren Ende lesen, um ihre raffi-
nierte Dramaturgie zu verstehen. Das gilt auch für den *Nachsommer.* Der Roman
enthält von allen Stiftertexten die meisten Belegstellen zum Rieseln. Und so gut
wie an allen diesen Stellen ist auch hier zunächst vom rieselnden Wasser die Rede.
Dieses Wasser wird im Nachsommer zum Wundermittel für individuelle Bildung
und kollektive Kultivierung erklärt. Allerdings wird gerade dadurch, vom Roman-
ende her gelesen, die Spannung zwischen dem am Schluss erreichten irdischen
Glück und dem erahnten höheren Elend ins Epische, ja Unerträgliche gesteigert.
Der einsame Pol dieser Spannung hat im *Nachsommer* einen Namen: Risach.
Dass dieser Name an das vom alten Risach für Bildungszwecke verwendete
Wasserrieseln anklingt, mag reiner Zufall sein. Dass Risach mit seiner ingeniösen
Berieselungsanlage aber wortwörtlich „nachhelfen und zu jener Zeit Wasser geben
können" will, „wo es der Himmel versagt", (HKG 4.1, 144), lässt aufhorchen.

---

[40]Vgl. HKG 2.2, 239.

[41]Vgl. dazu die Parallelstelle in der Studienfassung der *Mappe* im Kapitel „Die Alterthümer",
das in den späteren Fassungen allerdings gestrichen wird. Auch dort „rieselt" der Staub durch die
Gänge des alten „Schreibgerüst[s]" (d. h. des Schreibtischs), den Augustinus von seinem Urgroßvater erbt (HKG 1.5, 22).

Umso bedenklicher stimmt darum die Metaphorik vom gefährlichen Eis und dem zerbrechlichen Glas, durch das sich der Ich-Erzähler Heinrich Drendorf seinen Weg durch das Treiben der Weltmenschen zu Risach bahnt, seinem Guru, der ihm den Himmel auf Erden verspricht. Ein memorabler Gang zur Vorstellung von *King Lear* durchs winterliche Wien zeigt den Sucher Heinrich so trittsicher und unbeirrbar wie Shakespeares tragischen König:

> „Es fiel ein feiner Regen nieder, obwohl es in der unteren Luft ziemlich kalt war. Der Regen war mir nicht unangenehm, sondern eher willkommen, wenn er mir auch auf meinen Anzug fiel, an dem nicht viel zu verderben war. Ich schritt seinem Rieseln mit Gemessenheit entgegen. Der Weg zwischen den Bäumen auf dem freien Raume vor der Stadt war durch das Eis, welches sich bildete, gleichsam mit Glas überzogen, und die Leute, welche vor und neben mir gingen, glitten häufig aus. Ich war an schwierige Wege gewöhnt, und ging auf der Mitte der Eisbahn ohne Beschwerde fort." (HKG 4.1, 193)

Neben dem Eisbrecher Heinrich fallen die Menschen auf ihrem eisglatten Lebensweg reihenweise hin und der eigenen Unsicherheit zum Opfer. Allein der standhafte Nachwuchswissenschaftler bleibt auf Kurs, weil er weiß: nur bei Risach ist „Halt" genug (HKG 4.3, 282). Wer sich aber an Risach hält, der kann auch nur nach Risachs Willen selig werden. Das zeigt der Fall von Heinrich Drendorf. Heinrich opfert in den letzten Sätzen des Romans die Wissenschaft, die Kunst und schließlich sich selbst ganz dem „reine[n] Familienleben, wie es Risach verlangt" (HKG 4.3, 282). Und am Ende ist sich weder der Ich-Erzähler noch der Leser sicher, ob dieser Fall nicht doch groß ist.

Im *Nachsommer* bleibt das Spekulation. Es wird dort harte Realität, wo eine ähnliche Unbeirrbarkeit einen anderen von Stifters männlichen Suchern für den Fall seiner Nebenmenschen blind macht: den sanftmütigen Obristen in der *Mappe meines Urgroßvaters*. Hier ist es die eigene Frau des Berichterstatters, die sich im Gebirge zu Tode stürzt. Und es gehört zur Tragik dieser Figur, dass der Obrist nach der gewaltsamen Eheschließung die Augen vor dem herannahenden Verhängnis krampfhaft verschließt. Stifter hat diesen Text immer wieder umgearbeitet und ist damit nie zurande gekommen. Vergleicht man die insgesamt vier Fassungen miteinander, dann kann man einen werkgeschichtlichen Erosionsprozess beobachten. Dieser Prozess konzentriert sich an jener Stelle, die so etwas wie die Apotheose des Rieselns bei Stifter enthält. Wo es in der Studienfassung von 1847 noch bedrohlich rieselt, dort klafft in der vierten und letzten Fassung von 1867 eine einzige Lücke. Und genau an dieser Leerstelle rieselt einem beim Lesen ein Schauer durch den eigenen Körper. Nach der erzwungenen Heirat und der schwierigen Eingewöhnung der jungen Frau in den Ehestand ahnt man schon nichts Gutes, als der Obrist vor dem Wendepunkt seiner Lebensbeichte verstummt.[42] Dann erzählt er weiter: wie er sich mit seiner Frau und ihrem Hund auf einer Gebirgstour „ein wenig" „verirrt" hätte, wie sie von einem Holzarbeiter überrascht worden seien und wie dieser sie auf einer so genannten „Holzriese" über

---

[42]Vgl. HKG 1.5, 58 bzw. HKG 6.2, 164.

einen tiefen Abgrund führen wollte – hier ein „ganz fremde[r] Sandstrom[]", dort eine jähe „Wand" (HKG 1.5, 56). In der Studienfassung wird dieses Rettungsgerät noch umständlich erklärt. Eine „Holzriese" sei „eine aus Bäumen gezimmerte Rinne, in der man das geschlagene Holz oft mit Wasser oft trocken fort leitet. Zuweilen gehen sie an der Erde befestigt über die Berge ab, zuweilen sind sie wie Brücken über Thäler und Spalten gespannt und man kann sie nach Gefallen mit dem rieselnden Schneewasser anfüllen, daß die Blöcke weiter geschoben werden" (HKG 1.5, 56). In der letzten Fassung heißt es nurmehr lakonisch, „das Holz" fahre „in ihnen meist in runden Blöken dahin" (HKG 6.2, 164). Das mit der erklärungsbedürftigen *Riese* etymologisch verwandte *Rieseln* wird von dieser Lakonie gleichsam verschluckt.[43] Und erst auf diese Weise unheilvoll verinnerlicht entfaltet es an der entscheidenden Stelle seine ganze Wirkung. „Ich betrat zuerst die Riese mit meinen großen Schuhen", berichtet der Obrist,

> „und hielt den Stok mit der linken Hand. Dann kam meine Gattin, sie hielt sich mit der linken Hand an dem Stoke, und im rechten Arme trug sie das Hündchen. Dann ging der Holzknecht, und trug das Ende des Stokes ebenfalls in seiner linken Hand. Wie wir auf dem Holze weiter kamen, tiefte sich der Abgrund immer mehr unter uns hinab. Ich hörte seine Trite mit den eisenbeschlagenen Schuhen, die ihrigen nicht. Da wir noch ein Kleines vor dem Ende der Riese waren, hörte ich den Holzknecht leise sagen: Sizt nieder. Ich empfand, daß der Stok in meiner Hand leichter werde. Ich sah um, und sah nur ihn allein. Es kam mir ein entsezlicher Gedanke. Aber ich wußte weiter nichts. Meine Füsse hörten auf, den Boden unter mir zu empfinden. Die Tannen wogten wie Kerzen an einem Hänge-leuchter auf und nieder, und dann wußte ich nichts mehr." (HKG 6.2, 165 f.)

„[U]nd deßhalb musste geschehen, was geschah." Und „[e]s mußte wohl so sein, damit sich alles erfüllte" (HKG 1.5, 55 f.). Diese spannungssteigernden Warnungen aus der ersten Fassung nimmt Stifter dem Obristen in der letzten Fassung wieder aus dem Mund. Den Leser aber führt er Schrittchen für Schrittchen an die Unglücksstelle heran und dann über den Abgrund. Beim Blick zurück ins Leere rieselt einem der Schauer umso sicherer durch die Glieder. Und auch dieser Effekt wird in der späten Fassung noch gesteigert. Zuerst war die Leerstelle nämlich noch durch ein an den Zuhörer und Leser gerichtetes „und denkt euch" auswattiert: „[I]ch schaute plötzlich um – und denkt euch: ich sah nur ihn allein" (HKG 1.5, 58). Zuletzt verschwindet sie ganz im kleinsten aller Satzzeichen, einem Komma: „Ich sah um, und sah nur ihn allein" (HKG 6.2, 166). Das Komma aber ist wie kein anderes Satzzeichen Stifters Satzzeichen. Ohne das Komma wären die Sätze bei Stifter nicht das, was sie sind. Auch das ist seit Hebbels Schmährede vom „Komma im Frack" bekannt.[44] Aber erst in der Spätfassung der Mappe offenbart diese scheinbare Manier ihr ganzes dramatisches Potential.

---

[43]Vgl. Grimm: *Deutsches Wörterbuch* (wie Anm. 4), Bd. 14 (1893), Sp. 937–939, hier: Sp. 935.

[44]Hebbels Vorwurf lautet bekanntlich, dass sich das Komma bei Stifter unrechtmäßig über den Satz aufschwingt: „Kurz, das Komma zieht den Frack an und lächelt stolz und selbstgefällig auf den Satz herab, dem es doch allein seine Existenz verdankt." Vgl. Hebbel, Friedrich: Das Komma im Frack (1858). In: Ders.: *Werke*. Hg. von Gerhard Fricke, Werner Keller und Karl Pörnbacher. München 1965, Bd. 3, 684–687; hier: 685.

Wie weit Stifter die rezeptionsästhetische Intensivierung und Verinnerlichung des Rieselns treibt, zeigt schließlich einer der letzten Texte von seiner Hand: der 1868 postum veröffentlichte autobiographische Bericht *Aus dem bairischen Walde*. Der eigentliche Held des Textes ist der Jahrhundertschnee, der den 61-jährigen Stifter im November 1866 in Lackenhäuser unweit seines Geburtsortes Oberplan zehn Tage lang von der Umwelt abschnitt. Dieser Schnee aber rieselt hier nicht einmal mehr leise, wie es das Volkslied predigt und wie er es auch bei Stifter im *Bergkristall* noch pflichtschuldigst getan hat.[45] Ja das Rieseln erscheint im späten Schneebericht nicht einmal mehr in der abgeleiteten Form einer ‚Holzriese‘. Es bleibt totenstill. Und in eben dieser Totenstille beherrscht das abwesende Wort den Text. Das Rieseln heißt hier „Flimmern und Flirren" (PRA 15, 341). Sein phänomenaler Wirkungsgrad ist umso größer, je mehr der Erzähler es sich zu eigen macht: „In der Finsterniß, da man das Flirren nicht sah, mußte man es sich vorstellen, und stellte es sich ärger vor, als man es bei Tage gesehen hatte. Und zuletzt wußte man auch nicht, ob es nicht ärger sei" (PRA 15, 341). Der psychologischen Internalisierung des Rieselns entspricht seine verbale Implosion. Beides kulminiert im anhaltenden Nachbild, das den Erzähler nach dem unvergesslichen „Naturereigniß" (PRA 15, 338) und seiner Flucht aus „jenem herrlichen und nun so schrecklichen Walde" in einem Nervenzusammenbruch einholt:

„Die erste Nacht schlief ich wie todt. Die zweite auch. Dann brach eine Krankheit aus. Ich hatte etwas wie Fieber und große Angst. Der Arzt sagte, es sei ein Ergriffensein der Nerven, und das Gegenmittel sei ungemeine Ruhe. Ich fand dieses Gegenmittel [...]. Eines war aber da, merkwürdig für den Naturforscher; mir jedoch hätte es, wenn es sich nicht täglich gemindert hätte, wirkliche Verzweiflung gebracht. Ich sah buchstäblich das Lackerhäuserschneeflirren durch zehn bis vierzehn Tage vor mir. Und wenn ich die Augen schloß, sah ich es erst recht. Nur durch geduldiges Fügen in das Ding und durch ruhiges Anschauen desselben als eines, das einmal da ist, ward es erträglicher, und erblaßte allmählich. Ich kann die Grenze seines Aufhörens nicht angeben, weil es, wenn es auch nicht mehr da war, doch wieder erschien, sobald ich lebhaft daran dachte. Endlich verlor es sich, und ich konnte daran denken und davon erzählen." (PRA 15, 352 f.)

Die Nervenkrise als dramatische Möglichkeitsbedingung des Erzählens: das ist Stifters letztes Wort zur Infinitesimaldramatik des Rieselns. Es ist zugleich auch sein radikalstes. Im nervösen „Lackerhäuserschneeflirren" findet er dafür die bündigste Formulierung. Und Stifters letztgültige Formel dafür lautet: „Es war immer dasselbe, das Außerordentliche" (PRA 15, 339).

Rieseln als ästhetischer Wirkungszusammenhang

Mit dem für den Naturforscher merkwürdigen Lackerhäuserschneeflirren schließt sich der Kreis, in dem das Rieseln bei Stifter wirkt. Ich bin vom sprachgeschichtlichen und naturwissenschaftlichen Wissen über das Rieseln in der Stifterzeit

---

[45]Der Text des Liedes *Leise rieselt der Schnee*, das zu den bekanntesten deutschen Weihnachtsliedern aus dem 19. Jahrhundert zählt, stammt vom evangelischen Pfarrer Eduard Ebel.

ausgegangen, von dem aus seine ästhetische Wirkung in Stifters Texten besser verständlich werden sollte. Und mit dem aus dem nervösen Nachbild geschaffenen Erinnerungsbericht *Aus dem bairischen Walde* bin ich am Ende wieder dort angekommen, wo ich das Rieseln in der zeitgenössischen Naturwissenschaft ursprünglich vermutet hatte: bei der psycho-physiologischen Forschung über sensorische Grenzerfahrungen wie die solcher optischen Nachbilder.[46] In der Untersuchung *Über die phantastischen Gesichtserscheinungen* von Johannes Müller hatte ich Spuren dieses Rieselns gefunden, die in die Nervenphysik von Müllers *Handbuch der Physiologie* hinein führten. Der Kronfavorit meiner wissensgeschichtlichen Probebohrung war jedoch der böhmische Naturphilosoph und Neurologe Jan Evangelista Purkinje (1787–1869). Mit seinen frühen *Beiträgen zur Kenntniß des Sehens in subjectiver Hinsicht* von 1818 und seinen späteren *Mikroskopisch-neurologischen Beobachtungen* von 1845 war Purkinje *der* Spezialist seiner Zeit für diese Dinge.[47] Und Purkinje hätte Stifter auch biographisch und kulturgeographisch näher gestanden als Müller. Bei Purkinje blieb meine Suche nach dem psycho-physischen Rieseln freilich erfolglos, und entsprechend enttäuscht gab ich meine Suche wieder auf. Die Wendung, die das Rieseln bei Stifter genommen hat, setzt nun aber ein Fragezeichen hinter diesen Kurzschluss. Verfolgt man es nämlich bei Stifter werkchronologisch, dann kann man beobachten, wie es in den *Studien* zuerst schwerpunktmäßig und fast schon systematisch ausformuliert wird. In den *Bunten Steinen* gerinnt es dann zur Chiffre, die als Vokabel in der „Vorrede" programmatisch ausgestellt, danach allerdings nur noch ganz dosiert eingesetzt wird. Im Spätwerk schließlich wird das Wort noch mehr verinnerlicht, um am Ende vollends verschluckt zu werden. Gleichzeitig mit dem Verschwinden von der Textoberfläche *wirkt* das Rieseln auf Stifters Figuren und zumal auf den Stifterleser aber immer heftiger. Seine Textwirkung wäre demzufolge umso größer, je unsichtbarer es wird.

Ist diese Beobachtung richtig, dann hätte das mindestens drei Konsequenzen. *Erstens* wäre auch in naturwissenschaftlichen Texten der Stifterzeit damit zu rechnen, dass die Wirkungsweise des Rieselns unter anderen Vokabeln verhandelt wird und dass sein Wirkungsgrad mit dem ausdrücklichen Stillschweigen womöglich zunimmt. Wollte man eine Phänomenologie des Rieselns im 19. Jahrhundert rekonstruieren, dann müsste man diese Möglichkeit unbedingt berücksichtigen. *Zweitens* würde es sich gewiss lohnen, von diesem Punkt aus auch die

---

[46]Vgl. Crary, Jonathan: *Techniques of the Observer. On Vision and Modernity in the Nineteenth Century.* Cambridge MA/London 1990, 67–136.

[47]Vgl. Purkinje, Jan Evangelista: *Beiträge zur Kenntniß des Sehens in subjectiver Hinsicht.* Prag 1818, 166–176, und ders.: Mikroskopisch-neurologische Beobachtungen. In: *Archiv für Anatomie, Physiologie und wissenschaftliche Medicin* 12 (1845), 281–295.

„Vorrede" zu den *Bunten Steinen* noch einmal neu zu lesen. Das „sanfte Gesez",
das im „Rieseln des Wassers" waltet, ist abgründig und wird hier womöglich
nicht nur verkündet, sondern beherrscht die programmatische Rede selbst (HKG
2.2 12, 10). Der Schlüsseltext wäre dann nicht nur als Programm, sondern auch
als Schreibprojekt ernst zu nehmen. Und demzufolge wäre auch nach der mikrologischen Dramatik zu fahnden, die in der Argumentation der „Vorrede" verhandelt wird. *Drittens* schließlich stellte sich die Frage, in welchem Verhältnis die
beobachtete Infinitesimaldramatik des Rieselns zum exzessiven Ausbuchstabieren
und Wiederholen trivialer Handlungselemente in Stifters Spätwerk steht. Dafür
gibt es berühmte Beispiele, die sich fast beliebig vermehren lassen: „‚So schließen
wir die Verhandlung über diesen Gegenstand,' sprach die Tante. ‚So schließen wir
sie,' erwiederte der Oheim, ‚da ja doch nichts zu verhandeln ist.' Sie schloßen,
weil wirklich nichts da war, das verhandelt werden konnte" (HKG 3.2, 301). Wo
bliebe da wie in diesem grotesken Wortwechsel zwischen Dietwin, Gerlint und
dem Erzähler in Stifters letzter Erzählung *Der fromme Spruch* (1868) eine Lücke,
in die auch nur ein Quentchen Dramatik rieseln könnte? Stellt man die Frage so
rhetorisch, dann steht die Infinitesimaldramatik des Rieselns in einem eklatanten
Widerspruch zum immer statischer werdenden Erzählen bei Stifter. Man kann
die Frage aber auch als offene Frage stellen. Angesichts der Konsequenz, mit der
Stifter die Wirkungsästhetik des Rieselns entwickelt, wäre dann auch ernsthaft
nach mikrodramatischen Leerstellen in Stifters Litaneien zu suchen.[48] Sie bilde-
ten den ebenso eigenartigen wie eigentümlichen dramatischen Impuls von Stifters
zunehmender Wiederholungsmanie. Die Akten über den undramatischen Stifter
wären dann tatsächlich neu zu öffnen.

---

[48]Vgl. Swales, Martin: Litanei und Leerstelle. Zur Modernität Adalbert Stifters. In: *Vierteljahrsschrift des Adalbert-Stifter-Instituts des Landes Oberösterreich* 36 (1987), 71–82.

Schicksal in Raten. Teil und Ganzes in Stifters *Abdias*

6

Vera Bachmann

Größe ist relativ. Kleines und Großes stehen in einem Verhältnis, sie beziehen sich aufeinander und verhelfen sich gegenseitig zu einem Maßstab. Wenn Stifter sich in besonderer Weise des Winzigen annahm, sich dem Unscheinbaren und Nebensächlichen zuwandte, so nicht ohne Bezug auf das Große. Das Sandkorn oder der Weizenkeim, das Blütenblatt oder das Krabbeltier: Sie alle sind bei Stifter Teil oder Gegenteil eines vagen Begriffs des Großen. Der Bezug zwischen beidem ist vielschichtig und nicht auf einen Nenner zu bringen: Mal verweist das Kleine zeichenhaft auf das Große und Ganze, mal erscheint es als dessen Konzentrat oder Keim, der alle Anlagen schon in sich enthält und auf seine Entfaltung wartet.[1] Im schrittweisen Vorgehen, ‚Körnchen nach Körnchen‘, legen die Texte und ihre Protagonisten weite Wege zurück. Durch die hingebungsvolle Beschreibung des noch so kleinen Details entstanden große, ja ausufernde Werke.[2] Doch Stifters

---

[1]Zum Kleinen als Keim, der das Große als Möglichkeit enthält, siehe: Schuller, Marianne/ Schmidt, Gunnar: Korn. In: Dies.: *Mikrologien. Literarische und philosophische Figuren des Kleinen.* Bielefeld 2003, 17 f.

[2]Zum Sandkorn, siehe: Frei Gerlach, Franziska: Die Macht der Körnlein. Stifters Sandformationen zwischen Materialität und Signifikation. In: Sabine Schneider/Barbara Hunfeld (Hg.): *Die Dinge und die Zeichen. Dimensionen des Realistischen in der Erzählliteratur des 19. Jahrhunderts. Für Helmut Pfotenhauer.* Würzburg 2008, 109–122. Zum ausufernden Beschreiben, siehe: Schuller, Marianne: Das Kleine der Literatur. Stifters Autobiographie. In: Dies./Schmidt: *Mikrologien* (wie Anm. 1), 77–89; die darauf hinweist, dass die Neigung zum Kleinen und Unbedeutsamen die Ausdehnung der Texte erst hervorbringe, da mit dem Beschreiben ein tendenziell unabschließbarer Prozess in Gang komme (vgl. ebd., 78). Dazu auch: Drügh, Heinz J.: *Ästhetik der Beschreibung. Poetische und kulturelle Energie deskriptiver Texte (1700–2000).* Tübingen 2006.

V. Bachmann (✉)
Regensburg, Deutschland
E-Mail: vera.bachmann@sprachlit.uni-regensburg.de

© Springer-Verlag GmbH Deutschland, ein Teil von Springer Nature 2019   89
D. Giuriato und S. Schneider (Hrsg.), *Stifters Mikrologien,* Abhandlungen zur
Literaturwissenschaft, https://doi.org/10.1007/978-3-476-04884-4_6

Texte kennen auch die gegenläufige Tendenz: den Zerfall des Großen in Einzelteile, in Details im Wortsinne, die ihrer Abstammung vom französischen *détailler*
(abteilen, zerschneiden) entsprechend etwas Abgetrenntes, Abgeteiltes einer ehe-
maligen Einheit sind. Als Detail ist das Kleine nicht eigenständig, sondern bezieht
sich auf ein Ganzes, dessen Teil oder Bruchstück es ist. Es unterhält Beziehungen
zu anderen Details, tritt in Verbindungen und wagt Kombinationen. Im Folgenden
soll es um das Kleine als Detail gehen, als Stück eines größeren Ganzen, zu dem
es in komplexer Beziehung steht. Am Beispiel der zwei Versionen von Stifters
Abdias soll gezeigt werden, wie die Unterscheidung von Großem und Kleinem
oder Teil und Ganzem das Erzählen selbst betrifft und auf Ebene der Darstellung
für eine Dynamik des Unterteilens und Zusammenfügens sorgt.

Das Tausendstel des Tausendstels

In der Einleitung zum *Abdias* erscheint das Kleine als einzelnes Blatt, das nur
das „Tausendstel [eines] Tausendstels" (HKG 1.2, 239) einer heiteren Blumenkette ausmache, die durch das All hängt.[3] Das Kleine wird auch hier auf ein Großes bezogen, wobei die Blumenkette wiederum im Zentrum einer ausgedehnten
Reflexion über Fatum und Schicksal, Glück und Unglück, Ursachen und Wirkungen steht. Zur Frage der Deutung des individuellen Lebens wird eine ganze
„Kasuistik von Schicksalsmodellen"[4] aufgeboten, die nur vordergründig Inter-
pretationsangebote für die folgende Darstellung der wechselhaften Geschichte des
nordafrikanischen Juden Abdias liefert, wie sie im Anschluss erzählt wird.[5] Die
in der Einleitung vorgestellten Schicksalsmodelle werden daraufhin befragt, ob
und inwieweit sie einzelne Ereignisse in einen größeren Zusammenhang integrieren. Auch die Frage nach dem Schicksal wird damit als eine des Verhältnisses von
Kleinem und Großem gestellt, von Einzelereignis und übergeordneter Regel.

Die heitere Blumenkette, die eine lange Ideengeschichte hat und auf Homer,
Leibniz, Herder, Jean Paul und andere zurückgeführt wird,[6] erscheint auch deshalb
als versöhnliche Alternative zu Fatum und Schicksal, weil sie den Zusammen-

---

[3]Vgl. HKG 1.5, 106.

[4]Neumann, Gerhard: Zuversicht. Adalbert Stifters Schicksalskonzept zwischen Novellistik
und Autobiographie. In: Walter Hettche u. a. (Hg.): *Stifter-Studien.* Tübingen 2000, 163–187;
hier: 180.

[5]Dass der Bezug von Einleitung und Erzählung komplex ist und keineswegs im einfachen Verhältnis von Theorie und Beispiel aufgeht, ist von der Forschung vielfach herausgearbeitet worden. Siehe den Überblick bei: Geulen, Eva: Abdias. In: Christian Begemann/Davide Giuriato
(Hg.): *Stifter-Handbuch. Leben – Werk – Wirkung.* Stuttgart 2017, 36–39.

[6]Vgl. den Kommentar in HKG 1.9, 285 f.; sowie zu Herder: Schäublin, Peter: Stifters ‚Abdias'
von Herder aus gelesen. In: *VASILO 23* (1974), 101–113; *VASILO 24* (1975), 87–105; zu Jean
Paul: Utz, Peter: ‚Die Lücken, die jetzt sind'. Visualität und Blindheit in den beiden Fassungen
von Stifters ‚Abdias'. In: Sabine Eickenrodt (Hg.): *Blindheit in Literatur und Ästhetik (1750–
1850).* Würzburg 2002, 251–274.

hang des Einzelnen und Ganzen bildlich als Zusammen-hang repräsentiert, auch wenn dieser gar nicht wahrnehmbar sei oder seine Erkenntnis in weite Zukunft verschoben wird. Die Blumenkette *hänge* durch die „Unendlichkeit des Alls" (HKG 1.5, 238), so heißt es in der Studienfassung, und sei damit so lang, dass der Einzelne kaum das „Tausendstel des Tausendstels" davon erkennen könne:

> „Wenn dann einer sagt, warum denn die Kette so groß ist, daß wir in Jahrtausenden erst einige Blätter aufgedeckt haben, die da duften, so antworten wir: So unermeßlich ist der Vorrath darum, damit ein jedes der kommenden Geschlechter etwas finden könne, – das kleine Aufgefundene ist schon ein großer herrlicher Reichthum, und immer größer immer herrlicher wird der Reichthum, je mehr da kommen, welche leben und enthüllen – und was noch erst die Woge aller Zukunft birgt, davon können wir wohl kaum das Tausendstel des Tausendstels ahnen." (HKG 1.5, 238 f.)

Die Passage basiert auf der Unterscheidung von potenziertem Kleinstem („Tausendstel des Tausendstels") und Großem (Kette im All) und kombiniert erkenntnistheoretische Bescheidenheit mit aufklärerischer Zuversicht: Die Möglichkeiten der menschlichen Erkenntnis sind beschränkt, sie kommt über das kleine Aufgefundene, das einzelne Blatt, nicht hinaus. Mit der Rede vom Aufdecken und Enthüllen zitiert der Text zentrale Topoi der Hermeneutik.[7] Signifikanz erhält das Kleine aber nicht isoliert, sondern durch den Zusammenhang der Kette, in dem es steht. Dabei wirkt die Stelle, nebenbei bemerkt, fast prophetisch, als bezöge sich der Satz auch auf die unermessliche Flut an Forschungsarbeiten, zu der er seither Anlass gegeben hat und zu der auch hier noch einige Blätter beigesteuert werden müssen.[8]

Das Grübeln, das die Einleitung als ihren Modus benennt, wird an dieser Stelle unterbrochen und an die Rezipienten delegiert: „Wir wollen nicht weiter grübeln" (HKG 1.2, 106), heißt es da, um dann kaum ein paar Zeilen weiter zu bemerken, man werde durch Lebenswege wie die des Abdias angeregt zu „düsterem Grübeln über Vorsicht, Schicksal und letzten Grund aller Dinge." (HKG 1.2, 106) Die Reflexionen der Einleitung über das Schicksal sind, darauf weist der Kommentar der historisch-kritischen Gesamtausgabe hin, fast wörtlich aus dem *Brockhaus* von 1835 übernommen.[9] Die Einleitung zählt sie *auf*, während die folgende Geschichte von Abdias *erzählt* und damit eine andere Herangehensweise an das Rätsel des Schicksals erprobt: Das Grübeln wird als Modus der Einleitung identifiziert und als Wirkung der Geschichte Abdias' in Aussicht gestellt, es verbindet beide Teile der Erzählung, deren Bezug ansonsten fraglich ist.[10] Das *Auf*zählen

---

[7]Vgl. dazu Geulen, Eva: *Worthörig wider Willen. Darstellungsproblematik und Sprachreflexion in der Prosa Adalbert Stifters.* München 1992, 64 f.

[8]Der *Abdias* gehört zu den meistinterpretierten Texten Stifters, worauf etwa Cornelia Blasberg hinweist. Vgl. Blasberg, Cornelia: *Erschriebene Tradition. Adalbert Stifter oder das Erzählen im Zeichen verlorener Geschichten.* Freiburg i.Br. 1998, 214.

[9]Vgl. HKG 1.9, 283.

[10]Siehe Geulen, Eva: Abdias. In: Begemann/Giuriato: *Stifter-Handbuch* (wie Anm. 5), 36–39. Blasberg: *Erschriebene Tradition* (wie Anm. 8), 215; spricht sogar davon, dass die Begrifflichkeit der Einleitung „den Text mit einer ihm fremden und inkommensurablen Logik überzieht".

der Schicksalsvorstellungen wird durch ein *Erzählen* ersetzt. In Frage steht, ob die
Narration das leisten kann, was das Bild der Blumenkette in Aussicht stellt: einen
Zusammenhang zwischen ihren Teilen zu stiften.

Einschnitte, Abschnitte

Die Lebensgeschichte des nordafrikanischen Juden Abdias veröffentlichte Stifter
erstmals Ende des Jahres 1842 im *Österreichischen Novellen-Almanach,* heraus-
gegeben von Andreas Schumacher. Anders als etwa Stifters Debüt, der *Condor,*
der 1840 in fünf Lieferungen vom 2. bis zum 9. April in der *Wiener Zeitschrift
für Kunst, Literatur, Theater und Mode* erschien und in deutlicher paratextueller
Beziehung zu den in direkter Umgebung abgedruckten Frauenbildern stand,[11]
erschien *Abdias* in einer Folge, ohne Unterbrechung über 59 Seiten. Die Erzählung ist allerdings in Kapitel gegliedert und diese weisen zahlreiche Absätze
auf, die Einschnitte und Unterbrechungen markieren, in denen sich die Erzählinstanz zu Wort meldet und das Erzählte kommentiert und gliedert. In auffälliger
Häufung folgt der Hinweis auf und damit die Unterteilung des erzählten Lebens
in einzelne Abschnitte. Man könnte dies als Reflex auf weite Teile der Journal-
und Almanachliteratur der Zeit deuten, die Texte nicht in einem Stück, sondern
in Fortsetzungen druckte.[12] In den letzten Jahren hat sich der Blick auf diese
Veröffentlichungsbedingungen und ihre Kontexte als fruchtbarer Zugang insbesondere zur Literatur des Realismus erwiesen.[13] Im Kontext der Zeitschriften-
literatur entstanden neue Schnitttechniken, Fortsetzungsromane und -erzählungen,
die den „Almanach-Gourmands", wie sie ein Rezensent nannte,[14] die Texte in
wohldosierten Abschnitten lieferten und sie bis zur nächsten Folge binden sollten. Spannung wurde etwa durch *cliffhanger* erzeugt, indem die Texte inmitten der
laufenden Handlung abbrachen und die Fortsetzung offenließen. Die Unterteilung
der Texte wurde dabei nicht unbedingt von den Autoren vorgenommen, sondern
auch von den Herausgebern der Zeitschriften; sie waren also nicht unbedingt

---

[11]Vgl. Kaminski, Nicola/Ramtke, Nora/Zelle, Carsten: Zeitschriftenliteratur/Fortsetzungs-
literatur: Problemaufriß. In: Dies. (Hg.): *Zeitschriftenliteratur/Fortsetzungsliteratur.* Hannover
2014, 7–39; hier: 27.

[12]Christian Begemann verdanke ich die Frage nach der Veröffentlichungssituation des *Abdias,*
die mich dazu veranlasst hat, diese genauer in meine Überlegungen mit einzubeziehen. Ihm sei
an dieser Stelle herzlich gedankt. Siehe dazu: Kaminski/Ramtke/Zelle: *Zeitschriftenliteratur/
Fortsetzungsliteratur* (wie Anm. 11), 27.

[13]Siehe vor allem: Helmstetter, Rudolf: *Die Geburt des Realismus aus dem Dunst des Familien-
blattes. Fontane und die öffentlichkeitsgeschichtlichen Rahmenbedingungen des Poetischen
Realismus.* München 1997.

[14]Johann G. Seidl in der Wiener Zeitung vom 24. Dezember 1844, zitiert nach: HKG 1.9, 271.

auktorial intendiert.[15] Der *Abdias* wirkt in seiner ersten Fassung, als wäre er auf eine solche stückweise Veröffentlichung hin angelegt; zumindest lassen manche der Einschnitte an das Prinzip des *cliffhangers* denken: An einigen Stellen deutet die Erzählinstanz ihr überlegenes Wissen über das Leben des Abdias und damit den Weitergang der Handlung an. So findet sich inmitten des dritten Kapitels der Kommentar:

> „Später verfiel er in eine Krankheit, von der er lange nicht genesen konnte, aber gerade diese Krankheit war gewissermaßen wieder einer der Wendepunkte des Glückes dieses Mannes, deren wir schon mehrere bemerkten, denn nach der Genesung aus derselben geschah jenes Naturwunder, das wir eigentlich erzählen wollten und endete diese Periode unverstandenen und verworrenen Strebens." (HKG 1.2, 143)

Im Anschluss folgt ein einfacher Absatz, der elliptisch die lange Zeit der Krankheit markiert. Zwei Seiten darauf meldet sich die Stimme des Erzählers erneut kommentierend zu Wort: „Dies Ereigniß ist die erste der zwei wunderbaren Begebenheiten, die wir oben zu erzählen versprachen, und wir gehen nun weiter in dem jetzt doppelt geschlungenen Leben, bis wir auf die zweite gelangen." (HKG 1.2, 145) Auf diesen Kommentar folgt wieder ein Absatz. Der nächste Satz kündigt erneut das Kommende an: „Es folgt nun der schönste Abschnitt von Abdias' Leben und erst jetzt lebte er das wahre und wahrhaftige Menschenleben." (HKG 1.2, 145) Anders als der Typus des *cliffhangers* erzeugen diese Einschnitte keine Spannung, indem sie eine laufende Handlung abbrechen und dadurch Offenheit entstehen lassen. Sie markieren keine Leerstellen im Erzählten, sondern Pausen im Erzählen. Und die übrigen Einschnitte im Erzählen funktionieren ohnehin ganz anders: Sie blicken eher zurück als nach vorn, statt auf eine Zukunft zu öffnen, schließen sie ab, sie weisen jeweils einen Abschnitt des Lebens als beendet aus.[16] Statt Neuanfänge zu platzieren, markieren sie innerhalb der erzählten Geschichte kleine Endpunkte.

In einer ganzen Reihe von Einschüben meldet sich die Erzählinstanz aus keinem anderen Grund zu Wort, als auf Einschnitte im Leben Abdias' hinzuweisen und dessen Lebensgeschichte so in Abschnitte zu unterteilen: „Und so ist nun der erste Abschnitt aus dem Leben Abdias vorüber, ein harter, mühseliger, aber doch glücklicher" (HKG 1.2, 112), heißt es beispielsweise im ersten Kapitel, oder, an dessen Ende: „ – [U]nd bis hierher ist es eigentlich, bis wohin der erste glückliche Abschnitt aus Abdias Leben reicht" (HKG 1.2, 114). Entsprechend lautet der letzte Satz des zweiten Kapitels: „[U]nd mit dem Momente dieses Begräbnisses endet der zweite Abschnitt aus dem Leben des Juden Abdias." (HKG 1.2, 128) Der häufige Verweis auf den Zeitpunkt des Erzählens durch das Adverb ‚nun'

---

[15]Vgl. Kaminski/Ramtke/Zelle: *Zeitschriftenliteratur/Fortsetzungsliteratur* (wie Anm. 11), 16.

[16]Dass eine solche Semantik der Schließung auch bei in Fortsetzung abgedruckten Texten atypischer Weise vorkam, darauf weisen Kaminski, Ramtke und Zelle hin; vgl. Kaminski/Ramtke/Zelle: *Zeitschriftenliteratur/Fortsetzungsliteratur* (wie Anm. 11).

(„wir gehen nun weiter", „Es folgt nun der schönste Abschnitt", „so ist nun der erste Abschnitt [...] vorüber" (HKG 1.2, 145)) simuliert ein mündliches, gegenwärtiges Erzählen und eine unmittelbare Erzählsituation, während die *histoire*, die erzählte Lebensgeschichte Abdias', zu Beginn der Erzählung als abgeschlossen und weit zurückliegend markiert wird: „Wer vielleicht von ihm gehört hat, oder wer etwa gar die gebückte, neunzigjährige Gestalt einst noch vor dem weißen Häuschen sitzen sah" (HKG 1.2, 106). Die überlegene Übersicht über das Leben Abdias', die so eingenommen wird, zeigt sich in der Folge vor allem im Ordnen und Portionieren des Erzählens.

Performativ vollziehen die Einschübe das, wovon sie sprechen: Sie markieren Einschnitte im Erzählen, um von Einschnitten im Erzählten zu sprechen. Erzählen wie erzähltes Leben werden so in Abschnitte unterteilt; ein Prinzip, das bis zum Schluss beibehalten wird: „Und so endet der dritte Abschnitt aus dem Leben des Juden Abdias" (HKG 1.2, 158), lautet der letzte Satz der Erzählung. Der Tod, so scheint es, beendet nur einen, eben den letzten Abschnitt des Lebens. Es wirkt, als hätte der Erzähler Scheu davor, dieses Leben in seiner Gänze in den Blick zu nehmen.

Fragt man nach dem Zusammenhang der Teile, der übergeordneten Einheit des Erzählens, so lassen die Unterteilung in drei Kapitel und mehrere Abschnitte sowie der Hinweis auf den ‚Wendepunkt' zunächst an das Schema der klassischen Tragödie denken; doch passt dies für jeden einzelnen Abschnitt mehr als für die Erzählung in ihrer Gesamtheit.

Durch die allgemeinen Reflexionen gewidmete Einleitung, die Simulation einer mündlichen Erzählhaltung und die Unterteilung des Erzählten in einzelne Abschnitte knüpft der Text zudem an die Tradition des gerahmten Novellenzyklus an, wie ihn Goethe mit seinen *Unterhaltungen deutscher Ausgewanderten* populär gemacht hat. Stifter publiziert den *Abdias* entsprechend im *Novellen-Almanach*. Es wirkt, als seien unter dem Namen ‚Abdias' mehrere einzelne Novellen zum Thema ‚Schicksal' versammelt. So spricht der Text von mindestens „zwei wunderbaren Begebenheiten" (HKG 1.2, 145) und präsentiert ein Leben in Abschnitten, die jeweils eigenständige Novellen darstellen könnten: Sie wiederholen und variieren das Thema des Schicksalsschlags, des unverständlichen Umschlagens von Glück in Unglück, dem der Mensch ausgesetzt ist, nur dass hier mehrere dieser Umschläge einer einzigen Figur widerfahren.[17] Die Identität des Protagonisten verleiht der Kasuistik einen Rahmen und transformiert sie in ein chronologisches Modell. Man könnte also statt von einer Unterteilung der erzählten Lebensgeschichte in Abschnitte auch von einer Aneinanderreihung

---

[17]Zur Zuordnung der Erzählung zu den Genres des Exempels, der Fallgeschichte, der Novelle sowie des Kasus im Sinn André Jolles siehe Gretz, Daniela: Von ‚hässlichen Tazzelwürmern' und ‚heiteren Blumenketten': Adalbert Stifters ‚Abdias' und Gottfried Kellers ‚Ursula' im Spannungsfeld von Fallgeschichte und Novelle. In: Susanne Düwell/Nicolas Pethes (Hg.): *Fall. Fallgeschichte. Fallstudie. Theorie und Geschichte einer Wissensform.* Frankfurt a.M. 2017, 274–314.

oder Addition von Einzelnovellen sprechen, die unter einem Namen zusammengefasst werden. Eine unerhörte Begebenheit ereignet sich in diesem Leben nach der anderen, eins kommt aber auch zum anderen: Die Schicksalsschläge summieren sich und werfen die Frage auf, inwieweit mathematisches Kalkül hier angebracht ist; ob Glück und Unglück miteinander verrechnet werden können und ob diese Rechnung aufgeht. So sieht etwa Cornelia Blasberg im *Abdias* ein „aleatorisches, serielles Prinzip" am Werk, „in dessen Rahmen die Textelemente durch nichts anderes verbunden scheinen als durch sich selbst."[18] Mit dem Erzählen in Abschnitten weicht die Erzählung aber im Grunde der Frage aus, die die Einleitung selbst stellt: die nach dem ‚Warum' des *gesamten* Lebensweges. Denn genaugenommen kommt dieser gar nicht in den Blick, er besteht aus einzelnen Etappen und kleinen Schritten.

Für die Abschnitte oder Teile einer epischen oder dramatischen Handlung hat Aristoteles in der *Poetik* den Begriff der „Episode" eingeführt.[19] Sie kann Teil einer aus Episoden zusammengesetzten Haupthandlung oder eine Nebenhandlung sein; ihre formale Einheit wird laut Erzähltheorie „durch den kohärenten Kausalzusammenhang der in ihr dargestellten Ereigniskette hergestellt, deren Anfangs- und Endpunkte sie zugleich vom narrativen Kontext abgrenzen".[20] Obwohl ganze literarische Gattungen wie der Abenteuerroman, der Ritter- oder Schelmenroman eine episodische Makrostruktur aufweisen, also die einzelnen Episoden nur etwa durch eine konstante Hauptfigur verbinden, war das ‚Episodische' bis in die Regelpoetiken und frühen Romantheorien des 18. Jahrhunderts negativ besetzt. Die pejorativen Konnotationen sind dabei schon bei Aristoteles angelegt, der diejenigen Fabeln als ‚episodisch' bezeichnete, deren Abschnitte weder nach Wahrscheinlichkeit noch nach Notwendigkeit aufeinander folgten.[21] Der *Abdias* besteht nun deutlich aus einzelnen Episoden, deren formale Einheit durch Anfangs- und Endpunkte markiert wird; die Erzählung aber ‚episodisch' im Sinn Aristoteles' zu nennen, heißt bereits eine weitreichende interpretatorische Entscheidung treffen, lässt die Erzählung die Verknüpfungsform der einzelnen Abschnitte doch im Dunkeln. Ob der Zusammenhang vorrangig ein chronologischer ist und die Identität der Figur ihn stiftet, ob die Episoden aufeinander oder auseinander folgen oder ob sich eine verborgene Logik der Abfolge ergibt, ob Schuld, Fatum oder Schicksal dahinterstehen: das präsentiert die Erzählung als offene Frage.

Die Einleitung bemüht für den Zusammenhang von Einzelereignissen zweimal das Bild der Kette. Gleich im ersten Satz der Einleitung heißt es, es gäbe Menschen, „deren Leben eine solche Kette von Ungemach ist, das aus wolkenlosem Himmel auf sie fällt, daß sie endlich betäubt werden, und dastehen, und den Hagel

---

[18]Blasberg: *Erschriebene Tradition* (wie Anm. 8), 217.

[19]Vgl. zum Folgenden den Eintrag: Martínez, Matías: Art. ‚Episode'. In: Klaus Weimar (Hg.): *Reallexikon der deutschen Literaturwissenschaft*, Berlin ³1997, Bd. 1, 471–473.

[20]Martínez, Matías/Scheffel, Martin: *Einführung in die Erzähltheorie*. München 1999, 111.

[21]Vgl. Martínez: *Art. ‚Episode'* (wie Anm. 19), 472.

auf sich ergehen lassen" (HKG 1.2, 105). Die Abschnitte des Lebens als Glieder
einer Kette: Das ist nah an der Katachrese, ruft es doch zwei unterschiedliche
Verbindungsformen auf. Der Abschnitt ist Teil eines irreversibel zerschnittenen,
ehemals homogenen Materials, die Kette ein unlösbares Ineinandergreifen einzelner Elemente. Sie besteht aus einzelnen Gliedern, die noch in ihrer Verbindung
Lücken lassen, und diese Lücken werden im Kausalität suggerierenden Gegen-
bild der heiteren Blumenkette als Einfallstor des Zufalls ausgewiesen.[22] In ferner Zukunft, so die Zuversicht, werden sie geschlossen werden: „[U]nd haben
wir dereinst recht gezählt und erkannt, dann wird kein Zufall mehr sein, sondern
Folgen, kein Unglück mehr, sondern nur Verschulden – die Lücken erzeugen das
Unerwartete und Mißbrauch das Entsetzliche." (HKG 1.2, 106) Die Lücken stören
den Zusammenhang, sie entstehen da, wo die Kausalzusammenhänge von Ursache
und Wirkung unerkannt bleiben.[23]

Für die Studienfassung, auf die noch ausführlicher einzugehen ist, hat Stifter
diese Passage leicht überarbeitet. Während in der ersten Fassung die Zuversicht
einer nachträglichen Erkennbarkeit der Zufälle als Kausalitäten durch den Verweis
auf die Lücken unterbrochen wird, integriert die Studienfassung diese syntaktisch
stärker. Sie sind zum einen Kennzeichen der defizitären Gegenwart, zum anderen Grund für den Einbruch des Unerwarteten, während sich die Hoffnung darauf
richtet, sie im Rückblick schließen zu können:

> „Und haben wir dereinstens recht gezählt, und können wir die Zählung überschauen: dann
> wird für uns kein Zufall mehr erscheinen, sondern Folgen, kein Unglück mehr, sondern
> nur Verschulden; denn die Lücken, die jetzt sind, erzeugen das Unerwartete, und der Miß-
> brauch das Unglückselige." (HKG 1.5, 238)

Die Lücken werden hier deutlicher als in der Journalfassung zum Kennzeichen
einer defizitären Gegenwart. Sie sind hier nur noch ein temporär geöffnetes Einfallstor des Unerwarteten, das sich zwischen Voraussicht und Rückblick öffnet –
man könnte das auch eine Beschreibung von Gegenwart nennen. Sie entsprechen
dem „aus den Fugen gegangenen Präsens", von dem Derrida in *Marx' Gespenster*
in Bezug auf Hamlets Ausspruch „the time is out of joint" (die Zeit ist aus den
Fugen) spricht: eine „Zeit ohne gesicherte Verfugung (jointure) und ohne bestimm-
bare Konjunktion"[24]. Ähnlich beschreibt auch Stifter die Gegenwart als eine Fuge
zwischen Vergangenem und Zukünftigem. Seine Hoffnung richtet sich auf die
Gerechtigkeit als rückblickende Verwandlung der Kette einzelner Begebenheiten in

---

[22]Zur Alternative von Band und Kette siehe auch Ingen, Ferdinand von: Band und Kette. Zu einer
Denkfigur bei Stifter. In: Hartmut Laufhütte/Karl Möseneder (Hg.): *Adalbert Stifter. Dichter und
Maler, Denkmalpfleger und Schulmann. Neue Zugänge zu seinem Werk.* Tübingen 1996, 58–74.

[23]Vgl. Mariacher, Barbara: Zufall – das ungelenke Organ des Schicksals. Überlegungen zum
Zufallsbegriff in der Erzählung ,Abdias'. In: Jattie Enklaar (Hg.): *Geborgenheit und Gefährdung
in der epischen und malerischen Welt Adalbert Stifters.* Würzburg 2006, 87–94; hier: 88.

[24]Derrida, Jacques: *Marx' Gespenster. Der Staat der Schuld, die Trauerarbeit und die neue Internationale.* Frankfurt a.M. 2004, 34.

einen Kausalzusammenhang. Es geht um eine Hoffnung auf rekursive Schließung der Lücken, wie es Gerhard Neumann im Blick auf Stifters Erzählung *Zuversicht* als „einen rückwärts fließenden – dem Wahnsinn der Geschichte gegensteuernden – Akt einer sanierenden Vernunft"[25] beschrieben hat. Mit dem Bild der Blumenkette artikuliert Stifter auch im *Abdias* die Hoffnung auf eine rückblickende Schließung der Lücken, ein Zusammenfügen der Episoden zu einer homogenen Geschichte. Die Frage nach dem Schicksal, die er in der Einleitung stellt, hängt damit auf das Engste zusammen.

Die Fugung der Fügung

In der Reihe der Schicksalsbegriffe in Stifters Werk findet sich neben Vorsicht, Fatum oder Blumenkette auch der Begriff der ‚Fügung', der, wie ich andernorts ausführlich gezeigt habe, einen handwerklichen Aspekt des Ver-Fugens und der Passung transportiert und für Stifters Schicksalsbegriff zentral ist.[26] Im *Nachsommer* etwa findet Heinrich Drendorf seinen Weg ins Rosenhaus, weil er Zuflucht vor einem aufziehenden Gewitter sucht. Auf seiner Hochzeit am Ende des Romans bemerkt sein Gastfreund und Mentor Risach rückblickend: „Und alles hing davon ab, daß du hartnäckig gemeint hast, ein Gewitter werde kommen, und daß du meinen Gegenreden nicht geglaubt hast", und Heinrich antwortet: „Darum, Vater, war es Fügung, und die Vorsicht selber hat mich zu meinem Glücke geführt." (HKG 4.3, 266)

Der Begriff der Fügung als spezielle Art der Vorsehung findet sich schon bei Immanuel Kant, der in seiner Schrift *Zum ewigen Frieden* die Vorsehung als Garanten des Friedens nennt, denn grundsätzlich habe sie es so gefügt, dass der Mensch leben wolle und es auch annähernd überall könne. Kant betrachtet die Providenz als universalen Akt und lehnt die deistische Vorsehungslehre ab, der zufolge sich die Providenz nur auf den Erhalt der Gattung, nicht aber der Individuen beziehe. Er schlägt daher eine formale Einteilung vor, die Providenz hinsichtlich ihrer Absichten differenziert.[27] Dabei bevorzugt er den bescheideneren Begriff der ‚Natur' gegenüber dem der ‚Vorsehung', „mit dem man sich vermessenerweise ikarische Flügel ansetzt, um dem Geheimniß ihrer unergründlichen Absicht näher zu kommen."[28] Statt sich in die Lüfte zu schwingen, widmet

---

[25]Neumann: *Zuversicht* (wie Anm. 4), 180.

[26]Vgl. zum Folgenden: Bachmann, Vera: Das Handwerk der Prosa. Fugung und Fügung bei Adalbert Stifter. In: Inka Mülder-Bach/Jens Kersten/Martin Zimmermann (Hg.): *Prosa schreiben*. Literatur – Geschichte – Recht. Paderborn 2019, 271–288, der sich teilweise mit den hier vorgestellten Überlegungen überschneidet.

[27]Vgl. Lehner, Ulrich: *Kants Vorsehungskonzept auf dem Hintergrund der Deutschen Schulphilosophie und -Theologie*. Leiden/Boston 2007, 338.

[28]Kant, Immanuel: Zum ewigen Frieden. In: Ders.: *Kant's gesammelte Schriften*. Hg. von der Preußischen Akademie der Wissenschaft. Berlin 1923, Bd. 8, 361.

Kant der Klassifikation von Arten der Vorsehung und ihrer Unterscheidung von der Fügung eine ausführliche Fußnote.[29] So findet er neben der gründenden (providentia conditrix) die erhaltende (providentia gubernatrix) und die leitende Vorsehung (providentia directrix). Gemeinsam haben sie, dass sie auf allgemeinen Prinzipien beruhen, so dass sich das Besondere aus dem Ganzen ergibt.[30] Anders die Lenkung einzelner Begebenheiten durch Gott, die „directio extraordinaria", die, wie Kant ausdrücklich sagt, „in Ansehung einzelner Begebenheiten als göttlicher Zwecke nicht mehr Vorsehung, sondern Fügung" genannt werden müsse. Sie erkennen zu wollen sei, so Kant,

> „thörichte Vermessenheit des Menschen, weil aus einer einzelnen Begebenheit auf ein besonderes Princip der wirkenden Ursache (daß diese Begebenheit Zweck und nicht bloß naturmechanische Nebenfolge aus einem anderen, uns ganz unbekannten Zwecke sei) zu schließen ungereimt und voll Eigendünkel ist, so fromm und demüthig auch die Sprache hierüber lauten mag[.]"[31]

Die Unterscheidung zwischen Fügung und Vorsehung beruht auf der von einzelnen Begebenheiten und Allgemeinheit der göttlichen Anordnung. Die Fügung ist der Einzelfall, von dem aus sich nicht auf das große Ganze schließen lässt, so dass sie, wie Kant schreibt, „in der That auf Wunder hinweiset"[32]. Die Fügung ist die Lenkung des kleinen Schrittes, nicht des ganzen Weges. Und doch steht die Fügung der einzelnen Begebenheit in einem größeren Zusammenhang, ist doch auch sie göttlicher Zweck.

Auch für Stifters Schicksalsbegriff ist die Frage nach dem übergeordneten Zusammenhang der einzelnen Begebenheiten zentral. Seine Vorstellung von Fügung ist die einer Fugung, einer passenden Verbindung von Teilen zu einer Einheit. Laut Grimmschem Wörterbuch hat beides die gleiche etymologische Herkunft: Fugung wie Fügung lassen sich auf „ahd. fuokan/fuogan, mhd. füegen" zurückführen, das wiedergegeben wird mit der Bedeutung „sich passend verbinden, sich so verbinden wie eins zum andern passt"[33] Das verweist auf eine handwerkliche Herkunft des Begriffs, der entsprechend das Grimmsche Wörterbuch im Eintrag zur „Fugung" die Bedeutung „das einpassen in eine fuge, das befestigen mittelst einer fuge. die fugung der breter. die fugung der fensterscheiben ins blei"[34] aufführt. Für die „Fügung" werden mehrere Bedeutungs-

---

[29]Ebd., 362.

[30]Vgl. den Eintrag: Art. ‚Vorsehung'. In: Marcus Willaschek u. a. (Hg.): *Kant Lexikon*. Berlin/ Boston 2015, Bd. 3, 2562–2564; hier: 2563.

[31]Kant: *Zum ewigen Frieden* (wie Anm. 28), 361.

[32]Ebd.

[33]Grimm, Jacob und Wilhelm: *Deutsches Wörterbuch*. 16 Bde. (in 32 Teilbdn.). Leipzig 1854–1960; hier: Bd. 4., Sp. 385.

[34]Ebd., Sp. 401.

dimensionen genannt, die der Aspekt der Verbindung vereint, darunter die syntaktische Fügung der Wörter im Vers oder Satz, die „Passlichkeit der Verbindung", eine zu einem „ergebnis oder zu ergebnissen führende verbindung von umständen" und das dahinter stehende, „auszer aller menschlichen berechnung stehende walten".[35] Der handwerkliche Kern der ‚passenden Verbindung' liegt allen Bedeutungsdimensionen zugrunde. Ob in der Verbindung der Worte zum Satz, in der ergebnisorientierten Verbindung von Umständen oder im ‚führenden walten' einer verborgenen Instanz: Es geht jeweils um die Passung des Einzelnen zueinander. Auch die ‚Fügsamkeit', der ‚Unfug' oder die ‚Verfügung' teilen diese Wurzel. Es geht jeweils um die Einpassung in eine Ordnung (oder deren Verweigerung im Unfug), die möglichst keine Spalten offen lässt.

Wenn sich auf der einen Seite die Fügung so auf ein handwerkliches Prinzip zurückführen lässt, so trifft man in Stifters Werk auf der anderen Seite auch dort auf den Begriff ‚Fügung', wo eigentlich der Begriff der ‚Fuge' oder ‚Fugung' am Platz wäre, wo es also tatsächlich um handwerkliche Fragen geht. So wird beispielsweise in der *Mappe meines Urgroßvaters* eine Grundsteinlegung beschrieben, bei der Erinnerungsstücke verschlossen werden:

> „Als dieses vorbei war, legten die Gewerke die Glasplatte wieder auf die Oeffnung, daß sie sehr gut gefügt war, dann wurde die Fügung, die rings um das Glas lief, mit einem dichten Kitte verstrichen, der erhärtet und dann keine Luft, keinen Regen und keinen Dunst durch sich hindurch läßt." (HKG 1.5, 160 f.)

Die Fügung steht für die nachträglich erkennbare Verbindung von kontingenten Einzelereignissen zu einer fortlaufenden Geschichte, welche die Lücken zu verschließen bemüht ist. Die verschiedenen Bedeutungsdimensionen des Begriffs kommen darin überein: die handwerkliche, die transzendente und die sprachliche. Stifter denkt das Schicksal vom Handwerk her. Er versteht die Fügung des Schicksals als Fugung eines Lebenswegs, als eine Verbindung der Episoden, die erst im Rückblick möglich ist und an ein Erzählen gebunden ist, das Lücken schließt und um sprachliche Passung bemüht ist.

In Stifters Texten reicht das Spektrum der Fügung vom Handwerk über den Modus des Sprechens bis zum Prinzip der Sozialisation. So ist neben der allgegenwärtigen Inquitformel ‚sagte er' häufig auch vom ‚Anfügen' die Rede, das ein Sprechen bezeichnet, das quasi fugenlos an das zuvor Gesagte anknüpft. Sich einzufügen in eine bestehende Ordnung bezeichnet etwa die Art, mit der sich Heinrich Drendorf im *Nachsommer* im Rosenhaus etabliert; und sich zu fügen, das ist auch im *Witiko* der Schlüssel zum Erfolg.

Noch in seinem letzten Text, dem autobiographischen Fragment *Mein Leben*, taucht eine Fuge auf, deren Verfugung der Text nicht nur erzählt, sondern auch performativ vorführt: „An der Dickseite des Tisches waren die Fugen der Bohlen,

---

[35]Ebd., Sp. 401 ff.

aus denen er gefugt war, damit sie nicht klaffend werden konnten, mit Doppel-
keilen gehalten, deren Spitzen gegeneinander gingen",[36] heißt es da über den
Esstisch der Familie, dessen handwerkliche Machart genau in den Blick nehmend.
In der Erinnerung werden die rötlichen Doppelkeile, die ein Auseinanderklaffen
der Fugen der Tischplatte verhindern, mit dem Begriff ,Konskription' assoziiert
und damit, worauf mehrfach hingewiesen wurde, auf das Schreiben beziehbar.
Auf ein Schreiben allerdings, das in metaphorischer Relation zu den hölzernen
Doppelkeilen steht: ein Schreiben, das verbindet und zusammenhält, was sonst
auseinanderklaffen könnte.[37]

Was dies bedeutet, hat Stifter in seinem autobiographischen Text selbst vorgeführt. Er hat das handwerkliche Prinzip der Doppelkeile sprachlich umgesetzt,
und zwar als sprachliche Doppelung oder Wiederholung von Worten. Von
den „Fugen der Bohlen, aus denen [der Tisch, V.B.] gefugt war", über die doppelt auftretenden Doppelkeile und die zweifache Nennung des Holzes bis zur
Wiederholung des Begriffs der Konskription weist die oben zitierte Passage eine
auffällige Häufung von Wortwiederholungen auf. In der Reihung der Sätze und
Satzteile wird jeweils ein Begriff wieder aufgenommen und mit weiteren Attri-
buten versehen, so dass die Doppelung die Fuge überbrückt, die die Satzzeichen
markieren und die einzelnen Satzteile stärker aneinanderbindet. Dieses Verfahren
findet sich nicht nur in *Mein Leben,* sondern auffallend oft dort in Stifters Werk,
wo sich Fugen im Erzählen oder im Erzählten auftun. „Wir werden das Dach
fügen, wie keines gefügt ist" (HKG 5.3, 73), verspricht im *Witiko* ein Zimmerer,
und im *Nachsommer* versichert Heinrich, die von Risach erzählten Erinnerungs-
bilder „verbinden leichter, was verbunden werden soll." (HKG 4.3, 154) Wie in
der gefügten Fuge und den doppelten Doppelkeilen scheint auch hier die Doppelung des Wortes „verbinden" einen Anteil an der Verbindung zu haben. Was
dagegen steht, ist das Einzelne, das sich nicht fügt, der „Unfug", wie Marianne
Schuller ihn etwa im plötzlichen Auftauchen des Kornhalms in *Mein Leben*
erkennt, „reines, dem Verstehen unzugängliches libidinös besetztes Wort-Ding, ein
Kleines, welches der Lückenhaftigkeit, der Zerstückeltheit, dem Unfug des autobiographischen Textes entspringt."[38] Stifters Programm des Zusammenschreibens
zielt so auch auf die „Verdrängung jenes Kleinen als Mal und Fleck und

---

[36]Stifter, Adalbert: Mein Leben [Nachlaßblätter]. In: Konrad Steffen (Hg.): *Gesammelte Werke in vierzehn Bänden,* Basel 1972, Bd. 14, 116–121; hier: 120.

[37]Frauke Berndt hat nachdrücklich darauf hingewiesen, dass sich der Begriff der ,rötlichen Gestalten' und damit der ,Conscription' syntaktisch wie semantisch auf die Doppelkeile bezieht (und daran die These geknüpft, das Wort ,Conscription' besetze die vakante Position des Vaters, während Heinz Drügh sie irrtümlicherweise mit der Einlegearbeit des Osterlamms identifiziert. Vgl. Berndt, Frauke: *Nichts als die Wahrheit. Zur grammatologischen Metaphysik in Adalbert Stifters ,Mein Leben'. In: Deutsche Vierteljahrsschrift für Literaturwissenschaft und Geistes-geschichte* 79/3 (2005), 472–504; hier: 495; Drügh, Heinz J.: *Ästhetik der Beschreibung. Poeti-sche und kulturelle Energie deskriptiver Texte (1700–2000).* Tübingen 2006, 257.

[38]Schuller, Marianne: Das Kleine in der Literatur. Stifters Autobiographie. In: Dies./Schmidt: *Mikrologien* (wie Anm. 1), 77–89; hier: 84.

Riss"[39] – allerdings, ist dazu einschränkend zum Riss hinzuzufügen, indem es ihn verschließt und so unsichtbar macht.

Zusammen-schreiben

Als ,Zusammenschreiben' könnte man auch das Prinzip der Überarbeitung von *Abdias* bezeichnen: Für die 1847 erschienene Buchfassung der *Studien* hat Stifter an seinem Text radikale Änderungen vorgenommen, und das, obwohl es dieser Text war, der seinen Erfolg als Schriftsteller begründet hatte und dessen Wiederauflage von der Kritik bereits ungeduldig erwartet wurde.[40] Die erzählte Geschichte wurde für die Buchfassung um zahlreiche Details erweitert (was den Umfang fast verdoppelte), blieb aber im Grundgerüst gleich, während die Erzählhaltung und damit die Wertung und Semantisierung der Hauptfigur stark verändert wurden. Peter Utz, der erstmals einen eingehenden und systematischen Vergleich beider Fassungen vorgenommen hat, stellt angesichts der massiven Eingriffe die Frage, „ob es sich nur um Textvarianten handelt oder um zwei selbständige Erzählungen mit demselben Titel."[41] Sein Vergleich macht die Buchfassung als „eine Art kommentierender Metatext" zur ersten Fassung lesbar, der diese an vielen Stellen „implizit zu dementieren" scheint.[42] So nehme sich nicht nur die Erzählinstanz weitgehend zurück, es dominiere außerdem eine Außensicht der Protagonisten, die nur mehr wenig über ihren Antrieb, ihre Gefühle und Gedanken wisse. Von einer persönlichen Bekanntschaft zwischen Erzähler und Abdias, wie sie die Journalfassung behauptet, ist in der Studienfassung nicht mehr die Rede, die vorausdeutenden und kommentierenden Passagen fehlen. Das Wunderbare, auf das die Journalfassung immer wieder rekurriert, wird relativiert, religiöse Deutungsmuster insgesamt reduziert und dagegen aufklärerische Positionen eingenommen. Dies lässt sich, wie Peter Utz zeigt, etwa an der Transformation der visuellen Metaphorik nachvollziehen, die in der zweiten Fassung verstärkt wird. Sie tauche die Räume des Erzählens in einen scharfen Kontrast, der das Erkennbare sichtbar mache, auf der anderen Seite aber eine metaphysische Entleerung erzeuge. So führe der Versuch,

> „mit aufklärerischer Visualität der dunklen Fragwürdigkeit des ,Fatums' zu begegnen und die Verkettungen von Ursachen und Wirkungen positivistisch zu klären, direkt in eine transzendentale Obdachlosigkeit, die auch erklären mag, weshalb später ein Nietzsche Stifter so bewundern konnte."[43]

---

[39]Ebd., 85.

[40]So drückte Schücking in einer Besprechung des ersten Bandes der Studien für die *Allgemeine Zeitung* die Hoffnung aus, weitere Bände würden bald folgen, „da sie wohl den Abdias, die Erzählung, welche man als die beste rühmt, bringen werden" (zitiert nach HKG 1.9, 273).

[41]Utz: *,Die Lücken, die jetzt sind'* (wie Anm. 6), 252.

[42]Ebd., 252, 254.

[43]Ebd., 260.

Die Zweitfassung lasse, so Peter Utz, die „„Lücken' zwischen den Zeichen"
deutlich an die Oberfläche treten und zur permanenten hermeneutischen Heraus-
forderung werden.[44]

Die Metaphorik der Lücken aus dem Text in die Beschreibungssprache über-
nehmend, übersieht Utz dabei allerdings, dass dieser Effekt auch damit zu tun hat,
dass, wenn man so will, andernorts ‚Lücken' geschlossen werden, und zwar die
Lücken auf Ebene des *discours,* die durch die Einschübe und Regieanweisungen
des Erzählers entstehen, d. h. also gerade jene Passagen, die das Erzählte ordnen und kommentieren. In der Überarbeitung hat Stifter diese Kommentare der
Erzählinstanz getilgt und ihr gewissermaßen die „ikarischen Flügel"[45] genommen,
die Übersicht über das Leben und die Einsicht in das Innere der Figur. Mit der
Zurücknahme der Erzählinstanz streicht Stifter alle Hinweise auf Abschnitte und
Perioden, die für die Erstfassung charakteristisch sind. Das episodische Ordnungsprinzip des Textes, seine Einteilung in Abschnitte, werden so im Zuge der Überarbeitung unsichtbar gemacht, die Einschnitte im Erzählen geschlossen. Das
Ordnen des Erzählens führt zu Fugen und Lücken im Erzählten, gleich jenen Ras-
tern, mittels derer Stifter seine Zeichnungen konstruiert;[46] in der Überarbeitung
radiert er sie wieder aus. Und auch auf anderen Ebenen lässt sich ein Bestreben
beobachten, die Unterteilungen von Abdias' Leben zurückzunehmen. So ist die
Erzählung zwar nach wie vor in drei Kapitel gegliedert, diese tragen nun aber
die Namen der dominanten Frauenfiguren in Abdias' Leben: Mutter (Esther),
Frau (Deborah) und Tochter (Ditha). Die Gliederung wird also nicht an Abdias'
Leben vorgenommen, sondern an seine weiblichen Verwandten ausgelagert. Die
weibliche Genealogie schafft eine von Abdias unabhängige Verknüpfungsform,
die sich stattdessen an die Titulierung der alttestamentarischen Bücher anlehnt.
Die jüdische Matrilinearität bezeugt eine sichere Kontinuität zwischen den Generationen, während die Linearität der männlichen Genealogie durch die Unsicherheit der Vaterschaft immer fraglich ist. Entsprechend sät der Text Zweifel an der
Vaterschaft Abdias', der auch den Zusammenhang der Generationen brüchig werden lässt.[47] Im ersten Satz der Einleitung wird die Metapher der Kette durch die
der Reihe ersetzt: „Es gibt Menschen, auf welche eine solche Reihe Ungemach
aus heiterm Himmel fällt, daß sie endlich da stehen und das hagelnde Gewitter
über sich ergehen lassen" (HKG 1.5, 237). Was sich mit der Ersetzung der Kette

---

[44]Ebd., 273.

[45]Kant: *Zum ewigen Frieden* (wie Anm. 28), 361.

[46]Vgl. zum ähnlichen Aspekt der Gitterlinien: Vogel, Juliane: Stifters Gitter. Poetologische
Dimensionen einer Grenzfigur. In: Schneider/Hunfeld: *Die Dinge und die Zeichen* (wie Anm. 2),
43–58.

[47]Siehe Blasberg: *Erschriebene Tradition* (wie Anm. 8), 230; sowie Schuster, Jana: Der Stoff des
Lebens. Atmosphäre und Kreatur in Stifters ‚Abdias'. In: *Zeitschrift für Germanistik* 24/2 (2014),
296–311; hier: 300 f.

durch die Reihe ändert, ist die Verknüpfungsform: Eine Kette besteht aus einzelnen Gliedern, die ineinandergreifen, während eine Reihe durch ein schlichtes Nebeneinander gekennzeichnet ist. Und der letzte Satz der Erzählung lautet in der überarbeiteten Fassung: „So endete das Leben und die Laufbahn des Juden Abdias." (HKG 1.5, 342) Anders als in der ersten Version („Und so endet der dritte Abschnitt aus dem Leben des Juden Abdias" (HKG 1.2, 158)) nimmt dieser Schluss nun nicht mehr den letzten Abschnitt, sondern Abdias' „Leben und Laufbahn" als Ganzes in den Blick. Die Überarbeitung zielt also vor allem darauf, die Einschnitte und Unterteilungen des Lebens Abdias' auf Ebene der *histoire* zu tilgen und Einschübe und Unterbrechungen auf Ebene des *discours* zu vermeiden. Aus der Kette von Abschnitten der ersten Fassung wird in der zweiten ein lückenloser Lebenslauf.

In seiner Geschlossenheit wirkt dieser Lebenslauf enigmatischer als seine erste Version, was Peter Utz als Zeichen von Modernität gedeutet hat: Stifter habe die Zweitfassung „zum literarischen Experiment radikalisiert." Die fehlenden Glieder der Kausalkette seiner Erzählung würden „in der Überarbeitung nicht etwa aus dem Text verdrängt, sondern sogar noch deutlicher vor[ge]zeigt".[48] Allerdings bezieht sich diese Beobachtung nur auf die Ebene der *histoire,* während auf Ebene des *discours* die Erstfassung des Textes durch ihre Abschnittshaftigkeit weniger linear und einheitlich wirkt. Modernität könnte man daher mit gleichem Recht auch für die Erstfassung in Anspruch nehmen, die die Gefugtheit des modernen Lebenslaufs offen ausstellt, und als Problem des Erzählens verhandelt. Jenseits dieser Alternativen liegt das Besondere des *Abdias* aber gerade in der Diskrepanz beider Fassungen, in der Dynamik der Überarbeitung, die an der einen Stelle Lücken schließt, die dann andernorts aufbrechen. Die Diskrepanz wird sichtbar im Prozess des Zusammenschreibens, im Versuch, aus den Teilen eine größere Einheit herzustellen, als ob im gut gefugten Text doch noch eine Fügung hinter dem Erzählten sichtbar werden könnte.

---

[48]Utz: *‚Die Lücken, die jetzt sind'* (wie Anm. 6), 272.

Feinheiten. Stifters Ästhetik der Textur

Kira Jürjens

Bis auf vereinzelte grobe Tuche und fadenscheinige Röcke zeichnet sich Stifters textiler Kosmos durch die außergewöhnliche Feinheit der beschriebenen Stoffe aus. In *Kalkstein* und im *Hagestolz* kreisen die Beschwörungsformeln der Protagonisten um die feine, feinste und allerfeinste Leinenwäsche bzw. Seide.[1] In *Abdias* ist es die blinde Ditha, die sich auf die „Feinheit" der Stoffe ‚versteht' (HKG 1.5, 315). Im *Nachsommer* bildet die textile Feinheit als ‚Seidenglanz' einen ästhetischen Vergleichswert, an dem die Schönheit der Dinge anschaulich wird.[2]

Dabei changiert Stifters Aufmerksamkeit für das Feine zwischen einem detaillierenden Blick auf die einzelnen Fäden und einer über die Feinheiten hinweggehenden Behauptung glänzender Glätte. Der feine Stoff kann insofern als einer der Austragungsorte für das Verhältnis von kleinem Einzelding und allgemeiner Gesetzmäßigkeit sowie von Materialität und Idealität betrachtet werden und fordert dazu heraus, die Texturen des Feinen in Hinblick auf Stifters Ästhetik und Poetik lesbar zu machen. Entsprechend bilden Stifters Stoffe einen Gegenstand, an dessen literaturwissenschaftlicher Behandlung sich die methodischen Schwerpunktbildungen der letzten Jahre vorbildlich ablesen lassen: Während der Stoff in den dekonstruktivistischen Arbeiten mit Blick auf die Logik des Aufschubs in

---

[1]In *Kalkstein* bildet die feine Wäsche des Pfarrers im Kar einen in der Forschung vielbeachteten und für die Erzählung zentralen Gegenstandskomplex. Im *Hagestolz* ist die Feinheit besonders im Seidengespräch der beiden Ziehgeschwister präsent (vgl. HKG 1.6, 42).

[2]Cornelia Zumbusch macht den ‚Seidenglanz' als Vorbild von Stifters Prosa in Abgrenzung zur wissenschaftlichen Prosa im Sinne Hegels aus. Vgl. Zumbusch, Cornelia: Perlgrau. Zur Farbe der Prosa in Stifters ‚Nachsommer'. In: Marianne Schuller/Thomas Gann (Hg.): *Fleck, Glanz, Finsternis. Zur Poetik der Oberfläche bei Adalbert Stifter.* München 2017, 163–180; hier: 179.

K. Jürjens (✉)
Berlin, Deutschland
E-Mail: kira.juerjens@hu-berlin.de

© Springer-Verlag GmbH Deutschland, ein Teil von Springer Nature 2019
D. Giuriato und S. Schneider (Hrsg.), *Stifters Mikrologien,* Abhandlungen zur Literaturwissenschaft, https://doi.org/10.1007/978-3-476-04884-4_7

Verstecken sowie Ver- und Enthüllungen innerhalb des Zeichengewebes des Textes hervorgehoben worden ist,[3] rückt mit Untersuchungen zur fetischistischen und dinglichen Dimension des Stoffes das Material in den Fokus der Aufmerksamkeit,[4] das in jüngeren wissenshistorischen Ansätzen auf ihre hygienische und physiologische Funktionen hin untersucht worden ist.[5]

Die hier vorgenommene Zuspitzung auf den Aspekt des Feinen ermöglicht es, die Stoffe in ihrer spezifischen Machart in Bezug auf ihre Aussagekraft für die poetische Gestaltung von Stifters Texten zu befragen. Eine solche Lektüre legt auch der Begriff des ‚Feinen‘ selbst nahe, der laut Grimmschem Wörterbuch sowohl materiell-textile („feinheit der haut, der seide, wolle, des garns, goldes") als auch sprachliche und intellektuelle Phänomene („feinheit der sprache, der rede, des lobes, des geschmacks, der gedanken, bemerkungen") bezeichnet.[6] Dabei beschreibt die Feinheit (lat. *subtilitas*) im materiellen Sinn gerade die „Eigenschaft der Materie, durch die sich diese dem Geistigen annähert", so dass sich der Begriff sowohl auf die „Feinstofflichkeit" als auch auf „den Gegensatz zu Stofflichkeit

---

[3]Vgl. Begemann, Christian: Die Welt der Zeichen: Stifter-Lektüren. Stuttgart/Weimar 1995, 199–201; Geulen, Eva: *Worthörig wider Willen, Darstellungsproblematik und Sprachreflexion in der Prosa Adalbert Stifters*. München 1992, 57–81; Schiffermüller, Isolde: *Buchstäblichkeit und Bildlichkeit bei Adalbert Stifter: dekonstruktive Lektüren*. Bozen/Innsbruck/Wien 1996; Vogl, Joseph: Der Text als Schleier. In: *Jahrbuch der deutschen Schillergesellschaft* 37 (1993), 298–312.

[4]Steiner, Uwe C.: „Gespenstige Gegenständlichkeit": Fetischismus, die unsichtbare Hand und die Wandlungen der Dinge in Goethes ‚Hermann und Dorothea‘ und in Stifters ‚Kalkstein‘. In: *Deutsche Vierteljahrsschrift für Literaturwissenschaft und Geistesgeschichte* 74 (2000), 627–653; Begemann, Christian: Ding und Fetisch. Überlegungen zu Stifters Dingen. In: Hartmut Böhme/ Johannes Endres (Hg.): *Der Code der Leidenschaften. Fetischismus in den Künsten*. München 2010, 324–343; Bischoff, Doerte: Stifters Stoffe. Zwischen Fetischisierung und Performativität. In: Thomas Strässle/Caroline Torra-Mattenklott (Hg.): *Poetiken der Materie. Stoffe und ihre Qualitäten in Literatur, Kunst, Philosophie*. Freiburg i.Br. 2005, 95–117; dies.: *Poetischer Fetischismus. Der Kult der Dinge im 19. Jahrhundert*. München 2013; Schneider, Sabine: Vergessene Dinge. Plunder und Trödel in der Erzählliteratur des Realismus. In: Dies./Barbara Hunfeld (Hg.): *Die Dinge und die Zeichen. Dimensionen des Realistischen in der Erzählliteratur des 19. Jahrhunderts. Für Helmut Pfotenhauer*. Würzburg 2008, 157–174; Vedder, Ulrike: Erbschaft und Gabe, Schriften und Plunder. Stifters testamentarische Schreibweise. In: Michael Minden (Hg.): *History, Text, Value: Essays on Adalbert Stifter. Londoner Symposium 2003*. Linz 2006, 22–34. Für eine an der Materie interessierte Lesart vgl. außerdem grundsätzlich Frei Gerlach, Franziska: Die Macht der Körnlein. Stifters Sandformationen zwischen Materialität und Signifikation. In: Schneider/Hunfeld: *Die Dinge und die Zeichen* (ebd.), 109–122 sowie ihren Beitrag in diesem Band.

[5]Schuster, Jana: Der Stoff des Lebens. Atmosphäre und Kreatur in Stifters ‚Abdias‘. In: *Zeitschrift für Germanistik* 24/2 (2014), 296–311.

[6]Grimm, Jacob und Wilhelm: *Deutsches Wörterbuch*. 16 Bde. (in 32 Teilbdn.). Leipzig 1854– 1960; hier: Bd. 3, Sp. 1464. Adelung liefert für die materielle Bedeutungsdimension besonders viele textile Beispiele: „feiner Zwirn, feines Garn, feines Tuch, feine Leinwand" (Adelung, Johann Christoph: *Grammatisch-kritisches Wörterbuch der Hochdeutschen Mundart mit beständiger Vergleichung der übrigen Mundarten, besonders aber der oberdeutschen*. Zweyte vermehrte und verbesserte Ausgabe. 4 Bde. Leipzig 1793–1801; hier: Bd. 2, Sp. 85).

überhaupt" beziehen kann.[7] Die enge Verbindung des Begriffs zu Textilien ist schon im lateinischen Adjektiv *subtilis* angelegt, was sich mit „untergewebt, feingewebt" übersetzen lässt.[8] Die ebenfalls etymologisch fundierte metapoetische Verbindung von Text und Textil[9] lässt sich so um den Aspekt des Feinen ergänzen.

Wohnt der *subtilitas* zwar grundsätzlich die Gefahr inne, in bloße Spitzfindigkeit umzuschlagen,[10] so ist der Begriff in der rhetorischen und poetischen Tradition im Zusammenhang mit der „schlichte[n] Denkungsart" zu betrachten, wie Baumgarten in seiner *Ästhetik* darlegt.[11] Diese begriffliche Bezugslinie rückt Stifters feine Stoffe in den Kontext seiner Poetik des Einfachen und Schlichten.[12] Ähnlich verhält es sich mit der *elegantia,* die in Stifters Verwendung des ‚Feinen' ebenfalls als rhetorische Bezugslinie anklingt und, anders als es der gewöhnliche Sprachgebrauch nahelegt, nicht Preziösität, sondern vielmehr die schlichte und schmucklose Einfachheit in der sprachlichen Gestaltung meint.[13]

Entsprechend unterscheidet auch Ignaz Jeitteles die Feinheit in seinem 1839 erschienenen *Ästhetischen Lexikon* vom „Kolossale[n]", „Pathetische[n]" oder „Erhabene[n]" und ordnet sie vielmehr den „kleinen Kunstgattungen als Aequivalent der Größe" zu.[14] Im Sinne von Jeitteles' Bestimmung, dass die Feinheit nur „den kleinen Kunstgattungen" zugeteilt ist, gesteht der Freiherr von Risach im *Nachsommer* Textilien einen Status als Beinahe-Kunst zu, wenn er die antiken Prachtstoffe als einen Teil des Altertumes bezeichnet, „der beinahe ein Zweig der Kunst" sei. (HKG 4.3, 133) Was Risach hier eher vorsichtig formuliert, führt Stifter in zahlreichen gleichsam als Lektüre- und Redaktionsszenen gestalteten Stoffbetrachtungen und -behandlungen vor: Von den Rändern des klassischen Kunstsystems her entwickelt er anhand der kunstwerkähnlichen Gewebe eine Ästhetik der feinen Textur. In einigen schlaglichtartigen Beobachtungen zur textilen Feinheit in *Kalkstein,* im *Hagestolz* und *Nachsommer* sowie in den späten Fassungen der *Mappe meines Urgroßvaters* soll gezeigt werden, wie sich Stifters

---

[7]Meier-Oeser, Stephan: Art. ‚Subtilität'. In: *Historisches Wörterbuch der Philosophie.* Hg. von Joachim Ritter/Karlfried Gründer/Gottfried Gabriel. 13 Bde. Basel 1971–2007; hier: Bd. 10, Sp. 563–567, Zitate 563.

[8]Kluge, Friedrich: *Etymologisches Wörterbuch der deutschen Sprache.* Berlin/New York [23]1995, 807.

[9]Zur metapoetischen Verbindung von Text und Textil vgl. Greber, Erika: *Poetologische Metaphorik und Literaturtheorie. Studien zu einer Theorie des Wortflechtens und der Kombinatorik.* Köln/Wien/Weimar 2002.

[10]Meier-Oeser: *Art. ‚Subtilität'* (wie Anm. 7), 563.

[11]Baumgarten, Alexander Gottlieb: *Ästhetik.* Übersetzt und hg. von Dagmar Mirbach. Hamburg 2007, Bd. 1, 205–215.

[12]Vgl. dazu Giuriato, Davide: „*Klar und deutlich". Ästhetik des Kunstlosen im 18./19. Jahrhundert.* Freiburg i.Br./Berlin/Wien 2015.

[13]Vgl. Albertini, Tamara: Art. ‚Elegantia'. In: *Historisches Wörterbuch der Rhetorik.* Hg. von Gert Ueding, mitbegründet von Walter Jens. 12. Bde. Tübingen 1992–2015; hier: Bd. 2, 991–1004, bes. 991.

[14]Jeitteles, Ignatz: *Aesthetisches Lexikon* [1839]. Hildesheim/New York 1978, 272.

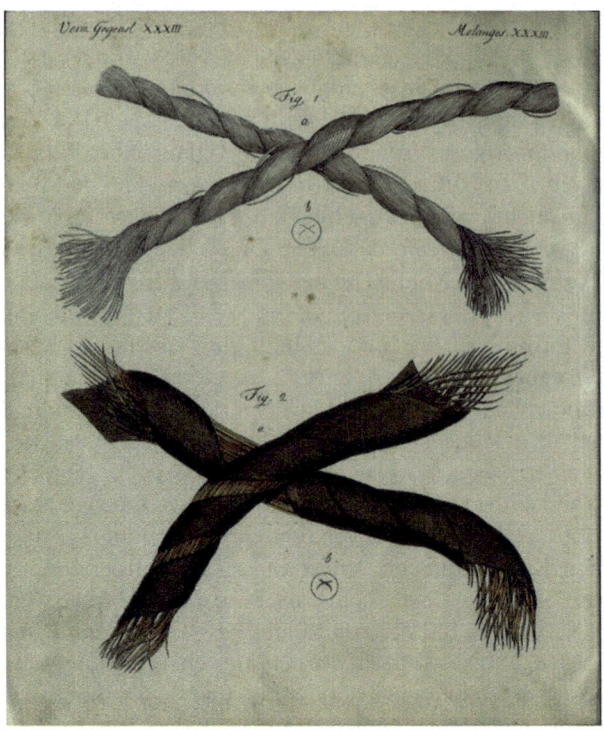

Abb. 1 Friedrich Justin Bertuch: Feiner holländischer Zwirnsfaden. In: Ders.: Bilderbuch für Kinder. Weimar 1798, Bd. 3, 100

Stoffe dabei zwischen den Feinheiten einzelner Fädchen und der Feinheit glänzender glatter Gewebe positionieren.

Diese grundsätzliche Ambivalenz von Feinheit wird vor dem Hintergrund der zunehmenden Verbesserung und wissenschaftlichen Nutzung von Mikroskopen im Verlauf des 18. Jahrhunderts besonders augenfällig. So heißt es in den Textblättern von Friedrich Justin Bertuchs *Bilderbuch für Kinder* zu der mikroskopischen Abbildung eines feinen holländischen Zwirnfadens (siehe Abb. 1):

> „Die Holländer und Niederländer haben es in ihren Flachsgeweben bis zu einem hohen Grad von Vollkommenheit gebracht, so daß ihr feiner Zwirn […] mit bloßem Auge angesehen, nur aus einem einzigen äusserst fein gesponnen Faden zu bestehen scheint. Doch wie ganz anders erscheint derselbe Faden, wenn wir ihn unter einem beträchtlichen Vergrößerungsglase betrachten (b). Hier sieht man nichts mehr von jener Zartheit und Glätte, sondern die Fäden erscheinen als grob zusammengedrehte Stricke, mit groben unordentlichen Fasern."[15]

---

[15]Bertuch, Friedrich Justin: Feiner holländischer Zwirnsfaden. In: Ders.: *Bilderbuch für Kinder*. Weimar 1798, Bd. 3, 100.

Bertuch beschreibt hier einen Entzauberungseffekt, der mit der genauen Beobachtung des Feinen einhergeht: Grob und fein erscheinen dabei als Eigenschaften ein und desselben Gegenstands in medial unterschiedlich vermittelten Blickanordnungen. Damit beleuchtet Bertuch ein Phänomen, das Stifter beim Versuch einer Beschreibung der ‚wirklichsten Wirklichkeit' hervorhebt und das seine Kritiker dazu führt, ihm „das Aufdröseln der Form" und das „Zerbröckeln und Zerkrümeln der Materie" vorzuwerfen.[16] Vor dem Hintergrund der mikroskopischen Relativierung des Feinen, das jederzeit als Grobes erscheinen kann, erweist sich Stifters Umgang mit Materialien als eine Arbeit an der Feinheit, die nicht gegeben ist, sondern produziert werden muss: Feinheit ist den Dingen nicht inhärent, sondern wird als Ergebnis kontinuierlicher Reinigungs-, Ausbesserungs- und Reproduktionsprozesse dargestellt.[17]

Nicht nur sauber, sondern fein: Die Herstellung von Feinheit

Um Stifters Texturen keinen vorschnellen Kurzschluss von Text und Gewebe aufzuzwingen, gilt es die spezifische Verfasstheit der beschriebenen Stoffe auf sprachlicher wie inhaltlicher Ebene genauer in den Blick zu nehmen. Dem sei als Beobachtung vorausgeschickt, dass mit dem metaphorischen Stil des Frühwerks auch die text(il)-produktiven Metaphern des Webens und Spinnens verschwinden.[18] An ihre Stelle tritt im mittleren und späten Werk die detailorientierte Betrachtung bereits gefertigter Stoffe durch die Figuren. In Form von kontinuierlichen Bearbeitungen und Beobachtungen am Gewebe bleiben Text und Textil indes eng und vielfältig aufeinander bezogen. Indem feine Texturen immer wieder zum Gegenstand der Betrachtung, Besprechung und Bearbeitung durch die Figuren werden, rücken sie nämlich in die Nähe der vorbildhaften Kunstwerke in Stifters Werk. Die auf Rein- und Feinheit zielende Arbeit an Stoffen ist im *Hagestolz* und der Binnengeschichte von *Kalkstein* in die Schauplätze des Wäschereibetriebes bzw. der heimisch organisierten Bleiche eingebettet. Zudem sind in beiden Erzählungen die Lebens- und Liebesgeschichten der Protagonisten so eng an Betrachtungen und Gespräche über den Stoff in seiner Feinheit und Weiße gebunden, dass sich das Textile im Zuge der fetischistischen Verschiebungen des

---

[16]Hebbel, Friedrich: Das Komma im Frack (1858). In: Moriz Enzinger: *Adalbert Stifter im Urteil seiner Zeit*. Wien 1968, 229–231; hier: 231.

[17]Vgl. Zumbusch, Cornelia: „Rein und anfangsfähig": Stifters Reinigungsarbeiten. In: *Zeitschrift für Kulturwissenschaften* 7/1 (2013), 53–64.

[18]Zur Gewebemetaphorik im *Hochwald* vgl. Begemann: *Die Welt der Zeichen* (wie Anm. 3). Wurden im *Hochwald* die Geschichten des alten Gregor noch als Märchengewebe und Gespinste metaphorisiert, so steht in der Rahmenhandlung der *Mappe* der „Webeknecht" Simon für die konkrete und figürliche Verbindung von Geschichten- und Textilproduktion. Gleichzeitig ist dieser text(il)produktive Aspekt buchstäblich an den Rand der Erzählung gedrängt und ihre schöpferische Originalität zumindest anzuzweifeln vor dem Hintergrund, dass Simon im Buch des Doktors gelesen habe (vgl. HKG 6.2, 20).

Begehrens auch als Gegenstand von besonderem ästhetischem Wert etabliert. Dieser Zusammenhang sei nachfolgend genauer dargelegt.

Zu Beginn der 1845 erstmals in der Zeitschrift *Iris* veröffentlichten Erzählung *Der Hagestolz,* die in überarbeiteter Form 1849 im fünften Band der *Studien* erscheint, bringt der junge Protagonist Victor seine Verhältnisse in Ordnung: Bevor er zu seinem Onkel, dem titelgebenden Hagestolz, zu einer Bildungsreise auf eine abgelegene Felseninsel aufbricht, gilt es, seine materielle Situation zu klären, seine Schriftstellerarbeiten zu ordnen, seine Kleider zu packen und das bisher angespannte Verhältnis zur Ziehschwester zu harmonisieren. In diesen um Stoffe kreisenden Aufräumszenarien und Aussprachen kommt es zu einer Engführung von Text und Textil, in der die Feinheit eine zentrale Rolle spielt.

Zunächst legt die Ziehmutter, Ludmilla, Victor seine materiellen Verhältnisse dar, wobei der Leinenwäsche, als dem „auserlesensten Theil" (HKG 1.6, 25) seiner Kleider besondere Bedeutung zukommt. Die für den Auszug explizit „feiner hergerichtet[e]" (HKG 1.6, 26) Wäsche des jungen Victor ist das Ergebnis einer auf das kleinste Detail gerichteten Korrekturarbeit der Ziehmutter Ludmilla, die gemeinsam mit ihrer Tochter Hanna „alles ausgebessert [hat], daß kein Faden davon schadhaft ist." (HKG 1.6, 25) Die von der Mutter bereitgelegten und in „Stüken" geordnete Wäsche wird in „Stößen" und „Päken" mit Victors Papieren und Büchern parallelisiert, die er ebenfalls in „Stöße" bindet, „Stük für Stük" untersucht und aussortiert (HKG 1.6, 29).[19] Vor dem Hintergrund dieser sprachlich wie inhaltlich nahegelegten Überblendung von Text und Textil erweist sich die mütterliche Arbeit am Stoff als eine Art Redaktionsarbeit, die mit Blick für die einzelnen Feinheiten auf größtmögliche allgemeine Feinheit zielt.

Gegenbildlich zu den ordentlichen Leinenstößen der Mutter sowie den im Garten zur Bleiche ausliegenden weißen Leinenbahnen geht das zweite Stoffgespräch Victors mit seiner Schwester Hanna von einzelnen gefärbten Seidenstücken aus.[20] Diese bieten den sonst aneinander vorbei lebenden Ziehgeschwistern einen Gesprächsanlass, tauschen sie sich doch nun über die Feinheit des Stoffes aus: „‚Es ist sehr feine Seide.‘ ‚Sehr fein.‘ ‚Gibt es noch feinere?‘ ‚Ja, es gibt noch viel feinere.‘" (HKG 1.6, 42) Der feine Stoff, den Hanna explizit aus der Sphäre der Gebrauchsgüter ausnimmt, wird hier zum gemeinsamen Gegenstand der Bewunderung.[21] Im tautologischen Kreisen um die Feinheit zeigt sich der sprachliche Versuch, diese in ihrer Benennung zu bewahren und die ‚groben Stricke‘, wie sie Bertuch beschreibt, gleichsam auf Abstand zu halten. Dass die Erzählung dabei einen Überschuss an Leidenschaft und Individualität produziert und problematisiert, deutet sich schon in der textilen Konfiguration aus gefärbten Einzelstücken

---

[19]Victor trifft Hanna im Garten an, wo diese damit beschäftigt ist, von einem Busch „Stüke eines Seidenstoffes herab zu lesen" und „Stük nach Stük" herab zu nehmen (HKG 1.6, 41).

[20]Vgl. HKG 1.6, 32.

[21]Hannas und Victors Urteil über die Seide ist dabei durchaus differenziert. Während sie einerseits deren Schönheit bewundern, reflektieren sie zugleich den fehlenden Gebrauchswert als „stolzes Tragen" (HKG 1.6, 42) und die gewaltsamen Produktionsbedingungen.

an, die nach dem tränenreichen Kuss zudem „naß" und „verknittert" sind (HKG 1.6, 48). Einen ersten Schritt auf dem Bildungsweg Victors stellt insofern die mit „schneeweißer Seide gefüttert[e]" Brieftasche dar, die Hanna zum Abschied gemacht hat und die sich mit einer Enthaltsamkeitsgeste verknüpft, wenn er die „gedrukten feinen Papiere" (HKG 1.6, 49) herausnehmen möchte.

Umgekehrt ist in der 1847 erstmals unter dem Titel *Der arme Wohlthäter* erschienenen und 1853 als *Kalkstein* in die *Bunten Steine* aufgenommenen Erzählung der feine Stoff nicht Ausgangs- sondern Endpunkt einer Liebesszene. In der viel kommentierten Schlüsselszene aus der Lebensgeschichte des Pfarrers gipfeln dessen jugendliche Annäherungsversuche an die Nachbarstochter in der Besprechung und Betrachtung außerordentlich feiner Wäschestücke. Das in diesem Rahmen sowohl für die Wäsche wie für die Haut des Mädchens verwendete Attribut des Feinen dient nicht nur der Überblendung beider, sondern etabliert das Feine auch als liminale Zone,[22] an der die Grenzüberschreitung des jungen Paares zu einem Ende kommt: Die Feinheit wird zum Aufhänger des Gesprächs über den Stoff, das die verbotene Handlung ersetzt. Insofern hat der Stoff nicht nur in seiner Weiße, sondern auch in seiner Feinheit an der sprachlich beschworenen Reinheit teil. Entsprechend legt das Mädchen dem Pfarrer den besonderen Wert der Wäsche dar, der sich daraus ergebe, dass sie „wenn sie unrein ist, immer wieder zu feinem weißen Silber gereinigt werden" (HKG 2.2, 115) kann. Das Resultat der Reinigung ist – nimmt man den Text beim Wort – nicht nur Reinheit und Weiße, sondern auch Feinheit. Hier klingt die weitere Bedeutung des Feinen als „von fremdem Zusatze gereiniget, geläutert"[23] an, während zugleich deutlich wird, dass die um Reinheit ringende „Arbeit an Oberflächen"[24] auch in die Substanz der Textur eingreift und insofern alles andere als oberflächlich ist.

Bisher hat sich die Forschung vor allem auf die Weiße der Stoffe konzentriert und das tautologische Kreisen um die Feinheit in den textilen Schlüsselszenen von *Der Hagestolz* und *Kalkstein* in Richtung auf ein sich der Abstraktion annäherndes Verstummen gedeutet.[25] Mit Blick auf die oben dargelegte, im Begriff des Feinen mitschwingende rhetorische Tradition von *subtilitas* und *elegantia* erweist sich das Gestammel der jungen Paare poetologisch als durchaus beredt. Die auf die

---

[22]Vgl. HKG 2.2, 113. Das deutsche Adjektiv ‚fein' geht auf das altfranzösische *fin* zurück, das aus dem Substantiv *finis* (= Ende, Grenze) entstanden ist und in diesem Sinne „das ist die Grenze", „das ist das äußerste" oder auch „das ist das beste" bedeuten kann (Kluge: *Etymologisches Wörterbuch* (wie Anm. 8), 257).

[23]Adelung: *Grammatisch-kritisches Wörterbuch* (wie Anm. 6), 85.

[24]Bischoff: *Stifters Stoffe* (wie Anm. 4), 109.

[25]Zum Phänomen des Weißen bei Stifter vgl. Dangel-Pelloquin, Elsbeth: Weiße Wäsche. Zur Synthese von Reinheit und Erotik bei Keller und Stifter. In: Schneider/Hunfeld: *Die Dinge und die Zeichen* (wie Anm. 4), 143–156; hier: 154 f.; Vogel, Juliane: Mehlströme/Mahlströme. Weißeinbrüche in der Literatur des 19. Jahrhunderts. In: Dies./Wolfgang Ullrich (Hg.): *Weiß*. Frankfurt a.M. 2003, 167–192; Öhlschläger, Claudia: Weiße Räume. Transgressionserfahrungen bei Adalbert Stifter. Habilitationsvortrag an der Ludwig-Maximilians-Universität München 8.1.2003. In: *Jahrbuch des Adalbert Stifter Institutes des Landes Oberösterreich* 9/10 (2002/2003), 55–68.

subtilitas zielende Reinigung des Textils verweist auf Stifters eigenes poetisches Programm einer an den Kriterien der einfachen, reinen und klaren Sprache orientierten Mimesis.[26] Hat sich dem Pfarrer der allegorische Schriftsinn der Bibel, die er in ihrer Materialität als Kissen nutzt, nie wirklich erschlossen, so verfügt er über einen besonderen Sinn für die Feinheit des reinen Leinens. Sein verzögerter und streng linear organisierter Lernprozess sowie sein um Eindeutigkeit ringendes Verhältnis zur Sprache weisen ihn vielleicht als aphasisch gestört,[27] aber auch als idealen Leser der Werke Stifters aus: Anders als die Kritiker der Stifterschen an Kleinlichkeit grenzenden Aufmerksamkeit für die feinen Details,[28] genießt der Pfarrer sein einfaches Leben in der unscheinbaren Landschaft und ist als buchstäblicher Textil-Liebhaber vielleicht der bessere Philologe.

Wird die kontinuierliche Arbeit an der Feinheit im *Hagestolz* und *Kalkstein* noch in Schlüsselszenen verdichtet sowie die Kausalverbindung von Feinheit und Reinheit auf der Ebene der Figurenrede behauptet, so greift die stetige Verfeinerungsarbeit im *Nachsommer* auch auf den Textverlauf über. Als Ziel aufwendiger Reinigungsprozesse, die sich nicht allein auf textile Oberflächen beschränken, kommt der „[s]eidenartige[n]" (HKG 4.2, 50) Feinheit im *Nachsommer* der Status eines allgemeinen ästhetischen Werts zu.[29] So stellt Heinrich Drendorf bei seinem ersten Besuch im Rosenhaus fest, dass die Rinde der Kirschbäume in dessen Garten „fast so fein wie graue Seide" (HKG 4.1, 150) sei. Im nächsten Sommer beobachtet Heinrich wie Arbeiter die Rinden tatsächlich mit Bürsten reinigen und stellt fest: „Sie war wirklich wie Seide, und mußte es gerade immer mehr werden, da sie in jedem Jahre aufs Neue gepflegt wurde." (HKG 4.1, 211) Feinheit ist insofern das Ergebnis kontinuierlicher Reinigungs- und Pflegearbeit, deren Wiederholungscharakter auch im Fortgang der Erzählung anschaulich wird.

Die textile bzw. textil metaphorisierte Reinigungsarbeit, wie sie im *Hagestolz,* in *Kalkstein* und im *Nachsommer* thematisiert wird, lässt sich im Kontext der Tätigkeiten betrachten, die in der „Vorrede" der *Bunten Steine* dem ‚sanften Gesetz' zugerechnet werden:

> „[S]o sind es hauptsächlich doch immer die gewöhnlichen alltäglichen in Unzahl wiederkehrenden Handlungen der Menschen, in denen dieses Gesez am sichersten als Schwerpunkt liegt, weil diese Handlungen die dauernden die gründenden sind, gleichsam die Millionen Wurzelfasern des Baumes des Lebens." (HKG 2.2, 14)

Ist der in Stifters Werk sonst so präsente Materialkomplex des Textilen in der „Vorrede" auffallend abwesend, so klingt im Bild der Wurzelfasern und der alltäglichen Handlungen implizit der Umgang mit Textilien an, wie er in den Erzählungen immer wieder aufgerufen wird.

---

[26]Vgl. Giuriato: *„Klar und deutlich"* (wie Anm. 12).

[27]Vgl. Schiffermüller: *Buchstäblichkeit* (wie Anm. 3), 206.

[28]Vgl. Enzinger: *Adalbert Stifter im Urteil seiner Zeit* (wie Anm. 16).

[29]Zum ‚Seidenglanz' vgl. Zumbusch: *Perlgrau* (wie Anm. 2), 175–179.

Die wiederkehrenden und den Textverlauf strukturierenden, auf Feinheit zielenden Reinigungsprozesse lösen die traditionellen textilen Topoi und Metaphoriken, die das produktive Element der Text- und Textilproduktion hervorheben, ab. Stifters Protagonisten sind nicht mehr mit der textilgenerierenden Tätigkeit des Spinnens und Webens betraut. Stattdessen überwiegt die Darstellung der Arbeit an der Materie selbst.[30] Statt die Feinheit in den Einzelteilen ihrer Faserigkeit in den Blick zu nehmen, sind es vor allem die einzelnen Handlungsschritte zur Herstellung und Aufrechterhaltung der Feinheit, die erzählt werden.

Die sprachliche Gestaltung ermöglicht dabei, was der Blick ins Mikroskop nicht leisten kann. Dies wird besonders deutlich in einer Art Umkehrung des Bertuchschen Mikroskopeffekts im *Nachsommer*. Als Heinrich im Gartenhaus den Kaktus durch das Vergrößerungsglas betrachtet, nimmt er diesen weniger in seine Einzelteile vergrößert und vergröbert, als vielmehr im Vergleich mit der Seide in seiner besonderen Feinheit wahr:

> „Ich bediente mich des Glases und sah in den von den seidenartigen Blumenblättern umstandenen gelben, weißen oder rosenfarbigen Kelch hinein, wie sie eben vorhanden waren. Daß der Glanz dieser Blumenfarben besonders schön, weit schöner als die feinste Seide und als der der meisten Blumen sei, wußte ich ohnehin, mußte es mir aber doch von dem Gärtner Simon zeigen lassen[.]“ (HKG 4.3, 49 f.)

Anders als der Überraschungseffekt bei Bertuch bietet der Blick durch das Vergrößerungsglas Heinrich nichts Neues. Er weiß vorab schon, was er durch das Sammelglas sieht, dass nämlich ausgerechnet der stachelige Kaktus Blüten hat, die es mit einem der höchsten ästhetischen Wertstoffe im *Nachsommer* aufnehmen können: mit der feinsten Seide. Was hier geschieht, kennzeichnet den Fokus auf das Detail bei Stifter generell: Während der Blick auf die materiale Beschaffenheit gerichtet wird, konstituiert sich die literarische ‚Feinheit‘ der Stoffe durch eine sprachliche Distanz, durch die sich die Fasern nicht wie durch das Mikroskop zu den ‚Stricken‘ ausbilden, von denen Bertuch spricht.

Feine Unterschiede und gleiche Fäden: Textilreproduktion und vergleichende Analysen

In den erotisch konnotierten Stoffbetrachtungen und -gesprächen im *Hagestolz* und in *Kalkstein* ist die Dynamik von Ver- und Enthüllung bei aller metonymischen Verschiebungsarbeit zumindest implizit präsent. Demgegenüber gibt es in Stifters Werk auch eine Reihe von Fokussierungen auf den Stoff, in denen dieser in verhältnismäßig statische Beobachtungsreihen eingebunden ist und von den

---

[30] Doerte Bischoff weist in Bezug auf *Abdias* darauf hin, dass weniger das „allmähliche Verfertigen einer Textur und auch nicht die Verwendung von Roh- (bzw. Erzähl-)Stoffen" zu verfolgen sind, sondern die Sammlung von disparaten Einzelteilen, den Flecken und Fetzen. Vgl. Bischoff: *Poetischer Fetischismus* (wie Anm. 4), 254.

Protagonisten auf feine Unterschiede hin untersucht wird. Der Blick auf den Stoff orientiert sich dabei – nicht anders als der Blick auf die Gesteins- und Pflanzenbildungen – an wissenschaftlichen Methoden des Vergleichs.[31] Eine solche Detailanalyse textiler Oberflächen wird in der dritten und vierten Fassung der *Mappe meines Urgroßvaters* an einem Satz Hemden vorgenommen. Ausgehend von dem Kapitel „Von den zwei Bettlern" zieht sich durch den weiteren Textverlauf ein Satz Hemden, der wie die Leinenwäsche in *Kalkstein* zum Erinnerungs- und Beobachtungsgegenstand wird.[32]

Der Satz Hemden markiert den Beginn der Freundschaft des jungen Augustinus mit seinem Studienkollegen Eustachius in Prag, den er erstmals in seiner Stube besucht, um Hemden bei dessen Vermieterin Cäcilia zu bestellen.[33] Als Eustachius von einem Tag auf den anderen verschwindet, weil er für einen unzuverlässigen Freund gebürgt hat und sich angesichts der damit verbundenen Pfändung für entehrt hält, bleiben Augustinus von seinem Freund nichts als dessen Schriftstellerarbeiten, Liebesbriefe und Kleider, zu denen auch neun von Cäcilia angefertigte Hemden zählen.[34] Diese Hemden werden in der Folge – sorgsam von Augustinus verwahrt – zum Stellvertreter und Ersatz Eustachius'. Dabei ähneln die an die textile Repräsentation des Freundes gebundenen Pflege-, Reproduktions- und Betrachtungsrituale den in der Erzählung verhandelten textbasierten Schreib-, Interpretations- und Redaktionsprozessen.

---

[31] Hier ist zum Beispiel an den Landvermesser in *Kalkstein* zu denken, der mit der gleichen, auf das kleinste Detail gerichteten Aufmerksamkeit sowohl die Topographie als auch die Textur der Kleidung des Pfarrers vergleichend in den Blick nimmt. Bei der ersten Begegnung mit dem Pfarrer beobachtet der Erzähler: „Sein Rok war sehr abgetragen, die Fäden daran waren sichtbar, er glänzte an manchen Stellen, und an anderen hatte er die schwarze Farbe verloren, und war röthlich oder fahl." (HKG 2.2, 65) Als er ihn einige Jahre später im Steinkar wiedertrifft, vergleicht er mit einem außergewöhnlichen Blick für das kleinste Detail den aktuellen Zustand der Kleidung mit dem früheren: „Waren seine Kleider bei jenem Gastmale schlecht gewesen, so waren sie jezt wo möglich noch schlechter. Ich konnte mich nicht erinnern, seinen Hut damals gesehen zu haben, jezt aber mußte ich wiederholt auf ihn bliken; denn es war nicht ein einziges Härchen auf ihm. [...] Zwar war der Pfarrer beinahe ängstlich reinlich, aber gerade diese Reinlichkeit hob die Armuth noch peinlicher hervor, und zeigte die Lokerheit der Fäden, das Unhaltbare und Wesenlose dieser Kleidung." (HKG 2.2, 70) Im Rahmen der weiteren Treffen mit dem Pfarrer stellt er fest: „Ich machte daher genauere Beobachtungen, und kam darauf, daß er sich seiner Handkrausen keineswegs zu schämen habe, sondern daß er, wie mich auch andere Einblike in seine Kleidung belehrten, die feinste und schönste Wäsche trug, welche ich jemals auf Erden gesehen hatte." (HKG 2.2, 72).

[32] So weit nicht anders genannt, beziehe ich mich im Folgenden vor allem auf die letzte, die vierte Fassung, an der Stifter bis zu seinem Tod gearbeitet hat.

[33] Vgl. HKG 6.2, 27. Auch die weitere Entwicklung der Freundschaft ist an eine textil geprägte Episode gebunden, in der Augustinus, der besonderen Wert „auf einen feinen dunkeln" (HKG 6.2, 28) Anzug legt und damit Eustachius' Ansehen rettet, das durch dessen seinerseits bunten und unmodischen Anzug gefährdet ist. Augustinus verhilft diesem „Zeisiganzug" (HKG 6.2, 47) zur Ehrenrettung, indem er ihn selbst trägt und so unter den Studenten eine Mode auslöst (vgl. HKG 6.2, 28). Eustachius erklärt ihm im Anschluss, dass er den Anzug zu Ehren des Schneiders Franz Lind trage, der sich nach dem Tod seines Vaters um seine Ausbildung gekümmert habe und ihm diesen Anzug für das Studium in Prag mitgegeben habe (vgl. HKG 6.2, 29 f.).

[34] Vgl. HKG 6.2, 47.

Nachdem sich Augustinus in seinem Elternhaus in der abgelegenen Waldgegend als Arzt niedergelassen hat, kommt er ein Jahr später wieder nach Prag, wo er auch Cäcilia besucht. Er hofft, dass diese als Expertin für Reinlichkeit und das textile Detail bei der „bis ins Kleinste" gehenden Reinigung von Eustachius' Stube auch nur das „unbedeutendste Ding" gefunden habe, „aus dem sich ein Merkmal des Suchens machen ließe" (HKG 6.2, 72). Diese empirische Herangehensweise nimmt die Methoden der sich in der zweiten Hälfte des 19. Jahrhundert herausbildenden, am Detail orientierten Kriminalistik vorweg, welche die Spuren am Tatort zur Aufklärung von Verbrechen heranzieht.[35] Dass dieses ‚Kleinste' sowohl der Sphäre des Textuellen wie des Textilen angehören kann, geht aus Augustinus' vorheriger Frage hervor, ob sie nicht „irgend ein Papier, den kleinsten Abriß eines Zettels, ein Streifchen, ein Faserchen gefunden [habe], darauf ein Wort steht, wo er ist?" (HKG 6.2, 71) Im textilen Bild bleibend, versichert ihm Cäcilia, dass sie trotz zweifacher Reinigung „nicht einmal einen Bindfaden" (HKG 6.2, 72) gefunden habe. Dass dies nichts mit ihren Fähigkeiten als Suchende zu tun hat, legt sie Augustinus am Beispiel ihrer an der feinen textilen Arbeit geschulten Detailkompetenz dar:

> „‚Seht, Herr Augustinus,' sagte sie, ‚da liegen die schönsten Linnen herum, man bringt mir Arbeit, und da brauche ich die feinsten Nadeln, und wenn eine auf die Erde fällt, kann ich sie nicht im Stiche lassen, und ich kehre Alles sauber zusammen, und hebe die Nadeln und Fädchen wieder auf. Und so habe ich es bei dem Herrn Eustachius gemacht, und habe gar nichts gefunden.'" (HKG 6.2, 72 f.)

Die doppeldeutige Formulierung rückt Eustachius selbst in die Nähe der verlorenen ‚Nadeln und Fädchen' und entsprechend sind sich Cäcilia und Augustinus einig, dass man ihn nicht „wie einen Verbrecher", sondern „wie etwas Verlorenes" suchen solle (HKG 6.2, 74).

Während in Eustachius' Stube das entscheidende einzelne ‚Fädchen' als Hinweis fehlt, hinterlässt er mit dem Hemdensatz zugleich eine textile Präsenz, die nun zum Erinnerungsstück und Andenken wird.

Sind die Hemden so einerseits in ein Repräsentationsverhältnis eingebunden, das über ihre Materialität hinausweist, thematisiert Cäcilia andererseits explizit die mit der Materialität verbundene Gefahr der Zersetzung: Um den Fortbestand der Hemden zu sichern, fordert sie Augustinus auf, sie regelmäßig waschen zu lassen, da sie „sonst zerfallen" (HKG 6.2, 74).[36] Augustinus begegnet dem prekären Status des Materials auf doppelte Weise: Zum einen verspricht er Cäcilia die Pflege der Hemden, zum anderen bestellt er bei ihr einen neuen Satz Hemden.

---

[35]Vgl. Ginzburg, Carlo: *Spurensicherung. Die Wissenschaft auf der Suche nach sich selbst.* Übersetzt von Gisela Bonz/Karl F. Hauber. Berlin 2011. Zum Indiziencharakter von Spuren in textilen Interieurs der Literatur des 19. Jahrhunderts vgl. Schürmann, Uta: *Komfortable Wüsten. Das Interieur in der Literatur des europäischen Realismus.* Wien/Köln/Weimar 2015.

[36]Diese Aufforderung zur Bewahrung des Stoffes stellt den Bezug zur ‚Dichtung des Plunders' in der Rahmenhandlung her, in der die Gefahr explizit reflektiert wird, dass die Kleider zu „Lappen" (HKG 6.2, 9) zerfallen. Vgl. dazu Schneider: *Vergessene Dinge* (wie Anm. 4); Vedder: *Erbschaft und Gabe* (wie Anm. 4); Haag, Saskia: Stifters Dichtung des Plunders. In: *sinn-haft* 17 (2004), 59–64.

> „[U]nd weil du mir schon Hemden gemacht hast, und weil ich so schöne Linnen bei dir
> sehe, so werde ich dir eine Waldleinwand schiken, die beste, wie wir sie haben, und du
> sollst mir wieder zwölf Hemden machen; aber sie müssen genau so sein wie die, welche
> du für Eustachius verfertigt hast, wenn du dich ihrer noch erinnerst." (HKG 6.2, 74)

Die hier angedeutete Möglichkeit, die Hemden (und mit ihnen implizit ja auch
Eustachius) vergessen zu haben, weist Cäcilia zurück und versichert: „Ihr könnt
die Hemden mit denen des Herrn Eustachius vergleichen, und werdet keinen
Unterschied entdeken." (HKG 6.2, 74) Den Aufdeckungsbestrebungen der Suche
wird damit eine Logik der Textur entgegengesetzt, in der buchstäblich nichts zu
entdecken ist.

Während Augustinus einerseits „als Stellvertreter Eustachs"[37] bei Cäcilia Hemden bestellt, funktionieren die Hemden, die er „zur Erinnerung an Eustachius
tragen" werde, wiederum als dessen Stellvertreter. Die Erinnerung wird durch
die fortlaufende von Cäcilia geleistete Reproduktion für die Zukunft materiell
abgesichert, wenn Augustinus seiner Bestellung hinzufügt: „[U]nd du wirst mir
immer neue machen" (HKG 6.2, 74 f.).

Die Hemdenproduktion wird nicht in der Dynamik ihrer Entstehung
beschrieben, sondern setzt mit Augustinus' Auswahl des Leinens beim orts-
ansässigen Leinwandhändler ein und ist Teil eines postalisch organisierten Bestell-
systems:[38]

> „Da ich wieder ein wenig Muße hatte, las ich aus dem Vorrathe des Herrn Mathias Ferent
> zwei Stüke der allerschönsten Waldleinwand aus, kaufte sie ihm ab, und sendete sie an
> Cäcilia nach Prag." (HKG 6.2, 92)

Im Superlativ der „allerschönsten Waldleinwand" klingt der ästhetische Anspruch
an, der an das Erinnerungsstück gesetzt wird und mit dem dies einen kunstwerkähnlichen Status erhält. Als ‚Auslese' rückt die Stoffauswahl zudem in die Nähe
eines redaktionellen Lektüreprozesses, wie ihn der Erzähler der Rahmenhandlung
vornimmt, wenn er sich im Umgang mit dem Buch des Doktors vornimmt „allerlei
aus[zu]lesen" (HKG 6.2, 20). Gegenüber der oben beschriebenen Textilredaktion
im *Hagestolz* werden in der *Mappe* die Ansprüche an die Textur deutlicher ausformuliert, wenn Cäcilia Augustinus anweist, dass die „Leinwand für die Hemden
[…] sehr gleiche Fäden haben" soll. (HKG 6.2, 90) Der Versuch, die schockartig
erfahrene Differenz von An- und Abwesenheit des Freundes zu bewältigen, vollzieht sich nicht allein in der Anfertigung der ‚gleichen' Hemden: Gleichheit wird

---

[37]Blasberg, Cornelia: „Wer bin ich bisher gewesen?" Identität als Problem in Adalbert Stifters
‚Mappe meines Urgroßvaters'. In: Sabina Becker (Hg.): *Ordnung – Raum – Ritual. Adalbert Stifters artifizieller Realismus.* Heidelberg 2007, 101–124; hier: 121.

[38]Die Verortung der Handlung in der ersten Hälfte des 18. Jahrhunderts erlaubt die Hemdenproduktion aus regional gesponnener und gewebter Waldleinwand, wie sie im Verlauf des 19.
Jahrhunderts schrittweise verdrängt wird. Vgl. dazu Lauss, Josef: *Wachstum und Krise der österreichischen Leinenindustrie im 19. Jahrhundert.* Wien 1977.

auch auf der Ebene des Materials verlangt. Die für die Textilien geforderte Gleichmäßigkeit verbindet diese mit der in der Erzählung omnipräsenten Schreibarbeit. So zeichnen sich die Aufzeichnungen des Obristen, die wiederum Augustinus' eigener Lebensbeschreibung als Vorbild dienen, durch ihre zunehmende Gleichartigkeit aus.[39] Vor diesem Hintergrund erscheinen die gleichartigen Hemden als ein erster Schritt auf Augustinus' im Medium der Verschriftlichung vollzogenen Bildungsweg hin zu einem ausgeglicheneren Menschen.[40]

Die fertigen Hemden werden zum Gegenstand einer Werkbetrachtung im erweiterten Familienverbund und sind insofern in einen ähnlichen Rezeptionskontext eingebunden wie die Bücher des Doktors zu Beginn der Rahmenhandlung oder die ritualisierten Rosenbetrachtungen im *Nachsommer:*[41]

> „Anna und die Mägde bewunderten aufs Äußerste die Arbeit. Wir nahmen die Hemden des Eustachius hervor, um die neuen mit ihnen zu vergleichen. Cäcilia hatte wahr gesprochen. Die Arbeit war genau die nehmliche, nur daß meine Hemden noch roh waren und eine schönere Leinwand hatten. Ich gab sie an Anna zum Waschen und zum Einräumen in den Schrein, die des Eustachius ließ ich wieder an ihre Stelle legen. Der Cäcilia schikte ich ihren Lohn.
> Von Eustachius ist kein Wort eingetroffen." (HKG 6.2, 94 f.)

Sowohl die neuen Hemden als auch Eustachius' ‚Originale' sind hier Gegenstand der gemeinsamen Bewunderung.[42] Anders als die Stoffbetrachtungen im *Hagestolz* und in *Kalkstein* ist der Blick auf den feinen Stoff hier nicht an individuelles erotisches Begehren zwischen den Geschlechtern, sondern an eine Erfahrung familiärer Gemeinschaft und kollektiven Andenkens geknüpft. Im Gegensatz zu den von Cäcilia geschickten Hemden trifft von Eustachius selbst „kein Wort" ein, und während die Hemden anschließend „wieder an ihre Stelle" gelegt werden, bleibt der Aufenthalt des verschwundenen Freundes eine Leerstelle. Sind die Hemden einerseits eine genaue Kopie der Hemden des

---

[39]Der Obrist beschreibt diesen Prozess der Angleichung und des Ausgleichs wie folgt: „Ich schrieb sehr fleißig an meinen Päken, sie wurden immer gleichartiger, bis jezt die, welche ich in meinem Alter öffne, einer wie der andere sind." (HKG 6.2, 172)

[40]Insofern ersetzt die Hemdenproduktion gewissermaßen die als „Hirngespinnste" (HKG 6.2, 36) beschriebenen Schriftstellerarbeiten Eustachius'.

[41]Der Erzähler der Rahmenhandlung öffnet gemeinsam mit seiner Gattin, der Mutter, dem Stiefvater sowie der der Schwester und ihrer Familie die Truhe: „Nachdem wir das Abendessen verzehrt hatten, wurden die Lichter in unser Doctorzimmer getragen, und wir gingen alle hinein. Selbst die Kinder der Schwester waren nicht schlafen zu bringen gewesen, und gingen mit. Wir sezten uns um die Truhe herum. Ich nahm die Lederbücher heraus, und legte sie auf den Tisch." (HKG 6.2, 21) Während die „Zusiegelung" der Blätter für Verwunderung sorgt, wird „[d]ie äußerst schöne Arbeit der Einbände […] allgemein bewundert" (ebd.).

[42]Über die alten Hemden von Eustachius und dessen Anzug heißt es: „Die Mägde bewunderten die neuen schönen Hemden, das Werk Cäcilias, die ohne getragen zu werden vor lauter Liegen in die Lage kämen, gewaschen werden zu müssen. Aber noch mehr bewunderten sie den Zeisiganzug." (HKG 6.2, 65)

Eustachius' („Die Arbeit war genau die nehmliche"), so übertreffen sie in der
für Stifter typischen Reproduktionslogik zugleich das Original, indem sie aus
„schönere[r] Leinwand" gemacht sind.[43]

In dieser vergleichenden Betrachtung erweist sich ‚Feinheit‘, der zeitgenössischen Begriffsbestimmung entsprechend, nicht nur als Materialeigenschaft, sondern auch als Ergebnis eines Wahrnehmungsmodus, mit dem „die
kleinsten Aehnlichkeiten und Unaehnlichkeiten"[44] bemerkt werden. Die als Kunst-
betrachtungen bzw. Leseszenen gestalteten Betrachtungen des feinen Stoffes und
die weiblich tradierten textilen Monologe über den Wert von Leinen und Seide lassen sich gleichsam als Varianten der in der Hermeneutik unterschiedenen *subtilitas
intelligendi*, dem Verstehen, und der *subtilitas explicandi*, dem Auslegen, Erklären
und Mitteilen auffassen.[45]

Der Hemdenvergleich erscheint insofern als Parallel- bzw. Komplementär-
stelle zu einer Szene, in der die für die Interpretation nötige Vergleichbarkeit nicht
gegeben ist. Augustinus hegt über längere Zeit den Verdacht, dass es sich bei
Ewald Lind, dem Landschaftsgärtner des Fürsten, um Eustachius handelt. Beim
Fürsten betrachtet er „Blat für Blat" (HKG 6.2, 235) die Zeichnungen Linds,
nur kann er aus den Zeichnungen des Gartens keinen sicheren Schluss ziehen,
da ihm das nötige Vergleichsmaterial aus Eustachius' Hand fehlt. Zwar hatte er
in Prag Eustachius' Zeichnungen gesehen, aber ihm versagt die Erinnerung: „[I]ch
erinnerte mich ihrer aber zu wenig, um eine Vergleichung anstellen zu können."
(HKG 6.2, 235) Der Hemdenvergleich rückt damit auch in die Nähe der hier
anklingenden vergleichenden Methoden einer an Zuschreibung interessierten
werkkritischen Kunstgeschichte.[46] Das Vergessen von Eustachius' Zeichnungen
steht dabei im Gegensatz zur unerschütterlichen Erinnerung Cäcilias, die im Verlauf der Erzählung immer wieder neue Hemden nach dem Vorbild der Hemden
des Eustachius macht.[47] An die Stelle eines interpretierenden Rückschlusses auf
den Urheber der Zeichnungen, an dem die Suche nach dem verlorenen Freund zu
einem Ende kommt, tritt die potentiell endlose Reproduktion der nach seinem Vorbild angefertigten Hemden. Lassen sich die Hemden so einerseits im Kontext des

---

[43]Ähnlich vollzieht sich auch die Gartengestaltung im Park des Fürsten: „Er verschönerte aber
die Landschaft immer mehr, bis sie zwar endlich dieselbe blieb, aber doch eine weit schönere
wurde." (HKG 6.2, 216) Vgl. dazu Begemann: *Die Welt der Zeichen* (wie Anm. 3), 354.

[44]Mellin, George Samuel Albert: *Encyklopädisches Wörterbuch der kritischen Philosophie.* Jena/
Leipzig 1802, Bd. 5, 420.

[45]Vgl. zum hermeneutischen *subtilitas*-Begriff: Meier-Oeser: *Art. ‚Subtilität‘* (wie Anm. 7), 566.

[46]Zu der am Detail orientierten vergleichenden Methode des Kunsthistorikers Giovanni Morelli
vgl. Ginzburg: *Spurensicherung* (wie Anm. 35).

[47]So bestellt Eustachius im Jahresrhythmus neue Hemden: „Zu Cäcilia brachte ich wieder Leinwand auf Hemden." (HKG 6.2, 103) Vgl. auch: „Ich ging auch wieder zu Cäcilia, und brachte ihr
wieder Leinwand zu Hemden." (HKG 6.2, 183)

verlorenen Referenten in der „Welt der Zeichen" deuten,[48] werden sie zugleich in ihrer stofflichen Präsenz und Zirkulation bedeutsam und aussagekräftig.

Wie schon im *Hagestolz, Kalkstein* und *Nachsommer* knüpft sich in der *Mappe* an die Hemden der Aspekt der Kontinuität. Die fortlaufende Hemden-reproduktion[49] wird durch die ebenso regelmäßig organisierte Pflege der Textilien ergänzt.[50] Die so unscheinbaren Tätigkeiten der Hemdenproduktion und -reinigung strukturieren das Erzählgeschehen grundlegend und setzen Stabilität und Präsenz an die Stelle des über Nacht verschwundenen Freundes.

Die regelmäßig wiederholten Bestellungen bei Cäcilia bilden zudem eine Verbindung zwischen den unterschiedlichen Sphären von Stadt und Land mit ihren jeweiligen Zuständigkeiten der Näharbeit respektive der Leinenproduktion.[51] Auf der übergeordneten Ebene der Textorganisation verknüpfen die Hemden das Kapitel „Von den zwei Bettlern" mit dem weiteren Verlauf der Erzählung, was in der Journalfassung von 1841 noch nicht gegeben ist, wo die „Geschichte der zween Bettler" verhältnismäßig unverbunden zur weiteren Handlung bleibt. Darin zeigen sich die dritte und besonders die vierte Fassung der *Mappe* dem Anspruch eines lückenlosen Schreibens verhaftet,[52] in dem jeder Faden auch zu Ende geführt wird oder zumindest werden soll.

Indem die Hemdenproduktion und -bewahrung im Zeichen der Regelmäßigkeit, der Reinlichkeit, der Gleichheit (der Fäden wie der Hemden) und der Feinheit steht, wird an den Umgang mit Textilien ein Begriffskomplex geknüpft, der auch für Stifters Schreiben zentral ist. Die verworrenen Gespinste und Gewebe wie sie im *Hochwald* von der Figur des alten Gregors und zu Beginn der *Mappe* noch von Eustachius vertreten werden, lässt Stifter im Handlungsverlauf der Mappe hinter sich: Im Zentrum steht die exakte Reproduktion eines Gewebes, das in seiner besonderen Feinheit und Gleichheit durch eine kaum sichtbare Textur gekennzeichnet ist. Wie die feine und schmucklose Textur der Hemden ist auch Stifters Beschreibungssprache einem Stil des Schlichten verpflichtet,[53] und die Handlungsentwicklung auf möglichst lückenlose, am Epos orientierte Gleich- und Regelmäßigkeit hin ausgerichtet.

---

[48]Vgl. Begemann: *Die Welt der Zeichen* (wie Anm. 3).

[49]„Ich hatte ihr Leinwand gebracht, und bestellte wieder Hemden nach Art der des Eustachius" (HKG 6.1, 113). Noch einmal: „Ich ging auch zu Cäcilia, und brachte ihr wieder eine Leinwand, daß sie mir Hemden mache, wie die waren, die sie mir früher gemacht hatte." (HKG 6.1, 201).

[50]„Als der Winter kam, ließ ich das Linnenzeug des flüchtigen Eustachius durchwaschen, und seine Kleider lüften und bürsten." (HKG 6.2, 65).

[51]Die Konkurrenz von Stadt und Land reflektiert Augustinus selbst: „Wenn ich auch den Bedarf meines Linnens in unserem Walde besorgen ließ, so wollte ich doch stets mehrere Hemden haben, wie die, welche Cäcilia einmal für Eustachius gemacht hatte, und welche ich jezt bei mir zur Aufbewahrung beherbergte." (HKG 6.1, 201).

[52]Vgl. Blasberg: *„Wer bin ich bisher gewesen?"* (wie Anm. 37).

[53]Vgl. Giuriato: *„Klar und deutlich"* (wie Anm. 12).

Poröse Gewebe und feine Grenzen: Kontagiöse, prophylaktische und therapeutische Texturen

Die Kehrseite der textilen Feinheit – die unter dem Mikroskop erkennbare Porosität selbst des feinsten Stoffes – wird von Stifters Figuren nicht optisch wahrgenommen, sondern vielmehr praktisch erfahren. Dabei kommt den Stoffen ein ambivalenter Status zwischen physiologischer Funktionalität und ansteckungsverbreitender Gefahr zu.[54]

In den *Winterbriefen aus Kirchschlag* setzt sich Stifter angesichts der akuten Cholera-Bedrohung explizit mit hygienischen Fragen auseinander:

> „Wie Wasser an Dingen durch Anziehungskraft kleben bleibt, und sie naß macht, so klebt Luft auch an den Oberflächen der Dinge, besonders feinerer oder gröberer löcheriger Körper. Ein Badeschwamm, der in stinkender Luft gelegen ist, stinkt noch, wenn er darauf Monate lang in freier Luft war." (HKG 8.2, 334)

Porosität erscheint hier als Problem sowohl feiner als auch grober Gegenstände, denn Poren – größere oder kleinere – haben sie alle. Mit dem Schwamm greift Stifter beispielhaft einen Gegenstand zeitgenössischer Wundreinigung und -versorgung heraus, der durch mikroskopische Untersuchungen zunehmend in Misskredit gerät. Eine wichtige Rolle spielt in diesem Zusammenhang der Mediziner Jakob Henle, der Mikroorganismen als Auslöser von Krankheiten ausmacht. Diese Mikroorganismen haften sich an unterschiedliche Träger, wie Henle in der Schrift *Miasmen und Kontagien* 1840 ausführt:

> „Von den organischen Vehikeln des Kontagiums muß man unterscheiden die Träger desselben, unbelebte oder wenigstens mit dem kranken Individuum nicht in Zusammenhang stehende Körper, an denen das Kontagium, luftförmig ausgeschieden oder mit seinen organischen Vehikeln haftet. Die besten Träger sind bekanntlich feine, poröse, tierische oder pflanzliche Teile, Wolle, Haare, Federn, Hörner, Häute, Holz, Leinwand, Papier. Glatte Körper, z. B. Glas, Metalle, leiten fast gar nicht."[55]

Die hier angesprochene Gefahr von Textilien als Träger ansteckender Krankheiten ist auch in Stifters Werk präsent.[56] In diesem Zusammenhang kommt in der *Mappe*

---

[54]Jana Schuster hat dies am Beispiel der Stoffe als „Mittler menschlicher Umweltrelationen" in ‚Abdias' gezeigt. Vgl. Schuster: *Der Stoff des Lebens* (wie Anm. 5), 298.

[55]Henle, Jakob: *Von den Miasmen und Kontagien* [1840]. Leipzig 1910, 18 f.

[56]So ist in *Abdias* explizit von den „verpesteten Lappen und Wollenzeugen" (HKG 1.5, 240) die Rede, mit denen der titelgebende jüdische Kaufmann handelt. Zur Ansteckung bei Stifter vgl. Strowick, Elisabeth: *Sprechende Körper – Poetik der Ansteckung. Performativa in Literatur und Rhetorik*. München 2009; Begemann, Christian: Katastrophenimpfung und Gedächtnisraum. Zu Stifters ‚Granit'. In: *IASL* 40 (2015), 390–419.

dem Wechsel der Kleider zwischen Patientenbesuchen erzählerische Aufmerksamkeit zu, und jedes fehlende Umkleiden wird bedeutsam.[57]

Dies gilt besonders für den Zeitraum, innerhalb dessen eine Seuche in der Waldgegend umgeht und in kürzester Zeit Augustinus' Bruder, Schwester und Vater an der ungenannt bleibenden Krankheit sterben. Die von den Kleidern ausgehende Ansteckungsgefahr reflektiert Augustinus explizit, wenn er in dieser Zeit außer seinen Kranken niemanden besucht, „um das Übel nicht in meinen Kleidern oder sonst wie dahin zu bringen" (HKG 6.2, 231). Insofern scheint es umso bedenklicher, dass Augustinus' Schwester Anna, während sie den kranken Bruder Kaspar pflegt, „gar nicht aus den Kleidern" (HKG 6.2, 220) kommt. Kurz nach dem Tod des Bruders erkrankt und verstirbt sie, woraufhin auch der Vater sich ansteckt.[58]

Ist mit dem Kleiderstoff die Gefahr der Ansteckung verbunden, dienen feine Gewebe zugleich als grenzbildender Schutz vor Krankheiten und haben teil an Prozessen der Heilung. Ganz im Sinne der sich um die Mitte des 19. Jahrhunderts als wissenschaftliche Disziplin ausbildenden Hygiene ist Gesundheit bei Stifter eng mit Reinheit verknüpft und erweist sich als ein Ergebnis von Grenzziehungen,[59] an denen feine Gewebe entscheidend beteiligt sind. So „verkündet[]" sich die Reinlichkeit von Margaritas Zimmer in der Studienfassung „schon von außen" durch eine „feine gelbe Matte aus Rohr" auf der Schwelle, die dazu „dient[], daß man sich die Sohlen abwische" (HKG 1.5, 151). Die Fußmatte erfüllt eine doppelte Funktion, indem sie Reinlichkeit nach außen repräsentiert und nach innen gewährleistet. Reinlichkeit wird dabei zugleich mit Gesundheit verknüpft, denn so wie das Zimmer durch die Matte geschützt, dem Schmutz keinen Eintritt gewährt, heißt es parallel über Margarita, dass ihr schöner Körper einer Krankheit keinen „Eingang" (HKG 1.5, 151) gewähre. Dieser Krankheitsschutz wird in der dritten und vierten Fassung noch intensiviert: „Außer der Rohrmatte vor der Doppelthür ihrer Wohnung hatte sie noch eine feinere weißere vierfache zwischen den zwei Thüren befestigt." (HKG 6.1, 147)[60] Der Schutz durch die gelbe Rohrmatte wird durch eine zusätzliche Matte, die nicht nur feiner und weißer, sondern auch „vierfach" ist, mehrfach gesteigert.

---

[57]Die wiederholte Erwähnung des Kleidungswechsels beobachtet Doerte Bischoff im *Nachsommer*. Bischoff zufolge trete in dem Versuch der Figuren stets passend gekleidet zu sein „der Aspekt einer allen Bekleidungen und Verhüllungen zugrundeliegenden konstanten gestalterischen Individualität, die sich selbst durch äußere Zeichen Ausdruck gäbe, in den Hintergrund." Bischoff: *Stifters Stoffe* (wie Anm. 4), 108.

[58]Vgl. HKG 6.2, 221 f.

[59]Vgl. Zumbusch: „Rein und anfangsfähig" (wie Anm. 17), 54, 56. Zum Hygienediskurs im 19. Jahrhundert vgl. Sarasin, Philipp: *Reizbare Maschinen. Eine Geschichte des Körpers 1765–1914.* Frankfurt a.M. 2001.

[60]In der vierten Fassung ist von einer „feinere[n] vierfache[n]" Matte die Rede (HKG 6.2, 136).

Die liminale Dimension des Feinen, die in *Kalkstein* implizit anklingt, ist in der *Mappe* noch deutlicher präsent: Anders als in *Kalkstein* wird hier kein Körbchen geöffnet, in dessen Innerem sich die Blicke bei der Betrachtung feiner Wäsche treffen. Stattdessen sind die Räume und Körper durch feine Gewebe klar voneinander abgegrenzt.[61]

Dort wo die Grenzen fehlen und entsprechend die Gesundheit gefährdet ist, fällt es in den Aufgabenbereich des Doktors, die Oberflächen wiederherzustellen. Eindrückliches Beispiel liefern dafür zwei Wundbehandlungs- und Heilungsprozesse. Während in Bezug auf Margaritas Räumlichkeiten die feinen Gewebe hygienisch-prophylaktisch eingesetzt werden, gewinnt der Stoff in diesen Fallgeschichten des Doktors heilende Funktion.

Augustinus behandelt einen Jungen, dessen ursprünglich harmlose Schnittwunde so mit Pechpflastern behandelt wird, dass sich ein großes Geschwülst bildet. Im Rahmen einer seine Kompetenzen eigentlich übersteigenden Operation entfernt Augustinus mit einem „scharfen Messer die Afterbildungen" und legt eine beträchtliche Wunde frei: „Aber es war eine Fläche blos gelegt, so groß, wie ich mir vorher nicht gedacht hatte und an einer Stelle war mir, als sähe ich unter dem Häutchen die Lunge wallen." (HKG 6.2, 238)[62] Statt die Wunde zu vernähen, legt Augustinus „Linnen, das von Eiswasser feucht war, auf die Wunde" (HKG 6.2, 238). Augustinus wendet hier die Methode der offenen Wundbehandlung an, wie sie erst in den 1830er Jahren von Vinzenz von Kern eingeführt wird, und ist damit der Medizin zum Zeitpunkt der Handlung in den 1730ern um etwa hundert Jahre voraus.[63] Ein zentraler Bestandteil von Augustinus' Behandlung ist zudem die hohe und exakt quantifizierte Frequenz im Wechsel der Auflagen:[64]

„Dann rief ich die Mägde, ließ Linnen in Eiswasser tauchen, ausringen, mehrfach falten, und auf das erste Linnen legen. So, sagte ich, müßte in jeder Viertelstunde gethan werden, wenn ich nicht zu Hause wäre." (HKG 6.2, 238)

Der Fassungsvergleich ergibt eine gesteigerte Aufmerksamkeit für die Beschaffenheit des Materials: Bestand die Auflage in der dritten Fassung noch aus „Linnen und andere[n] Dinge[n]" (HKG 6.1, 282), so kommt in der vierten Fassung nur

---

[61]Zu diesen textilen Grenzziehungen zählen auch Augustinus' Gestaltung der Hauskapelle in der Studienfassung, deren Fenster er mit „doppelte[r] mattweiße[r] Seide" (HKG 1.5, 198) bespannen lässt sowie Margaritas Handschuhe beim Scheibenschießen in Pirling (vgl. HKG 1.5, 219 f.).

[62]Die Operationsszene ist in der dritten Fassung noch ausführlicher beschrieben (vgl. HKG 6.1, 283).

[63]Plehn, Marcus: *Verbandsstoffgeschichte*. Stuttgart 1990, 75.

[64]Dies wird im Zusammenhang mit einer anderen Wundbehandlung über mehrere Seiten hinweg genau verzeichnet: „Ich [...] tauchte Linnen in das Wasser, und legte es auf. Nach sehr kurzer Zeit wiederholte ich dieses mit frischem Wasser und frischem Linnen [...], so lange es zu haben war. Dann ließ ich das gebrauchte vor dem Wiedergebrauche reinigen. [...] Ich blieb die ganze Nacht bei ihm und sezte die Auflagen fort. [...] Ich sagte, sie sollen nun genau immer fort thun, was ich bisher gethan hatte [...]. Ich befahl, fort zu sezen, was bisher geschehen war." (HKG 6.2, 177, 179).

noch Leinen auf Leinen. Dies entspricht Stifters grundsätzlicher Profilierung des Leinens als einem gesundheitserhaltenden, lebensumspannenden, natürlichen und regionalen Material von substantiellem Wert, wie es sich durch sein gesamtes Werk zieht.[65] Die besondere Eignung von Leinen für den geregelten Austausch von Luft und Flüssigkeit hebt auch der Begründer der modernen Hygiene, Max von Pettenkofer, hervor, da es „Wärme und Wasser, wie sie abfliessen, viel besser von der Hautoberfläche weg[nehmen]" könne und es „weiteren Schichten zu weiterer gleichmässiger Verarbeitung und Ableitung" übergebe.[66]

Die von Augustinus aufgelegte textile Ersatzhaut erinnert in ihrer mehrfachen Faltung auch an die vierfache Matte vor Margaritas Tür und reguliert, ähnlich wie diese, das Verhältnis zwischen innen und außen: Einerseits dient das Leinen dazu, wie es in der dritten Fassung explizit heißt, „das, was nun abfließen sollte, in sich auf[zu]nehmen" (HKG 6.1, 282); andererseits fungiert es als Träger, mit dem das kühlende und heilende Eiswasser zugeführt werden kann.

Wenn es in der dritten Fassung im Zusammenhang mit der Wundbehandlung des Aschachers heißt, Augustinus lege das Leinen „in sechsfachen Blättern auf die Wunde" (HKG 6.1, 195), rücken die heilenden Stoffstücke in die Nähe von Papier und Pergament als Schriftträger, die Stifter immer wieder als „Blätter" bezeichnet.[67] So verbinden sich Haut, Stoff und Pergament bzw. Papier in den unterschiedlichen Fassungen der *Mappe* zu einem eng verknüpften Motivkomplex.[68] Als Arbeit mit ‚Blättern' rückt die Wundbehandlung in die Nähe der therapeutisch angelegten Schreibprojekte des Obristen wie Augustinus' und damit

---

[65]Eindrückliches Beispiel dessen ist Dithas Flachsrede in *Abdias* (vgl. HKG 1.5, 340). Dem besonderen Status des Leinens entsprechend kommt auch der Leinenproduktion des Mathias Ferent in der *Mappe* zentrale Bedeutung für die Region zu (vgl. HKG 6.2, 56 f.).

[66]Diese Eigenschaft teilt das Leinen Pettenkofer zufolge mit der Seide (Pettenkofer, Max von: *Beziehungen der Luft zu Kleidung, Wohnung und Boden. Drei Populäre Vorlesungen. Gehalten im Albert-Verein zu Dresden am 21., 23. und 25. März 1872.* Braunschweig 1873, 33). Dagegen setzt sich Baumwolle nur langsam in der zweiten Jahrhunderthälfte als Verbandsstoff durch, da sie als materieller Träger der aus dem asiatischen und arabischen Raum importierten Pestepidemien verschrien ist. John Howard gibt 1791 in seinen *Nachrichten von den vorzüglichsten Krankenhäusern und Pesthäusern in Europa* genaue Anweisungen zum Umgang mit importierter Baumwolle in der Quarantäne, um die Ansteckung zu vermeiden. Er beruft sich dabei auf Nathaniel Hodges Abhandlung von der Pest in London im Jahr 1665, in der es über die Baumwolle heißt, dass sie „ganz ungemein leicht die Ansteckung in sich fasst" (Howards, John: *Nachrichten von den vorzüglichsten Krankenhäusern und Pesthäusern in Europa.* Leipzig 1791, 79). Die Skepsis gegenüber der Baumwolle als Verbandsstoff baute u. a. auch auf mikroskopischen Untersuchungen Antonie van Leeuwenhoeks auf. Ihm zufolge verfüge die Baumwolle über „zwei flache und zwei scharfe Seiten", die der Wunde schaden könnten, in dem sie „in das zarte Fleisch einschneiden und es wund machen" (Leeuwenhoek, Antonie van: Vermischte mikroskopische Beobachtungen. In: Ders.: *Abhandlungen zur Naturgeschichte, Physik und Oekonomie.* Leipzig 1780, 32). Vgl. dazu auch Plehn: *Verbandsstoffgeschichte* (wie Anm. 63), 84.

[67]So werden u. a. sowohl die Seiten im Buch des Doktors als auch die Briefe Eustachius an Christine als „Blätter" bezeichnet (HKG 6.2, 15, 16, 17, 23, 44, 45).

[68]In der Studienfassung beschreibt der Rahmenerzähler seine Lektüre der Aufzeichnungen des Doktors: „Ich habe in den mit dem Messer verwundeten Blättern geblättert." (HKG 1.5, 232).

implizit auch in die Sphäre poetisch-ästhetischer Produktion. Entsprechend wird
in der dritten Fassung auch die textil bedingte medizinisch-therapeutische Ober-
flächenrestitution der Wunde des Jungen in den textilen Metaphern ästhetischer
Wertigkeit des *Nachsommers* beschrieben: Nach einigen Wochen heißt es, „war
das Rosenroth wieder auf den Wangen des Jünglings, der Glanz in seinen Augen,
die Seidenfarbe auf seinen Armen, und die Auflagen konnten weggenommen werden." (HKG 6.1, 283) Der Wundverschluss durch Leinen führt zu seidiger Feinheit
am ganzen Körper.[69] In diesem Heilungsprozess ersetzt textiles Gewebe gleichsam Zellgewebe, dessen Strukturen die um 1800 als Disziplin entstehende Histo-
logie erforscht. Mit den viertelstündlich zu erneuernden Leinenauflagen erneuert
sich auch das Zellgewebe. Dieser körperliche Heilungsprozess wird zugleich mit
Augustinus' Trauerprozess über den Verlust seiner Familie parallelisiert. So heißt
es mit der abgeschlossenen Heilung: „In mein Herz kam eine Freude, wie ich
nie geahnt hatte, daß ich eine solche Freude noch auf Erden zu empfinden ver-
möchte." (HKG 6.2, 240)

Beruhen die in der *Mappe* beschriebenen Wundheilungen einerseits auf einem
wissenschaftlich exakt beschrieben Umgang mit dem Material, das sich durch
seine besonderen Eigenschaften für die physiologischen Vorgänge eignet, werden
die Heilungen andererseits in Bezug auf den geheilten Jungen als „Merkwürdiges"
(HKG 6.1, 278)[70] und in Bezug auf den Aschacher als „wunderbar" (HKG 6.2,
180) beschrieben. In der am Gewöhnlichen und Wiederkehrenden interessierten
Mappe, die sich „nichts als Kindtaufen, Hochzeiten, Begräbnisse, Versorgung der
Nachkommen" (HKG 1.5, 17) verschrieben hat, ist das Wunderbare und Merkwürdige nicht mehr das einzelne Ereignis, sondern Ergebnis des zudem doppelt
durchgeführten kleinschrittigen und regelmäßigen Wechsels der textilen Auflagen.

Während die Textilien in ihrer Feinheit bei Stifter optisch gleichsam auf
Abstand gehalten werden, greifen die mit der Feinporigkeit verbundene
Ansteckungsgefahr sowie ihr therapeutisches Potential als grenzbildender Schutz
und heilender Wundverband funktional in das Leben der Figuren ein. Kontinuierliche Handlungen der Reinigung und der Schichtung bieten dabei Schutz und Rettung vor der Kehrseite des Feinen.

Stifters Verfeinerungsarbeit

Nimmt man Stifters feine Stoffe in ihrer materialen Dimension und der damit
verbundenen Arbeit am Textil ernst, gewinnen sie auch in Bezug auf Stifters
eigene Arbeit am Text an Aussagekraft: Die auf der Inhaltsebene behandelten

---

[69]Die vierte Fassung verzichtet auf diese Metaphern und konstatiert knapp: „Nach einer Zeit war
die Wunde geschlossen." (HKG 6.2, 240)

[70]In der vierten Fassung wird „Merkwürdiges" ganz im Sinne der Tilgung des Einzelnen durch
„Bedeutendes" ersetzt (HKG 6.2, 236).

Reinigungs- und Verfeinerungsarbeiten erinnern an Stifters eigene, auf immer feineres bzw. lückenloses Erzählen zielende Überarbeitungen. Analog zu den feinen Geweben der niederländischen *Fijnschilder,* wie Frans van Mieris und Gerard Dou, die den Pinselauftrag dahin gehend verfeinert haben, dass das Künstlersubjekt nicht mehr im Pinselstrich erkennbar ist, zielt Stifters zunehmend subjektloses Schreiben darauf, den Aspekt des Gemachten hinter den glatten Oberflächen zurücktreten zu lassen. Stifters feine Gewebe sind dabei zugleich Teil einer vom materialen Zerfall bedrohten gegenständlichen Welt, an deren auf Verfeinerung und Glättung zielenden Redaktion, Reproduktion und Revision sich die Figuren wie der Autor abarbeiten.[71]

Stifters vielfach als Beleg für seine klassisch-idealistische Kunstauffassung zitierte Bestimmung des Schönen als „Göttliches im Kleide des Reizes" (HKG 8.1, 52) erscheint mit Blick auf die Feinheiten der Stoffe in einem anderen Licht: Weniger im Sinne der idealistischen Topologie einer äußeren Hülle und eines inneren Kerns werden Stifters Stoffe poetologisch lesbar, sondern vielmehr als Texturen, in denen jedes einzelne Fädchen an der Beschaffenheit der feinen Oberfläche des Gewandes und damit der Repräsentation des Göttlichen teil hat. Dass dieses Göttliche weniger im Sinne einer streng-religiösen Anschauung als vielmehr im Sinne transzendenter „Unverfügbarkeit" zu verstehen ist,[72] wird mit Blick auf den Aufsatz „Über Stand und Würde des Schriftstellers" deutlich, in dem die einzelnen „Theilchen und Faserchen" mittels einer physiognomischen Argumentation zum Sitz der Seele werden:

> „Wenn es wahr ist, daß sich die Seele ihren materiellen Körper nach ihrer Eigenthümlichkeit selber aufbaut, so baut sie sich jenen anderen Körper, den der Rede und Schrift, noch viel mehr, so daß sie in jedem Theilchen und Faserchen sitzt und herausleuchtet."
> (HKG 8.1, 37)

Wird hier der materiell imaginierte „Körper" der Rede und Schrift als „Faserchen" metaphorisiert, so legt dies den Umkehrschluss nahe, auch das Ausbessern der Fäden durch Ludmilla oder Cäcilia in die Nähe einer Textarbeit zu rücken, in der noch das kleinste Detail für die allgemeine Schönheit des Werkes bedeutsam ist.

Im Rahmen von Stifters am einzelnen Wort und Buchstaben feilender Verfeinerungsarbeit wird das Begriffsfeld des ‚Feinen' den Erzählungen im Zuge ihrer Überarbeitung zunehmend eingeschrieben. Erst in der dritten Fassung der *Mappe* wird Margaritas Zimmer zusätzlich zur „feinen gelben Rohrmatte" noch von der „feinere[n] weißer[en] vierfache[n]" (HKG 6.1, 147) Matte geschützt. In der Journalfassung von *Kalkstein* ist die Feinheit sprachlich noch weit weniger präsent als in der späteren Buchfassung.[73] Statt der superlativischen

---

[71]Vgl. dazu auch den Beitrag von Vera Bachmann zu Stifters geglätteten Fugen in diesem Band.

[72]Giuriato: „*Klar und deutlich*" (wie Anm. 12), 269.

[73]Fällt der Begriff „fein" in der Begegnung mit dem Nachbarmädchen in der Journalfassung nur einmal, taucht er in der Buchfassung fünfmal auf (HKG 2.2, 113).

„außerordentliche[n] [...] Feinheit" (HKG 2.2, 80) bietet sich dem Erzähler
in seiner kartographischen Erfassung des Gästebettes im Hause des Pfarrers ein
anderes – härteres – Bild des Leinens, wenn er „aus dem scharfen rechtwinkeligen
Faltenbruche und aus der Eintheilung in lauter viereckige Tafeln" (HKG 2.1, 82)
mit kriminalistischem Feinblick schließt, dass der Pfarrer das Leinen sonst tatsächlich nicht nutzt.

Entsprechend Hegels in den *Vorlesungen über die Ästhetik* formuliertem
Anspruch an das Kunstwerk, „das Mannigfaltige, Bunte, Verworrene, Aus-
schweifende" zu überwinden,[74] tritt in der *Mappe* an die Stelle der verworrenen
„Hirngespinste" des Eustachius die streng regulierte Schreibarbeit Augustinus'.
Eustachius' bunter „Zeisiganzug" wird von Augustinus zwar weiterhin aufbewahrt
– bewundert wird er allerdings nur von den Mägden. Zugleich – und darin besteht
die zentrale Differenz zu Hegel – ist Stifters textiler Kosmos eben keine reinweiße
Leinenwelt, aus der die bunten Stoffflecken vollständig getilgt worden sind. Der
Begriff der Verfeinerung umfasst die Doppelbewegung, mit der Stifter einerseits
der aufs Allgemeine zielenden Ästhetik im Sinne Hegels verpflichtet ist, zugleich
aber den Feinheiten der kleinen Seidenstücken, einzelnen Fäden und Lappen in
Bezug auf das Individuum durchaus eigenen Wert zugesteht, wie in der „Dichtung
des Plunders" zu Beginn der *Mappe* besonders deutlich wird. Im Bild der feinen
Stoffoberfläche versucht Stifter den auf die einzelnen Fädchen zielenden Empirismus mit der glänzenden Glätte der Ästhetik zu versöhnen.

---

[74]Hegel, Georg Wilhelm Friedrich: *Vorlesungen über die Ästhetik*. Frankfurt a.M. 1986, Bd. 2,
247 f.

„[…] und erklärte die weißen Pünktlein, die kaum zu sehen waren". ‚Täfelchen' und ‚Nullpunkt' als perspektivische Größen in Stifters *Kazensilber*

8

Elmar Locher

Für Volker Braun zum 80. Geburtstag

Im Zuge meiner Stifter-Lektüren sind die Dinge immer kleiner geworden, der Lesefokus hat sich auf *Kazensilber* eingestellt, und die Sicht hat sich vornehmlich auf *ein* kleines Ding konzentriert, das mir als ein Strukturierungsmoment der Erzählung erscheint: das ‚Täfelchen'.

Wie Edda Polheim festgestellt hat, besteht ein seltsames Missverhältnis zwischen der Wertschätzung, die Stifter seiner Erzählung entgegengebracht hat, und der Aufmerksamkeit, die *Kazensilber* in der Literaturwissenschaft zuteil geworden ist.[1] Am 13. September 1852 schreibt Stifter an seinen Verleger Heckenast: „Das Beste dürften die 2 Stüke Bergkristall und Kazensilber sein." Am 29. Oktober 1852 fügt er hinzu: „Wäre alles so wie die ersten Bogen von Kazensilber oder wie einige Parthieen des alten Pfarrers – was könnte das für ein Buch sein! Ich habe

---

[1] Polheim, Edda: „Darum war die dunkle Blume da, daß die lichten leben." Zu Stifters ‚Katzensilber'. In: Hans-Peter Niewerth (Hg.): *Von Goethe zu Krolow. Interpretationen zu deutscher Literatur. In memoriam Karl Konrad Polheim*. Frankfurt a.M. 2008, 35–55. Neue Arbeiten z. B.: Koschorke, Albrecht: Erziehung zum Freitod. Adalbert Stifters pädagogischer Realismus. In: Sabine Schneider/Barbara Hunfeld (Hg.): *Die Dinge und die Zeichen. Dimensionen des Realistischen in der Erzählliteratur des 19. Jahrhunderts. Für Helmut Pfotenhauer*. Würzburg 2008, 319–332 oder Gann, Thomas: Das Verschwinden der Landschaft (‚Kazensilber'). In: Ders./Marianne Schuller (Hg.): *Fleck, Glanz, Finsternis. Zur Poetik der Oberfläche bei Stifter*. Paderborn 2017, 121–140.

E. Locher (✉)
St. Pauls, Italien
E-Mail: elmar.locher@rolmail.net

© Springer-Verlag GmbH Deutschland, ein Teil von Springer Nature 2019
D. Giuriato und S. Schneider (Hrsg.), *Stifters Mikrologien*, Abhandlungen zur Literaturwissenschaft, https://doi.org/10.1007/978-3-476-04884-4_8

wirklichen Schmerz über diesen Umstand" (HKG 2.4, 179). Diesen beiden Brief-
stellen entspricht die hervorgehobene Stellung, die *Kazensilber* in der Sammlung
Bunte Steine einnimmt. Demgemäß wird bereits in der auf das Vorwort folgenden „Einleitung" zur Erzählsammlung auf *Kazensilber* verwiesen. Es sind zwei
Momente, die angesprochen werden. Zum einen heißt es da:

> „Da ist an dem Wege, der von Oberplan nach Hossenreuth führt, ein geräumiges
> Stük Rasen, welches in die Felder hinein geht, und mit einer Mauer aus losen Steinen
> eingefaßt ist. In diesen Steinen steken kleine Blättchen, die wie Silber und Diamanten
> funkeln, und die man mit einem Messer oder mit einer Ahle herausbrechen kann. Wir
> Kinder hießen die Blättchen Kazensilber, und hatten eine sehr große Freude an ihnen."
> (HKG 2.2, 17)

Diese ‚Blättchen' werden wie die ‚Täfelchen', explizit benannt oder implizit
konnotiert, als Signifikantenkette disseminierend die Signifikatstruktur des Textes bestimmen. Zum anderen heißt es weiter: „Auf dem Berglein des Altrichters
befindet sich ein Stein, der so fein und weich ist, daß man ihn mit einem Messer
schneiden kann. Die Bewohner unserer Gegend nennen ihn Taufstein. Ich machte
Täfelchen Würfel Ringe und Petschafte aus dem Steine" (HKG 2.2, 17). In dieser Passage treten die Täfelchen zum ersten Mal auf. Sie stehen in Beziehung zu
den Blättchen und bestimmen sich durch die Zugehörigkeit zum Taufstein, der
zweifach markiert ist. In seiner Materialität als Tuff- oder Tofstein ausgewiesen,
erweist er sich, aufgrund seiner porösen Struktur, als geeignet für jegliche Art der
Einschreibung; in seiner weiteren Bedeutungsnuancierung als Taufbecken der Kir-
che, über dem der Name gegeben wird, bezeichnet er den Zusammenhang von
Benennung, Name, Schrift. In die gleiche Richtung weist das Wort „Blättchen",
das als Diminutivform sowohl das Blatt Papier meint wie, nach Adelung, als
„ein jeder dünner ebener Körper von einer gewissen Länge und Breite" zu verstehen ist.[2] Verstärkt wird dieses Relationssystem noch durch den Bezug auf ‚Pet-
schaft', durch das, als Siegel, eine Schrift beglaubigt wird. *Kazensilber* scheint
also bereits in der „Einleitung" des Erzählbandes *Bunte Steine* Name, Schrift und
materielle Zeichenträger von Schrift zu verhandeln. Und wenn dann in einem
weiteren Schritt die volkstümliche Bezeichnung ‚Katzensilber' für das Glimmer-
mineral Muskovit zum Titel nobilitiert wird und der Erzählung den Namen gibt,
darf vermutet werden, dass der Text im Motiv des Täfelchens Fragen des Scheins
wie der Täuschung, der Gabe wie des Wertes und des Preises verhandelt.[3] Dieser
Vermutung gehen nachfolgende Ausführungen nach.

---

[2] Adelung, Johann Christoph: *Grammatisch-kritisches Wörterbuch der Hochdeutschen Mundart
mit beständiger Vergleichung der übrigen Mundarten, besonders aber der oberdeutschen. Zweyte
vermehrte und verbesserte Ausgabe.* 4 Bde. Leipzig 1793–1801; hier: Bd. 1, Sp. 1047.

[3] Zur Frage des Titels vgl.: Derrida, Jacques: Titel (Noch zu bestimmen). In: Ders.: *Gestade.*
Wien 1994 (frz. 1986), 219–244.

Das braune Mädchen als der Nullpunkt der Erzählung

Sprachlos tritt das braune Mädchen beim ersten Erscheinen aus dem Gebüsch. Sprachlos drückt es auch bei seinem Verschwinden ein Teilchen „von dem Saume des Gewandes der Frau in einen Knauf zusammen, und preßte diesen Knauf an seine Lippen" (HKG 2.2, 314), und unter konvulsivischem Weinen, das auf der *discours*-Ebene nicht weiter verhandelt wird oder verhandelt werden kann, verlässt es zuletzt den Kulturraum und die Adoptivfamilie. Es nimmt Abschied, nachdem es Worte ausgesprochen hat, die der braunen Magd aus einer der Binnenerzählungen der Großmutter entnommen sind: „Sture Mure ist todt, und der hohe Felsen ist todt" (HKG 2.2, 313). Dieser stumme Gestus des Mädchens ist mehr als beredt und lässt sich wohl nur als Knoten einer Ambivalenz lesen, der zwei unterschiedliche Empfindungen als gleichzeitig wirksame ineinanderschlingt.[4] Er lässt sich als demutvolle Abschiedsgeste deuten, zum einen. Zum anderen aber wird in diesem Gestus der Mund verschlossen, das Organ der Sprache, das sprechend die Differenz, das Andere, zu benennen wüsste. Nicht irgendeine Materialität wird dabei an die Lippen gepresst, es ist der Saum des Kleides der Mutter. Beide Bestimmungsglieder sind relevant. Das Kleid gehört zum Zeichencode des Zivilisatorischen, der mehrfach bei Stifter negativ konnotiert in eine umfassendere Analyse einbezogen wird.[5] Dieses Kleid ist sodann der Mutter zugehörig, die sich des Mädchens als Adoptivtochter annehmen will und zugleich die Mutter von Sigismund ist. Und der Mund des Mädchens wird einem anderen Mund gegenstrebig parallelisiert, wenn man diese Stelle des endgültigen Abschieds mit der Passage in Beziehung setzt, in der Sigismund die Herzen ‚zuflogen': „Sigismund war muthig heiter und frei, er war wirklich ein Mund des Sieges; denn wenn seine Rede tönte, flogen ihm die Herzen zu." (HKG 2.2, 313) Die sprachlichen Aussparungen zwischen den zwei Szenen führen Eva Geulen zu der Vermutung, dass „eine vom Inzesttabu blockierte Liebesbeziehung" am Werk ist.[6] Erhärtet wird diese Spur im Text durch das Verhalten Sigismund nach dem Verschwinden des Mädchens. Als schon lange Zeit vergangen ist, die Schwestern schon Gattinnen in fernen

---

[4]Vgl. zu Knoten in der psychoanalytischen Theoriebildung: Laing, Ronald D.: *Knoten*. Reinbek bei Hamburg ⁹1982 (engl. 1972), vgl. auch Thomé, Michel: Der Briefwechsel Lacans mit Soury und Thomé. In: Gerhard Fischer/Klemens Gruber/Nora Martin/Werner Rappl (Hg.): *Die Erfindung der Gegenwart*. Frankfurt a.M. 1990, 286–89. Diese Ambivalenz hat Peter von Matt bei Franz Kafka ausgemacht. Und Ambivalenz muss hier „in jenem strengen Sinne verstanden werden, den Freud dem Wort gegeben hat: nicht als Mischung und gegenseitige Dämpfung zweier konträrer Gefühle, sondern als die unwahrscheinliche Gleichzeitigkeit zweier je voll entfalteter Empfindungen." (Von Matt, Peter: *…fertig ist das Angesicht. Zur Literaturgeschichte des menschlichen Gesichts*. Frankfurt a.M. 1989, 40)

[5]Siehe dazu HKG 9.1, 188–196.

[6]Geulen, Eva: Kinderlos. in: *Internationales Archiv für Sozialgeschichte der Literatur* 40 (2015), 420–440; hier: 429.

Gegenden sind, die Mutter eine Großmutter ist, damit die Weiterführung der
Genealogie indizierend, „fühlt[]" Sigismund, von dem nicht gesagt wird, dass er
Gatte sei oder dass er Kinder habe, „ein tiefes Weh im Herzen", wenn er auf den
Anhöhen steht. Und es war ihm, „als husche der Schatten des braunen Mädchens
an ihm vorüber" (HKG 2.2, 315).

Der oben zitierte Satz des braunen Mädchens ist der einzige Satz, den es in der
Erzählung selbst spricht. An anderen Stellen wird nur erzählt, dass das fremde Mädchen die Sprache immer besser lernt. In dieser Frage der Sprache unterscheidet sich
das braune Mädchen von den anderen wilden Kindern aus *Abdias, Waldbrunnen,
Der Waldgänger* und *Turmalin,* deren Sprache anders und fremd ist, zwischen
a-grammatischen, magisch eruptiven Sätzen und literarischen Zitaten changiert
und in der Tradition Mignons und Kaspar Hausers verstanden werden kann.[7] Das
Heraustreten zu Beginn und das Verschwinden am Ende der Erzählung wird man
mit Albrecht Koschorke als ein Heraustreten „aus einem semantischen Draußen"
bewerten müssen, in dem sich „Identitäten verlieren und Namen vieldeutig-fremd-
artig bleiben".[8] Es ist ein Raum jenseits der kulturellen Demarkationen. Beim
Heraustreten aus dem Gebüsch am Nußberg, auf den die Großmutter als Ver-
mittlungsfigur zwischen dem Kulturraum und dem semantischen Draußen die Kinder führt, stellt der Erzähler das Mädchen bereits als fremdes, braunes Kind vor,
und es wird von der Großmutter nach dem Namen befragt: „Wer bist du denn?"
Doch das Mädchen antwortet nicht, „es sprang in die Gebüsche, und lief davon,
daß man die Zweige sich rühren sah." (HKG 2.2, 258) Wenn man an dieser Stelle
bereits das Fazit ziehen wollte, dass die Integration scheitert, dass, nach Koschorke,
zur „befestigten, durch elementare Akte von Besitznahme, Benennung, Abschreiten
der Wege und Kultivierung geprägten Welt der Sesshaftigkeit" nur eine „namenlose, ursprungslose Gegenfigur"[9] bleibt, die sich als solche Namenlose, als Leerstelle gewissermaßen, kulturellen Semiotisierungsprozessen entziehen würde, dann
ist der zweifach geäußerte Zweifel Eva Geulens berechtigt, die danach fragt, ob es
in den Erzählungen Stifters denn überhaupt Kinder gäbe. In der abgeschwächten
Form wird den Kindern das Erwachsenwerden verwehrt: „Nur erwachsen werden dürfen sie nicht. Ditha stirbt, das Mädchen aus *Kazensilber* verschwindet, die
verheiratete Juliana wird in den Rahmen verbannt."[10] In der starken Form: „Der

---

[7]Vgl. dazu: Geulen, Eva: Adalbert Stifters Kinder-Kunst. Drei Fallstudien. In: *Deutsche Viertel-
jahresschrift für Literaturwissenschaft und Geistesgeschichte* 67 (1993), 648–668.

[8]Koschorke: *Erziehung zum Freitod* (wie Anm. 1), 322, vgl. auch ebd., 321.

[9]Ebd., 319.

[10]Geulen: *Adalbert Stifters Kinder-Kunst* (wie Anm. 8), 660. Noch vor jeder kulturellen Markierung verbleibt das braune Mädchen mithin in einer Rätselhaftigkeit: „Mit der Rätselhaftigkeit
des braunen Mädchens stellt Stifter [vielmehr] die durchaus realistische Diagnose, dass Kindheit
in der Wirklichkeit der Moderne eben ein Rätsel geworden ist – ein Rätsel, mit dem die Erzählung
nichts weniger als die tiefe Kluft verhandelt, die nunmehr zwischen der Welt der Erwachsenen
und derjenigen der Kinder liegt." (Giuriato, Davide: Kindheit und Idylle im 19. Jahrhundert
(E. T. A. Hoffmann, A. Stifter). In: Sabine Schneider/Marie Drath (Hg.): *Prekäre Idyllen in der
Erzählliteratur des deutschsprachigen Realismus.* Stuttgart 2017, 118–131; hier: 130).

Ort nämlich, den Kinder einnehmen könnten (und für den sie nach Maßgabe des ‚Sanften Gesetzes' als schutzbedürftige Unschuldige tatsächlich prädestiniert sind) ist Stifters Narration unzugänglich."[11] Wenn sich in der Kindheit „die Gesellschaft ihrem eigenen Ursprung auf der Spur"[12] wähnt, dann würde ich Geulens Fragestellungen dahingehend näher bestimmen wollen, dass sich an Stifters Kindern die Frage des Fremden stellt. Diese Frage des Fremden, die Frage nach dem Fremden, lässt sich mit der Frage nach der unbedingten und der bedingten Gastfreundschaft verkoppeln, wie sie in den Darlegungen Derridas als Antinomie erscheint.[13] Demnach wird man den Fremden vom absolut namenlosen Fremden zu unterscheiden haben, wenn nach Benveniste der Fremde als XENOS, als der Fremde mit Herkunft und Genealogie, der seine Fremde erklären und erzählen kann, immer schon in den verpflichtenden Pakt der XENIA eingeschlossen ist.[14] Die Antinomie, auf die Derrida abstellt, lautet:

> „Es gibt da eine Antinomie, eine unauflösbare, nicht dialektisierbare Antinomie zwischen dem Gesetz der Gastfreundschaft, dem unbedingten Gesetz der uneingeschränkten Gastfreundschaft (dem Ankömmling sein ganzes Zuhause und sein Selbst zu geben, ihm sein Eigenes, unser Eigenes zu geben, ohne ihn nach seinem Namen zu fragen, ohne eine Gegenleistung oder die Erfüllung auch nur der geringsten Bedingung zu verlangen) auf der einen und den Gesetzen der Gastfreundschaft auf der anderen Seite, jenen stets bedingten und konditionalen Rechten und Pflichten, wie die griechisch-lateinische, ja jüdisch-christliche Tradition, wie alles Recht und alle Rechtsphilosophie bis Kant und insbesondere Hegel sie über die Familie, die bürgerliche Gesellschaft und den Staat definieren."[15]

Und die Frage nach der Gastfreundschaft verbindet sich mit der Frage nach der unbedingten Gabe, die sich, nach Derrida, jeder Tauschabstraktion entzieht und die Benveniste gleichwohl im Anschluss an die Gastfreundschaft klärt, beide unter dem Oberbegriff der Ökonomie verhandelnd. So verwundert es denn nicht, dass Koschorke die Begegnung des braunen Mädchens mit den Bewohnern des Hofes als das Eintreten in einen Tauschhandel bezeichnet. Was das braune Mädchen in den beiden Rettungseingriffen der Hagelkatastrophe zuerst, der Feuersbrunst dann, gibt, ist die unbedingte Gabe, „die sich in der Münze gastlicher Wohltaten nicht abzahlen lässt";[16] auch hier wieder eine antinomische Verschränkung von bedingt

---

[11]Geulen: *Kinderlos* (wie Anm. 7), 420 f.

[12]Geulen: *Adalbert Stifters Kinder-Kunst* (wie Anm. 8), 649.

[13]Derrida, Jacques: *Von der Gastfreundschaft*. Mit einer „Einladung" von Anne Dufourmantelle. Übers. von Markus Sedlaczek. Wien ²2007 (frz. 1997). Vgl. hierzu auch den Beitrag von Felix Christen in diesem Band.

[14]Benveniste, Émile: *Il vocabolario delle istituzioni indoeuropee. Volume primo. Economia, parentela, società*. Torino ²2001 (frz. 1969). Als besonders aufschlussreich für unseren Zusammenhang erweist sich das siebte Kapitel, das von der Gastfreundschaft handelt (64–75).

[15]Derrida: *Von der Gastfreundschaft* (wie Anm. 14), 60 f.

[16]Koschorke: *Erziehung zum Freitod* (wie Anm. 1), 320.

und unbedingt. Dieser Gedanke wird dann von Koschorke nicht weiter verfolgt. Dabei scheint klar zu werden, wie Geulen festhält, dass die Rettung die Retterin als Opfer fordert: „[D]arum war die dunkle Blume da, daß die lichten leben." (HKG 2.2, 277)[17] Ich werde später darauf zurückkommen.

Im Zuge des dreimaligen Nachforschens von Seiten des Vaters nach der Herkunft des Mädchens kommt es bereits beim ersten Versuch zu einer denkwürdig-befremdlichen Aussage. Auf Nachfrage erklärt der Pfarrer, dass er nichts wisse und auch „kein Ding dieser Art" in den Pfarr- oder Schulbüchern eingetragen sei (HKG 2.2, 279). Nun wissen wir, dass bei Stifter alles zum Ding werden kann, auch der Mensch. Was hier aber beiläufig erwähnt wird, erweist sich als fundierend für die Erzählung. Das braune Mädchen markiert eine Leerstelle im Register oder Verzeichnis der Pfarrei. Die dritte Nachforschung, nach dem endgültigen Verschwinden des Mädchens, die mit allen Mitteln betrieben wird, ergibt als lapidare Aussage: „In der Nähe kannte man das Mädchen als ein solches, das immer zu den Kindern auf den Hof kam, und betrachtete es fast als ein Mitglied der Familie; in der Ferne wußte man nichts von ihm." (HKG 2.2, 314 f.) Es bleibt namenlos im Spannungsverhältnis von Nähe und Ferne, groß im unmittelbaren Wahrnehmungsfeld und zugleich klein in dem sich im Unendlichen verlierenden Fluchtpunkt. Es ist ohne Identität, verfügt über keinen Subjektstatus, ist ohne Herkunft, ist in keine genealogische Hierarchie eingeschrieben: Problemfelder, die für Stifter konstitutiv sind. Das Register oder Verzeichnis ist nach Grimm aber auch als Tafel zu fassen oder in ihrer Diminutivform als Täfelchen.

In Stifters Auseinandersetzung zu Fragen des Rechts kommt es in seiner Einlassung *Persönliche Rechte* zu einer Klärung der Begriffe ‚Person' und ‚Ding'. Er stellt fest:

> „Da wir uns nun jeder äußeren Einwirkung auf eine Person enthalten müssen, so entsteht offenbar die Frage: Wer ist denn unter allen Dingen auf Erden eine Person? Wir haben oben schon gesagt, daß eine Person ein Wesen ist, welches einen freien Willen hat und mittelst desselben der höchsten Vollkommenheit zustreben soll. *Also sind nur Menschen Personen.* Alles unterhalb des Menschen ist ein Ding oder eine Sache, gegen die kein Recht verletzt wird, wenn man beliebig über sie verfügt. Aber ist der Mensch zu jeder Zeit eine Person, und woran erkennt man die Persönlichkeit? Nicht zu jeder Zeit ist der Mensch eine Person; denn nicht immer hat er seinen freien Willen. Kinder haben bis in ein gewisses Alter keinen menschlichen Willen, sondern mehr ein tierisches Begehren. [...] Darf man also gegen diese beliebig verfahren, weil sie in einer gewissen Zeit keine Person sind? *Nein;* denn sie können aus ihrem Zustand heraus kommen, dann sind sie eine Person, und durch manche Verfügungen über sie hätte man ihnen diese künftige Persönlichkeit genommen. Wohl aber verletzt man kein Recht, wenn man über solche Menschen im Zustande ihrer Unpersönlichkeit so verfügt, daß nichts von ihrer künftigen Persönlichkeit aufgehoben wird, ja daß man sie oft gerade dadurch herbei führt, wie solche Menschen selber handeln würden, wenn sie in dem Augenblicke eine Vernunft hätten."[18]

---

[17] Vgl. Geulen: *Kinderlos* (wie Anm. 7), 428.

[18] Stifter, Adalbert: Vom Rechte. In: Ders.: *Adalbert Stifter. Gesammelte Werke.* Hg. von Max Stefl. Wiesbaden ²1959; Bd. 6: Kleine Schriften, 295–312; hier: 304 f.

In gewisser Weise stellt sich auch in diesen syntaktisch gewundenen Aussagen, die eine erst mögliche Zukunft bereits als gegebene Gegenwart setzen müssen, die Frage nach ‚bedingt-unbedingt'. Beliebig darf die Erziehungsautorität, die sich in einem unpersönlichen ‚man' camoufliert, nicht handeln, sie muss aber bereits an den Anfang des Erziehungsprozesses als bedingte Persönlichkeit setzen, was als unbedingte der höchsten Vollkommenheit sich erst zu entwickeln hätte. Es gilt auch für den Erziehungsprozess, was Derrida für das unbedingte Gastrecht fest-gehalten hat, nämlich dem Ankömmling des Erziehungsprozesses „sein ganzes Zuhause und sein Selbst zu geben, ihm sein Eigenes, unser Eigenes zu geben, ohne ihn nach seinem Namen zu fragen, ohne eine Gegenleistung oder die Erfüllung auch nur der geringsten Bedingung zu verlangen."[19]

Das braune Mädchen, das in keinem Verzeichnis oder Register vorkommt, wird mithin zur Leerstelle, die Leerstelle zum Nullpunkt; der Nullpunkt wiederum kann, wie wir gleich sehen werden, als perspektivischer Fluchtpunkt gefasst werden. Im Nullpunkt erscheint die Null. Auf die lange Eingliederungsgeschichte der Null, die aus Indien über den arabischen Raum in unser numerisches System gekommen ist, kann an dieser Stelle nicht eingegangen werden. Festzuhalten ist hier bloß der semiotische Zeichencharakter der Null. Brian Rotman bestimmt ihn so:

> „Kurz, als Ziffer innerhalb des hinduistischen Systems, die die Abwesenheit jeder der Zif-fern 1, 2, 3, 4, 5, 6, 7, 8, 9 anzeigt, ist die Null ein Zeichen über Namen, eine Metaziffer. Und als eine Zahl, die sich selbst zum Ursprung des Zählens erklärt – die Spur des Einen-der-zählt-und-die-Zahlenfolge-produziert –, ist die Null eine Metazahl, ein Zeichen, das die gesamte, potentiell unendliche Progression der ganzen Zahlen anzeigt."[20]

Oder: „Die Null, als Zahl verstanden, die dem zusammenfassenden Begriff den Mangel eines Objekts zuweist, ist als solches Ding – *das erste nicht wirklich gedachte Ding*".[21] Der perspektivische Fluchtpunkt seinerseits markiert einen Standort, „der jedoch dadurch, daß er unendlich weit in der Ferne liegt, durch eine Person oder ein jegliches physisches Objekt uneinnehmbar ist."[22] Und von die-sem uneinnehmbaren Fluchtpunkt des braunen Mädchens aus organisiert sich die Erzählung strukturell.

Das Täfelchen

Bei ihren Wanderungen kamen sie hoch hinauf, „und da stand auch ein Wacholderstrauch oder der Strunk einer Birke oder eine Distel. Und bei den-selben sassen sie wieder nieder, und ruhten wieder. Sie waren die einzigen weißen

---

[19]Derrida: *Von der Gastfreundschaft* (wie Anm. 14), 60.
[20]Rotman, Brian: *Die Null und das Nichts. Eine Semiotik des Nullpunkts.* Berlin ²2008, 40.
[21]Ebd., 31.
[22]Ebd., 46.

Punkte, […] und weit weit draußen lagen die blauen Berge, die mit den schwachen Felsen durchwirkt waren, und die kleinen Täfelchen von Schnee zeigten." (HKG 2.2, 247) Die kleinen Täfelchen stehen hier in keiner Vergleichsstruktur, sie sind auch nicht als Metapher zu verstehen. Im Unterschied zu ‚Fleck'[23] oder ‚Plätzchen' besitzt ‚Täfelchen' jedoch nicht nur einen topographischen Sinn, sondern evoziert auch die Vorstellung eines speziellen Artefakts: Weiße Punkte auf großer Höhe gegenüber weißen Täfelchen weit draußen, eine nach geometrischen Kategorien konstruierte Landschaft tritt ins Wahrnehmungsfeld des Lesers. Etwas später wird es heißen: „[U]nd [die Großmutter, E.L.] erklärte die weißen Pünktlein, die kaum zu sehen waren, und ein Haus oder eine Ortschaft bedeuteten." (HKG 2.2, 252) Christian Begemann wird man zustimmen können, wenn er darlegt, dass bei Stifter die nicht mehr reduzierbaren Dinge nicht als unteilbare Grundelemente seiner fiktiven Welt zu verstehen sind, sondern als Zeichen, die bedeuten. Die visuellen Eindrücke sind somit nicht selbst schon die Dinge, sondern sie können nur über einen Akt der Lektüre oder der Schlussfolgerung auf diese bezogen werden, wie Begemann festhält.[24] Die Täfelchen erweisen sich an dieser Stelle von besonderer Bedeutung, wenn auch ihr Erscheinen im Text eher beiläufig ist. Das Grimmsche Wörterbuch verzeichnet unter ‚Täfelchen' ‚plätzchen' und ‚plätzlein', dann aber unter ‚Tafel' als unter das Gastrecht fallend: „zur tafel laden, bitten". Unter die Kategorie der Schrift und des Schreibens fallend: „sonst eine beschriebene oder zum schreiben dienende tafel", „besonders die gesetzestafeln". Dann „b. eine tafel mit zeichnungen oder abbildungen, c. eine zum bemalen dienende oder bemalte tafel, gemälde, 9. die obere fläche eines als tafelstein geschliffenen edelsteins, in der perspective eine fläche, die zwischen dem auge und der sache, die man perspectivisch darstellen soll, auf der geometrischen fläche perpendicular steht, worauf die sache sich perspectivisch darstellt." Und nicht zuletzt: „hochebene, plateau".[25] Das Täfelchen als die Diminutivform von Tafel steht schon semantisch in einer Konstellation, die für Stifters Erzählung fundierend ist. In unserem Zusammenhang interessiert das Täfelchen vor allem, aber nicht nur, in perspektivischer Hinsicht. Demgemäß verweist es in der Rekonstruktionsgeschichte der Perspektive auf Gitter, Fenster, Velum usw. und damit auf eine symbolische Form, deren eminenten Stellenwert in Stifters Werk die Forschung nachgewiesen hat.[26] Während in den Arbeiten zur perspektivischen Darstellung bei Stifter vor allem auf das grundlegende Werk von Leon Battista

---

[23]Vgl. zur Bedeutung von Fleck bei Stifter: vgl. Gann/Schuller: *Fleck, Glanz, Finsternis* (wie Anm. 1).

[24]Begemann, Christian: *Die Welt der Zeichen. Stifter-Lektüren.* Stuttgart/Weimar 1995, 60.

[25]Grimm, Jacob und Wilhelm: *Deutsches Wörterbuch.* 33. Bde. München 1991; hier: Bd. 21, Sp. 16 und 17.

[26]Vgl. zu Gitter: Vogel, Juliane: Stifters Gitter. Poetologische Dimensionen einer Grenzfigur. In: Schneider/Hunfeld: *Die Dinge und die Zeichen* (wie Anm. 1), 43–58.

Alberti verwiesen wird,[27] möchte ich auf Brunelleschi zurückgreifen, der in seinem Experiment vor dem Baptisterium in Florenz auf die Perspektive abgestellt hat, und auf die Erwähnung dieses Experimentes in der *Vita di Brunelleschi* von Antonio Manetti di Tuccio.[28] Brian Rotman notiert zu Brunelleschis „Fluchtpunkt": „Das Zeichen, das diesen Punkt einnimmt – der Punkt, wo Brunelleschi sein Guckloch gemacht haben muß, ist als verschwindender Punkt oder Fluchtpunkt bekannt. Und es ist dieses Zeichen, das für den Zuschauer die perspektivische Abbildung gliedert."[29]

Das Täfelchen erscheint in Stifters Erzählung beim ersten Auftreten in keiner Vergleichsstruktur. Dann aber beginnt das Täfelchen in Vergleichsstrukturen geradezu zu wuchern, tritt in immer neue Signifikantenverkettungen ein und knüpft ein Netz narrativer Bezüge. „Am Rande des Waldes sahen sie zurück, um das Haus und den Garten zu sehen. Diese lagen winzig unter ihnen, und die Scheiben der Glashäuser glänzten wie die Täfelchen, die sie mit einer Steknadel oder mit dem spizigen Messerlein der Großmutter aus dem Steine gebrochen hatten." (HKG 2.2, 249 f.) Am Rande des Waldes, an der Grenze von Kulturraum und semantischem Draußen, blicken die Figuren auf das Vertraute, das winzig in der

---

[27]Bätschmann, Oskar: *Leon Battista Alberti: Das Standbild. Die Malkunst. Grundlagen der Malerei.* Darmstadt 2000. Rekonstruktion des Experimentes von Brunelleschi, 63 f., Größenverhältnisse und Perspektive §18–24.

[28]De Robertis, Domenico (Hg.): *Antonio Manetti. Vita di Filippo Brunelleschi.* Milano 1976. Vgl. dazu: Belting, Hans: *Florenz und Bagdad. Eine westöstliche Geschichte des Blicks.* München ²2008. Vgl. dazu auch: Albrecht Dürer, der Zeichner des sitzenden Mannes, abgebildet in: Rotman: *Die Null und das Nichts* (wie Anm. 21), 45. Es gibt unterschiedliche Rekonstruktionen. Ich halte mich an die Version, die Hans Belting in seinem eben angeführten Werk gibt: „Die erste Demonstration wurde mit einem quadratischen Täfelchen durchgeführt, das einen ‚halben *braccio*' (29,18cm) groß war. Es zeigte eine Außenansicht von San Giovanni, dem Baptisterium gegenüber dem Dom, und ‚porträtierte den Bau von vorne so, wie man ihn auf einen Blick sieht'. Das Gebäude war ‚mit seinem weißen und schwarzen Marmor so genau nachgebildet, wie es kein Miniaturmaler besser hätte machen können'. […] Auf der Tafel brachte Brunelleschi ‚poliertes Silber dort an, wo sich die Gebäude gegen die Luft abzeichneten: Auf diese Weise spiegelte sich der natürliche Himmel darin'. […] Der Standort der Vorführung befand sich ‚drei *bracci* hinter dem Portal im Innern des Doms', also in einer festgelegten Augendistanz zum Domplatz. So wurde vermieden, ‚dass die Dinge in jeder abweichenden Position anders erscheinen'. Legte man zwischen Täfelchen, Spiegel und Bauwerk die Entfernungen fest, so ließ sich der Punkt markieren, an dem das Projekt, als eine gemalte Projektion, gelang. Für das Publikum fiel an diesem Standort der gemalte Platz mit dem gebauten Platz wie durch Magie zusammen. [D]azu mußte der Betrachter das Gemälde wie einen Schild vor sein Auge halten, als wäre das Bild selbst ein Subjekt, das blickt. Doch war es der Betrachter, der durch ein Guckloch auf der ihm zugewandten Rückseite des Gemäldes blickte. Hielt er einen Planspiegel *(uno specchio piano)* auf Armlänge vor sich, dann sah er darin das Gemälde von der Vorderseite. Wenn er dann den Arm sinken ließ und den realen Platz anschaute, sah er denselben Anblick noch einmal." (ebd., 182–184).

[29]Rotman: *Die Null und das Nichts* (Anm. 21), 44 f.

Ferne unten liegt. Und die Scheiben (Fenster, wieder ein Begriff, der auf die perspektivische Darstellung verweist, denken wir an Albertis Fenster) glänzen wie die Täfelchen, die aus den Steinen gebrochen werden. Die Scheiben, die Vermittlungsinstanz von Innen und Außen, an Glashäusern, wiederum ein Übergangsort von Natur- und Kulturraum, glänzen eben wie die Täfelchen der Steine. Nimmt man das Täfelchen als zu beschreibende oder skripturale Fläche, dann verbinden sich die Elemente des Natur- wie des Kulturraumes mit Elementen der Schrift. Nimmt man das Täfelchen als das Element der perspektivischen Darstellung, dann ermöglicht erst diese Größe die Bestimmung des Maßes und des Wertes als Ordnungsinstanzen des geometrischen Raums. Die eben zitierte Stelle weist zurück auf die Stelle, an der die Kinder eine Stecknadel aus den Bändern ihres Hutes nahmen oder die Großmutter um ein spitzes Messerlein baten: „[U]nd [sie] gruben die kleinen, feinen Blättchen und Flinserchen aus den Steinen, die da staken, und so funkelten und glänzten." (HKG 2.2, 247) Dieser Scheidevorgang zeigt sich auch am Bach, an dem sich die kleinen Blättchen und Körnchen eben nicht als Gold erweisen, von dem die Großmutter zu erzählen wusste, sondern als Katzensilber, das der Erzählung den Titel gibt. Legt man Adelungs Bestimmung von Blättchen zugrunde, wonach dies „überhaupt ein jeder dünner ebener Körper von einer gewissen Länge u. Breite" sein kann,[30] dann vermittelt sich dieses Blättchen als anorganisches Element mit dem Organischen, verweist erneut auf ein mögliches Täfelchen und wird als Diminutivum auf das Blatt Papier als ein beschriebenes oder erneut zu beschreibendes bezogen: „[D]a war der flüchtige Heher, der mit den Flügeln, in die er die blaugestreiften Täfelchen eingesetzt hat, durch die Äste dahin flog" (HKG 2.2, 251). Ist die Wahl des Vogels zufällig? Doch wohl eher nicht, wenn man bedenkt, dass diese Täfelchen wieder an einer ganz bestimmten Stelle auszumachen sind: unter den Steuerfedern, die aber von den Flugfedern verdeckt werden. Und dieser Häher hat seinen Auftritt im Nadelwald, „wo die Föhren sausen, die Fichten mit den herabhängenden grünen Haaren stehen, und die Tannen die flachzeiligen glänzenden Nadeln auseinander breiten" (HKG 2.2, 249). Natur als Schrift- und Zeichenraum, Sinnzuordnungen erweisen sich als flüchtig, verdeckt unter verschiedenen Materialien; steuernde Zuordnungsgrößen aber sind durch die Täfelchen markiert. Die beinahe schon spurlose Spur zur Sprache, die der Häher an dieser Stelle des Textes legt, erhärtet sich, nimmt man den Eintrag in Zedlers *Universal-Lexikon* ernst, der das Tier als einen menschliche wie tierische Sprache nachäffenden Vogel bestimmt.[31] Und ein letztes Täfelchen: Man erfährt in der Erzählung nicht eben viel über den alljährlichen, im Herbst beginnenden und im Frühjahr zu Ende gehenden Aufenthalt der Familie in der Stadt. Eine Erwähnung ist es dem Erzähler aber wert, hervorgehoben zu werden.

---

[30]Adelung: *Grammatisch-kritisches Wörterbuch* (wie Anm. 3).

[31]Es heißt da: „So man ihn in der Jugend fänget, lernt er nicht nur menschliche Worte nachsprechen, sondern hat auch an denselben grosses Belieben und pflegt sie deutlich nachzumachen und auszusprechen […]." *Johann Heinrich Zedlers Grosses vollständiges Universal-Lexicon aller Wissenschaften und Künste.* 64 Bde. Leipzig 1731–1754; hier: Bd. 13, Sp. 708 f.

Der Abschiedsschmerz und die Trauer halten an, „bis sie [die Kinder, E.L.] in die große Stadt einfuhren, die hohen Häuser mit den glänzenden Fenstern da standen, dicht gedrängt die schön gekleideten Menschen gingen, prächtige Wagen fuhren, und vor den Verkaufsläden die schönen Waaren und Kleinodien unter Glastafeln funkelten." (HKG 2.2, 284) Setzt man diese Stelle in Beziehung zu „Waarenauslagen und Ankündigungen" aus der Artikelserie *Aus dem alten Wien,* dann erweisen sich die Glastafeln zugleich als Illusionsinstrumente, die Dinge zuletzt zu Fetischen mutieren lassen. Man könnte aber, bei ausreichender Abstraktion, die Glastafeln auch als die Instrumente perspektivischer Wahrnehmung verstehen, die Dinge nach ihren Größenverhältnissen zu deuten wüssten, wenn man beherzigte, was der Text auch mitteilt, nämlich, dass die Käuferin, einmal zu Hause angekommen, einen wahren Lappen erstanden hat: „Freilich umgeben von den gehörigen hebenden Farben, in dem vornehmen Kasten, unter spiegelndem Glas hatte das Ding ganz anders ausgesehen – aber das sollte sie ja wissen, und diese Nebendinge sollte sie sich wegdenken können, ehe sie nach dem Lappen hascht" (HKG 9.1, 263). Resümierend lässt sich daher festhalten: Anhand des Täfelchens werden durchweg Wertzumessungen vorgenommen, es ermöglicht als perspektivische Setzung überhaupt erst die Eruierung von Größenverhältnissen.

‚Zeigen', ‚Sagen', ‚Nennen', ‚Bedeuten'

Die Stifter-Forschung hat auf Wiederholungen und Parallelismen als Strukturelemente insbesondere des Spätwerks hingewiesen, insofern sie Kontinuität in Stifters Ordnungskosmos schaffen. Auch die Erzählung *Kazensilber* baut auf diesen Elementen auf. Ein Beispiel unter vielen: „Sie gingen an den Haselstauden abwärts, sie gingen über die Steine, sie gingen über das Bächlein mit den grauen Fischlein und den blauen Wasserjungfern, sie gingen über den Rasen, sie gingen durch den Wald, sie gingen in dem Felsen in dem Gebüsche und in der Sandlehne nieder" (HKG 2.2, 253). Umso erstaunlicher, dass an einer der ersten Stellen, an der es durch die Großmutter zur Topographie der Landschaft als geometrischer Ordnungsgröße kommt und an der durchaus ein Parallelismus des Benennens möglich wäre, Nuancierungen markiert werden. Es heißt da: „Sie zeigte ihnen dann herum, und sagte ihnen die wunderlichen Namen der Berge, sie nannte manches Feld, das zu erbliken war, und erklärte die weißen Pünktlein, die kaum zu sehen waren, und ein Haus oder eine Ortschaft bedeuteten." (HKG 2.2, 252.) Es lassen sich aber schon feine Differenzierungen treffen. Die wunderlichen Namen der Berge, auf die gezeigt wird, werden gesagt, die Felder, die benannt werden, sind im Wahrnehmungsfeld als kenntliche bestimmt, die Pünktlein sind nicht die Dinge, sondern diesen werden in einem interpretatorischen Akt Bedeutungen zugewiesen: Auf ein ‚Zeigen' folgt ein ‚Sagen'. Etwas später ist noch von einem Enträtseln die Rede. Ein besonderes Augenmerk sollte man der Stelle widmen, die von den Wolken spricht: „[U]nd wenn schwache Wolken über dem Gebirge waren, so sagte sie, sie gleichen wirklichen Pallästen oder Städten oder Ländern oder Dingen, die niemand kennt." (HKG 2.2, 252) Diese Prädizierung irritiert. Denn von den Wolken

wird in diesem semiotischen Bestimmungsfeld von ‚zeigen', ‚sagen', ‚nennen',
‚sein', ‚bedeuten', nur ein ‚Gleichen' festgehalten. Die Wolken stehen bloß in
einem ständig changierenden Ähnlichkeitsverhältnis, über das wir letztlich nichts
wissen.[32] Das Problem der Darstellbarkeit der Wolken stellt sich aber bereits in
der Gründungsgeschichte der Perspektive im Täfelchen Brunelleschis. Die Wolken
entziehen sich der semiotischen Perspektivierung. Und deshalb hatte Brunelleschi
auf seinem Täfelchen poliertes Silber angebracht: „Auf der Tafel brachte Brunelleschi ‚poliertes Silber dort an, wo sich die Gebäude gegen die Luft abzeichneten:
Auf diese Weise spiegelte sich der natürliche Himmel darin'."[33] Dieses Dar-
stellungsproblem („Et per quanto s'aveva a dimostrare de cielo, cioè le muraglie
del dipinto stampassero nell'aria, messo d'ariento brunito, accio che l'aria e cieli
naturale vi si specchiassero dentro; e cosi le nugoli, che si veggono in quello
ariento essere menati dal vento, quand' e' trae"), wie es in Manettis *Vita di Filippo
ser Brunelleschi* zu lesen ist, markiert Hubert Damisch.[34] Die Wolken weisen nicht
nur keine Kontur auf, ihre Formationen sind ständigen Wandlungen unterzogen,
so dass das Gewölk in seinen Transformationsprozessen als „ein bewegtes, sich
in sich bewegendes Ungestaltes" zu betrachten ist.[35] Und da diese Wolkenbilder
„zeitraffend, in Addition verschiedener Momente des Erscheinens" sich zeigen,
macht dies die „präcineastische Qualität dieser Darstellungsart [der Prodigiendar-
stellungen der Flugblätter, E.L.] aus".[36] Damit sind, in der zitierten Passage, die
Wolken eingeführt, die dann in der Hagelkatastrophe eine entscheidende Rolle
spielen. Nicht nur werden die einzelnen Wandlungen des Ungestalten festgehalten,

---

[32]Auf diesen Sachverhalt hat Michael Gamper hingewiesen. Vgl. Gamper, Michael: *Kazensilber.*
In: Christian Begemann/Davide Giuriato (Hg): *Stifter-Handbuch. Leben – Werk – Wirkung.* Stuttgart 2017, 91–94; hier: 92.

[33]Belting: *Florenz und Bagdad* (wie Anm. 29), 182–184.

[34]Damisch kommentiert diesen Passus so: „Dieser Text und der zugleich optische und szenogra-
phische Versuch, den er erzählt, zeugen von der Begrenzung, die das perspektivische System in
seiner theoretischen Form von Anfang an erfährt (denn es handelt sich hier um Theorie und nicht
um ‚Malerei'). Die Perspektive darf nur solche Dinge *kennen*, die sie auf ihre Ordnung zurückführen kann, die Dinge, die einen Ort einnehmen und deren Kontur linear definierbar ist. Der
Himmel nimmt jedoch keinen Ort ein, er hat keine Maße; und was die Wolken betrifft, so lassen sich weder ihre Konturen festhalten noch ihre Formen im Sinne von Oberflächen definieren: Die Wolke gehört, wie Leonardo da Vinci sagt, zur Klasse der *Körper ohne Oberfläche*, die
weder Form noch genaue Extremitäten haben und deren Grenzen sich gegenseitig durchdringen."
Damisch, Hubert: *Theorie der Wolke.* Zürich 2013 (frz. 1972), 169 f. Ich verdanke den Hinweis
zu Hubert Damisch Jana Schuster, der an dieser Stelle dafür herzlich gedankt sei. Aus literaturwissenschaftlicher Sicht hat sich besonders Jörg Jochen Berns mit dem Problem der Lesbarkeit
der Wolken beschäftigt. Deutlich wird, dass es sich immer um Zeichensysteme handelt, die sich
am projektierten Himmel zeigen und ihr prognostisches Potential innerhalb einer umfassenden
Semiose entfalten. Vgl. hierzu: Berns, Jörg Jochen: Die Lesbarkeit der Wolken. In: Peter Kofler/
Ulrich Stadler: *Lesen/Schreiben/Edieren. Über den Umgang mit Literatur.* Frankfurt a.M. 2016,
13–30; und ders.: Wolkenspektakel. Theatrale Himmelsprodigien auf frühneuzeitlichen Flug-
blättern. In: Ders./Thomas Rahn (Hg.): *Projektierte Himmel.* Wiesbaden 2019, 181–208.

[35]Berns: *Wolkenspektakel* (wie Anm. 36), 197.

[36]Ebd.

in der Befragung der Großmutter nach der Rettung kommt diesen Wolkenbildern auch eine entscheidende Bedeutung zu. Erscheinen die Wolken zuerst als eine Wand, die mit den Bergen verschmolz, „daß alles in einem lieblichen Dufte war, und die Stoppelfelder noch heller und glänzender schimmerten und leuchteten" (HKG 2.2, 260), so verschlingen sie nach und nach die Sonne, sie stehen aber unter ständiger Beobachtung der Großmutter. Es heißt da:

> „Die Großmutter ging unter der Haselstaude hervor, und stellte sich auf einen Platz, wo sie die Wolken sehen konnte. Dieselben waren grünlich und fast weißlich licht, aber trotz dieses Lichtes war unter ihnen auf den Hügeln eine Finsterniß, als wollte die Nacht anbrechen. So wogten sie näher, und bei der Stille des Nußberges hörte man in ihnen ein Murmeln, als ob tausend Kessel sötten." (HKG 2.2, 263)

Nach der Rettung antwortet die Mutter auf den Vorschlag des Vaters, auf dem Nußberg ein Häuschen zu bauen, in dem die Kinder Schutz finden können, „[w]enn sie auf jenem Wege gehen, besonders, wenn man fleißig auf die Wolken, und den Himmel blikt" (HKG 2.2, 276), „[e]s ist häufig geblikt worden" und fährt dann fort: „[A]ber wenn Gott zur Rettung kleiner Engel ein sichtbares Wunder thun will, daß wir uns daran erbauen, so hilft alle menschliche Vorsicht nichts." (HKG 2.2, 276)[37]

---

[37]Die Wolkenpassagen und das damit verbundene Hagelungewitter sind in der bisherigen Stifter-Literatur vornehmlich unter meteorologischen Wissensdiskursen und probabilistischer Risikoabschätzung diskutiert worden, vgl. Gamper: *Kazensilber* (wie Anm. 34), auch unter Rückgriff auf das bei Stifter noch wirksame Prinzip des Eingriffs einer transzendenten Macht, das im Erklärungsmuster der Mutter als Wunder benannt wird. Doch selbst wenn in diesem noch Reste eines Theodizeegedankens ausgemacht werden können (vgl. Begemann: *Die Welt der Zeichen* (Anm. 25), 311), hindert nichts daran, Gott auch als einen Zeichenproduzenten und -sender zu verstehen, der *visus invisus* tätig wird (vgl. hierzu: Berns: *Wolkenspektakel* (Anm. 36), 194). Man könnte demzufolge die Wolkensequenzen auch unter mediengeschichtlichen und -theoretischen Gesichtspunkten diskutieren. Dann ergäbe sich eine Quasi-Parallelisierung zweier erzähltheoretisch wirksamer Bildmodalitäten: Einem Kontinuum der einer linearperspektivischen Darstellung unterliegenden Bilder überlagert sich das Kontinuum einer der präcineastischen Darstellung verpflichteten Bildszenographie. Beiden Kontinuen entspräche dann das Kontinuität und ein räumliches Kontinuum schaffende Wiederholungsprinzip des Erzählvorgangs. Oder anders gesagt: Die Tafeln, auf die die „Vorrede" zu *Bunte Steine* verweist (vgl. HKG 2.2, 11), geben ein ungerahmtes Kontinuum. In diese Tafeln schreiben sich dann immer kleiner werdende gerahmte Täfelchen ein, die perspektivische Setzungen erlauben und den Raum gewissermaßen als Skripturalraum sequentieller Täfelchen ausweisen. Dieses Verfahren wird in „Wiener-Wetter" (HKG 9.1, 336–351) merkbar: Von der Tafel der Großwetterlage wird zu immer kleiner werdenden Tafeln fortgeschritten, bis man beim Täfelchen „der Schottenkirche längs der weißen Mauer gegen die Renngasse" (HKG 9.1, 339) ankommt: „[J]a, daß es sogar bei uns wieder Unter-Unterschiede gibt, daß eigenthümliche Vorstadtwetter existiren oder gar originale Platz = und Gassenclimate." (HKG 9.1, 335) Zu verzeichnen bleibt, dass dieser Vorgang von Stifter als „malen" bezeichnet wird: „Allein wir wollen hier abbrechen, die Winterphysiognomie unserer Stadt zu malen, und lieber zu dem versprochenen letzten Theile unserer wissenschaftlichen Abhandlung übergehen, nämlich zu den rhapsodischen Wetterscenen und ihren Wirkungen." (HKG 9.1, 344) Zu den meteorologischen Tafeln vgl. den Beitrag von Jana Schuster in diesem Band. In eben der Weise werden auch die Orte der Landschaft, die die Großmutter auf ihren Wanderungen in ihren Erzählungen enträtselt, zum Skripturalraum der Täfelchen.

Ohne auf die unterschiedlichen Einlassungen Walter Benjamins und Martin
Heideggers zu ‚zeigen‘ und ‚sagen‘, zu ‚reden‘ und ‚schweigen‘ genauer einzugehen, möchte ich an dieser Stelle, thesenhaft verkürzt, Heideggers Überlegungen
zu ‚sagen‘ und ‚nennen‘ anführen.[38] In *Der Weg zur Sprache* erfährt ‚sagen‘ eine
nähere Bestimmung: „Doch was heißt *sagen*? Um dies zu erfahren, sind wir an das
gehalten, was unsere Sprache selber uns bei diesem Wort zu denken heißt. ‚Sagan‘
heißt: zeigen, erscheinen-, sehen- und hören lassen.“[39] Der wunderliche Name der
Berge, der gesagt wird, lässt diese Berge erst erscheinen, sich zeigen. Der Name
schafft das Ding, den Berg. In diesem Sagen des Namens als der Schaffung des
Dings, schreibt sich vorzeitig eine Referenz auf Stifters autobiographischen Text
Mein Leben ein, in dem das Kind, nicht zufällig auf dem Fensterbrett sitzend,
‚Schwarzbach‘ macht: „Und ich sagte sehr oft: ‚Da geht ein Mann nach Schwarz-
bach, da fährt ein Mann nach Schwarzbach, da geht ein Weib nach Schwarzbach,
da geht ein Hund nach Schwarzbach, da geht eine Gans nach Schwarzbach.‘“[40]
Und endlich: „Ich mache Schwarzbach.“[41] Zu diskutieren bliebe in diesem
‚Sagen‘ die Problematik des Eigennamens in der sprachphilosophischen Tradition.
Das kann an dieser Stelle nicht geleistet werden, nur so viel: Stellte man in der
Bedeutungsfrage der Eigennamen auf das erweiterte Kennzeichenbündel ab, das
in der Traditionslinie Frege-Russel steht, dann ließe sich in diesem das Erscheinen
des Dings im Sagen des Namens semantisch genauer bestimmen.[42] In seiner Aus-
führung *Die Sprache* bestimmt Martin Heidegger das ‚Nennen‘:

> „Was ist dieses Nennen? Behängt es nur die vorstellbaren Gegenstände und Vorgänge:
> Schnee, Glocke, Fenster, fallen, läuten – mit den Wörtern einer Sprache? Nein. Das
> Nennen verteilt nicht Titel, verwendet nicht Wörter, sondern ruft ins Wort. Das Nen-
> nen ruft. Das Rufen bringt sein Gerufenes näher. Gleichwohl schafft dies Näherbringen
> das Gerufene nicht herbei, um es im nächsten Bezirk des Anwesenden abzusetzen und
> darin unterzubringen. Der Ruf ruft zwar her. So bringt er das Anwesen des vordem
> Ungerufenen in eine Nähe. Allein, indem der Ruf herruft, hat er dem Gerufenen schon
> zugerufen. Wohin? In die Ferne, in der Gerufenes weilt als noch Abwesendes. Das Her-
> rufen ruft in eine Nähe. Aber der Ruf entreißt gleichwohl das Gerufene nicht der Ferne,

---

[38]Vgl. zu dieser Problematik: Geulen, Eva: *Worthörig wider Willen*. München 1992, insbesondere
das Kapitel: „Reden und Schweigen: Walter Benjamin und Martin Heidegger über Adalbert Stifter“, 42–56; und: Schiffermüller, Isolde: *Buchstäblichkeit und Bildlichkeit bei Adalbert Stifter.
Dekonstruktive Lektüren*. Bozen/Innsbruck/Wien 1996, insbesondere das Kapitel: „Eisgeschichte.
Stifter mit Heidegger“, 51–71.

[39]Heidegger, Martin: Der Weg zur Sprache. In: Ders., *Unterwegs zur Sprache*. Stuttgart [12]2001,
239–268, 252 f.

[40]Stifter, Adalbert: Mein Leben. In: Ders.: *Adalbert Stifters Leben und Werk. In Briefen und
Dokumenten*. Hg. von Kurt Gerhard Fischer. Frankfurt a.M. 1962, 678–682; hier: 682.

[41]Stifter: *Mein Leben* (wie Anm. 42), 682.

[42]Vgl. zu dieser Problematik: Wolf, Ursula (Hg.): *Eigennamen. Dokumentation einer Kontro-
verse*. Frankfurt a.M. 1985.

in der es durch das Hinrufen gehalten bleibt. Das Rufen ruft in sich und darum stets hin und her; her: ins Anwesen; hin: ins Abwesen."[43]

In diesem Hin- und Herrufen zeigt sich mithin auch eine Leerstelle, ein Nullpunkt gewissermaßen, und mit Begemann könnte man sagen: „Stifters Ehrfurcht vor den Dingen gilt nicht diesen in ihrem materiellen Dasein, sondern sie gilt den Dingen als Trägern von Bedeutung, genauer: Sie gilt der Bedeutung selbst."[44] Und in diesem Hin der Ferne und im Her der Nähe scheint mir die Erzählung strukturiert, in dem sich das ‚Anwesen' zugleich mit dem ‚Abwesen' verschränkt.

Tauschabstraktionen und der Nullpunkt des Geldes

Die von der Großmutter vorgetragenen Erzählungen, die als Binnenerzählungen fungieren und zur Rahmenerzählung einen überaus regen Signifikat- und Signifikanten-Grenzverkehr unterhalten, sind in den Arbeiten zu *Kazensilber* eher beiläufig gestreift worden. Man ordnet sie in aller Regel einer Sagenwelt zu oder betrachtet sie als Reminiszenz an das romantische Erzählen im Rahmen von Stifters nunmehr erreichtem objektivierend-realistischem Erzählstil. Ich möchte auf vornehmlich drei dieser Binnenerzählungen eingehen und die Elemente markieren, die zur Rahmenerzählung besonders signifikante Überschneidungen benennen. Es sind dies die Erzählung vom Wichtelchen, die Erzählung von der braunen Magd und die Erzählung vom Hirten und vom Edelstein. Den beiden ersten ist, zugleich mit der sie rahmenden Haupterzählung, gemeinsam, dass sie einen Pakt benennen. Das Wichtelchen wie die braune Magd kommen aus dem bereits benannten semantischen Draußen, sie sind aber durch einen Pakt an die neue Gastfamilie gebunden. Wirksam werden die Gesetze der XENIA: „Zu den Karesbergern kam einmal ein Wichtelchen, und sagte, es wolle ihnen die Ziegen hüten, sie dürften ihm keinen Lohn geben; aber Abends, wenn die Ziegen im Stall wären, müßten sie ihm ein weißes Brot auf den hohlen Stein legen, der außerhalb der Karesberge ist, und es werde es sich holen." (HKG 2.2, 248 f.) Dieser Pakt, der zu respektieren ist, umreißt sehr genau eine dreifach determinierte Konstellation: 1. Es darf kein Lohn bezahlt werden. 2. Es muss ein weißes Brot sein („das sie eigens baken ließen", HKG 2.2, 249) und dieses muss 3. außerhalb der Karesberge auf „den hohlen Stein" gelegt werden. Kein Lohn heißt aber: kein Geld, weshalb die Tätigkeit des Wichtelchens nur als Gabe gesehen werden kann. Aus Stifters Einlassungen *Aus dem alten Wien*, insbesondere aus „Ansicht und Betrachtungen von der Spitze des St. Stephansturmes", „Die Streichmacher" und „Waarenauslagen

---

[43]Heidegger, Martin: Die Sprache. In: Ders.: *Unterwegs zur Sprache* (wie Anm. 41), 9–33; hier: 21.

[44]Begemann: *Die Welt der Zeichen* (wie Anm. 25), 32.

und Ankündigungen" wissen wir, dass das Geld nicht nur in seiner Funktion als Tauschmittel bewertet wird. Stifter weiß auch, dass das Geld – mehr als bloß die Deckung natürlicher Bedürfnisse sicherzustellen und für die Dinge transparent zu bleiben – selbst zum Ding mutiert. In „Ansicht und Betrachtungen von der Spitze des St. Stephansturmes" gibt Stifter eine Analyse des Geldes, die an Klarsicht kaum zu überbieten ist und deshalb in der gesamten Länge zitiert sei:

> „[U]nd von da weiter links, schönen, fast palaisähnlichen Privatgebäuden vorüber, trifft dein Auge auf ein Haus von großem Ansehen und Umfange – es ist ein seltsam Haus; man macht darinnen ein Ding, das an sich von geringem, man möchte sagen, von gar keinem Gebrauche ist – aber durch Convention schlummert in dem Ding der Inbegriff aller andern, und es wird täglich erstrebt, heiß erstrebt von Millionen Händen, und täglich weggeworfen von Millionen Händen: *das Geld*, ein Ding, erst harmlos erdacht zur Bequemlichkeit der Menschen, ein hohler unbedeutender Vertreter der wahren Güter, um sie, die großen, plumpen, unbequemen nicht allerorts mitführen zu dürfen – dann sachte wachsend in mählicher Bedeutung, unsäglichen Nutzen gewährend, Dinge und Völker mischend in steigendem Verkehr, der feinste Nervengeist der Volksverbindungen – endlich ein Dämon, seine Farbe wechselnd, statt Bild der Dinge selbst Ding werdend, ja *einzig Ding*, das all die andern verschlang – ein blendes Gespenst, dem wir, als wäre es Glück, nachjagen, – ein räthselhafter Abgrund, aus dem alle Genüsse der Welt emportauchen, und in dem wir dafür das höchste Gut dieser Erde hineingeworfen haben, die Bruderliebe; denn sein leichter Verkehr (ein Herzogthum kann man in einer Tasche tragen) reizt zur Anhäufung, sein Allwerth lockt zum Erwerb, dieser, der saure, zum Genuß als Lohn; und dieser als Afterglück reizt zur Steigerung, weil keiner dem lechzenden Herzen hält, was er versprach, und so geht es fort[.]" (HKG 9.1, XII f.)

Das Geld als Fetisch. Nicht nur, sondern als der Fluchtpunkt, auf den alles hinzielt, das Geld als der Nullpunkt, von dem aus gezählt wie erzählt wird und mit dem die gesamte Progression der Handlungen ihren Anfang setzt.

Es fällt auf, dass die Gegengabe der Karesberger mehrfach markiert ist. Zum einen ist es ein „weißes Brot", das eigens gebacken wird und das außerhalb des ökonomischen Gesetzmäßigkeiten unterliegenden Hofes, in einem ‚Draußen', auf den hohlen Stein zu legen ist. Der „hohle Stein" wird durch den bestimmten Artikel besonders akzentuiert. Darf unter dem ‚hohlen Stein' ein ‚Schalenstein' verstanden werden?[45] Zum anderen verlässt das Wichtelchen die Karesberger, als diese ihm ein neues Röcklein hinlegen. Mit dem Röcklein würde das Wichtelchen aus einem ‚Draußen' in ein ‚Innen' geholt und unterläge so den Zeichencodes und Verhaltensnormen dieses Innen. Damit würde dem Wichtelchen widerfahren, was etwas später im Erzählfortgang dem braunen Mädchen durch die neuen Kleider widerfährt: „Da es weibliche Kleider trug, war es scheuer, und machte kürzere Schritte." (HKG 2.2, 312) Wie Stifter in „Die Streichmacher" klar macht, gehört

---

[45]Die Schalensteine sind noch immer schwer klassifizierbar. Die Deutungen reichen von Funktionsaufgaben bis zu kultischer Verwendung. Die wahrscheinlichste Deutung schreibt ihnen eine Funktion als Opferschale zu. Vgl. hierzu: Art. ‚Schalensteine, Näpfchensteine'. In: Eduard Hoffmann-Krayer/Hanns Bächtold-Stäubli (Hg.): *Handwörterbuch des deutschen Aberglaubens*. 10 Bde. Berlin/Leipzig 1927–1942; hier: Bd. 7, Sp. 990–996.

die Kleidung zu einem Zeicheninventar, das darauf abzielt, den anderen Respekt abzunötigen, und das „statt auf die Sache, auf die Zeichen [selbst] ausgeht" (HKG 9.1, 194).

Auch in der Geschichte von der braunen Magd geht es um Bedürfnisdeckung. Zum Hagenbucher, bei dem es wegen seiner Strenge kein Dienstbote aushalten kann, kommt eine „große Magd mit braunem Angesichte", die ihm dienen will, „wenn er ihr nur die Nahrung gäbe, und manchmal ein Tuch auf einen Rok und ein Linnen auf ein Hemd." (HKG 2.2, 248) Einmal, da der Bauer zwei Ochsen im Joch durch den Gallbrunnerwald nach Rohrach bringt und verkauft, nimmt „er das ledige Joch auf seine Schultern, und [geht] durch den Wald nach Hause zurück." Da hört er eine Stimme: „Jochträger, Jochträger, sag' der Sture Mure, die Rauh-Rinde sei todt – Jochträger, Jochträger, sag' der Sture Mure, die Rauh-Rinde sei todt." (HKG 2.2, 248) Als der Bauer dies der Magd beim Abendessen erzählt, „heulte das große Mädchen, lief davon, und wurde niemals gesehen." (HKG 2.2, 248) Der Satz, auf den hin das große Mädchen den Hagenbucher verlässt und auf den sich das braune Mädchen bei seinem Abschied in abgewandelter Form bezieht, wird in der Stifter-Kritik meist als genealogisches Verhältnis diskutiert. Demzufolge wäre die „Rauh-Rinde" als die Mutter der „Sture Mure" zu verstehen, „Sture Mure" ihrerseits dann wieder als die Mutter des braunen Mädchens. Der Satz selbst lässt sich aber nicht eindeutig auf eine Referenz festlegen. Die Referenz des Satzes ließe sich zweifach interpretieren, einmal ja als Genealogie, dann aber auch als auf die Situation verweisend, in der sich das große Mädchen nunmehr befindet, und der Satz wäre als Klageruf deutbar.[46] Auffällig ist, dass es in beiden eingeschobenen Binnenerzählungen dann zum Bruch kommt, wenn Zeichencodes des ‚Innen' (Kleider, Geld) das vom ‚Außen' Kommende kontaminieren.

Die dritte Erzählung vom Schafhirten scheint die komplexeste zu sein und als narrativer Einschub aufnehmen zu wollen, was die Einlassungen zum Geld in „Ansicht und Betrachtungen von der Spitze des St. Stephansturmes" analytisch bereits auf den Punkt gebracht haben. Der Hirt, der auf der Suche nach einem verlorenen Schaf – hier darf wie im weißen Brot und im blutigen roten Tropfen eine

---

[46]Der Kommentar- und Apparateband zu *Bunte Steine* hg. von Walter Hettche, verzeichnet die möglichen Bezüge von Sture Mure und Rauh-Rinde zu den Tiroler- und Voralberger-Sagen (vgl. HGK Bd. 2.3, 171–179; bes. den Kommentar zu Anm. 2). Damit wäre Rauh-Rinde eine Fängge und das Verhältnis Sture Mure – Rauh Rinde als ein genealogisches Mutter-Tochter-Verhältnis ausgewiesen. Interessanter erscheint mir der Hinweis, den Jacob Grimm im ersten Band seiner *Deutschen Mythologie* gibt. Dort heißt es: „[M]erkwürdig ist ein in mehreren zwergsagen wiederkehrender klageruf: ‚der *könig* ist todt! *Urban* ist todt! Die alte *mutter pumpe* ist todt! [D]ie *alte schlumpe* ist todt!' […] Nimmt man hinzu, daß es in sachsen heißt: ‚de gaue fra is nu al dot!' mit deutlichem bezug auf die mütterliche göttin (s. 209) und daß auch im norden das ähnliche ‚nu eru dauđar allar dîsir'! Gilt (s. 333); so scheint dadurch von uralters her der schmerz über den tod eines höheren wesens sich luft zu machen (s. nachtr.)." (Grimm, Jacob: *Deutsche Mythologie*. Um eine Einleitung vermehrter Nachdruck der 4. Auflage, besorgt von Elard H. Meyer Berlin 1875–1878. 3. Bde. Wiesbaden 1992.; hier: Bd. 1, 375).

Referenz auf die christliche Symbolik der Opfergabe verstanden werden – in der Höhle den Stein findet, tritt in einen Tauschhandel. Er tauscht den Stein, der allerdings leuchtet, „als ob ein rother blutiger Tropfen dort läge" (HKG 2.2, 256), und somit Organisches indiziert, mit einem Hochbauern um fünf Schafe. Der Hochbauer tauscht ihn mit einem Arzt um ein Pferd. Der Arzt verkauft ihn einem Lombarden um hundert Goldstücke. Der Lombarde lässt den Stein von dem gemeinen Gesteine befreien und schleifen, so dass der Stein zu einem Täfelchen wird:

> „[U]nd jetzt tragen ihn Fürsten und Könige in ihren Kronen, er ist sehr groß und leuchtend, und ist ein Karfunkel oder ein anderer rother Stein, sie beneiden sich darum, und wenn sie das Land erobern, wird der Stein sorgsam fort getragen, als ob man eine eroberte Stadt in einem Schächtelchen davon trüge." (HKG 2.2, 256)[47]

Gabe der Natur zuerst, Tauschhandel dann, mit dem Verkauf kommt Geld ins Spiel, das in den Goldstücken noch auf einen intrinsischen Wert des Geldes verweist. Doch im Lombarden, der wohl nicht zufällig an der Verkaufsstelle steht, scheint das Geld im Lombard-Kredit zum Zeichen mutiert, das nach Brian Rotman in der imaginären Münze des *Marc Banco* und des *Florin de Banque* zuerst, über das Papiergeld dann zum Xenogeld wird, das nur mehr selbstreferentiell funktioniert.[48] Und selbstreferentiell scheint nun auch der Stein zu funktionieren. Er hat den Zeichencode der Tauschabstraktion des Geldes verlassen, tritt in den Zeichencode der Symbole und wird zum mehrfachen Verweiszeichen. Als solches

---

[47]In der analytischen Einlassung zum Geld steht der ähnliche Satz: „[D]enn sein leichter Verkehr (ein Herzogthum kann man in einer Tasche tragen) reizt zur Anhäufung." (HGK 9.1, XII)

[48]Der Lombard-Kredit als Pfandleihe ist an dieser Stelle zwar nicht angesprochen, aber mitaufgerufen, zumal nicht mitgeteilt wird, woher der Lombarde das Kaufgeld hat. Der Lombard-Kredit findet in *Johann Heinrich Zedlers Grosses Universal-Lexicon* Erwähnung. In seiner Weiterentwicklung zum Effektenlombardkredit, der sich zur Deckung der unterschiedlichsten Effekten bedient, schreibt sich diese Kreditform in ein selbstreferentielles Verweissystem ein. Zumindest wird in dieser Konstellation die Frage des Wertes, des Preises und der Deckung mitverhandelt. Aber bereits das Goldgeld, das seinen Wert aus dem intrinsischen Materialwert des Goldes bezieht – „die Nominalwerte, die auf den Stücken ablesbar sind, müssen mit der Menge Metall übereinstimmen, die man als Eichmaß gewählt hat und die sich darin verkörpert findet." (Foucault, Michel: *Die Ordnung der Dinge*. Frankfurt a.M. [12]1993 (frz. 1966), 215) – ist mit dem ersten Eintreten in den Kreislauf des Geldes, bereits einem Verschleiß unterworfen. Signifikant und Signifikat brechen auseinander und machen es notwendig, dass die imaginäre Verrechnungsgröße des ‚Marc Banco' oder des ‚Florin de Banque' als imaginäres Scheingeld eingeführt wird, das dann im weiteren Verlauf zum Papiergeld und dem Xenogeld als Zeichen mutiert. Und vom letzteren kann man sagen „daß es als freies und in irgend etwas außerhalb seiner selbst nicht konvertierbares Zeichen sich selbst bezeichnet. Ausdrücklicher gesagt, bezeichnet es die möglichen Beziehungen, die es mit den künftigen Daseinsformen seiner selbst eingehen kann." (Rotman: *Die Null und das Nichts* (wie Anm. 21), 149) Und vom Scheingeld kann gesagt werden: „In der Tat ist das Scheingeld, verglichen mit den Zeichen des Goldgeldes, wie die Null und der Fluchtpunkt ein gewisses Metazeichen, das sowohl an einer neuen Zeichenpraxis teilhat als auch sie begründet." (Rotman: *Die Null und das Nichts* (wie Anm. 21), 55)

scheint die konzentrierte Tauschabstraktion aber wieder zum Ding mutiert, zum Ding aller Dinge, in dem sich das Geld zum Fetisch wandelt. Es ist, als ob das gesamte Verweissystem des Geldes wieder aufgehoben wäre und sich wieder in der Materialität als intrinsischem Wert kondensieren wollte. Doch gerade dadurch wird es erneut eingeschrieben in einen Zeichencode.[49]

Wollte man nach dem kohärenzstiftenden Subtext der Erzählung suchen, so könnte dieser in den Zuordnungsgrößen ausgemacht werden, die durch den Nullpunkt der explizit oder implizit aufgerufenen Diskurse der Gabe wie des Fremden, des Geldes und der Perspektive gegeben sind. Konsequent wird immer wieder der Eintritt in eine Zeichenordnung reflektiert, die ein ‚Draußen' – wenn überhaupt – nur mit erheblichen Abstrichen zu integrieren vermag. Unter diesen Gesichtspunkten ist die Erzählung stringent aufgebaut, und das mag Stifters Wertschätzung erklären, auf die zu Beginn dieser Einlassung hingewiesen worden ist.

---

[49]Und damit scheint Christian Begemann Recht zu behalten, wenn er festhält: „Wenn in der neueren Forschung gelegentlich die Materialität der Stifter'schen Dinge auf Kosten ihrer Zeichenhaftigkeit betont worden ist, dann erlaubt gerade die Kategorie des Fetisch, beide Aspekte zu korrelieren. Gewiss sind die Dinge zunächst einmal Dinge in ihrer materiellen Gestalt. Als Teil einer Ehrfurcht gebietenden Ordnung aber ist das einzelne Ding immer schon mehr als es selbst, und die Materie ist gleichsam durchdrungen von dem was ihr an Sinn und Bedeutung aufgebürdet wird." (Begemann, Christian: Ding und Fetisch. Überlegungen zu Stifters Dingen. In: Hartmut Böhme/Johannes Endres (Hg.): *Der Code der Leidenschaften*. München 2010, 324–343; hier: 335)

Nebensache Nachbarschaft. Über Kontiguität und Kontinuität in Stifters *Die Mappe meines Urgroßvaters, Brigitta* und *Der Nachsommer*

9

Oliver Grill

Am 24. Mai 1857 bemerkt Stifter gegenüber seinem Verleger Gustav Heckenast, dass im Roman *Der Nachsommer* „die zwei jungen Leute" – gemeint sind Heinrich Drendorf und Natalie Tarona – „weitaus nicht die Hauptsache" seien, „sein Ernst und sein Schwerpunkt" müsse „irgendwo anders liegen" (HKG 4.4, 105). Diese Formulierung macht darauf aufmerksam, dass das Stiftersche Programm einer Mikrologie, wie es der vorliegende Band untersucht, nicht nur jene Aspekte betrifft, die sich erst unter dem Vergrößerungsglas eines *close readings* zu erkennen geben,[1] sondern auch die makroskopisch sichtbaren Bereiche der Sujetgestaltung und der narrativen Aufmerksamkeitslenkung umfasst. Was als Hauptsache von Stifters Erzählungen gelten darf, ist angesichts seiner offenkundigen Unlust am Plot und einer zum Teil ausufernden Anhäufung von scheinbar oder tatsächlich unwichtigen Einzelheiten durchaus unklar. Keine ausgefeilten Handlungsbögen oder psychologisch tiefgehenden Charakterzeichnungen bestimmen Stifters Texte, sondern eine „Detailversessenheit", die sich, so Marianne Schuller, vor allem im „Darstellungsmodus der Beschreibung" artikuliert.[2] Diese

---

[1] Siehe etwa Schuller, Marianne: Das Kleine der Literatur. Stifters Autobiographie. In: Dies./Gunnar Schmidt (Hg.): *Mikrologien. Literarische und philosophische Figuren des Kleinen.* Bielefeld 2003, 77–89; oder Frei Gerlach, Franziska: Die Macht der Körnlein. Stifters Sandformationen zwischen Materialität und Signifikation. In: Sabine Schneider/Barbara Hunfeld (Hg.): *Die Dinge und die Zeichen. Dimensionen des Realistischen in der Erzählliteratur des 19. Jahrhunderts. Für Helmut Pfotenhauer.* Würzburg 2008, 109–122.

[2] Schuller: *Das Kleine der Literatur* (wie Anm. 1), 77. Siehe Drügh, Heinz: *Ästhetik der Beschreibung. Poetische und kulturelle Energie deskriptiver Texte (1700–2000).* Tübingen 2006, 224–332.

O. Grill (✉)
München, Deutschland
E-Mail: oliver.grill@germanistik.uni-muenchen.de

© Springer-Verlag GmbH Deutschland, ein Teil von Springer Nature 2019
D. Giuriato und S. Schneider (Hrsg.), *Stifters Mikrologien,* Abhandlungen zur Literaturwissenschaft, https://doi.org/10.1007/978-3-476-04884-4_9

Beschreibungssprache kennzeichnet eine starke Tendenz zur Entsinnlichung,[3] weshalb man trotz aller Obsession fürs Partikulare kaum von einer ‚Liebe zum Detail' oder gar, in Anlehnung an Fontane, von einem ‚Zauber des Details' sprechen kann. Weder verdichtet sich Stifters Prosa zu Glanzmomenten der Ekphrasis, wie das später in Rilkes *Malte Laurids Brigge* der Fall ist, noch sorgen die Details für ein engmaschiges Netz symbolischer Bezüge wie bei Goethe, noch gar äußert sich sein Interesse am Kleinen in lustvoll digressiven Kapriolen, wie in Kellers *Grünem Heinrich*. Denn bei Stifter, das hat die Forschung immer wieder betont, haben Verfahren der Differenzierung,[4] der Anordnung und der Relationierung jederzeit Vorrang vor einer plastischen Darstellung oder der Erzeugung eines symbolischen Hintersinns. Stifters Erzählungen verzichten zunehmend auf das figurative Kolorit der Sprache,[5] insbesondere auf den Bedeutungssprung der Metapher, und operieren stattdessen auffällig konsequent im Register der Metonymie.[6] Als Prosatexte par excellence besteht ihr „Grundantrieb", wie man mit Roman Jakobson sagen kann, in besonders hohem Maße in der „Berührungsassoziation; die Erzählung bewegt sich vom Gegenstand zu seinem Nachbar auf raumzeitlichen und Kausalitätswegen".[7] Dabei, das verdeutlicht die Rosenhaus-Konstruktion im *Nachsommer,* konstituieren die aneinandergereihten und räumlich nebeneinander gestellten Einzelheiten im Idealfall einen homogenen Raum,[8] dessen in sich geschlossene und harmonische Ordnung nicht nur metonymisch, sondern auch synekdochisch organisiert ist, insofern die Einzelheiten diese (freilich brüchige) kosmologische Ordnung *pars pro toto* vertreten.[9]

---

[3]Aage Hansen-Löve bemerkt, dass sich „die Dinge Stifters [...] auf eine graue Gegenständlichkeit" beschränken, „die sich nicht einmal mehr die Mühe macht, konkret zu werden." (Hansen-Löve, Aage: *Schwangere Musen – Rebellische Helden. Antigenerisches Schreiben von Sterne zu Dostoevskij, von Flaubert zu Nabokov.* Paderborn 2019, 375). Mit anderem Akzent, aber in dieselbe Richtung weist Eva Geulens Formulierung von der „Sprachlosigkeit in der Sprache" Stifters (Geulen, Eva: *Worthörig wider Willen. Darstellungsproblematik und Sprachreflexion in der Prosa Adalbert Stifters.* München 1992, 105).

[4]Es sei ein „schier grenzenloser Differenzierungsfuror" am Werk (Giuriato, Davide: *„klar und deutlich". Ästhetik des Kunstlosen im 18./19. Jahrhundert.* Freiburg i.Br. 2015, 287).

[5]Vgl. Vogel, Juliane: Prosa der Entfärbung. Stifters ‚Bunte Steine'. In: Eva Eßlinger/Heide Volkening/Cornelia Zumbusch (Hg.): *Die Farben der Prosa.* Freiburg i.Br./Berlin/Wien 2016, 65–78.

[6]Vgl. Koschorke, Albrecht: Erzählen. In: Christian Begemann/Davide Giuriato (Hg.): *Stifter-Handbuch. Leben – Werk – Wirkung.* Stuttgart 2017, 209–213; hier: 210.

[7]Jakobson, Roman: Randbemerkungen zur Prosa des Dichters Pasternak [1935]. In: Ders.: *Poetik. Ausgewählte Aufsätze 1927–1971.* Hg. von Elmar Holenstein und Tarcisius Schelbert. Frankfurt a.M. 1972, 192–211; hier: 202.

[8]Die Unterscheidung ‚homogener Raum (Metonymie)' und ‚heterogener Raum (Metapher)' entnehme ich Eggs, Ekkehard: Art. ‚Metonymie'. In: *Historisches Wörterbuch der Rhetorik.* Hg. von Gert Ueding, mitbegründet von Walter Jens. 12. Bde. Tübingen 1992–2015; hier: Bd. 5, Sp. 1196–1223; bes. Sp. 1197–1199.

[9]Vgl. Begemann, Christian: *Die Welt der Zeichen. Stifter-Lektüren.* Stuttgart/Weimar 1995, 333 f.

Diese Charakteristika sind bekannt. Sie werden hier vorweggeschickt, weil sie den Blick auf eine meines Wissens bislang kaum beachtete Reflexionsfigur schärfen, die sowohl Stifters metonymisches als auch sein mikrologisches Erzählprogramm betrifft. Die Rede ist von der sozialen und räumlichen Beziehungsgröße der Nachbarschaft, die, so meine Ausgangsbeobachtung, als Modell der Kontiguität in der *Mappe meines Urgroßvaters,* in *Brigitta* und im *Nachsommer* eingesetzt wird.[10] Wie ich im Folgenden argumentieren möchte, verbindet Stifter über die Nachbarschaft das mikrologische Interesse am Neben(an)liegenden, Peripheren und scheinbar Marginalen mit den makroskopischen Ebenen der Topographie, des Plots und der narrativen Struktur. So sind es in allen drei Texten Nachbarschaftsverhältnisse, hinter denen sich eine scheiternde oder schon gescheiterte Liebesgeschichte verbirgt. Über den Umweg einer von Verfehlungen und Verletzungen gekennzeichneten Vorgeschichte erweist sich ein benachbarter Bereich bzw. eine benachbarte Figur entweder auffällig früh (*Mappe*) oder auffällig spät (*Brigitta, Nachsommer*) als das, was man mit Stifter als „Schwerpunkt" der Diegese bezeichnen kann – und relativiert so, in einer Art Aufmerksamkeitsübung für Randständiges, die Bedeutung des Hauptschauplatzes, der Erzählinstanz erster Ordnung oder auch der vermeintlich im Fokus stehenden Handlung. Die Nachbarschaft wird dadurch als poetologisches Raummodell einer Umwertungsstrategie[11] lesbar, die sowohl das Verhältnis zwischen Haupt- und Nebensache als auch die narrative Ordnung insgesamt irritiert.

In der Aristotelischen *Physik* heißt der Übergang von der Kontiguität in die Kontinuität *symphysis,* was einen Vorgang des ‚Zusammenwachsens‘ zweier aneinandergrenzender Objekte meint, bis „die Grenze beider, da wo sie sich berühren, eine und dieselbe geworden ist".[12] Stifter, so wird zu zeigen sein, erprobt im Bereich des Sozialen ein ähnliches Modell. Zwar siedelt der Nachbar in den dörflichen Strukturen, in denen sich Stifters Figuren bewegen, topographisch gesehen nicht dort an, wo Irina Hron ihn anhand der Darstellung moderner Wohnmilieus verortet – also nicht „auf der schmalen Schwelle zwischen unerhörter Intimität und Distanz, zwischen Vertrautsein und abgründiger Fremdheit"[13] –, doch in sozialer Hinsicht tut er das durchaus. In den genannten

---

[10]Ich konzentriere mich im Folgenden auf die sogenannte Buchfassung der *Mappe,* die 1847 im Rahmen der *Studien* erschien, und auf die ebenfalls 1847 in den *Studien* erschienene Fassung der Erzählung *Brigitta,* bevor ich abschließend auf den *Nachsommer* von 1857 eingehe.

[11]Dass Stifter an solchen Operationen der Umwertung interessiert war, belegt die „Vorrede" zu den *Bunten Steinen* hinlänglich.

[12]*Aristoteles' Physik. Vorlesung über die Natur.* Griechisch-Deutsch. Übers., mit einer Einleitung und mit Anmerkungen hg. von Hans Günter Zekl. Hamburg 1988, 2. Halbband: Bücher V–VIII, 19 f. (Buch V, 227a–227b).

[13]Hron-Öberg, Irina: Nahewohnen. Figuren der Nachbarschaft bei Kafka und Rilke. In: Michael Grote/Beate Schirrmacher/Anja Pietzuch (Hg.): *Perspektiven. Das IX. Nordisch-Baltische Germanistentreffen in Os/Bergen.* Stockholm 2013, 143–155; hier: 144. Irina Hron verfolgt Nachbarschaftsfigurationen von der Frühen Moderne bis zur Gegenwart im Rahmen ihres Habilitationsprojekts, das derzeit an den Universitäten Stockholm und Wien entsteht.

Texten figuriert Stifter Vorgänge der sukzessiven Annäherung zweier benachbarter Bereiche und konzipiert die Nachbarschaft dabei als soziales Regulativ,
das zwischen einem bloß räumlichen Nebeneinander und einem fragilen Prozess
der Zusammenhangsbildung vermittelt. Das Ziel dieses Prozesses – das kann bei
Stifter kaum überraschen – ist die Herstellung oder Wiederherstellung einer familiären Gemeinschaft.[14] Dabei soll das Regulativ der ‚guten Nachbarschaft' zwar
Störungen ausschließen, jedoch trifft gerade bei Stifter zu, was von der Forschung
als Wesenszug der Nachbarschaft betont wurde: „One's neighbours usually only
become visible in moments of crisis".[15] Wie im Folgenden deutlich wird, fasst
Stifter die Nachbarschaft als etwas auf, das Krisenpotential birgt und verbirgt.
Sie dient in seinen Erzählungen nicht nur als Ausgangspunkt für die Entwicklung
familiärer Zusammenhänge, sondern wird zugleich als Resultat einer krisenhaften
Ruptur solcher Zusammenhänge dargestellt. Damit bestimmt Stifter die Randzone
der Nachbarschaft als einen Ort der Affektunterdrückung und -verdrängung,[16]
der vorübergehend oder dauerhaft auf Distanz hält, was zuvor beim Versuch, ein
intimes Verhältnis einzugehen und zu verstetigen, scheiterte. Das, was bei Stifter in der Regel „an den Rand der Natur"[17] gedrängt ist, manifestiert sich hier in
Form von libidinösen Energien, Verletzungen und selbstzerstörerischer Gewalt
sowie Abwehrmechanismen und Sublimierungsvorgängen. Dadurch erweist sich
die Nachbarschaft nicht zuletzt als Zugangsmöglichkeit zu der ansonsten schwer
greifbaren Psychodynamik in Stifters Texten.

Gute Nachbarschaft – *Die Mappe meines Urgroßvaters*

In der Rahmenerzählung der *Mappe* leitet der Erzähler die Geschichte vom
Leben des Landarztes Augustinus, seines Urgroßvaters, wie folgt ein: „Ich will
die Erzählung von ihm beginnen." Und ganz so, als sei damit der Anfang bereits
gemacht, fährt er fort: „Mein Urgroßvater ist ein weitberühmter Doctor und Heil-
künstler gewesen, sonst auch ein gar eulenspiegliger Herr" (HKG 1.5, 12). Doch

---

[14]Zu Stifters Auseinandersetzung mit Familienmodellen siehe Willer, Stefan: Familie. In: Bege-
mann/Giuriato: *Stifter-Handbuch* (wie Anm. 6), 330–334 sowie Blasberg, Cornelia: *Erschriebene
Tradition. Adalbert Stifter oder das Erzählen im Zeichen verlorener Geschichten.* Freiburg i.Br.
1998, 33–55.

[15]Almog, Yael/Born, Eric: Introduction. In: Dies. (Hg.): *Neighbors and Neighborhoods. Living
Together in the German-Speaking World.* Newcastle upon Tyne 2012, 1–7; hier: 1.

[16]Zu Freuds Unterscheidung zwischen Unterdrückung (bewusster Abwehrmechanismus) und
Verdrängung (unbewusster Abwehrmechanismus) siehe den Eintrag zur ‚Unterdrückung' in
Laplanche, Jean/Pontalis, Jean-Bertrand: *Das Vokabular der Psychoanalyse.* Frankfurt a.M.
1972, 570 f.

[17]So der Titel des Stifterkapitels in Sebald, W. G.: *Die Beschreibung des Unglücks. Zur österreichischen Literatur von Stifter bis Handke.* Salzburg/Wien 1985, 15–37.

statt daraufhin von Eulenspiegeleien,[18] von „ganz unerhörten Ereignissen in dem Leben eines einzigen Menschen, dieses meines Urgroßvaters" (HKG 1.5, 19), oder überhaupt irgendeine Art Lebensgeschichte zu erzählen, problematisiert der Erzähler deren bruchstückhafte Überlieferung, um sich dann an die Faszination zu erinnern, die einzelne, mit dem Urgroßvater assoziierte Gegenstände auf ihn als Kind ausgeübt haben. Die angekündigte Binnenerzählung kommt so erst einmal nicht in Gang. Stattdessen beschreibt der Erzähler diese und andere Gegenstände, die sich in seinem mittlerweile nur noch von der Mutter bewohnten Elternhaus befinden, ausführlich, bis er schließlich zu dem Fund der titelgebenden Mappe – sie ist im Sockel einer alten Statue der heiligen Margaretha verborgen – gelangt. Dabei verfährt er metonymisch in einem doppelten Sinne. Einerseits schildert er einen „Wust" von „alten Dinge[n]" (HKG 1.5, 22) in einer losen Folge von Einzelbeschreibungen, ohne diese Einzelheiten vorläufig in einen übergeordneten Zusammenhang integrieren zu können. Und andererseits unterhalten die so nebeneinandergestellten Gegenstände einen metonymischen Bezug zum Leben des Urgroßvaters sowie zur Familiengeschichte des Erzählers. Die an sich dysfunktionalen Überreste dienen als Stellvertreter der angekündigten, aber bislang nicht ausgeführten Erzählung, bis ihnen schließlich der Text der Mappe eine syntagmatische Stelle und einen funktionalen Ort zuweist.

Dieser Bezug verleiht den alten Dingen, obwohl sie „eigentlich Trödel" (HKG 1.5, 13) sind, einen quasi magischen Bedeutungsüberschuss des Wunderbaren, Geheimnisvollen und auch Unheimlichen, der sich in einer personifizierenden, attributreichen Beschreibungssprache des „Wunderliche[n]" (HKG 1.5, 13) manifestiert. Wie Sabine Schneider gezeigt hat, bewegt sich dieser Trödel damit am Rande der symbolischen Ordnung und bedeutet als fast vergessener Kindheitsschatz einen starken Imaginationsreiz.[19] Indem der Rahmenerzähler es vorerst bei der halb kindlichen, halb magischen Berührungsassoziation der Dinge belässt, aktualisiert er diesen Reiz in der Erzählgegenwart. Doch als er dann die Mappe unter dem Gerümpel findet, bedeutet das gerade eine Beschneidung des imaginären Überschusses. Denn diese versorgt ihn keineswegs mit einer wunderbaren, unerhörten, schelmenhaften oder sonst wie unterhaltsamen Geschichte, sondern bedeutet vor allem eins: Arbeit. Schon die Lektüre der „abscheulichste[n] Schrift" (HKG 1.5, 29) ist äußerst anstrengend: „[D]as Lesen ist schwer" (HKG 1.5, 232), betont der Erzähler im „Nachwort". Und auch Augustinus' Lebenserzählung selbst ist kein reines Lesevergnügen, erweist sie sich mit ihren Alltagsroutinen und Arbeitsabläufen doch als so „gewöhnlich, wie bei allen

---

[18]Die Bezeichnung „eulenspiegeliger Herr" rückt Augustinus einerseits in die Nähe der Scharnast-Narren (*Die Narrenburg, Prokopus*), mit denen der Obrist der Journalfassung noch verwandt ist, und andererseits in die Nähe des Dyl Ulenspegel – und damit in die Nähe des Obristen Casimir Uhldom, der in der dritten Fassung Casimir Uhl von Uhldom und in der vierten Casimir Ulsin von Ulheim heißen wird.

[19]Vgl. Schneider, Sabine: Vergessene Dinge. Plunder und Trödel in der Erzählliteratur des Realismus. In: Dies./Hunfeld: *Die Dinge und die Zeichen* (wie Anm. 1), 157–174; hier: 163–169.

andern Leuten" (HKG 1.5, 232). Diese Imaginationsbeschneidung qua Lektüre-
arbeit ist letztlich auf die biographische Situation des Rahmenerzählers – er ist
frisch verheiratet, sein Vater bereits Tod und seine altersschwache Mutter sieht
er zum letzten Mal – gemünzt. So ersetzt die paternale Herkunftserzählung des
unermüdlich arbeitenden Urahnen den maternal konnotierten, von vagen Kindheitserinnerungen und -phantasien durchzogenen Herkunftsort. Dadurch gibt der
mühsam lesbare Text der Mappe dem Rahmenerzähler das Geleit beim Übertritt
über jene Schwelle, die aus spielenden Kindern arbeitende Väter und aus fluiden
Imaginationsräumen entzauberte Textordnungen macht.

Diese ‚Textordnung im Namen des Vaters' manifestiert sich als solche im
zweiten Kapitel der *Mappe* – dem „Gelöbniß" –, also gleich am Anfang der autodiegetisch erzählten Geschichte des Urgroßvaters. Dort verspricht Augustinus
„[v]or Gott und [s]einer Seele", keine „Dinge [zu] machen, die nicht sind", und
gibt sich daraufhin jenes tagebuchartige Aufzeichnungs- und Lektüresystem vor,
wonach jedes „Hauptstück" der Aufzeichnungen zu versiegeln und erst nach drei
Jahren wieder zu öffnen ist (HKG 1.5, 31). So klar diese Vorschrift formuliert ist, so
unklar bleiben in der Buchfassung der *Mappe* doch die Umstände der „traurige[n]
und sündhafte[n] Begebenheit", die Augustinus „das Gelöbniß und Pergament-
buch eingegeben hat" (HKG 1.5, 31 f.). Zunächst gibt Augustinus in einem Erzähl-
einstieg *medias in res* seinen Suizidversuch wieder. Daraufhin erzählt ihm sein
Nachbar, der sogenannte „sanftmüthige Obrist" (HKG 1.5, 33), in einer längeren
Binnengeschichte von der eigenen unsteten Vergangenheit als „Spieler, Raufer, Verschwender" (HKG 1.5, 44), von seiner Läuterung durch das Mappen-System sowie
schließlich vom grauenvollen Unfalltod seiner Frau. Hiernach bekräftigt Augustinus erst noch ausführlich die Vortrefflichkeit des Obristen, bevor er schließlich die
Geschichte seines eigenen Lebens zu erzählen beginnt und damit das rekonstruiert,
was vor dem Suizidversuch geschah. Diese kompliziert gestaffelte Erzählstruktur ist
einerseits als Ausdruck einer nicht so ohne weiteres adressierbaren Verletzung zu
verstehen, zu der Augustinus gleichsam selbstanalytisch vordringt.[20] Und andererseits nimmt Augustinus damit die Schlüsselrolle, die der Obrist in seinem Leben
spielt, nicht nur vorweg, sondern ordnet sich und seine Krise von Anfang an dem
Obristen[21] – dessen Erzählung und dessen vergangener Lebenskrise – unter. So
bemerkt Augustinus in der Journalfassung der *Mappe,* dass ihm sein Leid im Vergleich zur Geschichte des Obristen nun „fast schal und kindisch" vorkomme
(HKG 1.2, 32). Und in der Buchfassung notiert er sich vorab, dass sein „unersätt-
lich großer Schmerz" völlig unerheblich, nämlich „gar nichts" sei, um gleich darauf

---

[20]Vgl. Turk, Horst: Die Schrift als Ordnungsform des Erlebens. Diskursanalytische Überlegungen
zu Adalbert Stifter. In: Jürgen Fohrmann/Harro Müller (Hg.): *Diskurstheorien und Literaturwissenschaft.* Frankfurt a.M. 1988, 400–417; hier: 407.

[21]Die hierarchische Implikation des Figurennamens bzw. -ranges ist hier mitzudenken. Ich komme
darauf zurück.

den Grund für diese demütige Einsicht anzufügen: „Das merke dir, Augustinus, und denke an das Leben des Obrist." (HKG 1.5, 32)

Damit liegt in der *Mappe* der merkwürdige Fall vor, dass die Geschichte einer Figur aus der Nachbarschaft von Beginn an über die Lebensgeschichte des autodiegetischen Erzählers gestellt wird. Die chronologisch gesehen erste Begegnung zwischen Augustinus und dem Obristen lässt dies nicht unbedingt vermuten. So habe Augustinus auf den Obristen, als dieser in die Gegend zieht, zunächst „nicht weiter […] geachtet". Der Dorfpfarrer muss ihn erst mit Nachdruck auf den „neuen Nachbar[n]" hinweisen (HKG 1.5, 136). Wenig später stellt sich der Obrist Augustinus dann mit folgenden Worten vor:

> „[,]Ich will hier, in dieser ursprüngliche Gegend, den Rest meines Lebens zubringen. Darum möchte ich mit einigen Nachbarn, mit denen ich in Beziehungen gerathen werde, und die ich nach ihrem Rufe schon im Voraus schätzen muß, in liebe Bekanntschaft und freundlichen Umgang kommen. Erlaubt mir daher, daß ich euch in diesen Tagen in eurem Hause einen Besuch abstatte, der mir als dem Ankommenden und Fremden geziemt, und der als Anfang guter Nachbarschaft gelten möge. Meine Tochter müsset ihr entschuldigen. Ich werde sie nicht mitbringen; denn da ihr unvermählt seid, möchte es sich nicht schicken, daß ich sie euch in das Haus führe. Sagt mir, wann ich euch in euren Arbeiten am wenigsten beirre?[']
> […] Das war also der Anfang dieser Bekanntschaft." (HKG 1.5, 139 f.)

Der an sich heikle Moment der Ankunft eines Fremden („in dieser ursprüngliche Gegend") wird hier von beiden Figuren als „Anfang" akzentuiert. Entgegen dieser starken Sujetsignale will das Konzept von der ‚guten Nachbarschaft‘, wie es die Rede des Obristen entfaltet, jedoch auf eine ereignislose Gründungsgeschichte hinaus. So spricht der Obrist von kommenden Beziehungen und Bekanntschaften, von einem freundlichen Umgang und von den Geboten der Schicklichkeit. Damit interpretiert er das zunächst einmal bedeutungsschwache räumliche Nebeneinander als Vorstufe eines künftigen sozialen Zusammenhangs, wie er über den Hinweis auf Augustinus' Junggesellenstatus *ex negativo* angedeutet wird. Er stößt damit einen Annäherungsprozess an, der sich im Rahmen sozialer Regeln vollziehen und in die abgesicherte Sozialform der bürgerlichen Familie münden soll.

Mehrmals noch wird der Obrist die Bedeutung der guten Nachbarschaft als soziales Regulativ betonen. Als er die Grundsteinlegung seines Hauses feiert, wünscht er sich gegenüber seinen anderen Nachbarn, „daß sie immer so friedlich, so einig und so nachbarlich gesinnt bleiben möchten" (HKG 1.5, 161). Augustinus vermutet, dass der Obrist „solche Feste" überhaupt „nur darum veranstaltet", damit „die Nachbarschaft zusammen kam, daß er sich mit ihnen in ein Verhältniß setze, und zeige, wie er […] freundliche Gesinnung gegen sich erwecken" wolle (HKG 1.5, 162). In den späten Fassungen der *Mappe* führt Stifter diesen Gedanken weiter aus. Hier bittet der Bürgermeister den Obristen anlässlich des Richtfestes „um gute Nachbarschaft und Freundschaft", alle anwesenden Dorfbewohner äußern daraufhin dieselbe Bitte und der Obrist entgegnet in „gemeinschaftlich[er]" Gesinnung: „„Wir wollen alle in Zusammengehörigkeit, Zuneigung und gegenseitiger Hilfeleistung leben‘". Wenig später stößt die Festgesellschaft auf das Credo „Freundschaft, Nachbarschaft" an (HKG 6.2, 122 f.).[22] Hinter dieser ostentativen Nachbarschaftspflege des sanftmütigen Obristen steht die Wunschvorstellung eines Sozialpakts, der unterhalb der Schwelle von kodifiziertem Recht und exekutiver Durchsetzung bleiben kann: Die gute Nachbarschaft als ‚sanftes Gesetz' des Zusammenlebens.

Diese Vorstellung wäre nicht weiter von Belang, beträfe sie nicht Augustinus in einer Weise, die das ganze Konzept problematisch werden lässt. Immerhin geht dessen „Zuneigung" zur schönen „Nachbarin Margarita" (HKG 6.1, 132, 135), der Tochter des Obristen, bald über das Maß der Freundschaft hinaus. Der Obrist lässt dieser Zuneigung einerseits freien Lauf, sucht sie andererseits jedoch über das Regulativ der guten Nachbarschaft zu lenken. Schon vor der Grundsteinlegung, als der Obrist Augustinus mit Margarita bekanntmacht, sagt er zu ihr: „‚Er ist ein sehr rechtschaffener Mann. Wenn wir ihn auch noch nicht näher kennen, so spricht doch der allgemeine Ruf nur lauter Gutes von ihm. Du wirst in ihm, wie ich mir zu hoffen getraue, in Zukunft unsern guten Nachbar und unsern Freund verehren.'" (HKG 1.5, 144) Wie im ersten Gespräch mit Augustinus betont der Obrist nun auch gegenüber seiner Tochter das Intimitätspotential der Nachbarschaft und hegt dieses zugleich ein. Als hätte er die Novelle von den „Wunderlichen Nachbarskindern" gelesen, die der Engländer in Goethes *Wahlverwandtschaften* als „sanft[e] Begebenheit" erzählt und die von zwei Figuren handelt, die nach dem Willen der Eltern heiraten sollen, es jedoch vorziehen, „Krieg zu spielen", zielt der Obrist darauf ab, solch ein „wunderliche[s] Verhältnis"[23] zwischen Margarita und Augustinus zu unterbinden. So mahnt er in den späten Fassungen der *Mappe:* „‚Nun ihr werdet wohl auch nicht kriegerische Nachbarschaft pflegen, so wie ich mit euch, Herr Doctor, neulich friedliche Grenzen verabredet habe[.]'" (HKG 6.1, 120; vgl. 6.2, 110) Mit dieser Formulierung wird dem scheinbar harmlosen Verhältnis zwischen den „nächste[n] Nachbar[n]" (HKG 6.1, 120) jenes Gewaltpotential zuerkannt, das nach Jan Philipp Reemtsma für Nachbarschaftsverhältnisse konstitutiv ist,[24] wodurch sich zugleich die im Vielvölkerstaat Österreich besonders heikle politische Dimension der Nachbarschaft bemerkbar macht.

---

[22]In der dritten Fassung fehlt dieses Credo, ansonsten ist die Stelle nahezu identisch (vgl. HKG 6.1, 132–134).

[23]Goethe, Johann Wolfgang: *Die Wahlverwandtschaften.* In: Ders.: *Sämtliche Werke. Briefe, Tagebücher und Gespräche.* Hg. von Friedmar Apel u. a. 40 Bde. Frankfurt a.M. 1985–2013; hier: Abt. I, Bd. 8, 470 f. Die Verbindung der *Mappe* zu Goethes Romanwerk ist insgesamt auffällig: Der Obrist steht als „oberster feldherr, hauptmann" (so der Art. ‚ober' in: *Deutsches Wörterbuch* von Jacob und Wilhelm Grimm. 16 Bde. in 32 Teilbdn. Leipzig 1854–1960; hier: Bd. 13, Sp. 1073–1080, bes. Sp. 1078) der Figur des Hauptmanns in den *Wahlverwandtschaften* nahe und auch das Motiv der Grundsteinlegung und des Richtfestes teilen beide Texte. Die Nähe zu *Werther* ist vor allem durch den Suizidversuch, den es in der Novelle von den „wunderlichen Nachbarskindern" freilich auch gibt, gegeben. Und *Wilhelm Meister* ist durch das Entwicklungsnarrativ und den Themenkomplex der (Selbst-)Heilung präsent.

[24]Die Nachbarschaft sei eine „Gewaltressource erster Ordnung." (Reemtsma, Jan Philipp: Nachbarschaft als Gewaltressource. In: *Mittelweg 36* 13/5 (2004), 103–120; hier: 104.)

Doch auch als private Angelegenheit, als die Stifter sie ansonsten auffasst, bleibt die Nachbarschaft eine schwierige Beziehungsform, zumal wenn sie von erotischen Anziehungskräften durchdrungen wird. Denn, so hat es Reemtsma formuliert, gerade die „gutnachbarschaftliche Beziehungen bestehen darin, die Grenzverletzung zu *wollen*, d. h. sie bestehen in der Herstellung von Intimität."[25] Indem die zaghafte Annäherung von Augustinus an Margarita diese Herstellung von Intimität notgedrungen forciert und sie damit über das vom Obristen vorgegebene Maß der guten Nachbarschaft hinaustreibt, steigt auch das destruktive Potential des Verhältnisses, wie dem Leser der Buchfassung durch die vorweggenommene Suizidepisode bereits klar ist. Zwar läuft alles bis zu einem gewissen Punkt wie am Schnürchen: Augustinus hilft dem Obristen beim Hausbau, wodurch dieser auch im etymologischen Sinne zum Nachbarn wird – also zu jemandem, der in der Nähe baut.[26] Als das Haus steht, verbringt Augustinus seine Freizeit bevorzugt „in der Gesellschaft [s]einer Nachbarn" (HKG 1.5, 153), er lernt den Obristen als Freund schätzen und verliebt sich, wie vorherzusehen war, in Margarita. Die beiden zeigen sich Blumen und Tiere, Augustinus weist dem Mädchen „die Geschlechter" (HKG 1.5, 164) der Blumen und präsentiert ihr seine jungen Rappen – und so kommt man sich auf eine für Stifter geradezu unerhört explizite Weise nahe. Doch dann geschieht „etwas, das alles änderte" (HKG 1.5, 175). Der reibungslose Prozess, bei dem die Nachbarskinder im verliebten Gang durch Flora und Fauna allmählich zu einem Paar zusammenwachsen, wird durch die Ankunft des einzigen anderen Verwandten des Obristen, durch den Neffen Rudolph, gestört. Augustinus deutet Margarita und ihren Vetter, als er die beiden zufällig nebeneinander spazieren gehen sieht, als Liebespaar, bekommt einen Eifersuchtsanfall und entzweit sich unter bitteren Vorwürfen mit Margarita.

Die symphysis, verstanden als Übergang der Kontiguität ins familiäre Kontinuum, scheitert ausgerechnet aufgrund der Fehldeutung einer Verwandtschaftsbeziehung.[27] Die sorgsam abgesteckte räumliche Nähe zweier Häuser kippt in eine Verwirrung der häuslichen Verhältnisse. Nicht ein Fremder übertritt eine räumliche Grenze, sondern Augustinus übertritt aufgrund seiner Fehldeutung eine normative Grenze, nämlich das ungeschriebene, vom Obristen mit sanftem Nachdruck vertretene Gesetz von der guten Nachbarschaft. Durch diesen Verstoß erst zerfallen die beiden benachbarten Bereiche in zwei konträr codierte Räume: Hier der Ort der sanftmütigen Familie, dort der Ort des jähzornigen Sonderlings. Insofern

---

[25]Reemtsma: *Nachbarschaft als Gewaltressource* (wie Anm. 24), 118. Zur Differenz von geopolitischen und zivilen Nachbarschaftskonflikten vgl. ebd., 111 f.

[26]Art. ‚nachbar'. In: Grimm: *Wörterbuch* (wie Anm. 23); hier: Bd. 13, Sp. 22–24, bes. Sp. 22: „*nachbar ist zusammengesetzt aus dem adv.* nach *nahe und* bauer, *das in dieser composition noch die alte bedeutung von* bauen ‚*sich niederlassen, wohnen' festhält: der nahewohner, anwohner.*" Als jemand, der in der Nähe baut, wird der Obrist in den späten Fassungen eingeführt. So sagt der Pfarrer zu Augustinus: „‚[F]reilich ist er noch nicht euer Nachbar, sondern sein angefangenes Haus ist es[.]'" (HKG 6.1, 114)

[27]Zum Problem der Familienlosigkeit des Augustinus vgl. Turk: *Die Schrift als Ordnungsform* (wie Anm. 20), 407 f.

Augustinus' Gefühlsausbruch diese Aufteilung schlagartig bewirkt, bekommt das Scheitern der *symphysis* die Qualität eines Sujets und droht, weitere Sujets nach sich zu ziehen. Denn nach diesem Scheitern wirkt jeder Schritt, den Augustinus im Bemühen um Versöhnung auf Margarita zugeht, wie ein bedrohliches Eindringen in ihr Refugium, wie umgekehrt deren erschrockene Zurückweisung der Versöhnungsbemühungen zur lebensbedrohlichen Krise für Augustinus gerät. Wo der Obrist den nachbarschaftlichen Kontakt auf Freundschaft, Friedlichkeit, „Zuneigung" und „Zusammengehörigkeit" eicht, ist für an sich harmlose Missverständnisse und unvorhergesehene Affektentladungen offenbar so wenig Platz, dass nach dem Eintreten solcher Störungen die damit überschrittene Grenze absolut scheint: Augustinus treibt die ihm unerträgliche Situation ins Selbstzerstörerische, während Margarita den stillen Weg der Entsagung wählt.

Damit ist die Buchfassung bei dem Grund für den Selbstmordversuch und dem Anlass für die Binnenerzählung des Obristen angekommen. Diese „Lebensgeschichte" (HKG 1.5, 184) scheint die Trennung der benachbarten Sphären zunächst zu vergrößern, rückt doch der Suizidversuch Augustinus in die Nähe Werthers, während die Binnengeschichte den Obristen als geläuterten Menschen ausweist, der längst alle Suizidgedanken hinter sich gelassen und sogar mit dem Verlust seiner Frau zu leben gelernt hat. Jedoch will der Obrist mit seiner Erzählung gerade darauf hinaus, seinen Nachbarn wieder an die eigene Sphäre anzugliedern. So legt er Augustinus mit der Praxis des Mappe-Schreibens jene selbsttherapeutische Technik nahe, die ihm, dem gewesenen Spieler und Duellanten, einst half, zum sanftmütigen Obristen zu werden. Über die Reflexionsschleife des Schreib- und Lektüreakts[28] bietet er Augustinus ein Korrektiv der Distanzierung und Abstraktion an, das diesen lehrt, sich seines Gefühlsausbruchs zu schämen und „kleine Dinge" zu schätzen (HKG 1.5, 200). Mit dieser mikrologischen Einsicht vollzieht Augustinus einen Perspektivwechsel, der zum Erzählprogramm geworden sein wird. Statt sich – und damit das Gefühl der Isolation – zum Zentrum seiner einsamen Selbstmeditationen zu machen, die ihn als solche wiederum an Werther annähern würden,[29] rückt er qua Selbstmeditation von sich und seinen Emotionen überhaupt ab und berichtet dafür ausführlich von seiner Tätigkeit als Arzt, von den Fortschritten beim Hausbau, der Anschaffung von Möbelstücken usw. Der schmerzliche Riss der Trennung wird umso mehr an den Rand der Erzählordnung wie auch der Lebensgeschichte gedrängt, je länger

---

[28]Dass es wesentlich auf den *„rezeptiven Umgang"* mit dem eigenen Lebenstext ankommt, zeigt Begemann: *Die Welt der Zeichen* (wie Anm. 9), 250.

[29]Zum Begriff der Selbstmeditation in Bezug auf Goethes *Werther* siehe Campe, Rüdiger: Von Fall zu Fall. Goethes *Werther*, Büchners ‚Lenz'. In: Inka Mülder-Bach/Michael Ott (Hg.): *Was der Fall ist. Casus und lapsus.* Paderborn 2014, 33–55; hier: 41 f.: „Die Passionsmeditation verlangt ja zweierlei: erst die Entleerung der Seele von allen vorangehenden Eindrücken, Kommunikationsverhältnissen und Augenblicksverhaftungen; und dann die Wiederanfüllung der zur *tabula rasa* gewordenen Seele durch die Bilder des Lebens und Leidens Christi." Stifters Figur des Augustinus legt bereits durch ihren Namen eine Lesart der *Mappe* nahe, die dessen selbstmeditative Schreibhaltung zum Ausgangspunkt nimmt.

Augustinus der vom Obristen vorgegebenen Schreib- und Leseübung nachgeht. So bedeutet diese Übung zwar eine lebensbejahende Entkräftung vorschneller Affektwallungen und Suizidimpulse, doch geht mit der einsamen Schreibtätigkeit auch ein emotionaler Intensitätsverlust sowie eine „Marginalisierung des Individuellen"[30] einher, die – zumal in einem autodiegetisch erzählten Roman – ihresgleichen sucht und die einer Selbstverleugnung mindestens ebenso nahekommt wie einer Selbstrettung. Wo noch der schwerwiegendste Verlust zum „Verlust einer goldenen Mücke" (HKG 1.5, 62) herabgedimmt wird,[31] erscheint das mikrologische Lebensrezept des Obristen als ziemlich bittere Pille.

Diese Ambivalenz des Schreibens an der Mappe – bzw. an der *Mappe* – macht sich auch in den Kommentaren Stifters bemerkbar, der seinen Text in kaum verhohlener Identifizierung mit Augustinus mal als „heillose Geschichte",[32] mal als „Heilmittel" und „liebevolle Arznei"[33] bezeichnet hat. Vom weiteren Textverlauf aus gesehen liegt jedoch auf der Hand, dass die Schreibaskese und die damit einhergehende Marginalisierung der eigenen Lebenskrise letztlich mehr Verdrängung denn Heilung bedeutet. So schafft sich Augustinus mit dem hölzernen, goldüberzogenen „Bildniß der heiligen Margarita" (HKG 1.5, 198) ein fleischloses Ersatzobjekt an, das er als eine Art goldenes Kalb des Begehrens in seinen Wohnräumen aufstellt.[34] Und der Obrist, so erfährt man später, hat die eigene Tochter „vielleicht zu sündhaft lieb", weil sie mittlerweile das „vollkommene[] Ebenbild" seiner verunglückten Ehefrau geworden sei (HKG 1.5, 215 f.). Daher bildet nicht nur die „Monotonie der Syntax" der *Mappe* einen „universellen Verdrängungsmechanismus" nach, wie Horst Turk formuliert,[35] sondern dieser Mechanismus findet sich mit den unberührbaren Abbildern der jeweiligen Geliebten auch überraschend deutlich auf Ebene der *histoire* wieder. An der Mappe schreiben, das ist der so hilflose wie triste Ausdruck einer emotionalen Sackgasse. Weder bewältigen die Schreibenden ihre vernichtenden Verlusterfahrungen restlos, noch finden sie ein anderes Begehrensziel. Vielmehr wird in die Heiligenanbetung verlagert, im selbstbezüglichen Schreibakt sublimiert[36] oder mit dem Inzesttabu belegt, was man nicht haben kann oder darf.

---

[30]Mayer, Mathias: ‚Die Mappe meines Urgroßvaters'. In: Ders.: *Adalbert Stifter. Erzählen als Erkennen*. Stuttgart 2001, 92–114; hier: 112.

[31]Sabine Schneider spricht anlässlich dieser Formulierung von der „grausamen Logik einer über das konkrete Menschenschicksal hinweggehenden Theodizee" (Schneider: *Vergessene Dinge* (wie Anm. 20), 169).

[32]Stifter an Heckenast, 16. Februar 1847 (HKG 1.9, 234).

[33]Stifter an Heckenast, 12. Februar 1864 (HKG 6.4, 34).

[34]Mit Blick auf die Vorgeschichte des Obristen hat W.G. Sebald Stifters Frauenbilder treffend als „Musen des Zölibats" bezeichnet (Sebald: *Die Beschreibung des Unglücks* (wie Anm. 17), 36).

[35]Turk: *Die Schrift als Ordnungsform* (wie Anm. 20), 413.

[36]Der Obrist spricht in seiner Erzählung davon, dass seine „Ansichten" nach dem Wiederöffnen seiner ersten Aufzeichnungen „gewachsen" seien und er von der „heftigst[en] Begierde" ergriffen worden sei, diese Ansichten „gleich wieder in einem neuen Packe nieder zu schreiben." (HKG 1.5, 51)

Aus dieser Stagnation gilt es auf Ebene der Narration und auf Ebene der erzählten Familiengeschichte wieder herauszukommen, wenn die *Mappe* nicht auf einen hinter tausend „kleinen Dingen" verborgenen Ausdruck größtmöglicher Frustration hinauslaufen soll. Während die späten Fassungen keine Lösung mehr erreichen und nur indirekt – anhand des Urenkels im Rahmen – auf eine Versöhnung mit Margarita schließen lassen, findet die Buchfassung zu einer immerhin erzählbaren, wenngleich einigermaßen künstlich anmutenden Überwindung der Stagnation. So hebt der Obrist nach drei Jahren, also nachdem Augustinus das erste Siegel der Mappe brechen durfte, die Trennung der ‚wunderlichen Nachbarskinder' kurzerhand auf. Er erklärt Augustinus nun, während er zuvor jahrelang kaum ein Wort darüber verloren hat, dass er dem gescheiterten Liebespaar ein „Opfer dargebracht" und Margarita absichtlich so lange fortgegeben habe (HKG 1.5, 214). Jetzt aber sei der Zeitpunkt der Versöhnung gekommen, wie der Obrist – ohne diese Versöhnung abzuwarten und in Abwesenheit Margaritas – ausführt:

> „[,]Wir bleiben nun alle beisammen. Ihr werdet in dem oberen Hause wohnen, oder auch in dem unteren, oder es mag Margarita, wie es das Natürlichste ist, bei euch sein, und ich oben in meinem Hause. Ihr werdet oft bei mir sein, ich oft bei euch, und es wird sich ein Umgang spinnen, der noch freundlicher ist, als bisher. [I]hr erhaltet in Margarita ein sehr gutes Weib, das ihr ehren müsset, und sie wird in eurem Hause so glücklich sein, wie es meine Gattin in dem meinigen gewesen ist, gebe ihr nur Gott dereinst einen späteren und einfacheren Tod, als ihrer Mutter.'" (HKG 1.5, 217)

Daraufhin bricht Augustinus in Dankesworte aus und beteuert, ihm sei, als habe er nun wieder einen Vater. Der Obrist antwortet: „,Ihr habt es ja erfahren, […] ich bin euer Vater […] und werde es in der Zukunft noch mehr sein.'" (HKG 1.5, 218)

Für den Obristen sind demnach das Ende der sozialen Trennung und die Aufhebung der Nachbarschaftsrelation ein und dasselbe. Die von ihm gestiftete Ehe bedeutet ihm zugleich eine räumliche Allianz, durch welche die benachbarten Wohnbereiche völlig austauschbar werden. Doch eigentlich führt er hier Kraft des Vaterworts herbei, was seiner Nachbarschaftsvorstellung gerade nicht entwachsen ist. Es handelt sich um eine gesetzte bzw. vorausgesetzte familiäre Kontinuität, die nicht etwa dank einer sukzessiven (Wieder-)Annäherung entsteht, „wie es das Natürlichste ist", sondern schlicht, weil der Obrist ‚es sagt'. Motiviert wird diese patriarchale Setzung passenderweise über das Prinzip der Familienähnlichkeit. Margarita sei ihrer Mutter „immer ähnlicher" geworden, und deshalb habe der Obrist ihr angesehen, dass sie nun bereit sei, Augustinus zu vergeben. Auch von Augustinus, der sich mittlerweile über das Mappe-Schreiben dem Charakter des Obristen angeglichen hat, „weiß" der Obrist, „wie es mit [ihm] ist" (HKG 1.5, 215 f.). Einerseits wird die Zusammenführung der getrennten Liebenden dadurch auf das Phantasma einer Wiedervereinigung der irreparabel auseinandergerissenen Elterngeneration hin transparent – eine abgründige Konstruktion, die der *Nachsommer* noch einmal bemühen wird. Und andererseits ist damit noch die aufgehobene Kontiguitätsrelation, entgegen der vom Obristen suggerierten Austauschbarkeit von ‚oben' und ‚unten', als eine asymmetrische und hierarchische

Beziehungsform gekennzeichnet. So wie ein verwandter Dritter die Verbindung zwischen Margarita und Augustinus stört, so bedarf es auch eines verwandten Dritten, der sie heilt; es bedarf der höheren Instanz des Obristen aus dem „oberen Hause", der als Familienoberhaupt in spe das Zeitmaß und die Übung, die zur Besserung nötig sind, festlegt und der schließlich die zerrissene Verbindung wiederherstellt. Dieser Dritte, der nicht die lustvolle Übertretung, sondern das asketische Gesetz verkörpert, sorgt für jene krisen- und sujetlose Kontinuität, die seiner eigenen Lebensgeschichte, an die er hier noch einmal erinnert, nicht zugekommen ist. Das dazugehörige Zeitmodell ist entsprechend nicht mehr das der Entwicklung oder Heilung, sondern das der Perfektibilität. Dort, wo nichts mehr zusammenwachsen und zu etwas Neuem werden muss, kann alles nicht mehr anders werden oder scheitern, sondern alles kann nur „noch besser" und sogar der neugewonnene Vater „noch mehr" Vater werden.

Damit wird aus dem „erfreuliche[n] Ereigniß" (HKG 1.5, 230) der Vereinigung ein ebenso ereignisloser wie infiniter Prozess der kontinuierlichen Verbesserung des Kontinuums selbst, an dem sich ein Leben lang fortschreiben lässt. Indem er diesen Prozess vorgibt, erweist sich der gewesene Nachbar und gewordene Vater des Augustinus' als wahrer Übervater, dessen sanften Direktiven und Setzungen sich Augustinus und seine Lebensgeschichte in der Tat so bedingungslos fügen, wie es die Textordnung nahelegt. Noch der Urenkel wird den Obristen als symbolisches Familienoberhaupt anerkennen und ihm Folge leisten, wenn er sich seinerseits in der Rolle des Schrift- und Lektüreasketen einrichtet. Statt den Abschied von der Mutter und von den Imaginationen der Kindheit produktiv zu wenden und seine Braut körperlich zu begehren, gibt er sich der einsamen und unfruchtbaren Arbeit des Entzifferns und Abschreibens der Mappe hin, die er unter der hölzernen Margarita bzw. Margaretha gefunden hat. Diese generationenumspannende Dominanz des Obristen wird nie ernstlich hinterfragt. Allerdings macht der von seiner Tätigkeit sichtlich abgemattete Rahmenerzähler im „Nachwort" eine Bemerkung über die unterschiedliche Tintenqualität der Handschrift, die man als Andeutung eines Aufbegehrens bzw. einer kritischen Reflexion auf das asymmetrische Verhältnis zwischen seinem Urgroßvater und dessen Nachbarn verstehen kann:

> „Oft waren ganze Abtheilungen in das fahleste Eisenokergelb geschossen, indessen oft Randbemerkungen aus späteren Zeiten mit dem glänzendsten Schwarz dastanden, wie übermüthige Ansiedler und Anbauer, welche die armen Ureinwohner fast zu verdrängen strebten." (HKG 1.5, 232)

Auch wenn die Autorität des Obristen unangefochten bleibt, ein leises, in seinem Kolorit fast kolonialistisch anmutendes Unbehagen, die Geschichte des Urgroßvaters von dem nicht übermütig, sondern sanftmütig sich in der Nachbarschaft ansiedelnden Obristen so widerstandslos bestimmt zu sehen, mag in dieser philologischen Beobachtung des Urenkels immerhin mitschwingen – ebenso wie ein leises Unbehagen an den Mechanismen des Verdrängens, Kleinredens und Marginalisierens, welche die *Mappe* prägen.

Die benachbarte Geschichte – *Brigitta* und *Der Nachsommer*

In den späten Fassungen der *Mappe* passt Stifter die Reihenfolge der Erzähl-
abschnitte der Chronologie der erzählten Geschehnisse an. Durch diese Parallel-
führung von Sujet und Fabula – und weil das Gelöbnis (in der dritten Fassung)
bzw. die Hinweise auf den Obristen im Gelöbnis (in der vierten Fassung) fehlen –
ist die Bedeutung der Nachbarsfigur nicht mehr von vornherein klar, sondern
erschließt sich erst, als die schrittweise Annäherung von Margarita und Augustinus
scheitert und der Obrist daraufhin seine Vergangenheit preisgibt. Die Romanhandlung läuft auf die benachbarte Binnenerzählung zu und geht nicht mehr von ihr
aus, wodurch sich das Informationsgefüge umkehrt: Die Geschichte des Augustinus ist nun *ab ovo* nachvollziehbar, während Anlass und Urheber ihrer spezifischen Art der Verschriftlichung erst spät kenntlich werden.

Eine ähnliche Form der narrativen Organisation, bei der sich eine Figur
aus der Nachbarschaft auffällig spät über eine eingeschobene Vorgeschichte[37]
als das eigentliche Zentrum der Diegese erweist, hatte Stifter mit der Erzählung *Brigitta* und dem Roman *Der Nachsommer* schon einige Zeit vor der
Umarbeitung der *Mappe* erprobt. So beginnt die Studienfassung von *Brigitta*
mit der Bemerkung, dass es „oft Dinge und Beziehungen in dem menschlichen Leben" gebe, „die uns nicht sogleich klar sind" (HKG 1.5, 411). Damit
deutet Stifter jenes „ungewöhnlich innige[] und freundschaftliche[] Band"
(HKG 1.5, 444) zwischen dem Major Stephan Murai und seiner „Nachbarin
Brigitta Marosheli" (HKG 1.5, 442) an, das für den homodiegetischen Erzähler erst greifbar wird, als er die Geschichte ihrer gescheiterten Ehe erfährt. Und
im *Nachsommer* wiederum erschließt sich dem autodiegetischen Erzähler Heinrich Drendorf das merkwürdig innige Nachbarschaftsverhältnis zwischen Gustav von Risach und Mathilde Tarona erst dann, als Risach im dritten Band des
Romans von seiner gescheiterten Jugendliebe zu Mathilde erzählt. Nach Jahren der schmerzlichen Trennung habe Mathilde um der „Nachbarschaft mit mir
[Risach, O.G.] willen" (HKG 4.3, 222) den sogenannten Sternenhof erworben
und sich dort angesiedelt. In beiden Fällen[38] erweist sich das, was zunächst
eher unscheinbar in der Nachbarschaft lag, als die von einer krisenhaften Vergangenheit überschattete Hauptsache der Erzählung. Dabei geht es erneut um
den problematischen Übergang von einem sozial befriedeten Verhältnis der
guten Nachbarschaft in die familiäre Kontinuität sowie um Fragen der Krisen-
bewältigung oder -verdrängung.

---

[37]Zur Karriere der eingeschobenen Vorgeschichte im modernen Roman siehe Zumbusch, Cornelia: Nachgetragene Ursprünge. Vorgeschichten im Roman (Wieland, Goethe, Stifter). In: *Poetica*
43/1–2 (2011), 267–299 (zum *Nachsommer*: 289–297).

[38]Die auffällige Nähe dieser Texte betont Begemann: *Die Welt der Zeichen* (wie Anm. 9), 322:
„Insbesondere aber lassen sich zwischen *Brigitta* und dem *Nachsommer* so viele und gerade
auch strukturelle Übereinstimmungen entdecken, daß man versucht ist, den Roman als eine Art
‚Remake' der *Brigitta*-Problematik zu lesen."

In *Brigitta* begegnet der Erzähler der Titelfigur relativ bald. Er ist im Niemandsland der ungarischen Steppe unterwegs zu seinem früheren Reisefreund, dem Major, und trifft zufällig auf Brigitta, die er nach dem Weg fragt. Er hält die ihm unbekannte Person für „eine Art Schaffnerin" (HKG 1.5, 420), denkt nicht weiter über die Begegnung nach und kommt bald auf dem Gut des Majors an. Durch einige „Besuche, die er [der Major, O.G.] in der Nachbarschaft machte", lernt der Erzähler, der ihn begleitet, die Lebensverhältnisse in der ungarischen Pußta kennen. Er erfährt unter anderem, dass „vier große[] Musterhöfe[]", darunter der des Majors, einen agrarreformerischen „Bund" eingegangen seien, wobei auch „einige kleinere Besitzer [...] ihre[] größeren Nachbarn nachzuahmen" begonnen hätten (HKG 1.5, 441). Bis zu diesem Punkt folgt die Narration weitgehend der Logik einer landeskundlichen Exkursion ins ‚innere Ausland' Österreichs, die ein besonderes Augenmerk auf die ästhetische Wirkung der Landschaft und auf die Anstrengungen, das öde Steppenland fruchtbar zu machen, legt.[39] Erst nach der Erntezeit, als „die Arbeiten etwas weniger wurden", haben die beiden Freunde „ein wenig Muße" (HKG 1.5, 442), und infolgedessen bekommt auch die Erzählung einen spürbar stärkeren Unterhaltungswert. So kündigt der Major seinem Gast „eines Tages" Folgendes an:

> „‚Weil wir jetzt ein wenig Muße bekommen werden, werden wir in der nächsten Woche zu meiner Nachbarin Brigitta Marosheli hinüber reiten, und ihr einen Besuch machen. Sie werden in meiner Nachbarin Marosheli das herrlichste Weib auf dieser Erde kennen lernen.'" (HKG 1.5, 442)

Bevor es zu diesem Besuch bei Brigitta kommt, schiebt der Erzähler jedoch die Geschichte ihres „früheren Lebens" (HKG 1.5, 445) ein und geht damit zugleich zur Rekonstruktion der „Vergangenheit [s]eines Gastfreundes" (HKG 1.5, 443) über.[40]

Im Zuge dieser Analepse rückt sowohl das, was bislang kaum von Bedeutung schien und am Rand der erzählten Topographie lag, als auch die Relationsform der Kontiguität selbst in den Blick. Im Fokus stehen nun die Beschaffenheit und das Zustandekommen der „ganz merkwürdige[n] Art" Nachbarschaft zwischen Brigitta und dem Major. Diese Beziehung scheint „ohne Widerrede das" zu sein, „was wir zwischen Personen verschiedenen Geschlechtes Liebe nennen würden", doch gebe es weder Anzeichen einer „unheimlichen Leidenschaft" oder eines „fieberhaften Begehren[s]" (HKG 1.5, 467), wie es das Gerede der anderen Nachbarn behauptet, noch überhaupt eines intimen Verhältnisses. Im Kapitel „Steppenvergangenheit" erfährt man den Grund: Stephan Murai hat Brigitta trotz

---

[39]Die psychologische Dimension der Landschaftsdarstellung und -bearbeitung in *Brigitta* wurde von der Forschung viel diskutiert. Ich verweise stellvertretend auf Begemann: *Die Welt der Zeichen* (wie Anm. 9), 266–284.

[40]Es handle sich um „einen analytischen Proze{\ss} in ineinandergeschachtelten Rückerinnerungen" (Gutjahr, Ortrud: Das ‚sanfte Gesetz' als psychohistorische Erzählstrategie in Adalbert Stifters ‚Brigitta'. In: Johannes Cremerius/Wolfram Mauser (Hg.): *Psychoanalyse und die Geschichtlichkeit von Texten*. Würzburg 1995, 285–305; hier: 286).

ihres unkonventionellen Charakters und ihres schwer lesbaren Äußeren[41] in jungen Jahren geheiratet. Später unterliegt er jedoch den Reizen Gabrieles, der wilden „Tochter eines greisen Grafen, der in der Nachbarschaft wohnte". Als Stephan und Gabriele sich „zufällig auf einen Augenblick in dem Saale eines Nachbars sahen" (HKG 1.5, 458 f.), erröten sie vor Scham, und Brigitta fordert daraufhin die Scheidung. Danach verlässt Stephan Murai das Land und siedelt sich erst nach einer fünfzehnjährigen Trennungsphase und dem Tod Gabrieles wieder in Brigittas Nachbarschaft an. Dort ahmt er Brigittas landwirtschaftliche Tätigkeit nach und wird so „der Nachbar seines getrennten Weibes" (HKG 1.5, 474).

Wäre Stifter Cervantes, hätte er seine Novelle[42] vielleicht sogar so betitelt. Jedenfalls aber ist mit dieser prägnanten Formulierung die Umkehrung der Nachbarschaftsverhältnisse, wie sie in der Buchfassung der *Mappe* vorliegen, auf den Punkt gebracht: Während dort die gute Nachbarschaft als Basis einer intimen Annäherung mit dem Ziel der Familiengründung dient und als solche versagt, ist sie in *Brigitta* zugleich Resultat und Korrektiv einer gescheiterten Ehe. Der nachbarschaftliche Zustand selbst wirkt dabei auf grundsätzlichere Weise als in der *Mappe* heillos. So siedelt sich der Major zwar in der Nähe von Brigitta an, um sich mit ihr über einen komplizierten, ins Agrarökonomische verschobenen Prozess der Kultivierungsarbeit[43] und der Angleichung qua Nachahmung wieder zu versöhnen, jedoch sei letztlich nur „Achtung und Verehrung" zwischen ihnen zu bemerken. Und der Major selbst bekennt dem Erzähler rundheraus, dass er es trotz Versöhnung nicht mehr wage, mit Brigitta über das Verhältnis der Freundschaft hinauszugehen, damit „das Schicksal [...] nicht wieder tükisch sein möge." – „[U]nd so lebten sie *neben einander* fort" (HKG 1.5, 467),[44] lautet das lakonische Resümee des Rückblicks.

Damit wird in der Weite der ungarischen Pußta der an sich banale Umstand, dass Nachbarschaften in ländlichen Gegenden relativ weit auseinanderliegen, zum Programm. So sehr Brigitta und der Major auch das wüste Land kultivieren mögen, das zwischen ihnen liegt, so wenig genügt das, um die vom Major verschuldete

---

[41]Zu den „physiognomischen Verunsicherungen" im Werk Stifters siehe Begemann, Christian: Das „Titelblatt der Seele". Stifters Gesichter und das Dilemma der Physiognomik. In: Michael Gamper/Karl Wagner (Hg.): *Figuren der Übertragung. Adalbert Stifter und das Wissen seiner Zeit.* Zürich 2009, 15–43; hier: 30.

[42]Die Journalfassung untertitelt Stifter mit „Novelle". Zu Stifters Umgang mit der Gattungskonvention siehe Blasberg, Cornelia: Augenlider des Erzählens. Zu Adalbert Stifters gerahmten Erzählungen. In: Michael Minden/Martin Swales/Godela Weiss-Sussex (Hg.): *History, Text, Value. Essays on Adalbert Stifter. Jahrbuch des Adalbert-Stifter-Institutes des Landes Oberösterreich* 11 (2004). Linz 2006, 89–97.

[43]Vgl. dazu v.a. Begemann: *Die Welt der Zeichen* (wie Anm. 9), 260–291.

[44]Hervorh. O.G. Wenn Brigittas Vorgeschichte von einer „*Aschenputtel-Konstellation*" geprägt ist, wie Ortrud Gutjahr zeigt, so konterkariert dieses Resümee auch ein märchenhaftes Glück – bzw. die dazugehörige Schlussformel (Gutjahr: *Das ‚sanfte Gesetz'* (wie Anm. 40), 288).

Trennung ganz aufzuheben. Der „Bund" der Agrarreformer kann den gerissenen Bund der Ehe kaum ersetzen, so freundschaftlich er in diesem Fall auch sein mag. Es scheint kein Weg aus dem lauwarmen Purgatorium des nachbarschaftlichen Nebeneinander-fort-Lebens zu führen. Erschwerend hinzu kommt der Umstand, dass es mit der Nachbarin Gabriele eine Gegenfigur zur Nachbarin Brigitta gibt, durch welche die Nachbarschaft als Annäherungs- und Intimitätsgrundlage ambivalent wird. Und schließlich fehlt in *Brigitta* auch die höhere Instanz, welche die Zeit der Buße für beendet erklären könnte. Der Major, der wie der Obrist durch seinen Rang als eine solche Instanz ausgewiesen wäre, kann das nicht tun – nicht nur, weil er selbst den Verstoß zu verantworten hat, sondern auch, weil er sich aufgrund dieses Verstoßes nicht mehr als Vater seines Kindes empfindet („,Ich habe kein Kind'", HKG 1.5, 472). Als Patriarch mag er auftreten[45] und Major mag er sich nennen lassen,[46] doch die symbolische Position, die für eine (Instand-)Setzung der Familie, wie dies in der *Mappe* geschieht, nötig wäre, hat er nicht inne. Er ist vielmehr *nur* der „Nachbar seines getrennten Weibes"; ein banaler Ehebrecher, der im Vergleich zur physiognomisch markanten, charakterlich abgründigen und agrarökonomisch erfolgreichen Figur der Brigitta auch sonst reichlich blass aussieht.

Entsprechend bedarf es eines anderen Lösungswegs, über den Stifter die Wiedervereinigung herbeiführt und den Major als Ehemann und Familienvater rehabilitiert. Dies geschieht vermittels eines Zufalls, der die Kontiguitätsrelation dynamisiert und das Problem „schnell und auf unerwartete Art löste" (HKG 1.5, 468). Dieser Zufall ereignet sich in der Grauzone jenes wüsten Raumes, der allen Kultivierungsbemühungen zum Trotz nach wie vor zwischen Brigitta und dem Major liegt. Wölfe fallen dort den gemeinsamen Sohn Gustav an und der Major rettet ihn, wobei er sich „fast selber wie ein Raubthier" gebärdet (HKG 1.5, 468). An Gustavs Krankenbett, dessen „einzige[s] Krankheitsübel [...] die Gewalt der Gemüthsbewegung" ist, kommt es daraufhin zu einer Umarmung von „maßloser Heftigkeit" zwischen den Eltern (HKG 1.5, 471 f.). Das Ereignis habe, so der Erzähler, einen „scharfen Schnitt" durch „jenen seltsamen Vertrag der bloßen Freundschaft" gezogen und damit die beiden Nachbarn „zu dem schöneren natürlicheren Bunde wieder zusammen[ge]fügt[]" (HKG 1.5, 474 f.).

Statt einer Setzung der Ehe im Namen des Vaters wird also qua Zufall eine kathartische Freisetzung der im Nachbarschaftsverhältnis halb bewusst unterdrückten, halb unbewusst verdrängten Affekte inszeniert. Die eruptiv hervorbrechende, alle Beteiligten umfassende „Gewalt der Gemüthsbewegung" sorgt dafür, dass aus Brigitta, Gustav und dem Major wieder eine Familie wird. Und nur dadurch erschließt sich für den Erzähler die Geschichte dieser Familie überhaupt „im Zusammenhange" (HKG 1.5, 474), denn Brigitta und der Major geben ihre Vergangenheit erst nach der erfolgten Wiedervereinigung preis. Doch wo es

---

[45]Vgl. Thürmer, Wilfried: „Die ganze Welt kömmt in ein Ringen sich nutzbar zu machen, und wir müssen mit". Zur Ambivalenz der Liebes-Geschichte in Stifters Erzählung ‚Brigitta'. In: *Wirkendes Wort* 57/2 (2007), 231–256; hier: 235 f.

[46]„[E]r ließ sich immer Major nennen, welchen Rang er in Spanien erworben hatte" (HKG 1.5, 474).

eines solchen „scharfen Schnitts" von außen bedarf, um die Kontiguitätsrelation in den „natürlicheren Bund" zu überführen und einen Erzählzusammenhang herzustellen, da ist der leidenschaftsbereinigte Sozialpakt der guten Nachbarschaft im Unterschied zur *Mappe* offenkundig von vornherein mehr Erstarrungsform denn Entwicklungspotential – sowohl für die Figuren als auch für die Narration. Der Fehltritt, den der Major einst mit der ‚wilden' Nachbarin Gabriele beging, lässt sich innerhalb der festgesetzten Grenze der nachbarschaftlichen Beziehung zu Brigitta, die als regelrechter Vertrag bezeichnet wird, nicht aufheben, und solange diese Aufhebung nicht geschieht, hat der Erzähler nichts außer öder Steppe zu erzählen. Es muss erst das im Sublimationsakt der Kultivierung an den Rand der topographischen Ordnung gedrängte Wilde, Eruptive, Gewaltsame des Begehrens, das Stifter hier in allegorischer Unbeholfenheit an die Wölfe delegiert, wiederkehren, damit sowohl die vergangene Schuld wie auch die Kostenseite der Kultivierung – der Leidenschaftsverlust, und das ist auch: die Ödnis der ersten Hälfte der Erzählung – beglichen werden können.

Damit erscheint die Nachbarschaft in *Brigitta* insgesamt kaum weniger problematisch als in der *Mappe,* mündet doch der sanfte Vorgang der *symphysis* hier wie dort in Resignation, Askese und Stagnation, aber keineswegs von sich aus in eine lustvolle (Wieder-)Vereinigung der getrennten Liebenden. Das Kontiguitätsverhältnis birgt für Stifter zwar die Möglichkeit der Wiederherstellung eines gestörten Kontinuums, ist dazu aber auf willkürliche Setzungen und kontingente Impulse angewiesen. Das heißt im Umkehrschluss auch, dass ein familiärer oder narrativer Zusammenhang platterdings nicht allein deshalb zustande kommen muss, weil ein Nachbarschaftsverhältnis diesen Zusammenhang im Wortsinne ‚nahelegt'. In Stifters ganz auf Willkür- und Kontingenzvermeidung bedachtem Roman *Der Nachsommer* ist konsequenterweise genau das das Problem. Wie Heinrich Drendorf im dritten Band des Romans – im so betitelten „Rückblick" – von seinem Gastfreund, Gustav von Risach, erfährt, scheiterte Risachs Jugendliebe zu Mathilde Makloden einst an einem leidenschaftsbedingt übereilten Versuch der Eheschließung, gegen den Mathildes Eltern ihr Veto einlegten. Risachs Zerwürfnis mit Mathilde, ein „unsägliche[r] Schmerz" (HKG 4.3, 202) und seine niederschmetternde Vereinsamung sind die Folgen. Später kommt es zwar zur Versöhnung mit der inzwischen verwitweten Mathilde (die nun Tarona heißt), woraufhin diese mit ihren beiden Kindern in Risachs Nachbarschaft zieht, doch zu einer Eheschließung kommt es nicht. Als Heinrich gegenüber Risach anmerkt, dass es ihn „fast wie ein Schmerz" berühre, dass die beiden nach ihrer „Wiedervereinigung nicht in einen nähern Bund getreten" seien, entgegnet dieser errötend: „‚Die Zeit war vorüber'" (HKG 4.3, 227).

Mit diesem nachsommerlichen ‚Zu spät'[47] verabsolutiert Stifter die Problemlage aus *Brigitta.* Risach und Mathilde leben in einem ähnlich innigen Nachbarschaftsverhältnis „neben einander fort" wie Stephan Murai und Brigitta, allerdings führt hier kein Zufall einen „nähern Bund" doch noch herbei. Wenn man so will, besteht das Unglück im Leben des Freiherrn von Risach und der Mathilde

---

[47]Siehe dazu Zumbusch: *Nachgetragene Ursprünge* (wie Anm. 37), 294 f.

Tarona darin, dass Mathildes Sohn, der ebenfalls Gustav heißt, nicht von Wölfen angefallen wird. Stattdessen, und das erinnert eher an die Konstruktion der *Mappe,* muss die jüngere Generation den Riss in der Lebensgeschichte der älteren Generation heilen.[48] In einem unendlich langsamen Prozess der „Annäherung"[49] wird Risach für Heinrich Drendorf zur symbolischen Vaterfigur, während dieser parallel dazu Mathildes Tochter Natalie in aller Behutsamkeit nahekommt, bis schließlich am Ende „das reine Familienleben, wie es Risach verlangt" (HKG 4.3, 282), gegründet ist. Risachs übereilter und schmerzlich gescheiterter Versuch der Eheschließung wie auch die Erstarrung in der Kontiguitätsrelation werden so auf symbolischem Wege überwunden (allerdings auch nur auf diesem Wege).[50]

Die Genese dieses so prekären wie fragwürdigen Glücks in ihren ermüdenden Einzelheiten nachzuzeichnen, kann unterbleiben. Stattdessen soll hier abschließend eine Passage aus dem ersten Band des *Nachsommers* in den Blick kommen, die als Schlüsselstelle für die vorliegende Frage gelten kann, insofern Stifter in ihr sein mikrologisches und sein metonymisches Erzählverfahren auf engstem Raum mit seinem Konzept der Nachbarschaft verschränkt. Ausgangspunkt ist Heinrichs Fehleinschätzung einer Wetterlage, aufgrund derer er Risach um Obdach bittet. Heinrich besteht an der Pforte des Asperhofes darauf, dass das Gewitter bald ausbrechen werde, während Risach vom Gegenteil überzeugt ist. Doch anders als einst die „feurige[] gewitterartige[] Liebe" (HKG 4.3, 223) zwischen Mathilde und Risach kommt dieses ‚gewitterartige' Aufbegehren am Gartengitter[51] nicht „zum Ausbruche" (HKG 4.1, 49), sondern setzt vielmehr einen wohldosierten, gleichwohl kontingenten Bewegungsimpuls frei, der Heinrich über die Schwelle treten lässt und dadurch die Romanhandlung in Gang bringt.[52] Bald darauf schreitet er an Risachs Seite das Gelände des sogenannten Rosenhauses ab, dessen penibel geordneten Raum er dadurch Schritt für Schritt kennenlernt, bis die beiden schließlich von einem erhöhten Ruhepunkt aus in die Nachbarschaft blicken. Heinrich bezeichnet Risach hier – und nur hier – als „mein[en] Nachbar[n]" (HKG 4.1, 65, 75),[53] während die beiden sich über die umliegende Gegend unterhalten:

---

[48]Vgl. Drügh: *Ästhetik der Beschreibung* (wie Anm. 1), 278.

[49]So lautet eine der Kapitelüberschriften. Gemeint ist damit vorderhand die Annäherung Heinrichs an die Schönheit der Kunst und zugleich an die Schönheit Natalies. Siehe dazu Vogl, Joseph: Der Text als Schleier. Zu Stifters ‚Der Nachsommer'. In: *Jahrbuch der Deutschen Schillergesellschaft* 37 (1993), 298–312.

[50]Tatsächlich wird das hohe Maß an Unsicherheit, das den *Nachsommer* insgesamt prägt, durch die abschließende „Hypostase des Familienglücks" keineswegs wirksam entkräftet, sondern lediglich „in den Hintergrund gedrängt." (Giuriato: *„klar und deutlich"* (wie Anm. 4), 310).

[51]Dieses Gitter ist deshalb „Schauplatz eines ödipalen Aufbegehrens an der Schwelle zur symbolischen Ordnung". Vogel, Juliane: Stifters Gitter. Poetologische Dimensionen einer Grenzfigur. In: Schneider/Hunfeld (Hg.): *Die Dinge und die Zeichen* (wie Anm. 1), 43–58; hier: 53.

[52]Siehe dazu Grill, Oliver: *Die Wetterseiten der Literatur. Poetologische Konstellationen und meteorologische Kontexte im 19. Jahrhundert.* Paderborn 2019, 170–212. Die nachfolgend angedeuteten Überlegungen zur ‚Psychologie' dieses Gewitters sind ebd. ausgeführt.

[53]Ansonsten nennt er Risach meist seinen „Begleiter" oder „Gastfreund" (z. B. HKG 4.1, 59, 67). Den Namen seines Gastfreundes erfährt Heinrich bekanntlich viel später.

„[,]Ihr [Heinrich, O.G.] könnt also sehen, daß ein nicht ganz geringer Theil dieses Hügels
von unserm Eigenthume bedeckt ist. Wir sind von diesem Eigenthume umringt, wie von
einem Freunde, der nie wankt und nicht die Treue bricht.'
   Mir fiel bei diesen Worten [Risachs] auf, daß er vom Eigenthume immer die Ausdrücke uns und unser gebrauchte. Ich dachte, er werde etwa eine Gattin oder auch Kinder
einbeziehen. Mir fiel der Knabe ein, den ich im Heraufgehen gesehen hatte, vielleicht ist
dieser ein Sohn von ihm.
   ‚Der Rest des Hügels ist an drei Meierhöfe vertheilt,' schloß er seine Rede, ‚welche
unsere nächsten Nachbarn sind. Von den Niederungen an, die um den Hügel liegen, und
jenseits welcher das Land wieder aufsteigt, beginnen unsere entfernteren Nachbarn.'"
(HKG 4.1, 69 f.)

Anschließend betont Risach, dass es mit der von Heinrich gewünschten
Beschreibung der Nachbarhöfe gegenwärtig „seine Schwierigkeit" habe, weil
man „von diesem Plaze aus" zwar „die größte Zahl der Nachbarn erblicken"
könne, jedoch „mancher weiße Punkt des untern Landes, der Wohnungen
bezeichnet, von denen [er] sprechen möchte", durch das Gewitter verdeckt
werde. Heinrich sieht daraufhin ein, dass er die Frage „nach dem Einzelnen seiner Nachbarn" (HKG 4.1, 72 f.) zurücknehmen müsse.
   So beiläufig diese Nachbarschaftspassage des *Nachsommers* wirkt, so aufschlussreich ist doch ihr Sinn für das narrative Gesamtgefüge des Romans. Während sich das Areal des Rosenhauses sukzessive – Raum für Raum, Baum für
Baum und Gartenbeet für Gartenbeet – abschreiten lässt und sich so unter dem
Gehen, Sagen und Zeigen Risachs zu einem konsistenten Syntagma mit starkem
Kontinuitätsanspruch fügt,[54] kommt dieses Prinzip der metonymischen Fügung
buchstäblich an seine Grenze, als es darum geht, den Außenraum des Rosenhauses an das Syntagma anzugliedern. Die metonymische Erzählordnung, die
im Rahmen der ersten Rosenhausvisite demonstriert und performativ vollzogen
wird, versagt just an der Integration der Nachbarschaft. Der Grund für dieses
Versagen ist kein meteorologischer, wie Risach behauptet – immerhin ließe sich
ja auch ohne direkte Sicht von den umliegenden Höfen sprechen –, sondern ein
psychologischer. Die Ursache ist in der benachbarten Geschichte zu suchen, von
der Risach vielleicht „sprechen möchte", aber zu diesem Zeitpunkt sicher auch
dann nicht sprechen würde, wenn kein Wölkchen den Himmel trübte. Denn wie
Heinrich erst durch den schon erwähnten „Rückblick" erfahren wird, ist einer
dieser unscheinbaren weißen Punkte in der Nachbarschaft jener Sternenhof –
ein „weißer Punkt" im stellaren Sinne –, den Mathilde „um der Nachbarschaft"

---

[54]Die Paradoxie dieser Ordnung liege, so Begemann, in der „Engführung zweier Prinzipien [...],
die im Roman in einer nirgends ausgetragenen Spannung stehen: des Postulats der klaren Kontur,
der Gestalt, der Entmischung einerseits, [...] und des Prinzips der überspielten Grenze, der Übergänglichkeit, der Kontinuität andererseits." (Begemann: *Die Welt der Zeichen* (wie Anm. 9), 336)
Zum metonymischen Stil des *Nachsommers* siehe ders.: Adalbert Stifter: ‚Der Nachsommer'. In:
Dorothea Klein/Sabine Schneider (Hg.): *Lektüren für das 21. Jahrhundert. Schlüsseltexte der
deutschen Literatur von 1200 bis 1990*. Würzburg 2000, 203–225; hier: 221.

zu Risach „willen" (HKG 4.3, 222) erworben hat. Wie eine in ihren Literalsinn rückübersetzte Metapher für die gescheiterte „gewitterartige[] Liebe" (HKG 4.3, 223) Risachs schiebt sich die „Gewittermasse" (HKG 4.1, 64) zwischen die metonymische Erschließungskette, die von den „Nachbarn" Heinrich und Risach an der Grenze des Asperhofes zu den „nächsten Nachbarn", von dort zu den „entfernteren Nachbarn" und schließlich zu den sprichwörtlichen Sternen führen würde[55] – und verbirgt so die romanhafte Vorgeschichte Risachs bis auf weiteres: jene Geschichte der gescheiterten Liebe zu Mathilde, mit der ein „Schmerz [...] so groß, daß ihn keine Zunge aussprechen kann" (HKG 4.3, 203), verbunden ist.[56]

Die weißen Punkte ergeben so keine bedeutsame Konstellation, sondern stellen den Mikrokosmos des Rosenhauses sowohl als Modell des Makrokosmos[57] als auch in seiner Wirksamkeit als Enklave der Affektberuhigung in Frage. Das metonymische Syntagma, als dessen Sachwalter Risach beim Rundgang durch das Rosenhausareal auftritt, kann jene schmerzhafte Stelle, die in der atmosphärisch verdunkelten Randzone der Nachbarschaft angesiedelt ist, jedenfalls nicht erschließen. Zwischen tagheller Rundumsicht und gewitterdunkler Eintrübung,[58] zwischen einer klaren Zeig- und Sagbarkeit und einer verstummenden Andeutung angesiedelt, entzieht sich der eine Punkt, auf den alles ankommt, nicht nur der Sichtbarkeit, sondern auch der von Risach vertretenen symbolischen Ordnung insgesamt. Daher bleibt die Tragweite der Risachschen Freude an der „Treue" des ihn umringenden Eigentums, die Delikatesse der Frage, ob sein ‚Uns' auf „eine Gattin oder auch Kinder" gemünzt sei, wie auch die emotionale Signatur des Gewitters und der davon verdeckten Nachbarschaft verborgen. Der Sinn dieser Formulierungen entzieht sich Heinrich und der Leserschaft so lange, bis Risach seine Komfortzone – den homogenen Raum des Rosenhauses – verlässt und in den heterogenen Raum seiner von Unglücksfällen, Affektausbrüchen und Leidenschaftsmetaphern durchzogenen Jugendgeschichte springt.

Dieser Sprung bedeutet auf Narrationsebene den Wechsel von der Romanhandlung in die Binnenerzählung und auf rhetorischer Ebene die Anerkennung des Symbolischen inmitten der metonymischen Ordnung. Risachs Geschichte überschreitet den hochgradig durchstrukturierten und

---

[55]Dass Stifter die beiden Höfe nach der Losung *per aspera ad astra* benannte, ist bekannt.

[56]Einen ähnlichen Hintersinn hat auch die Bemerkung Risachs, dass zur Wetterkunde, wie zu allem, auch Liebe gehöre. Vgl. Neumann, Gerhard: Archäologie der Passion. Zum Liebeskonzept in Stifters ‚Nachsommer'. In: Minden/Swales/Weiss-Sussex: *History, Text, Value* (wie Anm. 42), 69–79; hier: 73.

[57]Unter anderem deshalb ist der *Nachsommer* als ein (zumindest beinahe) moderner Roman zu verstehen, der um die Unmöglichkeit seiner Totalitätsansprüche weiß.

[58]Zur Ästhetik der Übersicht und Durchsicht im *Nachsommer* siehe Giuriato: *„klar und deutlich"* (wie Anm. 4), 308–332.

diskursiv abgesicherten Raum des Rosenhauses bzw. des Romans und verleiht dabei den Dingen, über die Risach mit Heinrich im ersten Band sprach,
nachträglich eine metaphorische Dimension. Die Rosen ohnehin,[59] aber
auch das Gewitter, das treue Eigentum und der weiße Punkt in der Nachbarschaft sind nach dieser Binnenerzählung eben nicht mehr nur, was
und „wie sie an sich sind" (HKG 4.3, 145) – sie stehen auch nicht mehr
nur in einer starren Ordnung des Nebeneinander –, sondern sie bedeuten
nun zugleich, was sie nicht sind, und bewegen sich so über den Bannkreis
der Rosenhausordnung hinaus. Bis es dazu kommt, braucht es freilich beinahe die ganze Länge des Romans. Heinrich muss sich erst als zukünftiger
Ehemann Natalies erwiesen haben und dabei alle etwaigen zur Übereilung
reizenden Begehrensimpulse gar nicht erst gehabt haben, bevor Risachs
gescheitertes Begehren zur Sprache kommt. Somit sind „die zwei jungen
Leute" zwar in der Tat „weitaus nicht die Hauptsache" des *Nachsommers,*
wie eingangs zitiert, doch deren so langsame wie unerotische Annäherung
erweist sich als unverzichtbarer Umweg der Ermüdung, den Stifter offenbar für nötig hält, um den „irgendwo anders" liegenden „Schwerpunkt" seines Romans überhaupt noch zu erreichen – eben jenen unscheinbaren weißen
Punkt, der in der Nachbarschaft liegt und der, Ermüdung hin oder her, immer
noch das *punctum saliens* einer Liebesgeschichte birgt.

---

[59]Risach erzählt, dass er nach der Versöhnung mit Mathilde dieser den Vorschlag gemacht
habe, „die Rosen, wenn sie ihr schmerzliche Erinnerungen [an die Trennung, O. G.] weck-
ten, von dem Hause [zu] entfernen", doch Mathilde besteht darauf, dass der „Schmuck dieses Hauses" erhalten bleibe (HKG 4.3, 221).

Waldungen/Rodungen. Kulturation und Poetologie bei Adalbert Stifter

10

Christian Begemann

In einer Literatur- und Imaginationsgeschichte des Waldes, wie man sie erst in den letzten drei Jahrzehnten zu rekonstruieren begonnen hat,[1] spielt Adalbert Stifter eine maßgebliche Rolle, und zwar gleichermaßen durch das, was er ihr hinzufügt, wie durch das, was er weglässt. Mit Heine, dem späten Tieck und Droste-Hülshoff arbeitet der notorische ‚Dichter des Böhmerwalds‘ an der ‚Entromantisierung‘ des von den Romantikern emphatisch für sich reklamierten Waldes und sorgt für dessen realistische ‚Erdung‘. Was man bei Stifter dabei vermissen mag, ist etwa die Konturierung des Waldes als Ort sozialer Konflikte, die es seit den grundherrschaftlichen Aneignungen des Waldes gegeben hat, die aber erst jetzt, bspw. in Droste-Hülshoffs *Judenbuche* (1842) oder in Moriz Hartmanns Roman *Der Krieg um den Wald* (1850), auch literarisch zum Thema werden. Auch die nationalistische Aufladung des deutschen Waldes im 19. Jahrhundert oder seine Verkitschung im Rahmen einer Heimatliteratur sucht man bei Stifter vergebens. Was aber ist stattdessen das Agens von Stifters lebenslangem intensivem Interesse am Wald?

Dieses demonstrieren schon die relativ zahlreichen Titel von Erzählungen, die aus Komposita mit ‚Wald-‘ gebildet sind: *Der Hochwald, Der Waldsteig, Der Waldgänger, Der Waldbrunnen* nebst den nach demselben Schema gebildeten

[1]Pars pro toto seien genannt: Harrison, Robert Pogue: *Wälder. Ursprung und Spiegel der Kultur.* München/Wien 1992; Schütz, Erhard: Nostalgie, Nachhaltigkeit und Nationalismus. Stationen kulturgeschichtlicher Konstruktion des ‚Deutschen Waldes‘. In: *Berliner Wissenschaftliche Gesellschaft. Jahrbuch* 2003, 89–116; Heger, Christian: Der Wald – eine mythische Zone. Zur Motivgeschichte des Waldes in der Literatur des 19. und 20. Jahrhunderts. In: Ders.: *Im Schattenreich der Fiktionen. Studien zur phantastischen Motivgeschichte und zur unwirtlichen (Medien-) Moderne.* München 2010, 61–85; Zechner, Johannes: *Der deutsche Wald. Eine Ideengeschichte zwischen Poesie und Ideologie 1800–1945.* Darmstadt 2016.

C. Begemann (✉)
München, Deutschland
E-Mail: begemann@lmu.de

© Springer-Verlag GmbH Deutschland, ein Teil von Springer Nature 2019   169
D. Giuriato und S. Schneider (Hrsg.), *Stifters Mikrologien,* Abhandlungen zur
Literaturwissenschaft, https://doi.org/10.1007/978-3-476-04884-4_10

Untertiteln.[2] Mit beträchtlichem Erfindungsreichtum setzen sie das Thema, lenken die Aufmerksamkeit und übernehmen eine strukturbildende Rolle, einerseits indem sie ein um ‚Wald' zentriertes Sprachspiel ins Blickfeld rücken, andererseits indem sie die erzählte Topographie des Waldes untergliedern. In einem großen Teil der Stifterschen Texte spielt Wald eine zentrale Rolle als Schauplatz, ja gelegentlich geradezu als Akteur der Handlung: „Ein Wald", so heißt es etwa im *Hochwald,* „war das eigentliche Unglück" (HKG 1.4, 313). In *Witiko* scheint die gesamte erzählte Topographie darum organisiert, welches Ausmaß der Wald hat, wie weit er entfernt ist, ob und wie weit der Mensch in ihn eingedrungen ist, und es gibt längere Passagen, in denen sich der Erzähler zu bemühen scheint, in jedem Satz mindestens einmal das Wort ‚Wald' unterzubringen:

> „Witiko ritt das Pfadlein zwischen den Steinen hinan, bis er auf die Höhe und auf einen Bühel gelangte, der über die Wipfel aller tiefer stehenden Bäume empor ragte. Hier hielt er plötzlich an, und seine Augen konnten weit und breit herum schauen. Er sah mittagwärts auf das Baierland, das blau mit Wäldern Fluren und offenen Stellen dahin lag bis zu den noch blaueren Alpenbergen, in denen manche Matte mit Schnee glänzte. Gegen Morgen davon sah er auf die Ostmark mit den blauen Fluren und Wäldern und Feldern, in der der junge Leopold herrschte. Es war ein weites Gebiet, das er betrachtete, und zu seinen Füßen lag der Wald, durch den sie herauf gekommen waren, und andere Wälder. Und als Witiko sich gegen Mitternacht wendete, ging der Wald, auf dessen Schneide er stand, so dicht und breit hinab, wie der gewesen war, durch den er herauf geritten war. Und unten floß die Moldau, nicht wie gestern in kurzen Stücken sichtbar sondern in langen Schlangen von den oberen Waldlande niederwärts wandelnd. Und jenseits des Wassers lag das Land Böhmen in schönen Wäldern und dann wieder in Wäldern und dann in Gefilden, die mit Gehölz, wechselnd mit nahrungtragenden Fluren, bedeckt waren. Den Wald sah er, auf dem er gestern gestanden war, den Wald, in welchem sich der schwarze See befand, und dann noch weiterhin stark dämmerige Wälder. Auch gegen Morgen war Forst an Forst dahin." (HKG 5.1, 60)

Diese nachgerade obsessiv anmutende Präsenz des Waldes in Stifters Texten hat – parallel zu einer entstehenden Literaturgeschichte des Waldes überhaupt – unter verschiedenen Gesichtspunkten auch die Forschung beschäftigt,[3] bis dahin,

---

[2]Eine Auswahl an Wald-Komposita bietet Gottwald, Herwig: Natur und Kultur: Wildnis, Wald und Park in Stifters ‚Mappe'-Dichtungen. In: Walter Hettche/Hubert Merkel (Hg.): *Waldbilder. Beiträge zum Interdisziplinären Kolloquium „Da ist Wald und Wald und Wald" (Adalbert Stifter).* Göttingen 2000, 90–106; hier: 93.

[3]Praxl, Paul: Adalbert Stifter und die Entdeckung des Böhmer- und Bayerwaldes. In: *Adalbert Stifter und die Entdeckung des Böhmer- und Bayerwaldes.* Ausstellungs-Katalog. Passau 1968, 9–27; Ehlbeck, Birgit: *Denken wie der Wald. Zur poetologischen Funktionalisierung des Empirismus in den Romanen und Erzählungen Adalbert Stifters und Wilhelm Raabes.* Bodenheim 1998; Hettche, Walter: Der Wald im Text, der Wald als Text. Aspekte der Walddarstellung in Stifters Erzählwerk. In: Hettche/Merkel: *Waldbilder* (wie Anm. 2), 25–35; Dittmann, Ulrich: Waldbilder in Adalbert Stifters ‚Studien', ebd., 36–46; Gottwald: Natur und Kultur. ebd., 90–196; Doppler, Alfred: Das Waldmotiv bei Adalbert Stifter. In: *Jahrbuch des Adalbert Stifter-Instituts des Landes Oberösterreich* 16 (2009), 9–16; Schubenz, Klara: Botanik/Wald. In: Christian Begemann/Davide Giuriato (Hg.): *Stifter-Handbuch. Leben – Werk – Wirkung.* Stuttgart 2017, 257–262. Demnächst erscheint: Klara Schubenz: *Der Wald in der Literatur des 19. Jahrhunderts. Geschichte einer romantisch-realistischen Ressource.* Diss. Konstanz 2018.

dass man Stifters Wald-Beschreibungen auf ihre topographische, botanische und forstgeschichtliche Genauigkeit geprüft hat.[4] In diesem Zusammenhang hat Alfred Doppler eine grundlegende „Ambivalenz der Stifterschen Walddarstellungen" konstatiert: „So erweist sich der Wald von Urzeiten an als ein Refugium und als ein Ort der Bedrohung, eine Zweideutigkeit, die ein durchgehendes Spannungselement in den Stifterschen Erzählungen abgibt."[5] Dezidiert prägt sie noch Stifters letzten Text, die dramatische Schneefallsbeschreibung *Aus dem bairischen Walde.* Hier wird das „lange eingebürgerte edle Bild" der „prachtvolle[n] Waldgegend" vom traumatisierenden „Bild des weißen Ungeheuers" verdrängt (PRA 15, 353).[6] Doch schon von Anfang an begegnet dieser Zwiespalt in Stifters Werk. Der Wald ist einerseits ein emphatisch besetzter Raum des Ursprungs, der metonymisch mehr oder weniger mit ‚Natur', ihrer Ordnung und Ewigkeit identifiziert wird, zur Betrachtung der Dinge der Natur auffordert und in den topischen Stadt-Land-Gegensatz einrückt. Der Waldluft, dem Waldwasser und überhaupt dem Wald wird eine heilende Wirkung nicht nur in physiologischer, sondern auch in moralisch-pädagogischer Hinsicht zugeschrieben, wie etwa im *Waldsteig* oder im *Waldbrunnen.* Andererseits ist der Wald ein Raum realer und symbolischer Gefahren: Er ist, v. a. wo er noch ‚Wildnis' ist, groß, dunkel und weglos; es gibt Wölfe und Irrlichter, und das Leben in ihm verurteilt zu Menschenferne, Weltlosigkeit und Asozialität, wie im *Waldgänger.* Vor allem aber sind es die Bäume selbst, die den Menschen buchstäblich im Wege stehen. So tritt dem Wald bei Stifter ein anderer Themenkomplex gegenüber, der der Rodung. Auch über ihn kann man kaum hinwegsehen, aber im Vergleich zum Wald führt er in der Forschung eher ein Schattendasein.

Eine Wissensgeschichte von Wald und Rodung, die leider nach wie vor fehlt, ist hier nicht intendiert. Vielmehr soll im Folgenden gezeigt werden, dass und wie Stifter an diesem geradezu obsessiv präsenten Komplex eine implizite kulturtheoretische Reflexion entfaltet. Rodungen, die man zu Stifters Zeit als z. T. radikale Kahlschläge praktiziert hat, stehen im Zusammenhang mit kultureller Bearbeitung der Natur und sind in vielen Fällen deren Voraussetzung. Dieses Thema durchzieht einen Großteil der Stifterschen Texte bis in ihre Mikrostruktur hinein. So mag es vielleicht legitim sein, hier von der Mikrologie eines Motivkomplexes zu sprechen,

---

[4]Schrötter, Helmuth: Stifters Lehre vom Wald. In: *Centralblatt für das gesamte Forstwesen* 103 (1986), 170–181; Brande, Arthur: „Keine Spur von Menschenhand, …". Stifters ‚Hochwald' vegetationsgeschichtlich betrachtet. In: *Jahrbuch des Adalbert Stifter-Instituts des Landes Oberösterreich* 4 (1997), 77–93; ders.: Stifters Hochwald am Plöckenstein. Eine vegetationskundliche und waldgeschichtliche Analyse. In: Hettche/Merkel: *Waldbilder* (wie Anm. 2), 47–67; Erlbeck, Reinhold: Die Waldwelt Oberplans zur Zeit Adalbert Stifters. In: *Jahrbuch des Adalbert Stifter-Instituts des Landes Oberösterreich* 24 (2017), 48–62.

[5]Doppler, Alfred: Witiko, der Wald und die Waldleute. In: Márta Nagy/Laszló Jónácsik (Hg.): *„Swer sinen vriunt behaltet, daz ist lobelich". Festschrift für András Vizkelety zum 70. Geburtstag.* Budapest 2001, 393–402; hier: 396. Vgl. auch ders.: Das Waldmotiv bei Adalbert Stifter (wie Anm. 3), 9, sowie Gottwald: Natur und Kultur (wie Anm. 2), 92.

[6]Vgl. dazu Dusini, Arno: Wald. Weiße Finsternis. Zu Stifters Briefen und Erzählung ‚Aus dem bairischen Walde'. In: *Euphorion* 92 (1998), 437–455.

auch wenn Bäume, wie wir aus dem *Nachsommer* wissen, „wegen ihrer Größe in ein Pflanzenbuch nicht gelegt werden können" (HKG 4.1, 42). So wenig man dem widersprechen mag – wo Wald und Rodung zu komplexen Zeichensystemen, d. h. zu Text, werden, finden Bäume ihren Weg durchaus in die Bücher. So darf man von einer ‚Mikrologie' vielleicht nicht auf der Gegenstands-, wohl aber auf der Verfahrensebene sprechen. Mit ihr ist zugleich eine poetologische Selbstpositionierung gegeben.

Kulturtheoretische Aspekte

Rodungen sind Urszenen der Kultur. Nahezu der gesamte menschliche Lebensraum ist in Mitteleuropa dem Wald abgerungen, und jenes vor- und frühindustrielle Zeitalter, dem Werner Sombart ein „ausgesprochen hölzernes Gepräge" attestiert hat, weil Holz „in alle Gebiete des Kulturdaseins" hineingriff und der maßgebliche Werkstoff und Energielieferant war, dauert bis in Stifters Zeit hinein.[7] Wenn dieser an seinen Verleger Heckenast schreibt, „Dampfbahnen und Fabriken" (PRA [2]19, 14)[8] hätten in der schönen Literatur nichts zu suchen, dann ist das nicht nur eine ästhetische, sondern auch eine kulturgeschichtliche Aussage. Zumindest implizit steckt in ihr ein Plädoyer für eine Poetisierung des Holzzeitalters, das einen historisch bereits teilweise obsoleten Zustand gegenüber jenen Inbildern der Industrialisierung und Technisierung darstellt, die energetisch auf der neuen Basis der Steinkohle stehen. Statt darin lediglich eine problematische Unzeitgemäßheit zu sehen oder Stifters Äußerung als Ausdruck eines für den Realismus charakteristischen Ressentiments zu begreifen, demzufolge die Erscheinungen der ökonomischen Moderne hässlich und nicht poesiefähig sind, ließe sich auch argumentieren, Stifter fokussiere auf einen überschaubaren, historisch in sich geschlossenen Zustand, um an ihm ein gleichermaßen detailreiches wie abstraktes Modell von Kulturation zu entwickeln – das allerdings in vielen Punkten auch uneindeutig bleibt. Stifters exzessive Durcharbeitung dieses Themas soll im Folgenden in einer Art Luftaufnahme umrissen werden.

Stifters bevorzugter Landschaftsraum ist bekanntlich eine Region, die im *Hochwald*, in der *Mappe meines Urgroßvaters*, im *Beschriebenen Tännling*, in *Granit*, im *Waldbrunnen* oder in *Witiko* den Schauplatz bildet. Eine Kurzfassung davon bietet *Der Hochwald*:

---

[7]Sombart, Werner: *Der moderne Kapitalismus: Historisch-systematische Darstellung des gesamteuropäischen Wirtschaftslebens von seinen Anfängen bis zur Gegenwart* [[2]1916]. 6 Bde. Berlin 1955–1969; hier: Bd. 2: *Das europäische Wirtschaftsleben im Zeitalter des Frühkapitalismus,* 2. Halbband, 1138. Vgl. hier überhaupt die instruktiven Kapitel zur Holznutzung in der Frühen Neuzeit (ebd., 1137–1155). Vgl. auch Küster, Hansjörg: *Geschichte des Waldes. Von der Urzeit bis zur Gegenwart.* München [3]2013.

[8]Stifter an Heckenast, 22. März 1857.

„Es sind noch heutzutage ausgebreitete Wälder und Forste um das Quellengebiet der Moldau, daß ein Bär keine Seltenheit ist, und wohl auch noch Luchse getroffen werden: aber in der Zeit unserer Erzählung waren diese Wälder über alle jene bergigen Landstriche gedeckt, auf denen jetzt gereutet ist und die Walddörfer stehen mit ihren kleingetheilten Feldern, weißen Kirchen, rothen Kreuzen und Gärtchen voll blühender Waldbüsche. Wohl acht bis zehn Wegestunden gingen sie damals in die Breite, ihre Länge beträgt noch heute viele Tagreisen." (HKG 1.4, 233)

Im *Hochwald* wie in den anderen genannten Erzählungen referieren Ortsnamen und präzise topographische Details auf die reale Landschaft der südböhmischen Herkunftsregion Stifters im Moldautal um Oberplan, für die in der Tat Rodung und Holzwirtschaft zentrale kulturgeschichtliche Faktoren darstellten. Auf die historische und die forstbotanische Korrektheit der Beschreibungen des naturwissenschaftlich interessierten und ambitionierten Autors hat man immer wieder hingewiesen[9] und dabei bemerkt, dass Stifter „in der Zeit maximaler Ausbeutung des dortigen Hochwaldes lebte".[10] Intensiviert wurde die Abholzung durch den 1789 angelegten und 1821/1822 erweiterten Schwarzenbergschen Schwemmkanal, der Wien mit einem guten Teil seines Brennholzes versorgte. Gleichwohl sollte man den erzählten Raum nicht umstandslos mit der realen Gegend identifizieren, ist er doch durch einen hohen Grad der Stilisierung gekennzeichnet.[11] Am *Hochwald* fallen dabei nicht nur die vielfältigen romantischen Metaphorisierungen auf, sondern auch schon Ansätze einer später besonders augenfällig werdenden Tendenz zu abstrakten, sozusagen ‚begriffenen Landschaften', an denen vorzugsweise das Typische und Wesentliche hervorgehoben wird.[12] Sie tritt gleich zu Beginn der Erzählung in der einleitenden topographischen Aufsicht an Wendungen der Verallgemeinerung zutage („wie oft", „wie Seinesgleichen öfter", HKG 1.4, 211). In diesen Zusammenhang gehört nun insbesondere das erkennbare Bemühen, sinnfällig zu machen, dass die erzählte Landschaft nicht nur ein Raum ehemaliger Rodung, sondern als solcher auch das Paradigma eines kulturellen Raums schlechthin ist. Rodung ist insofern immer mitzudenken, wenn es bei Stifter um Kulturation geht. Andere Kulturlandschaftsformationen, wie in der *Narrenburg,* in *Prokopus,* in *Kazensilber* oder den *Nachkommenschaften,* gleichen in dieser Hinsicht dem Oberplaner Raum strukturell.

Dieser domestizierte und von Menschenhand gestaltete Raum ist in zwei Richtungen begrenzt und stellt insofern einen Schwellenraum dar – analog dazu, dass die Rodung, die ihn ermöglicht hat, selbst eine Schwelle zwischen Wildnis und

---

[9]Vgl. Brande: *„Keine Spur von Menschenhand"* (wie Anm. 4); Erlbeck: *Die Waldwelt Oberplans* (wie Anm. 4).

[10]Brande, Arthur: „Den Wald zu reinerer Anmut führen". Die Aktualität Stifters aus landschaftsökologischer Sicht. In: *Adalbert Stifters schrecklich schöne Welt. Beiträge des internationalen Kolloquiums Antwerpen 1993 (=Jahrbuch des Adalbert-Stifter-Instituts des Landes Oberösterreich 1 (1994)),* 143–150; hier: 145.

[11]Vgl. dazu unter forstgeschichtlicher Perspektive auch ebd.

[12]Vgl. Begemann, Christian: Adalbert Stifter und das Problem der Beschreibung. In: Peter Klotz/ Christine Lubkoll (Hg.): *Beschreibend wahrnehmen – wahrnehmend beschreiben. Sprachliche und ästhetische Aspekte kognitiver Prozesse.* Freiburg i.Br. 2005, 189–209; hier: 203.

Kultur darstellt. Topographisch bleiben auf der einen Seite die in Stifters Texten grosso modo wenig geschätzten Städte, die ganze Welt des modernen Lebens, im „Land draußen" (HKG 1.5, 80), wie es in der *Mappe* formuliert wird. Auf der anderen Seite der Schwelle wird das Andere, der Wald, dezidiert ins Blickfeld gerückt, das er limitiert. Die Wälder, die ‚innerhalb' einstmals gerodet wurden, sind ‚außerhalb' am Horizont präsent oder ziehen sich in Relikten in den agrikulturellen Raum hinein. Wenn Großvater und Enkel in *Granit* bei ihrem Spaziergang in zwei deutlich getrennten Durchläufen das Panorama buchstabieren,[13] dann gehen sie von der Benennung der Wälder am Horizont, dem „Hüttenwald", „Seewald", „Tussetwald" usw. (HKG 2.2, 33 f.), zu der der Ortschaften und Höfe über, die im bebauten Land liegen.[14] Dieser Schwellenraum liegt zwischen entgegengesetzten Sphären, unterscheidet sich von ihnen, hat aber auch an beiden teil. Als agrikultureller Raum ist er einerseits Kultur, ohne deren vermeintliche zivilisatorische Auswüchse zu teilen, andererseits noch Natur, ohne ‚wild' zu sein, eine ‚besänftigte' Natur also. Das dürfte ihn für Stifter attraktiv gemacht haben. Auf diese Weise wird eine starre dichotomische Entgegensetzung von Natur und Kultur unterlaufen und ein dritter Raum der Interferenzen, Vermischungen und Allianzen geschaffen, in dem oft nicht mehr unterscheidbar ist, was Natur und was Kultur ist. Dem entspricht die herausgehobene Bedeutung jener Kulturpflanzen, in denen sich die liminale Beschaffenheit ihres Anbauortes quasi spiegelt. Neben den Obstbäumen handelt es sich dabei vorzugsweise um das für Stifter in jeder Hinsicht maßgebliche Getreide, um das ein regelrechter Kult betrieben wird, weil es nicht nur kulturerhaltend, sondern geradezu kulturstiftend wirkt.[15] Getreide ist eines der Inbilder des „sanfte[n] Gesez[es]" (HKG 2.2, 10), das den lebenserhaltenden Prozessen einer sanften Natur wie einer sanften Kultur gleichermaßen zugrunde liegt. Obwohl es in Opposition zu den Bäumen steht und sie verdrängt, wie der *Nachsommer* unmissverständlich artikuliert – „ich legte dort Felder an, wo ich die Bäume genommen hatte" (HKG 4.1, 129) –, werden in ihm jene zwei Sphären zur Deckung gebracht, die die „Vorrede" zu den *Bunten Steinen* zwar begrifflich differenziert, aber nur, um sie sogleich zusammenzuführen: die äußere Natur und das kulturelle, das gesellschaftliche und geschichtliche menschliche Leben. Was

---

[13]Vgl. Koschorke, Albrecht: Das buchstabierte Panorama: Zu einer Passage in Stifters Erzählung ‚Granit'. In: *Vierteljahrsschrift des Adalbert Stifter-Instituts des Landes Oberösterreich* 38 (1989), 3–13.

[14]Vgl. HKG 2.2, 35 f.

[15]Im *Nachsommer* heißt es: „Land und Halm ist eine Wohltat Gottes. Es ist unglaublich, und der Mensch bedenkt es kaum, welch ein unermeßlicher Wert in diesen Gräsern ist. […] Ich dachte mir damals, das Getreide gehöre auch zu jenen unscheinbaren nachhaltigen Dingen dieses Lebens wie die Luft. Wir reden von dem Getreide und von der Luft nicht weiter, weil von beiden so viel vorhanden ist, und uns beide überall umgeben. Die ruhige Verbrauchung und Erzeugung zieht eine unermeßliche Kette durch die Menschheit in den Jahrhunderten und Jahrtausenden. Überall, wo Völker mit bestimmten geschichtlichen Zeichnungen auftreten, und vernünftige Staatseinrichtungen haben, finden wir sie schon zugleich mit dem Getreide" (HKG 4.1, 70 f.).

Walter Benjamin pejorativ als „heimliche Bastardisierung" bezeichnet,[16] ist eine offen zutage liegende Textstruktur und ließe sich mit Bruno Latour angemessener begreifen als Hybridbildung zwischen Natur und Kultur bei gleichzeitiger Herstellung völlig getrennter ontologischer Sphären im Diskurs der Moderne.[17]

Diesem liminalen Raum als hauptsächlichem Schauplatz der Texte ist seine Genese ablesbar, und zwar in vielerlei Hinsichten:

1. Bereits die zitierte Stelle aus dem *Hochwald* zeigt Stifters Neigung zu historischen Perspektivierungen. Zu den immer wiederkehrenden Grundlinien der Darstellung des kulturierten Rodungsraums gehört die Markierung seiner Differenz zu früheren Zeiten. In die Topographie des Grenzraums legt Stifter mithin auch eine sinnfällige Zeitachse ein. In *Granit* etwa belehrt der Großvater den Enkel über die Situation im 18. Jahrhundert:[18]

> „Einst waren die Wälder noch viel größer als jezt. Da ich ein Knabe war, reichten sie bis Spizenberg und die vordern Stiftshäuser, es gab noch Wölfe darin, und die Hirsche konnten wir, in der Nacht, wenn eben die Zeit war, bis in unser Bett hinein brüllen hören." (HKG 2.2, 34)

In *Prokopus,* einer Erzählung aus dem späten 17. Jahrhundert, wird der aktuelle Zustand des Schwellenraums der grünen Fichtau vom Wirt Romanus selbst als eine Schwellenzeit geschildert:

> „Weil alles so vordrängt, werden unsere Nachfolger viel tiefer eingehen und wirken müssen. Ich sage euch: wer die Fichtau in hundert fünfzig Jahren sehen könnte, würde ganz andere seltsam neue Dinge sehen, als nun; so wie sie jetzt das nicht mehr ist, was sie einstens gewesen war." (HKG 3.1, 233)

Kultur beginnt dem Wirt zufolge auf einer Insel in der Wildnis; ihr Wachstum steht in einem Verdrängungswettbewerb mit dem schwindenden Wald.

> „Die Fichten dort standen einmal gerade vor den Fenstern, darum heißt die grüne Fichtau die grüne Fichtau; jetzt sind sie schon zurück bis an den Saum, und werden noch weiter zurück müssen. Die Tannen dort auf der Steinwand werden wohl zuerst wandern." (HKG 3.1, 234)

---

[16]Benjamin, Walter: Stifter. In: Ders.: *Gesammelte Schriften.* Hg. von Rolf Tiedemann und Hermann Schweppenhäuser. 15 Bde. Frankfurt a.M. 1972–1989; hier: Bd. II.2: *Aufsätze, Essays, Vorträge 2,* 608–610, hier: 609.

[17]Latour, Bruno: *Wir sind nie modern gewesen. Versuch einer symmetrischen Anthropologie.* Frankfurt a.M. 2008 (frz. 1991), 19 u. ö.

[18]Ganz ähnlich in dem im Dreißigjährigen Krieg spielenden *Hochwald,* wo der alte Gregor in seine Jugend zurückblickt: „Seht, da ich ein Bube war, von zwölf, dreizehn Jahren oder darüber, da waren noch größere und schönere Wälder als jetzt. – Holzschläge waren gar nicht zu sehen, diese traurigen Baumkirchhöfe, weil nächst dem Waldlande wenig Hütten standen, und diese ihr Brennholz noch an den Feldern bald in diesem, bald in jenem Baume fanden, den sie umhieben – und man merkte nicht, daß einer fehle" (HKG 1.4, 263).

War früher „die ganze Fichtau ein einziger Wald", so ist der aktuelle Zustand ein
bereits ansatzweise kulturierter, in dem Wölfe und Bären verschwunden sind und
einzelne Bauernhöfe sich angesiedelt haben; doch erst die Zukunft, so antizipiert
der Wirt, werde eine weitere Zurückdrängung und Verarbeitung des hinderlichen
Waldes, Häuser, eine Sägemühle und eine Schmiede bringen.[19] In diesem Zustand
wird dann die *Narrenburg* angekommen sein. *Prokopus* ist ein historischer Text,
der unter kulturgenetischer Perspektive zeigt, wie sehr Stifter sich bemüht, den
Prozess der Gewinnung von Kulturland auf Kosten des Waldes in einen historischen Tiefenraum hinein zu erweitern und ihm eine quasi menschheitsgeschicht-
liche Dimension zu verleihen.

Die systematisch ersten Anfänge einer Waldwirtschaft demonstriert jene Stelle
aus *Granit*, in der ein Großvater seinem Enkel die fernen Rauchsäulen im Wald
erklärt, die von den verschiedenen ambulanten Waldnutzern verursacht werden,
den Sammlern, Jägern und Pechbrennern, die als Schrittmacher der eigentlichen
Kulturation vorarbeiten.[20] Weitere frühe, aber demgegenüber fortgeschrittene
Erschließungsprozesse zeigen detailliert auch die *Mappe*[21] für das 18. Jahrhundert
und für das Mittelalter *Witiko*, in dem der Held nicht nur aus dem Wald stammt,
sondern auch denkt „wie der Wald" (HKG 5.1, 56), die kräftigen und unver-
dorbenen Waldleute um sich sammelt, am Ende mit dem Waldland belehnt wird
und sich dann umgehend daran macht, dieses in einer durchaus ‚energischen'
Weise zu erschließen:[22] Dazu gehören Kohlenbrennerei, Flößerei, Wege, Straßen
und Brücken, Bewässerung wie Drainage, Herstellung und Versandhandel von
Holzwaren, Viehhaltung – alles, um „ein Einkommen in den Wald" (HKG 5.3,
180) zu leiten. An diese primäre Bedeutung von Kulturation im Sinne einer *cultura
agri* lagern sich in der Folge andere Momente von Kultur an, etwa die Christiani-
sierung. In *Witiko* beginnt die Urbarmachung des Landes mit „zwei christliche[n]
Einsiedler[n], die den Fleck reuteten, darum er der obere Plan heißt, und die die
christliche Lehre ausbreiteten" (HKG 5.1, 175); dagegen spielen sich die letzten
heidnischen Rituale, die der Held zu Gesicht bekommt, im nächtlichen Wald ab.[23]

Verlängert man diesen Prozess in die Zukunft, so verheißt er den Wäldern
nichts Gutes, und das eigentlich Erstaunliche ist, dass die Figuren, ebenso wie
der ‚Dichter des Böhmerwalds' selbst, das nur trocken konstatieren. In *Zwei
Schwestern* antizipiert der Landwirt Alfred Mussar die Zukunft der Wälder
bezeichnenderweise in Relation zur Ausbreitung des Getreides:

> „Diese getrockneten Aehren in ihren Glaskästen, die nur einfache Gräsersamen sind, [...]
> sind das auserlesenste und unbezwinglichste Heer der Welt, die sie unvermerkbar und
> unbestreitbar erobern. Sie werden einmal den bunten Schmelz und die Kräutermischung

---

[19]Vgl. HKG 3.1, 233 f.

[20]Vgl. HKG 2.2, 34 f.

[21]Vgl. HKG 1.5, 78–83.

[22]Vgl. HKG 5.3, 247.

[23]Vgl. HKG 5.1, 185 f., 205.

der Hügel verdrängen, und in ihrer großen Einfachheit weit dahin stehen. Ich weiß nicht, wie es dann sein wird. Aber das weiß ich, daß es eine Veränderung der Erde und des menschlichen Geschlechtes ist, wenn zuerst die Cedern vom Libanon, aus denen man Tempel baute, dann die Ahorne Griechenlands, die die klingenden Bogen gaben, dann die Wälder und Eichen Italiens und Europa's verschwanden, und endlich der unermeßliche Schmuk und Wuchs, der jezt noch an dem Amazonenstrome steht, folgen und verschwinden wird. Es gibt unendliche Wandlungen auf der Welt, alle werden sie nöthig sein, und alle werden sie, eine auf die andere, folgen." (HKG 1.6, 353)

Von daher ist es begründet, dass die Geschichte von den *Zwei Schwestern,* die vom Aufbau eines Musterguts erzählt, in einer baumlosen Hochgebirgsgegend spielt, die die Entwaldung der Erde symbolisch vorwegnimmt. Bezeichnenderweise wird die gebildete Vorzeigegärtnerin Maria am Ende und auf Anraten Alfred Mussars nicht nur Gemüse, Obst und Blumen, sondern auch Getreide anbauen.

Kurzum: Stifters Texte erzählen immer auch eine Geschichte der fortschreitenden Kulturation via Rodung und staffeln diese über die Jahrhunderte zurück bis ins Mittelalter und nach vorne in die Zukunft. Die Geschichte des Waldes findet ihren Niederschlag in der Topographie des Waldlandes. An den räumlichen und zeitlichen Grenzen gibt es Urwälder und Wildnisse, auffällig aber ist, dass Rodung eigentlich immer schon begonnen hat,[24] selbst in *Witiko,* wo „lauter Wald" (HKG 5.1, 54) ist, „dichte[r] Wald" (HKG 5.1, 59), wo also die Nähe und Präsenz des Waldes auf Schritt und Tritt betont wird, das ganze Waldland tatsächlich aber durchsetzt ist mit kleinen Rodungsinseln, zu denen auch der obere Plan gehört. Von der allerersten „Hütte mit gereutetem Lande" (HKG 5.1, 59) über die in den Wald expandierenden Adelssitze bis zu den entwaldeten Gegenden nach Osten wird hier der ganze Weg der Akkulturation der Wildnis auch als ein machtpolitischer Prozess vorgeführt, in dem nicht nur die Natur unterworfen, sondern auch Land und Einfluss akkumuliert wird. Die ursprüngliche Wildnis wird dabei – ganz buchstäblich – zu einem Grenzphänomen, das behauptet, aber nur in Ausnahmefällen literarisch vergegenwärtigt wird. Vom Raum vor der Kultur kann man, so scheint es, schlecht erzählen. Was erste menschenferne Natur sein soll, scheint sich im Prozess der Kulturation auch dem Erzählen zu entziehen und zu einem Grenzbegriff zu werden. Die Sprache als zentrales Instrument der Kultur versagt vor ihr, wie Stifters Erzähler verschiedentlich verdeutlichen,[25] und in dem Moment, in dem die für Stifter typischen Verfahren der Beschreibung und Klassifikation auf die Wildnis Anwendung finden, verwandelt sie sich schon zu etwas von sich selbst Differentem. So gewinnt der liminale Raum des gerodeten Landes zugleich auch eine epistemologische Dimension, insofern er das ist, was Erkenntnis zugleich ermöglicht wie begrenzt.

2. Auch der aktuelle Kulturraum der intradiegetischen Gegenwart zeigt sich nicht einfach als landwirtschaftlich genutztes Gelände, sondern trägt unauffällige kleine, aber doch insistente Spuren der Rodung, so als sollten diese permanent

---

[24]Vgl. Gottwald: *Natur und Kultur* (wie Anm. 2), 94 f.

[25]Vgl. Hettche: *Der Wald im Text* (Anm. 3), 28.

im Bewusstsein gehalten werden.[26] Abgesehen von der expliziten Nennung und Beschreibung von Holzschlägen im *Waldsteig* oder im *Tännling,* begegnet man bei Stifter, z. B. in der *Narrenburg* oder dem *Waldgänger,* Förstern, Hegern, Jägern, Pechbrennern und Holzknechten in Holzschuhen,[27] die zeigen, dass der Wald bereits ganz durchprofessionalisiert ist. In der *Mappe* und anderswo werden Wege und Straßen angelegt, auf denen Wagen rollen, die aus Holz sind und Holz transportieren.[28] So gesehen, sind noch die unheimlichen „alte[n] Räder" in den „unentdeckten allerhintersten Räume[n] der Wagenlaube", die die Kinder in der *Mappe* beängstigen (HKG 1.5, 14), Abkömmlinge der Rodung und spielen diese in den Bereich anderer Themen hinüber, etwa in das einer „Dichtung des Plunders" (HKG 1.5, 16) oder in das von Erinnerung und Fortleben. Von ähnlicher Präsenz sind die Werkzeuge der Rodung, ‚Äxte' und ‚Sägen'. Sie werden vor dem Wirtshaus auf die Gasse geworfen[29] oder am Schleifstein geschliffen. Nicht erstaunlich, dass daraufhin die Kaiserwiese „wie überschwemmt von Scheitern" (HKG 1.4, 336) liegt. In diesen omnipräsenten Hinweisen nur Zugeständnisse an das Lokalkolorit zu sehen, greift zu kurz. Wäre es nicht so paradox, so könnte man von einer Dissemination des Rodungsmotivs sprechen – was aber dann doch eine Berechtigung haben mag, wenn man liest, die einst bewaldete Fichtau sei nunmehr, und das ist erst ermöglicht durch ihre Rodung, „gleichsam besäet mit einzeln liegenden Häusern und Gehöften" (HKG 1.4, 324), also quasi ebenso ‚natürlich' gewachsen wie vormals der Wald. Man könnte versucht sein, hier von einer Inversion von Rodung in Saat zu sprechen.

3. Ein weiterer Punkt zeigt uns den Weg des Holzes und dessen Metamorphosen aus einem Naturgegenstand zum Material kultureller Arbeit. Der gerodete Wald, der den Platz für Besiedelung und Landwirtschaft freimacht, liefert Bauholz für die Häuser, die an seiner Stelle entstehen: Sie sind zumeist aus Holz und mit Holz gedeckt. Die *Mappe* etwa zeigt diese Transformation des Holzes sozusagen in einen anderen Aggregatzustand, wenn sie vom Typus des Siedlers im Wald bemerkt: Er „lichtete […] den Wald um die Hütte, legte sich eine Wiese an, davon er ein paar Rinder nährte, […] machte sich wohl auch ein Feld und ein Gärtchen"; die Häuser sind „alle aus Holz gebaut, und haben flache Bretterdächer, auf denen die großen grauen Steine liegen" (HKG 1.5, 79). Der Wald liefert weiterhin – um hier nur einige wenige Beispiele zu nennen – den Brennstoff für die Haushalte, für das Heizen, wie das aufgestapelte Brennholz im *Tännling* indiziert,[30] das Kochen oder die Beleuchtung, die in den umständlichen Passagen über die „Leuchte" (HKG 3.1, 106) im *Waldgänger* geschildert wird. Einen größeren Raum, als man zunächst erwarten könnte, nimmt daneben die ländliche (Proto-)Industrie ein, die buchstäblich vom Holz befeuert wird. Die Pechbrenner und Köhler treten in verschiedenen

---

[26]Vgl. Dittmann: *Waldbilder* (wie Anm. 3), 39 f.

[27]Vgl. HKG 1.6, 181.

[28]Vgl. HKG 1.5, 81 f.

[29]So etwa in der *Narrenburg,* vgl. HKG 1.4, 335.

[30]Vgl. HKG 1.6, 390, 395 f.

Texten auf, die *Mappe* nennt eine Hammerschmiede, eine Glashütte und einen Kalkofen, alles extrem energie-, d. h. holzintensive Betriebe.[31] Mechanische Sägen zerkleinern die Bäume zu jenem Bauholz, aus dem die Häuser gemacht sind. Auch sonst taucht Holz als Material für verschiedene Gewerke und Gegenstände auf, man denke an die Möbelrestauration und -produktion, das Parkett, die Vertäfelungen oder die Musikinstrumente im Asperhof des *Nachsommer*,[32] wo in der Schreinerei „alle Gattungen von Holz, die man hier verarbeitete" (HKG 4.1, 110), vorrätig sind und es „in den Schreinen der Natursammlung eine Zusammenstellung aller inländischen Hölzer" (HKG 4.1, 226) in Form einer ‚Xylothek‘ gibt, einer Holz-Bibliothek, wie Stifter sie aus Kremsmünster kannte, wo man sie noch heute besichtigen kann.[33] Auch in *Witiko* werden die hölzernen Interieurs auffällig betont, in denen akribisch alle verwendeten Holzarten aufgezählt werden. Böden, Wände und Möbel bestehen aus „Ulmenholz", aus „geflammtem Tannenholze", aus „rothem Eibenholze", „gebohntem Eichenholze" oder „geglättetem Wachholderholze" (HKG 5.1, 200, 206 f.). So ist es nicht nur der Weihnachtsbaum in *Bergkristall*, mit dem der Wald aus dem Außen- in den Innenraum wandert.[34]

All das mag banal erscheinen. Die vielen genannten Details machen jedoch sinnfällig, dass Stifter nicht bereit ist, das Thema Wald und Rodung an irgendeiner Stelle aus dem Auge zu verlieren. Es zeigt sich in aller Deutlichkeit, dass Stifter eine Kulturgeschichte als Wald- und Rodungsgeschichte in all ihren geradezu rhizomatischen Verflechtungen und Konsequenzen entwirft. Ihre Spuren und Indizien, die offenen und verdeckten Hinweise darauf durchsetzen die Texte bis in ihre äußersten Verästelungen, und dabei wird jeweils auch die aktuelle Situierung des erzählten Geschehens im Prozess der Kulturierung verdeutlicht.

Die zitierten Stellen zeigen nicht nur ein Faktum, sondern beinhalten auch eine Wertung. Ohne Rodung geht es nicht, erst sie stellt menschlichen Lebensraum bereit. Aber nicht nur das: Es fällt auf, dass im Zusammenhang der Rodung immer wieder von ‚Reinigung‘ gesprochen wird. Damit schließt das Rodungsthema an ein Stiftersches Phantasma an, das obsessiv um Saubermachen, Staubwischen und Aufräumen kreist. Es rückt damit in die Opposition von Reinheit und Unreinheit ein, die religiös-rituelle, kulturell-soziale, moralische wie medizinisch-hygienische Dimensionen aufweisen kann.[35] Im *Nachsommer*, in dem Wörter mit dem Wortstamm ‚rein‘ mindestens 90 Mal vorkommen, müssen selbst Bäume mit „gute[m] Seifenwasser gewaschen und gereinigt" (HKG 4.1, 150) werden. Da liegt es dann vielleicht nicht so fern, dass Bäume nicht nur verunreinigt sind, sondern auch selbst die Verunreinigung darstellen. So wie im *Tännling* gefällte Baumstämme

---

[31]Vgl. HKG 6.1, 67 f., 152. Vgl. Gottwald: *Natur und Kultur* (wie Anm. 2), 99.

[32]Vgl. HKG 4.1, 95–115, 139 f. u. ö.

[33]Vgl. Kraml, P. Amand: Die Xylothek der Sternwarte Kremsmünster. In: *Naturwissenschaftliche Sammlungen Kremsmünster. Berichte des Anselm Desing-Vereins* 25 (1992).

[34]Vgl. HKG 2.2, 184.

[35]Vgl. dazu jetzt Zumbusch, Cornelia: Reinheit/Unreinheit. In: Begemann/Giuriato: *Stifter-Handbuch* (wie Anm. 3), 301–305.

von Ästen „zu reinigen" (HKG 1.6, 397) sind, will der Obrist der *Mappe* den Eichenhag „reinigen" (HKG 1.5, 157),[36] und der Wirt aus *Prokopus* kündigt mit Blick auf die noch bewaldete Fichtau an: „[D]a wird aufgeräumt werden" (HKG 3.1, 234). Wenn die Natur das nötig hat, so ist damit ein ihr inhärentes Manko angedeutet oder, wenn man es in Anlehnung an Mary Douglas fassen will, ein Defizit gegenüber einer Ordnung, das nur durch den Menschen selbst behoben werden kann.[37]

Dabei kehrt allerdings erwartungsgemäß die oben genannte Ambivalenz wieder. Wie kann das, was ursprünglich und rein erscheint, zugleich der Reinigung bedürftig sein? Wie ist ein umstandsloses Plädoyer für Abholzungen möglich, die massivste Form einer kulturellen Bearbeitung der Natur, wenn der Wald doch zugleich ein Raum normativer Natur ist und dieser schöne Naturzusammenhang dadurch zerstört wird? Immerhin ist mehrfach die Rede von der ‚Ausrottung' von Bäumen,[38] von Holzschlägen als „Baumschlachtfeld" (HKG 1.6, 196) oder als „traurigen Baumkirchhöfe[n]" (HKG 1.4, 263), d. h. von Eingriffen in den Naturzusammenhang, die als Krieg gegen die Natur erscheinen. Und auch von den Kollateralschäden der Entwaldung ist die Rede, etwa wenn der Obrist klimatische Veränderungen auf sie zurückführt.[39] Handelt es sich hier um ein perspektivisches Problem, das sich etwa graduell oder funktional oder durch Zuordnung zu verschiedenen Sprecherinstanzen lösen lässt? Ist also Rodung in manchen Fällen legitim, in anderen nicht? Ist sie nur bis zu einem bestimmten Ausmaß zulässig, und verfährt Stifter damit schon im Sinne der von Robert Musil persiflierten kakanischen Devise: ‚ein bisschen Rodung, aber nicht zu viel Rodung'?[40] Damit kommt man, so scheint mir, dem Problem ebenso wenig bei wie mit einer Zuordnung zu verschiedenen Sprechern. Es ist richtig, dass es z. B. der jugendliche Heinrich Drendorf ist, der als „ein großer Freund der Wirklichkeit der Dinge" es

> „nicht leiden [kann], wenn man einen Gegenstand zu etwas Anderem machte, als er war. [...] Es machte mir Kummer, als man einmal einen alten Baum des Gartens fällte, und ihn in lauter Klöze zerlegte. Die Klöze waren nun kein Baum mehr, und da sie morsch waren, konnte man keinen Schemel keinen Tisch kein Kreuz kein Pferd daraus schnizen. Als ich einmal das offene Land kennen gelernt, und Fichten und Tannen auf den Bergen stehen gesehen hatte, taten mir jederzeit die Bretter leid, aus denen etwas in unserem Hause verfertigt wurde, weil sie einmal solche Fichten und Tannen gewesen waren." (HKG 4.1, 29)

---

[36]Ähnlich auch *Witiko:* „Du siehst, wie noch hie und da Felsen oder Bäume in den Wiesen und selbst in dem Getreide sind. Es konnte noch nicht alles weggeschafft werden, das muß die Zeit reinigen" (HKG 5.1, 221).

[37]Douglas, Mary: *Reinheit und Gefährdung. Eine Studie zu Vorstellungen von Verunreinigung und Tabu.* Berlin 1985, 12 f. u. ö.

[38]Vgl. HKG 1.6, 382; HKG 6.2, 176.

[39]Vgl. HKG 6.2, 176, 198.

[40]Vgl. dazu das Kapitel „Kakanien" in Musil, Robert: *Der Mann ohne Eigenschaften.* Hg. von Adolf Frisé, 2. Bde. Reinbek bei Hamburg [10]1999; hier: Bd. 1, 31–35.

Die Verarbeitung von Bäumen erscheint hier – in wie auch immer naiver Weise – als fragwürdiger Eingriff in die Autarkie der Dinge, ihren Lebenszusammenhang und ihr Lebensrecht, in eine zu respektierende Ordnung also. Aber da ist Heinrich noch ein „Knabe" ganz am Anfang seiner Entwicklung, bevor ihn Risach in die Berechtigung und die Techniken der Kulturation, und nicht zuletzt der Holzverarbeitung, einführt. Auch im Falle des alten Gregor, von dem die Formulierung von den „traurige[n] Baumkirchhöfe[n]" stammt, gilt Ähnliches, denn Gregor, der einer ursprünglichen Natur eine Stimme gibt, ist bei allen positiven Zügen eine problematische Gestalt, deren Ansichten in vielen Punkten vom Text revidiert werden. Tatsächlich aber findet man die Rede vom „Baumschlachtfeld" und von der Ausrottung der Wälder auch als Äußerung der Erzählerinstanz selbst wieder. Nähert sich Stifter damit also dem, was der konservative Kulturhistoriker und Publizist Wilhelm Heinrich Riehl wenige Jahre später im Kapitel „Feld und Wald" seiner *Naturgeschichte des Volkes* fordern wird? Riehl schreibt hier, es sei mittlerweile „auch eine Sache des Fortschrittes, das Recht der Wildnis zu vertreten *neben* dem Rechte des Ackerlandes".[41] Riehl plädiert gewissermaßen aus nationalhygienischen Gründen für die Erhaltung des Waldes als einer „wilde[n] Kultur des Bodens neben dem zahmen Feldbau", weil er eine mentalitätsstiftende „*Schutzhege* unsrer eigensten volkstümlichsten Gesittung" sei.[42] Abgesehen davon, dass die soziopolitische Dimension des Waldes bei Stifter (mit ganz wenigen Ausnahmen) ebenso fehlt wie seine mentalitätsgeschichtliche Dimension, liegt der Unterschied vor allem darin, dass Riehl das Verhältnis von Agrikultur und Wildnis als Nebeneinander fasst. Beide sind nötig und sollen zu ihrem Recht kommen. Bei Stifter hingegen handelt es sich um ein *double bind,* einen fundamentaleren Normenkonflikt, der sich dem Text strukturell und bis in die einzelnen Formulierungen hinein einprägt.

Das zeigt sich paradigmatisch an einem Ausspruch des Obristen der *Mappe,* der allen Seiten Genüge zu tun versucht: „[I]ch blieb hier, weil so schöner ursprünglicher Wald da ist, in dem man viel schaffen und richten kann, und weil eine Natur, die man zu Freundlicherem zügeln und zähmen kann, das Schönste ist, das es auf Erden gibt" (HKG 1.5, 63), und in diesem Sinne hält er sich zugute, dass er „aus dem schlechten Grunde" einer sumpfigen Waldwiese mit vieler Mühe „ein schönes, gezähmtes menschliches Erdenstück" gemacht habe (HKG 1.5, 67). Warum wird die Ursprünglichkeit des Waldes als Attraktion hervorgehoben, wenn es doch zugleich darum geht, sie durch etwas Menschliches zu ersetzen, sie also abzuschaffen und damit zu zerstören? ‚Schön und ursprünglich' scheint trotz der entschiedenen Wertung ein Euphemismus, wenn die Natur doch ‚zu Freundlicherem' gezügelt, gezähmt und vermenschlicht werden muss, und diese Zähmung noch schöner ist als das gleichfalls schöne Ursprüngliche. Implizit also ist die Natur

[41]Riehl, Wilhelm Heinrich: *Die Naturgeschichte des Volkes als Grundlage einer deutschen Sozialpolitik* [1854–1869]. Stuttgart/Berlin [11] 1908, Bd. 1: *Land und Leute,* 62.
[42]Ebd., 56.

dann doch unfreundlich und wild, aber offenbar soll das so nicht gesagt werden. Zählt nun eigentlich das Recht der Natur oder das Interesse des Menschen? Offensichtlich beides, und man könnte sagen, dass sich beide Dimensionen in der Formulierung palimpsestartig überlagern. Rodungen sind bei Stifter immer auch Inbilder der Aporien der Kultur.

Stifters Versuche, den Normenkonflikt zu bereinigen, entbehren nicht der Paradoxie. Obwohl er deutlich erkennbar ist, arbeiten die Texte daran, ihn zum Verschwinden zu bringen. Zwei hauptsächliche Verfahren springen ins Auge, die hier nur skizziert werden sollen: 1. Stifter operiert offenbar implizit mit einem entelechetischen Modell, für das *Brigitta* ein besonders deutliches Exempel darstellt.[43] Die Bearbeitung der Natur würde dieser dann zu ihrem eigenen Telos verhelfen, aus ihr machen, was sie quasi von sich aus will, aber nur mit Hilfe des Menschen, der selbst Natur ist, erreichen kann. Sollte in der Natur, wie in den *Zwei Schwestern* hypothetisch formuliert wird, ein dynamisches Prinzip der „stättige[n] Vervollkommnung" (HKG 1.6, 357) herrschen, dann wäre, was der Mensch als Glied der Natur an dieser tut, in deren Bauplan schon inbegriffen. Kultur würde so selbst zu Natur, würde der Natur erst zu ihrer Ordnung verhelfen und wäre so gerechtfertigt. Natur als Ordnung andererseits wäre nicht etwas per se immer schon Gegebenes, sondern quasi ein nachträgliches Vorgängiges, also ihrerseits Kultur. Eine solche Argumentationsfigur würde die Worte auch des Obristen plausibilisieren. Hier würden also die Gegenpole in einer Zirkularität ineinander überführt und aus dem oben genannten ternären Modell würde ein monistisches: das einer ‚Naturkultur' oder ‚Kulturnatur'.[44]

2. Ein solches zeigt in radikalisierter Form dann der Park des Fürsten in der letzten *Mappe*.[45] Der Park bietet eine Synthese, um nicht zu sagen: eine Identität von freier Natur, die den Wald umfasst, agrikulturell genutztem Land und eigentlicher Parkanlage. Dafür, dass der Doktor Augustinus gar nicht bemerkt, wie er den Park schon betreten hat, gibt es gute Gründe in dessen Anlage und Genese. Zweifellos ist der Park gegenüber der umliegenden Waldnatur ‚angelegt', aber in einer besonderen Weise, die man nur als tautologisch bezeichnen kann. Ein Künstler habe, so der Fürst, die ursprüngliche Landschaft gezeichnet, wie sie war, dabei aber verschönerte er sie, „bis sie endlich zwar dieselbe blieb, aber doch eine weit schönere wurde" (HKG 6.2, 216). Nach diesen Zeichnungen wird der Park dann angelegt, und darum habe sich gegenüber dem ursprünglichen Zustand

---

[43]Vgl. dazu ausführlich Begemann, Christian: *Die Welt der Zeichen. Stifter-Lektüren*. Stuttgart/Weimar 1995, 272–279.

[44]Grundsätzlich zu dieser Problematik und mit Blick auf aktuelle Diskussionen vgl. Sommer, Volker: Kulturnatur, Naturkultur. Argumente für einen Monismus. In: *Zeitschrift für Kulturphilosophie* 1 (2011), 8–39; Köchy, Kristian: Naturalisierung der Kultur oder Kulturalisierung der Natur? Zur kulturphilosophischen Abwehr der Geltungsansprüche der Naturwissenschaften. In: *Zeitschrift für Kulturphilosophie* 1 (2011), 136–159. Vgl. auch Köchy, Kristian: Natur. In: Ralf Konersmann (Hg.): *Handbuch Kulturphilosophie*. Stuttgart/Weimar 2012, 227–333.

[45]Vgl. dazu Begemann: *Die Welt der Zeichen* (wie Anm. 43), 350–358.

einerseits gar nichts, andererseits alles verändert. Deswegen könne der Park auch keine sichtbare „Begrenzung" (HKG 6.2, 217) haben, und man könne nicht wissen, wann man ihn betreten habe. „Es ist wie mit einem Kunstwerke, von dem Menschen sagen, es sei gar kein Kunstwerk, sondern nur natürlich, und zu dem sie immer wieder gehen, es anzuschauen" (HKG 6.2, 217). Die ideale Kultur also würde sich quasi selbst aufheben, sie wäre eine Kunst, die ihrerseits Natur ist. Sie belässt alles, wie es ist, und macht daraus etwas grundlegend anderes. Stifters Kultur ist Kultur und Natur zugleich, sie ist die Identität von Identität und Differenz.

Zur Psychosymbolik der Rodung

Rodung und Kulturation stehen über ihre kulturhistorische Funktion hinaus in engster Beziehung zu den Protagonisten. Eine sinngemäß mehrfach wiederkehrende Funktionsbestimmung der literarischen Topographie lautet: „Ich habe dir darum die Wälder gezeigt und die Ortschaften, weil sich in ihnen die Geschichte zugetragen hat, welche ich dir im Heraufgehen zu erzählen versprochen habe" (HKG 2.2, 36).[46] Stifter baut erst den landschaftlichen Raum auf, bevor er ihn mit seinen Figuren besiedelt, und gibt ihm dadurch den Charakter einer vorgängigen, von diesen unabhängigen objektiven Größe – obwohl sie ihn dann ihrerseits bearbeiten und verändern.

Es geht hier jedoch nicht nur um die Relation von Schauplatz und Handlung, sondern um eine tiefergreifende Beziehung zwischen Figuren und Raum, die eine lange literarische Tradition hat. Sie betrifft sowohl den ‚wilden' wie den ‚sanften' Naturraum. Um es in den Begriffen Ciceros zu sagen: Die Arbeit in und an der Natur, die *cultura agri,* dient bei Stifter immer auch einer *cultura animi,* und zwar in doppelter Hinsicht. Einerseits steht erstere, die Kulturation des Landes, immer auch für letztere, die ‚Bildung' der Person, sie spiegelt sie symbolisch. Andererseits wird dieser symbolischen Operation des Textes dadurch ein quasi ‚objektives' Fundament unterlegt, dass eine Melioration des Selbst durch die Arbeit an der Natur faktisch bewirkt wird. Viele Stiftersche Figuren, insbesondere seine ‚Narren', werden auf diese Weise geheilt, ‚besänftigt' oder ‚gebildet'. Durch die Zuwendung zur objektiven Welt der Dinge tritt das in sich verschlossene Ich aus sich selbst und seinen leidenschaftlichen und egozentrischen Verirrungen heraus; es wird zur genauen Beobachtung der Dinge und ihrer Ordnung genötigt und lernt, sich an dieser zu orientieren. Doch geht es keineswegs bloß um ein passives Sich-Einfügen in das Gegebene. Stifters Landwirte operieren in aller Regel auf der Basis naturwissenschaftlicher Handbücher und Kenntnisse, aus denen sie die objektiven Gegebenheiten der Natur und die Gesetzlichkeit ihrer Abläufe nicht allein zu einem theoretischen Zweck lernen,

---

[46]Vgl. analog dazu u. a. *Hochwald* (HKG 1.4, 211); *Tännling* (HKG 1.6, 389); *Waldgänger* (HKG 3.1, 111).

sondern eben gerade auch als Basis einer praktischen Arbeit an der Natur. Sich deren Forderungen zu beugen und sie zugleich zu bearbeiten, schließt sich im Sinne der oben skizzierten Denkfigur nicht aus.

Das gilt auch und gerade für Wald und Rodung, wobei der Befund erschwert wird durch die auch hier zu beobachtende Ambivalenz, die den textuellen Einsatz von Holzschlägen mehrdeutig macht. Eine textanalytische Generallinie könnte gleichwohl lauten: Prozesse der Erziehung, Bildung und Entwicklung finden bei Stifter vorzugsweise in (agri)kulturell besänftigten Schwellenräumen statt, die ihnen korrespondieren, so etwa in *Brigitta, Zwei Schwestern, Nachsommer* oder *Nachkommenschaften*. Häufig vollziehen sie sich auf Wegen durch die Natur, die auch die ‚Wege‘ der Figuren in einem übertragenen Sinne darstellen; das ist in *Granit* ebenso der Fall wie in *Kazensilber*. Auch dort, wo es Waldwege sind, die Erziehungswege symbolisieren, wie in *Waldsteig* oder in *Waldgänger*, handelt es sich nicht um Urwälder, sondern forstwirtschaftlich erschlossene und genutzte Regionen.

Ein expliziter Bezug zwischen äußerer und innerer Kulturation begegnet in *Nachkommenschaften*. Die Protagonisten der Erzählung tragen den Namen Roderer, der auf die Tätigkeit des Ahnherrn der Familie zurückgeht: Dieser „rodete endlich das Gehege zu Wiesen und Feldern, und mochte wohl der Roderer geheißen haben" (HKG 3.2, 52). In einem übertragenen Sinne bleiben aber auch seine Nachkommenschaften ‚Roderer‘, denn der Entwicklungsprozess aller ist zweiphasig, insofern auf eine energetisch-obsessive Jugendphase eine beruhigtere Etappe folgt, in der jugendlicher Überschwang aufgehoben, wenn man also will: gerodet ist. In Szene gesetzt wird dies bei den zwei männlichen Protagonisten der aktuellen Generation anhand des Umgangs mit einer ungesunden Moorgegend mit angrenzendem Fichtenwald. Während der jüngere Roderer in seiner ersten Lebensperiode als passionierter Landschaftsmaler das Lüpfinger Moor darstellen will, bleibt der ältere dem im Familiennamen programmierten Auftrag treu, indem er das Moor trockenlegt und auffüllt. Dass er damit dem jüngeren buchstäblich das Wasser abgräbt und ihm seinen Gegenstand entzieht, bis „gar nichts [mehr] zu malen" (HKG 3.2, 32) ist, ist allerdings nicht die Ursache, sondern nur die symbolische Begleitung der Initiation in den zweiten Lebensabschnitt des Jüngeren, der ganz freiwillig die Malerei aufgibt und seine Moorbilder vernichtet – in mancher Hinsicht also dasselbe tut wie sein älterer Verwandter.

In den verschiedenen Fassungen der *Mappe*, um auf dieses Beispiel etwas näher einzugehen, spiegelt die anfängliche „Wildniß" (HKG 1.5, 78) des als dunkel, dumpf und feucht beschriebenen Waldes die Wildheit der Protagonisten: zum einen die des jungen Grafen Julius Scharnast bzw. Uhldom, der vom „Spieler, Verschwender, Duellant[en]" (HKG 1.2, 21) erst zum „sanftmütigen Obrist[en]" (HKG 1.5, 33) mutieren muss; zum anderen die Wildheit des jungen Augustinus in Prag,[47] der nach eigenem Bekunden aus einem Land stammt, von dem er

---

[47]Vgl. HKG 1.2, 52, 59, 61; HKG 6.2, 41.

sagt: „Da ist Wald und Wald und Wald" (HKG 6.2, 78). Das ist nicht nur idyllisch gemeint, denn gegen den Wald muss man sich wappnen, und sei es nur durch die Kleidung.[48] Es ist nicht zuletzt auch diese Wildheit des Waldmenschen, die in Akten der Selbstkulturation gerodet werden muss. Sehr deutlich wird das u. a. in der mehr als zwei Seiten langen Episode um jenes Irrlicht, das vor dem Hintergrund des „hohe[n] finstere[n] Wald[es]" wie „eine lange schlanke weiße ruhige Flamme […] oder auch wie ein feuriger Engel" aussieht (HKG 1.5, 155 f.). Der Doktor folgt ihm, weil er es zunächst für ein Licht im Hause des Obristen und Margaritas hält, doch bringt es ihn buchstäblich vom Wege ab und lockt ihn in den Sumpf – ein proleptischer Hinweis auf seine wenig später folgende leidenschaftliche Verfehlung, die gleichfalls von einem irrigen Bild der Geliebten ausgeht. „Solche Lichter entstanden manchmal in der Senkung, wie sie früher war, ehe sie der Obrist hatte reuten lassen" (HKG 1.5, 154). Rodung also beseitigt subjektive Täuschungen in einem ganz buchstäblichen Sinne.

Die Entwicklungsprozesse des Obristen und des Doktors weisen jeweils zwei Hauptetappen auf, die gewissermaßen über Kreuz arrangiert sind und Stifters Vorliebe für Doppelungen zeigen. Die erste Phase der Selbstbesänftigung ist bei dem wilden und liederlichen jungen Grafen das Resultat des Mappenprinzips, d. h. der Verschriftlichung des eigenen Lebens, die einen Lernprozess initiiert, zur Selbst-Losigkeit leitet und das Leben immer affektfreier, ausgeglichener und gleichförmiger werden lässt.[49] Als der Obrist sich in der Heimatgegend des Augustinus ansiedelt, ist dieser Prozess weit fortgeschritten.[50] Aber das reicht offenbar nicht aus, sodass das Aufschreibeprinzip durch die Kulturation des Landes, Rodungen, Sumpfentwässerungen und Anlage von Wegen ergänzt werden muss. Bei Augustinus verhält es sich in mancher Hinsicht umgekehrt. Der wilde Student besänftigt sich in einer ersten Phase durch die aufopferungsvolle und pflichtbewusste altruistische Arbeit als Landarzt in seiner Waldheimat, ist dadurch aber noch nicht vor einer Regression in überwundene Zustände gesichert. Seine Eifersuchtsattacke, durch welche Margaritas Annahme, er sei „sehr gut und sehr sanft" (HKG 1.5, 186) widerlegt wird, bezeichnet er selbst als „Rückfall in meine Kindheit" (HKG 1.5, 178), und als noch gravierenderer Verstoß erscheint der anschließende Selbstmordversuch. Augustinus weiß selbst nicht, wie ihm geschieht: „Ich habe sonst meine Geschäfte ruhig getan, und weiß nicht, wie ich dazu gekommen bin, daß ein solcher Gedanke in meinem Haupte entstehen konnte. – Ich weiß es heute noch nicht" (HKG 1.5, 184). Damit kommt ein Moment des Unbewussten ins Spiel, denn im Untergrund des Subjekts sind Kräfte und Triebregungen am Werk, die ihm selbst nicht bewusst sind.[51] Sie drohen das

---

[48] „[D]er starke Rok widersteht dem starken Walde" (HKG 6.2, 195).

[49] Vgl. dazu Begemann: *Die Welt der Zeichen* (wie Anm. 43), 244–259.

[50] Vgl. HKG 1.5, 53.

[51] Vgl. Begemann, Christian: Erkundungen im ‚inneren Afrika'. Adalbert Stifter und das Unbewusste. In: *Jahrbuch des Adalbert-Stifter-Institut des Landes Oberösterreich* 18 (2011), 11–29.

Projekt einer autonomen Selbstkontrolle durch Rückfälle in vermeintlich Über-
wundenes zu unterlaufen und machen aus ihm eine tendenziell unabschließbare
Aufgabe. In der Folge wird die Selbstheilung des Doktors durch ärztliche Tätigkeit mithilfe des Mappenprinzips komplementiert, das er vom Obristen lernt. Dass
durch diese Konstellation das Schreiben mit der Zuwendung zur Natur und ihrer
Kulturation in eine funktionale Parallelität gesetzt werden, bestätigt Augustinus
auch explizit. Über seine Selbstverschriftlichung sagt er: „Ich verwendete alle jene
Zeit zum Schreiben, in der ich sonst in den Feldern gegangen bin, die Gewächse,
die Bäume, das Gras angeschaut und betrachtet habe" (HKG 1.5, 194).

Im Übergangsbereich beider Phasen spielen jeweils Spuren der Rodung eine
zentrale Rolle. Im Falle des Doktors findet sowohl die Liebeserklärung zwischen
Margarita und ihm als auch sein Eifersuchtsanfall in einem Holzschlag statt.

> „Das Lidenholz wurde vor vielen Jahren an vielen Stellen ausgehauen, daß man über-
> all die Durchsicht hat, und an vielen Plätzen auf freien, mit Stöcken und hohem Grase
> besetzten Flächen dahin geht. In den Holzschlägen wachsen verschiedene Blumen
> gemischt, und oft seltnere und gewiß schönere, als man sie auf gewöhnlichen Wiesen zu
> finden vermöchte. – – Da fragte ich Margarita, ob sie mich recht liebe. – – Wir standen
> vor einer Grasstelle, wo die hohen äußerst dünnen Schäftchen aus derselben empor stan-
> den und oben ein Flinselwerk trugen, grau oder silbern, in welchem die Käfer summten,
> oder Fliegen und Schmetterlinge spielten. Aus dem Holzschlage ragte mancher einzelne
> Baum hervor, der wieder empor gewachsen war; und jenseits, von ferne herüber, schaute
> der blaue Duft des Kirmwaldes, der ganz ruhig war." (HKG 1.5, 167 f.)

Die Rodung hat den wilden Wald wegsam, transparent und schöner gemacht,
das zarte Leben der Natur ist zurückgekehrt, und so scheint der Holzschlag
der geeignete Ort, um die auf Sanftheit bedachte Margarita und den sich
besänftigenden Selbstheiler zusammenzuführen.[52] Die nicht auszulöschende
Ambivalenz der Rodung zeigt sich freilich darin, dass es kurz darauf derselbe
Ort ist, an dem Augustinus' „Rückfall" erfolgt, der sich bezeichnenderweise
darin äußert, dass er die Blumen zerschlägt, die er für Margarita pflücken wollte:
„[I]ch nahm meinen Stock, den ich in die Gräser nieder gelegt hatte, und zer-
schlug mit demselben alle Steinbrechen, die in der That noch nicht blühten, daß
der Ort wild und wüst war" (HKG 1.5, 177). Auch sein heftiges und verblendetes
Verhalten im Anschluss daran wird von Margarita als „Gewaltthat" (HKG 1.5,
187) interpretiert und betont die strukturbildende Opposition von Gewalt und
Sanftheit bei Stifter. Augustinus' affektiver Anfall wiederholt die Zerstörung von
Wachstum und Leben, die die Rodung immer auch ist; er ist selbst eine Rodung
im Kleinen. Wenn man von einer Signifikanz der Topographie ausgeht, dann
unterstreicht sein brachiales Verhalten dieses Mal das Moment von Gewalt gegen

---

[52]Auch im *Waldsteig* konkretisiert sich die Liebesbeziehung zwischen dem pathologischen
Hypochonder Tiburius und dem Landmädchen Maria mit dem Erdbeerensammeln in einem
Holzschlag (HKG 1.6, 196–199, 205–207).

die Natur, das der Rodung zugrunde liegt – und auf diese muss erst wieder eine langsame Phase der Regeneration, der sanften Wiederkehr der Natur im Holzschlag folgen. Mit Blick auf diese Transformation des Wilden ins Sanfte hätte der Schauplatz auch eine Mahnung für Augustinus sein können, die er jedoch nicht versteht. Das Motiv der Rodung lässt sich, wie bereits oben zu sehen war, in beide Richtungen entfalten.

Was dann folgt, gehorcht wieder eher der anderen Seite des Motivkomplexes. Die „lasterhafte That" (HKG 1.5, 184) des Selbstmordversuchs findet nach einem Weg durch den Wald im Wald statt;[53] sie erscheint Augustinus später als „Vergessenheit aller Dinge des Himmels und der Erde" (HKG 1.5, 184) und mündet nach dem Gespräch mit dem Obristen über das Mappenprinzip in eine neue Phase der Selbstkulturation, die erneut unter der Maxime der Wendung des Ichs aus seinem Inneren zur Natur steht und am Ende die Versöhnung mit Margarita ermöglicht:

> „Man muß die Gebote der Naturdinge lernen, was sie verlangen und was sie verweigern, man muß in der steten Anschauung der kleinsten Sachen erkennen, wie sie sind, und ihnen zu Willen sein. Dann wird man das Wachsen und Entstehen erleichtern." (HKG 1.5, 192)

Es liegt in der Logik der Stifterschen Bildwelt, dass diese neue selbstkultivatorische Phase mit einem neuen Patienten und einem ‚Waldschaden' beginnt: „Sie tragen ihn eben von dem Schwarzholze herein, wo ihn ein fallender Baum fürchterlich verwundet habe" (HKG 1.5, 189).

Im Gespräch zwischen dem Obristen und Augustinus nach dessen Selbstmordversuch wird jeweils die zweite Besänftigungsphase der beiden Figuren thematisch: Bei Augustinus beginnt sie hier, und zwar mit der Erzählung des Obristen von seiner eigenen Entwicklung und dem Beginn seiner eigenen zweiten Phase. Obwohl der Obrist, wie sein Verhalten gegenüber seiner Frau demonstriert, sich durch die Aufschreibung seines Lebens verwandelt hat, muss noch eine weitere Etappe folgen. Besänftigung ist ein endloser Prozess. Diese neue Etappe beginnt mit dem Tod seiner Frau. Auf einer Wanderung im Gebirge müssen beide eine tiefe Schlucht auf einer „Holzriese" überqueren, deren Beschaffenheit umständlich erklärt wird:

> „Kennt Ihr das, was man in hohen Bergen eine Holzriese nennt? Ihr werdet es kaum kennen, da man sie hier nicht braucht, weil nur breite, sanfte Waldbiegungen sind. Es ist eine aus Bäumen gezimmerte Rinne, in der man das geschlagene Holz oft mit Wasser oft trocken fort leitet. Zuweilen gehen sie an der Erde befestigt über die Berge ab, zuweilen sind sie wie Brücken über Thäler und Spalten gespannt und man kann sie nach Gefallen mit dem rieselnden Schneewasser anfüllen, daß die Blöcke weiter geschoben werden.[…] [W]ir gingen daran zu untersuchen, ob die Riese in einem guten Stande sei, und zwei

---

[53]Vgl. HKG 1.5, 33 f.

Menschen zu tragen vermöge. Daß sie erst kürzlich gebraucht wurde, zeigten da, wo sie an den Felsen angeschlachtet war, deutliche Spuren geschlagenen und abgeleiteten Holzes; denn ihre Höhlung war frisch wund gerieben, auch lagen noch die Blöcke und Stangen umher, womit man die Stämme zuzuwälzen gewohnt ist[...]" (HKG 1.5, 56 f.)

Trotz Beistand eines Holzknechts stürzt die vom Schwindel ergriffene Frau in die Schlucht, und die Umstände dieses Unfalls unterstreichen ihr selbstloses Wesen: „Still sich opfernd, wie es ihre Gewohnheit war, ohne einen Laut, um mich nicht in Gefahr zu bringen, war sie hinab gestürzt" (HKG 1.5, 58). Um das Leben des Mannes nicht zu gefährden, bringt sich die Frau selbst zum Opfer, wie es „ihre Gewohnheit" und ihr Los im 19. Jahrhundert bleiben wird.[54] Der Obrist formuliert noch ein zweites Mal in aller sanften Härte die Funktionalität des Frauenopfers, an dem er zwar leidet, das ihm jedoch als hohe Schule männlicher Entsagung in gewisser Hinsicht adäquat vorkommt:

> „Und wie ich in jener Zeit mit Gott haderte, hatte ich gar nichts, als daß ich mir fest dachte, ich wolle so gut werden, wie sie, und wolle thun, wie sie thäte, wenn sie noch lebte. Seht, Doctor, ich habe mir damals eingebildet, Gott brauche einen Engel im Himmel und einen guten Menschen auf Erden: deßhalb mußte sie sterben." (HKG 1.5, 62)

Ein seltsamer Umstand scheint zu bestätigen, dass dieser Tod tatsächlich von höherer Hand geplant ist, denn schon „[g]egen Abend kam der Sarg, der sonderbarer Weise in dem rechten Maße schon fertig gewesen war, und man legte sie hinein, wo sie lang und schmal ruhen blieb" (HKG 1.5, 61). Und dieses höhere Kalkül geht dann offenbar auch auf, denn der Obrist wird erst jetzt und endgültig, als was er betitelt wird – „sanftmüthig" –, und die immer gleiche ungerührte Natur, insbesondere das Getreide, ratifiziert das gleichsam: „Dann schien die Sonne, wie alle Tage, es wuchs das Getreide, das sie im Herbste angebaut hatten, die Bäche rannen durch die Thäler hinaus" (HKG 1.5, 62). Mit dem Blick auf diese Natur verwandelt der Obrist sich ihr an: „Es ist weiter in meinem Leben nichts mehr geschehen" (HKG 1.5, 63) – was nicht ausschließt, dass er nun in das Heimattal des Augustinus zieht und dort in dem „schöne[n] ursprügliche[n] Wald" schafft und richtet, weil das ja „das Schönste ist, das es auf Erden gibt" (HKG 1.5, 63).

Die ungewöhnliche, ausgetüfftelt wirkende Todesart mit Holzriese, Holzknecht und bereitstehendem Holzsarg belegt den Zusammenhang von männlicher Selbstvervollkommnung, Frauenopfer und Rodungsmotivik. Zu den Dingen, die einer Rodung zum Opfer fallen müssen, um den Mann zu dem werden zu lassen, was er werden soll – sanft und resignativ, trieb- und affektfrei, anspruchs- und selbstlos – gehört auch die Frau.

---

[54]Vgl. zu diesem Syndrom Bronfen, Elisabeth: *Nur über ihre Leiche. Tod, Weiblichkeit und Ästhetik*. München 1994; Rißler-Pipka, Nanette: *Das Frauenopfer in der Kunst und seine Dekonstruktion. Beispiele intermedialer Vernetzung von Literatur, Malerei und Film*. München 2005.

Poetologie und Rodung

Der Zusammenhang der Verschriftlichung des Lebens in Form der Mappen mit dem Thema der Rodung hat bereits einen weiteren Aspekt angedeutet: In Stifters kulturtheoretischer Reflexion zur Rodung werden zugleich poetologische Positionen verhandelt.

Es ist kein Zufall, dass Stifters intensivste Auseinandersetzung mit der Romantik sich anhand des Waldes vollzieht, im *Hochwald* nämlich. Wald, so darf man sagen, ist *der* romantische Raum par excellence. Der *Hochwald* lässt sich als eine Geschichte fundamentaler Verkennungen und Missdeutungen lesen – und die Wahrnehmung des Waldes gehört an vorderster Front dazu. Die Figuren, und insbesondere der alte Gregor, reflektieren den „Urwald" (HKG 1.4, 229) nahezu systematisch in der Tradition romantischer Texte, nicht zuletzt in dem auf Tieck zurückgehenden Topos der ‚Waldeinsamkeit'[55] – eine im 19. Jahrhundert omnipräsente Vokabel, die mindestens zweimal auch bei Stifter fällt, nämlich in den *Feldblumen* und in der *Mappe*.[56] Es sind mindestens drei romantische Konzepte, die im *Hochwald* durchgearbeitet werden: zum einen das vom Wald als einer uranfänglichen, jungfräulichen und reinen Welt vor und diesseits der fatalen und entzweienden Geschichte; zum anderen das einer ‚Sympathie' von Mensch und Natur, einer Analogie und Korrespondenz, die sich u. a. in vielfältigen Anthropomorphisierungen der Natur äußert; schließlich das Konzept einer Sprache der Natur,[57] in der diese sich verlautbart und zu erkennen gibt. Alle diese Konzepte werden entweder durch die Handlung oder durch den Erzähler widerlegt. Diese Sicht des Waldes erscheint ausdrücklich als Projektion der Figuren, die sich und ihr Begehren in die Natur spiegeln.[58] Dementsprechend wird der Wald mit „Märchen" und „Fabel" (HKG 1.4, 259, 240) in Verbindung gebracht – er ist schön und poetisch, aber doch nur Fiktion, Produkt des Erzählens, weit weg von dem, was bei Stifter später als Ordnung des Wirklichen beschworen wird. Flankiert wird dies auf der Ebene des *discours* von zahlreichen Gewebe- und Textmetaphern, die den Wald zu einem Text-Raum machen. Mit dieser Engführung von Märchen und Romantik referiert die Erzählung erneut auf romantische Positionen, nämlich auf die programmatische Maxime des Novalis, das Märchen sei der *„Canon der Poësie"* und also solcher „die *Natur selbst".*[59]

---

[55]Vgl. Klimek, Sonja: Waldeinsamkeit – Literarische Landschaft als transitorischer Ort bei Tieck, Stifter, Storm und Raabe. In: *Jahrbuch der Raabe-Gesellschaft* 2012, 99–126, zu Stifter *(Hochwald* und *Waldsteig)* 104–110.

[56]Vgl. HKG 1.4, 104; HKG 1.5, 12.

[57]Vgl. HKG 1.4, 264.

[58]Vgl. ebd., 241.

[59]Novalis: Das Allgemeine Brouillon. Materialien zur Enzyklopädistik 1798/99. In: Ders.: *Schriften.* Hg. Richard Samuel in Zusammenarbeit mit Hans-Joachim Mähl und Gerhard Schulz. Darmstadt ³1983, Bd. 3: *Das Philosophische Werk II,* 205–475; hier: 449, 454.

Rodung wäre in der Konsequenz nicht nur ein Akt der kulturellen Bearbeitung der äußeren und inneren Natur, sondern auch ein Akt der Auseinandersetzung mit einer Romantik, die das ‚Wesen‘ der Natur kategorial verfehlt. Der Prozess der Rodung spiegelt so, um die These holzschnitthaft zu formulieren, den literarischen Übergang von märchenhafter romantisch-mythischer Natur zu einem tendenziell eher episch-prosaisch ausgerichteten Realismus, und insofern darf man in der Darstellung der gerodeten Siedlungsgebiete eine buchstäbliche poetologische Selbstpositionierung des Autors Stifter erkennen, zumal es sich ja zumeist – und auch im *Hochwald* – um den Oberplaner Raum handelt. Das betrifft auch die Zeitordnung. Die ‚romantische‘ Präsenz des Waldes als Urwald, wie sie der *Hochwald* zeigt, wird es in den späteren Texten, wie schon erwähnt, nur noch im Rückblick in die Vergangenheit geben, während die Gegenwart die Zeit der Rodung oder der bereits vollzogenen Rodung ist. Das schreibt dem erzählten Raum auch eine unterschwellige literaturgeschichtliche Reflexion ein.

Es liegt in der Logik dieser Konstellation, dass der romantische Erzähler Gregor eben gerade kein Protagonist einer Kulturation ist, sondern vielmehr den Eingriff in den jungfräulichen Wald im Sinne einer *restitutio ad integrum* durch das Ausstreuen von „Waldsamen“ rückgängig machen will, „so daß wieder die tiefe jungfräuliche Wildniß entstand, wie sonst“ (HKG 1.4, 318). Und ebenso hat es unter dieser Perspektive eine gewisse Konsequenz, dass die Texte, die das Lob einer nach innen wie außen gerichteten Kulturation am entschiedensten anstimmen – *Brigitta* und *Zwei Schwestern* –, in baumlosen Landschaften angesiedelt sind.[60] Dem negativen Prinzip der Rodung als einer Entromantisierung entspricht auf der positiven Seite die Orientierung der Literatur an jenem ‚sanften Gesetz‘ der Natur, das auch der agrikulturellen Arbeit zugrunde liegen soll und das immer wieder durch das Bild des Getreides exemplifiziert wird.[61] Bezeichnenderweise liegt in *Brigitta* das große Landgut der Protagonistin wie ein „kraftvoll weiterschreitend Heldenlied“ in der Steppe, wie eine „Dichtung“,

---

[60]Die – Einzelfall bleibende – Aufforstung eines Hügels durch den Obristen und Augustinus in der 3. und 4. Fassung der *Mappe* ist kein Gegenargument, sondern kann eher dazu dienen, den Abstand vom alten Gregor zu ermessen. Zwar konterkariert sie die brachiale Rodungsstrategie der Landbevölkerung, doch tut sie das unter einer völlig pragmatischen, primär ökonomischen Perspektive, die den nachwachsenden Wald als Tauschwert und Wirtschaftsfaktor sieht, erst in zweiter Linie dann auch als ästhetisches Phänomen: „Als die Leute sahen, daß wir Waldbäume pflanzen, wunderten sie sich, und sagten, es werde sonst zu Nuz und Frommen der Wald gereutet, daß wir milderes Land und urbare Streken bekommen, das wir beides so nothwendig brauchen, und diese beiden Männer gründen Wald, und vergrößern den Wald, und verschlimmern, und erkälten das Wetter. Darauf sagte ihnen der Obrist: An andern Stellen habe er schon Wald gereutet, und werde noch mehr reuten, und sohin in dieser Richtung die Sache ausgleichen, und mehr als ausgleichen. […] Das Ausrotten des Waldes sei jezt gut, und werde gut sein bis zu einem gewissen Maße; dann aber werde eine Zeit kommen, in welcher die Waldstreifen zwischen den Feldern als kostbares Besizthum da stehen werden, und dann wird der Griesbühel ein sehr zwekmäßiger Föhrenwald sein, und er wird auch schön sein“ (HKG, 6.1, 220; vgl. HKG 6.2, 198 f.).

[61]So etwa in *Bunte Steine,* vgl. HKG 2.2, 10.

die sich entschieden dem Wirklichen zuwendet (HKG 1.5, 461) – offensichtlich ein neues poetologisches Paradigma gegenüber dem romantischen Waldmärchen. Diese Metaphorik ließe sich weiter verfolgen: Noch in *Aus dem bairischen Walde* zeigt sich der kultivierte Wald als ein „episches" „Gedicht" (PRA 15, 331), in der *Mappe* wie im *Nachsommer* stehen Gerste und Obstbäume in „Zeilen" (HKG 1.5, 201; HKG 4.1, 69; HKG 4.2, 123, 217 f.), und in der letzten Fassung der *Mappe* ist, wie bereits zitiert, der fürstliche Park im Wechselspiel zwischen Natur und ihrer künstlerischen Repräsentation entstanden und erscheint selbst als ein „Kunstwerk" (HKG 6.2, 217), das von Natur nicht mehr zu unterscheiden ist.

Wenn derart die Bearbeitung der Natur mit Literatur gleichgesetzt wird, dann liegt eine Inversion dieser Metapher nahe. Tatsächlich artikuliert Stifter die Ziele seiner Dichtung gegenüber Louise von Eichendorff in diesem Sinne: „[W]ie Maria in den Schwestern selbst Gemüse zu pflanzen und Gartenbete zu düngen und doch ein höherer opferfreudiger Mensch zu sein", das sei, neben manchem anderen, „ungefähr die Grundlage meiner Schriften" (PRA 18, 110).[62] Wenn also Landbau Dichtung in einem entromantisierten Sinne ist, dann ist Dichtung ihrerseits kulturelle Arbeit an der Natur.

Doch wie kaum anders zu erwarten, wiederholt sich auch in diesem Punkt die Natur-Kultur-Ambivalenz. Einerseits nämlich hält Stifter – im Aufsatz *Ob der ennsische Kunstausstellung* (1856) – an einem gewissermaßen realistisch verengten goethezeitlichen Organizismus fest, der das Kunstwerk ganz auf Natur ausrichtet, es nicht nur aus der Natur erwachsen lässt, sondern es auch auf das „treueste Studium der Natur" (HKG 8.4, 172) verpflichtet, also mimetisch ausrichtet, und daher insgesamt selbst als ‚natürlich' deklariert. Der Dichter als Gärtner und Landwirt zieht und pflegt naturhafte Gewächse, und auch der *Nachsommer* ist ein solches Gewächs mit Wurzeln, Blüte und Frucht, wie Stifter einmal gegenüber Heckenast ausführt.[63] Wenn Stifter an einem Gemälde lobt, „daß es wie jedes große Werk, nicht *gemacht,* sondern in der ergriffenen Seele des Künstlers *gewachsen* ist" (HKG 8.4, 172), dann zitiert er einen omnipräsenten produktionsästhetischen Paradigmenstreit im 19. Jahrhundert, der den Dualismus von Kultur und Natur variiert, und schlägt sich auf die Seite eines organischen ‚Wachsens' gegenüber einem artistischen ‚Machen',[64] wie es zeitgleich Autoren wie Poe oder Baudelaire proklamieren. Eine solche ästhetische Position wird in Stifters Kunstkritiken und Briefen stereotyp mit dem – Goethe entlehnten

---

[62]Stifter an Louise von Eichendorff, 23. März 1852.

[63]„Die Gliederung soll organisch sein[...] Der 1te Band rundet die Lage ab, und säet das Samenkorn, das bereits sproßt, und zwar mit den Blättern vorwärts in die Zukunft [...] und mit der Wurzel rükwärts in die Vergangenheit[...] Daß in beiden Richtungen in den folgenden Bänden wärmere Gefühle und tiefere Handlungen kommen müssen, liegt im Haushalte des Buches, welches wie ein Organismus erst das schlanke Blättergerüste aufbauen muß, ehe die Blüthe und die Frucht erfolgen kann" (Stifter an Heckenast, 29. Februar 1856 (PRA 18, 313)).

[64]Vgl. dazu Begemann: *Die Welt der Zeichen* (wie Anm. 43), 386–396.

– Kampfbegriff der „Manier" belegt.[65] Auch in dem bereits zitierten Brief an Louise von Eichendorff glaubt Stifter behaupten zu müssen: „Ich habe wirklich kein Verdienst an meinen Arbeiten, ich habe nichts *gemacht,* ich habe nur das Vorhandene ausgeplaudert" (PRA 18, 110).[66] Andererseits belehrt ein einziger Blick in Stifters Manuskripte eines ganz anderen. Die Manuskripte – und gelegentlich sogar die späteren Produktionsstufen bis hin zu den Druckfahnen – sind zur Verzweiflung von Verleger und Setzer bis an die Grenzen der Lesbarkeit durchgearbeitet. Sie tragen sichtbare Spuren einer Textarbeit, die mit erheblichem Zeitaufwand und exzessiver, in die Pedanterie übergehender Genauigkeit betrieben wird. Hier ist alles ‚gemacht'.[67] Stifter bekennt sich denn auch andernorts wiederholt zum Instrument der „Feile",[68] um den von ihm gefühlten „Hiatus zwischen dem ‚Gewollten' und dem ‚Gewordenen' zu schließen".[69] Johannes John ordnet Stifter daher im Gegensatz zu seinen Selbststilisierungen dem „Typus des ‚Papierarbeiters'" zu, „der seine Gedanken in ihren Entwicklungen und Schritten auf dem Papier festhält, erwägt, fortspinnt, verwirft, ersetzt", und zwar in systematischer Weise.[70] Dabei fallen in den Handschriften besonders die großen, oft präzise umgrenzten gestrichenen Stellen ins Auge, die – ohne dass hier die Metapher zu sehr strapaziert werden soll – strukturell den Kahlschlägen in den erzählten Waldgebieten ähneln (Abb. 10.1 und 10.2). Es ist daher nicht erstaunlich, was Stifter seiner Frau anlässlich der Redaktion seiner *Nachkommenschaften* mitteilt, eines Textes, der diese Merkmale besonders deutlich aufweist (Abb. 10.3): „Ich bin am Ende selber ein Roderer" (PRA 20, 147).[71] Die Tätigkeit des Autors rückt so metaphorisch in die von ihm erzählte Rodungsgeschichte ein, macht sich zum Teil der diegetischen Welt und setzt deren kultivatorische Aktivitäten auf seinem Papier fort.

So bezieht Stifter nicht nur in seiner literarischen Arbeit, sondern auch im Bereich der ästhetischen Produktionsmetaphorik selbst immer zugleich auch die Gegenposition des ‚Machens'. Auf Seiten der kulturellen Bearbeitung steht der Autor gleichermaßen als literarischer Gemüsebauer wie als „Roderer", doch betont die erste Metapher die mimetische Nähe des Schreibens zu einer sanften Kultur der Nähe zur Natur und ihrer Ordnung, des organischen Wachsenlassens

---

[65]Vgl. etwa HKG 8.4, 59, 95, 149, 161, 166. Vgl. dazu Begemann: *Die Welt der Zeichen* (wie Anm. 43), 367 f.

[66]Hervorh. C.B.

[67]Vgl. John, Johannes: Schreibprozesse. In: Begemann/Giuriato: *Stifter-Handbuch* (wie Anm. 3), 352–356. Vgl. Hettche, Walter: ‚Dichten' oder ‚Machen'? Adalbert Stifters Arbeit an seinem Roman ‚Der Nachsommer'. In: Walter Hettche/Johannes John/Sibylle von Steinsdorff (Hg.): *Stifter-Studien.* Tübingen 2000, 75–86. Hettche hat Stifters Arbeitsprozesse im Kommentarband der HKG (4.4, 30–59) ausführlich dokumentiert.

[68]Vgl. z. B. PRA 17, 289; 18, 221, 293–297; PRA 19, 47; PRA 20, 238; PRA 21, 82; PRA 24, 183.

[69]John: Schreibprozesse (wie Anm. 67), 353.

[70]Ebd., 352, 354.

[71]Stifter an Amalie Stifter, 20. Oktober 1863.

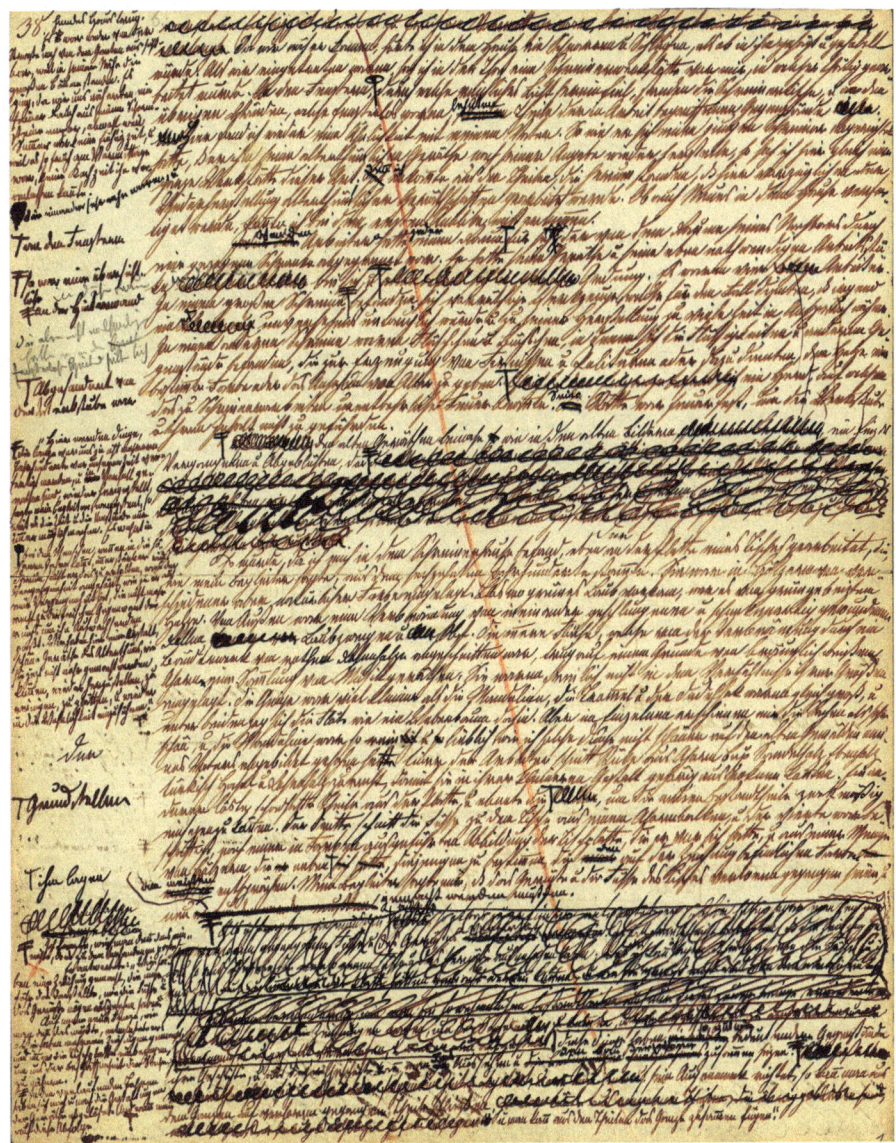

Abb. 10.1 Manuskriptseite aus *Der Nachsommer* (Die Abbildung erfolgt mit freundlicher Genehmigung der Slg. Adalbert Stifter; OÖ. Literaturarchiv/Adalbert-Stifter-Institut)

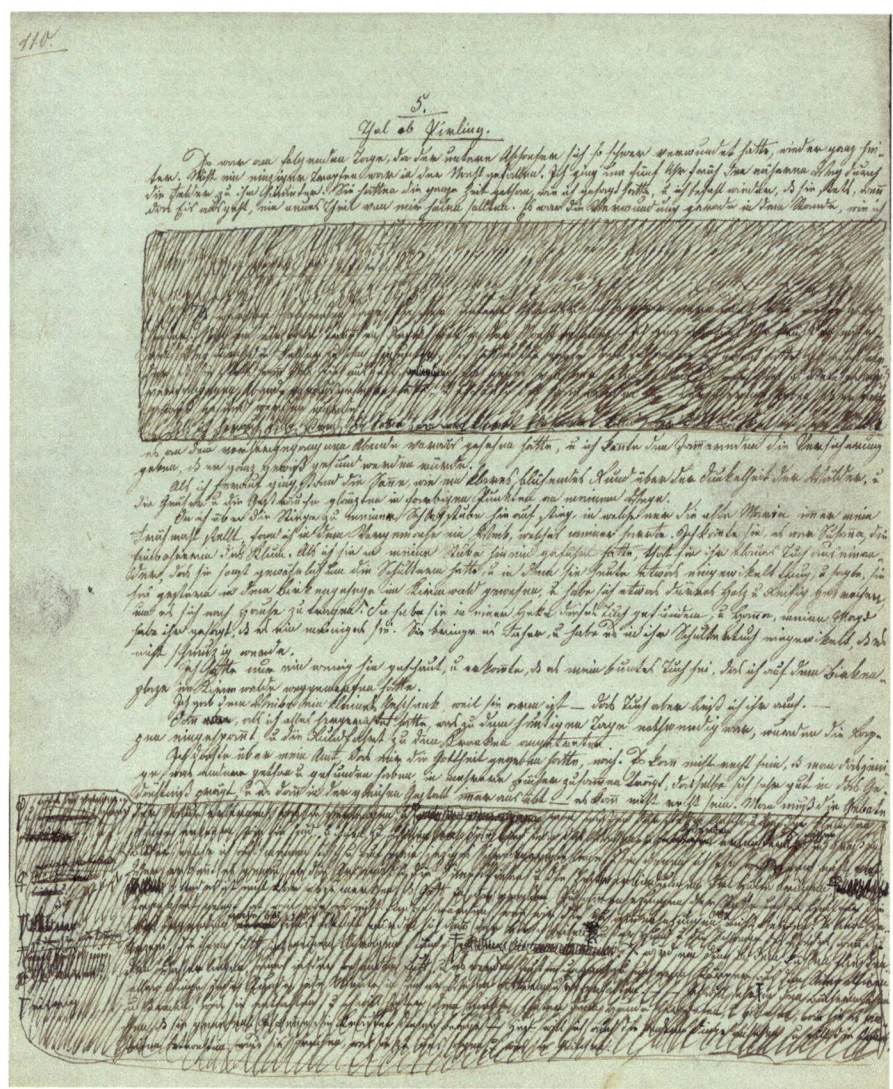

Abb. 10.2 Manuskriptseite aus *Die Mappe meines Urgroßvaters* (Die Abbildung erfolgt mit freundlicher Genehmigung der Slg. Adalbert Stifter; OÖ. Literaturarchiv/Adalbert-Stifter-Institut)

Abb. 10.3 Manuskriptseite aus *Nachkommenschaften* (Die Abbildung erfolgt mit freundlicher Genehmigung der Handschriftenabteilung der Národní Knihovna České Republiky im Prager Klementinum. Das Manuskript der *Nachkommenschaften* befindet sich unter der Nr. StA 55 im dortigen Stifter-Archiv)

und der Pflege, während die zweite das Machen und Gestalten, die Konstruktion und den aktiven Eingriff unter Einschluss auch ‚destruktiver' Momente ins Blickfeld rückt. Damit schreiten auch die Produktionsmetaphern den Raum der Bewertungen der Kulturarbeit aus. Poetologisch verortet sich Stifter jedenfalls nach der Romantik im selben Schwellenraum, in dem seine Texte spielen.

Schneiden und Schreiben: *Der beschriebene Tännling*

Der Text, der das Thema Rodung am dezidiertesten in Szene setzt, ist *Der beschriebene Tännling,* gleichfalls in der Oberplaner Gegend angesiedelt.

> „In diesen Waldungen ist auch […] ein helles lichtes Thal geöffnet[…] Das Thal ist sanft und breit, es ist von Osten gegen Westen in das Waldland hinein geschnitten, und ist fast ganz von Bäumen entblößt, weil man, da man die Wälder ausrottete, viel von dem Ueberflusse der Bäume zu leiden hatte, und von dem Grundsaze ausging, je weniger Bäume überblieben, desto besser sei es. In der Mitte des Thales ist der Marktfleken Oberplan, der seine Wiesen und Felder um sich hat[…]" (HKG 1.6, 382 f.)

Auch hier erweist sich die Rodung des Naturraums als ein zutiefst ambivalenter Vorgang. Sie erscheint einerseits als brachiales Ausschneiden des Waldes und als Ausrottung der Bäume, wobei Stifter mit der phonetischen und etymologischen Nähe von ‚roden' bzw. ‚reuten' und ‚-rotten' spielt.[72] Andererseits aber lassen die Bäume den Menschen an ihrem „Ueberflusse" „leiden", zwingen ihn also geradezu zur Gegenwehr. Doch hebt sich diese Gegengewalt dann wieder darin auf, dass ihr Ergebnis eine ‚helle', ‚lichte' und ‚sanfte' Kulturlandschaft ist. Rodung ist hier jedoch nicht nur die Voraussetzung der landschaftlichen Gestalt des Oberplaner Tals, sondern wird auch *in actu* gezeigt: Sind Holzschläge im topographischen Panorama nur als „röthlich matt leuchtend[e]" „Streifen" (HKG 1.6, 397) markiert, so zoomt sich der Blick des Textes im zweiten Kapitel an einen von ihnen heran, den Arbeitsplatz des Holzhauers Hanns, um ihn in näheren Augenschein zu nehmen. Dabei wiederholt sich der vorherige Befund. Der „bunte Schlag" ist eingelagert in eine „schöne Wildniß" (HKG 1.6, 397, 400), die er ersetzt, und gleicht darin strukturell dem mit „Gespinnste[n] aus Seilen" eingegrenzten „Jagdraum" des „Nezjagen[s]", das als „sehr künstlich" (HKG 1.6, 409) bezeichnet wird – im Kontext der Erzählung ist das alles andere als ein Lob, denn die Netzjagd demonstriert einen pervertierten kulturellen Umgang mit der Natur. Der Holzschlag wird folgendermaßen ins Bild gesetzt:

---

[72]Dieser Bezug ist Stifter sehr bewusst. In der vierten Fassung der *Mappe* wird einmal das Wort „Ausrotten" in der dritten Fassung (HKG 6.1, 220) durch das moderater klingende „Ausreuten" ersetzt (HKG 6.2, 198).

„Es liegen wie Halmen gemähten Getreides die unzähligen Tannenstämme verwirrt herum, und man ist beschäftigt, sie theils mit der Säge, die langsam hin und her geht, in Blöke zu trennen, theils von den Aesten, die noch an ihnen sind, zu reinigen. Diese Aeste, welche sonst so schön und immer grün sind, haben ihre Farbe verloren und das brennende Ansehen eines Fuchsfelles gewonnen, daher sie in der Holzsprache auch Füchse heißen. Diese Füchse werden gewöhnlich auf Haufen geworfen, und die Haufen angezündet, daher sieht man in dem Holzschlage hie und da zwischen den Stämmen brennende Feuer. An anderen Stellen werden Keile auf die abgeschnittenen Blöke gestellt, auf die Keile fällt der Schlägel, und die Blöke werden so getrennt und zerfallen in Scheite. Wieder an andern Stellen ist eine Gruppe beschäftigt, das Wirrsal der Scheite in Stöße zu schichten, die nach einem Ausmaße aufgestellt sind, und in denen das Holz troknet. Diese Stöße stehen oft in langen Reihen und Ordnungen dahin, daß sie von ferne aussehen, wie Bänke von röthlich und weiß blinkenden Felsen, die durch die Waldhöhen hinziehen." (HKG 1.6, 397 f.)

Die euphemistische Strategie, die man hier wahrnimmt, zielt darauf, den Anblick eines trostlosen Kahlschlags in eine schöne Ordnung umzudichten und damit eine mögliche menschliche Schuld gegenüber der Natur zu verleugnen. So wird ein Pingpong zwischen negativ und positiv konnotierten Aussagen praktiziert, die beschwichtigend die Anklage ins Harmonisierende zurücknehmen. Zunächst wirkt alles chaotisch, dann wird Ordnung gestiftet, und die Holzstöße fügen sich wie Felsbänke ins Naturbild. Vorbereitet wird das durch die eigentümliche Formulierung, dass die Wälder in ihrem Innern die Holzschläge „hegen" (HKG 1.6, 297), als bedürften diese der Pflege ausgerechnet durch das, was sie vernichten.[73] Die Äste verlieren ihre „schöne" grüne Naturfarbe und vertrocknen, um die Kochgeschirre liegen „gleich ganze Stämme herum […], die da verkohlen", aber ihre Verbrennung bringt wenigstens „schöne[n] blaue[n] Rauch" hervor.

„So sieht ein Holzschlag aus, auf ihm ist Leben, Regung und scheinbare Verwirrung, an seinem Rande, wo er aufhört, ist es stille, und dort steht wieder, wie es erscheint, der feste, dichte, unerschöpfliche, ergiebige Wald." (HKG 1.6, 398 f.)

Dieses permanente semantische Schwanken zeigt sich auch in zeitlicher Hinsicht. Denn wenn der Holzschlag nicht zu einem agrikulturellen Raum gemacht wird, restituiert sich nach vielen Jahren „die Pracht des Waldes" – der gegenüber das Kulturland dann wieder „nicht so schön ist" (HKG 1.6, 400).[74] Und so weiter. Man sieht: Die Ambivalenz der Rodung sickert in alle Details des Textes, lässt diesen

---

[73]Das ist zugegebenermaßen die forciertere Lesart. ,Hegen' kann man hier auch im Sinne von ,einhegen', ,umgrenzen' lesen, sodass die Wälder die Holzschläge lediglich in sich ,einschließen'. Andererseits schätzt Stifter die Wendung ,hegen und pflegen' generell und verwendet sie auch hier (HKG 1.6, 388); im Übrigen tauchen hier verschiedentlich die „Heger" auf, die den Wald pflegen.

[74]„Wenn es nicht so schön ist, wenn kein Wald mehr entstehen soll, dann werden die Waldgäste mit Absicht hintan gehalten, es wird gereutet, und lieber statt all' des Anfluges der Geselle des Menschen, das Wiesengras, heran gelokt, daß Mäheplätze entstehen oder Weideplätze für das Vieh werden, wie man es mit dem Hausberge hinter Pernek gethan hat, der auch einmal eine schöne Wildniß war, und es jezt nicht mehr ist." (HKG 1.6, 400)

oszillieren und raubt ihm jede Eindeutigkeit. Die Zweideutigkeit seines Tuns scheint auch dem Holzhauer auf die Stimmung zu schlagen, denn es heißt, dieser Berufsstand hänge „mit einer gewissen Schwermuth an seinem Thun und an den Schauplätzen desselben" (HKG 1.6, 397).

Anders als im *Hochwald* ist die Pracht der schönen Wildnis nicht mehr ‚romantisch', beobachten aber lässt sich wiederum der Prozess einer Entsubjektivierung, der an die Problematik des *Hochwalds* anschließt. Das Mädchen Hanna, das seinem Drang zum Höheren folgt und den schönen Adeligen Guido ehelicht, wird „[i]m Innern" (HKG 1.6, 402, 395) lokalisiert, im Inneren nämlich ihres Häuschens wie ihrer offenbar verkehrten Wunschwelten, die sich schon in ihrer Kindheit in der an die wundertätige Madonna gerichteten Bitte um prächtige Kleider verraten. Gegenüber ihrer ‚weiblichen' Fehlentwicklung darf der ‚männliche' Holzhauer Hanns einen Prozess von Wildheit zu Besänftigung durchlaufen, der seinen Beruf in all seiner Ambivalenz widerspiegelt. Hanns, durch sein „röthliche[s] leuchtende[s] Haar" (HKG 1.6, 401) mit den „röthlich […] leuchtend[en]" Streifen wie den falschen „Füchse[n]" (HKG 1.6, 398) der Rodungen verbunden, agiert selbst- und machtbewusst „wie ein König in seinem bunten, einsamen, entfernten Schlage" (HKG 1.6, 400) – er wird geradezu mit diesem und der Aufgabe der Rodung gleichgesetzt. Er steht damit zwischen ‚Wildnis' und Kultur. Den Nebenbuhler möchte er ausgerechnet mit seinem Arbeitsinstrument, der Axt, erschlagen, und sein Weg zum Tatort, dem beschriebenen Tännling, dem „dunkle[n] Baum" (HKG 1.6, 420), führt ihn durch weglosen Wald, durch „dichten verworrenen Baumwuchs", „das eigenthümliche Gedämmer schwerer Wälder" und über „sumpfigen Boden" (HKG 1.6, 425 f.). Plan wie Weg indizieren eine innere Wildnis, der nur durch Kahlschlag beizukommen ist. Hanns verzichtet dann – anscheinend aufgrund einer Vision der Jungfrau Maria – auf die Ausführung seines Mordplans, bleibt Holzhauer und kümmert sich später um die Kinder seiner verstorbenen Schwester. Auch bei ihm ist es eine Art Frauenopfer, das zur Besänftigung führt, und die in den Tännling eingeschnittenen, aber schon „vernarbt[en] und unkenntlich[en]" (HKG 1.6, 427) Zeichen der Herzen und Namen weisen wie „Embleme[] eines mortifizierten Begehrens"[75] proleptisch auf das Ende dieses Prozesses hin. Diese Symbolik von Schauplätzen und Handlungen ist literarisch vielleicht nicht weiter bemerkenswert. Der Punkt jedoch, der hier von Interesse ist, liegt darin, dass und wie die Ausrichtung der *histoire* sich im *discours* abbildet – oder umgekehrt.

Es ließe sich sagen, dass die Frage der Rodung in ihren kulturtheoretischen, figurenpsychologischen und poetologischen Dimensionen über das Wortfeld des Schneidens verhandelt wird,[76] das zwischen diesen Bereichen assoziative Bezüge

---

[75]Schiffermüller, Isolde: Der beschriebene Tännling. In: Begemann/Giurato: *Stifter-Handbuch* (wie Anm. 3), 59–62; hier: 61.

[76]Dem Thema ‚schneiden' müsste intensiver nachgegangen werden, als es hier möglich ist. Schneiden ist bei Stifter eine zentrale Vokabel mit wahrnehmungs- und liminalitätstheoretischen Implikationen, die besonders in Landschaftsdarstellungen sehr häufig zum Einsatz kommt (Bergrücken ‚schneiden' den Himmel; Gegenstände ‚schneiden' sich in den Hintergrund, vor dem sie wahrgenommen werden usw.). Daneben taucht ‚schneiden' im Zusammenhang mit Reinigung auf (das Überflüssige wegschneiden) oder mit Formen der Bearbeitung (Holze, Stein, Stoffe zur Bearbeitung zuschneiden).

herstellt. Das Oberplaner Tal ist, wie schon zitiert, „von Osten gegen Westen in das Waldland hinein *geschnitten*, und es ist fast ganz von Bäumen entblößt" (HKG 1.6, 382).[77] Dieses makrostrukturelle Schneiden beginnt logischerweise am einzelnen Baum. Diesem werden mit „scharfer Schneide" „keilförmige Einschnitte" (HKG 1.6, 423) beigebracht, bevor er in „abgeschnittene[] Blöke" (HKG 1.6, 398) zerlegt wird. Die Kulturarbeit der Rodung ist über das *tertium* des Schneidens mit der Kulturtechnik des Schreibens vermittelt, denn der titelgebende Tännling ist „beschrieben", es sind Zeichen und Namen in ihn „eingeschnitten":

> „Den Namen beschrieben mag die Tanne von den vielen Herzen, Kreuzen, Namen und andern Zeichen erhalten haben, die in ihrem Stamme eingegraben sind. Natürlich ist sie einmal ein Tännling gewesen, die Steine, an denen sie stand, mochten zum Sizen eingeladen, und es mochte einmal einer seinen Namen oder sonst etwas in die feine Rinde eingeschnitten haben. Die verharschenden Zeichen haben einen andern angereizt, etwas dazu zu schneiden, und so ist es fortgegangen, und so ist der Name und die Sitte geblieben."[78]

Das Schneiden ist daher in mancher Hinsicht ein Schreiben wie umgekehrt das Schreiben ein Schneiden, und Kultur erscheint als Schrift-Kultur, die als solche ein weiterer Modus der Beherrschung von Natur ist. Diese ‚Verzeichnung‘ der Natur wird dadurch besonders prononciert, dass der Tännling in der *Studien*-Fassung der Erzählung zuerst als Zeichen, als Wegmarke auf der einleitend beschriebenen Landkarte des Herzogtums Krumau inszeniert wird. Die Rede ist von landschaftlichen Orientierungspunkten, die gar nichts Besonderes seien, „sondern ganz einfache Waldesstellen, die hervorgehoben sind, um gewisse Linien und Richtungen anzugeben, nach denen man in den weiten Forsten ohne Weg oder anderes Merkmal gehen könnte" (HKG 1.6, 381). Ihre Benennung hebt sie aus dem Umland hervor, macht sie wiedererkennbar und strukturiert so die amorphen Waldgebiete durch ein Raster von Punkten und „Linien". Die Natur des Waldes wird auf diese Weise quasi selbst ‚beschrieben‘ und durch ein Netz von Schrift mit einer ordnungssetzenden Funktion erschlossen. Die „Namen" dieser Orientierungszeichen sind „meistens von sehr augenfälligen Gegenständen der Stellen" und den „bezeichnenden Eigenschaften der Dinge" genommen (HKG 1.6, 381), im Fall des Tännlings also von seiner Beschriftung, die als Merkmal selbst der ‚Beschreibung‘ des Waldlandes auf der Landkarte dient.

Aus dieser doppelten ‚Beschreibung‘ ergeben sich Beziehungen zu Stifters eigenen Textverfahren, denn für diese spielt die ‚Beschreibung‘ in einem dritten Sinne eine maßgebliche Rolle, nämlich im Sinne einer deskriptiven ‚Darstellung‘, die auf eine Vergegenwärtigung realer Gegebenheiten und Vorgänge im Medium

---

[77]Hervorh. C.B.

[78]HKG 1.6, 382. Das Motiv kehrt wieder im beschriebenen Wirtshaustisch im *Hagestolz* (HKG 1.6, 15) und im ähnlich verzierten Cereus peruvianus im *Nachsommer* (HKG 4.1, 134).

der Schrift zielt und damit Referenz behauptet oder wenigstens simuliert.[79] Ihre Bedeutung unterstreicht der Erzähler, wenn er – stiftertypisch – die Funktion der Landschaftsdarstellung für die Handlung hervorhebt: „Nachdem wir nun den Schauplatz *beschrieben* haben, gehen wir zu dem über, was sich dort zugetragen hat" (HKG 1.6, 389).[80] Beschrieben wird in diesem Text in der Tat sehr viel und sehr lange, auch der Tännling wird ‚beschrieben', aber eben in mehrfacher, hierarchisch gestaffelter Hinsicht: Beschrieben von den Messern der Verliebten, wird er zum Moment in der kartographischen Verschriftlichung des Waldes, und diese wird ihrerseits zur Kennzeichnung des Schauplatzes ‚beschrieben'. Dass der beschriebene Tännling den Titel der Erzählung liefert, verweist auf die zentrale Bedeutung dieser Kategorie. Beschreibung hat ein Doppelgesicht. Einerseits weist sie ein hochgradig konstruktives Moment auf und greift in ihren ‚Gegenstand' ein, wie hier die Metapher des Schneidens verdeutlicht. Andererseits dient das literarische Verfahren der Beschreibung bei Stifter, so könnte man ganz grob sagen, einer ‚Objektivierung' und entspricht seiner Nähe zum Realismus. Das, was beschrieben wird, muss – zumindest in Stifters Kosmos – vorhanden und gegeben sein, so dass Beschreibung in mancher Hinsicht einen mimetischen Anspruch hat, genauer: den Anspruch, „die bezeichnenden Eigenschaften der Dinge [zu] finden" (HKG 1.6, 381), wie es bei den Namengebern der Wegmarken der Fall ist. Daher korrespondiert Beschreibung im Falle Stifters der Außensicht, der Orientierung am Sinnfälligen,[81] die im *Tännling* in einer so radikalen Weise praktiziert wird, wie das erst wieder im Spätwerk der Fall sein wird.[82] Insofern bildet der *Tännling* nicht nur einen vorgeschobenen Posten des literarischen Experimentierens mit den Implikationen von Verfahren der Beschreibung, sondern auch einen Wendepunkt in Stifters Schreiben. In einer ans Enigmatische grenzenden Weise beschreibt der Text über weite Strecken ausschließlich das, was man wahrnehmen kann. So kommt etwa die Geschichte der Beziehung von Hanns und Hanna wie der von Hanna und Guido nahezu ohne Rekurs auf die Nennung von

---

[79]Generell zum Thema: Begemann: *Adalbert Stifter und das Problem der Beschreibung* (wie Anm. 12); Drügh, Heinz: *Ästhetik der Beschreibung. Poetische und kulturelle Energie deskriptiver Texte (1700–2000)*. Tübingen 2006, 224–332; ders.: Mimesis/Beschreibung. In: Begemann/Giuriato: *Stifter-Handbuch* (wie Anm. 3), 214–217. Speziell zum *Tännling* vgl. die eindringliche dekonstruktivistische Studie von Schiffermüller, Isolde: Adalbert Stifters deskriptive Prosa. Eine Modellanalyse der Novelle ‚Der beschriebene Tännling'. In: *Deutsche Vierteljahrsschrift für Literaturwissenschaft und Geistesgeschichte* 67 (1993), 267–301.

[80]Hervorh. C.B.

[81]Vgl. zu diesem Verfahren Rossbacher, Karlheinz: Erzählstandpunkt und Personendarstellung bei Adalbert Stifter. Die Sicht von außen als Gestaltungsperspektive. In: *Vierteljahrsschrift des Adalbert-Stifter-Instituts des Landes Oberösterreich* 17 (1968), 47–58; Irmscher, Hans Dietrich: *Adalbert Stifter. Wirklichkeitserfahrung und gegenständliche Darstellung*. München 1971, 270–272.

[82]Vgl. Schiffermüller: *Adalbert Stifters deskriptive Prosa* (wie Anm. 79), 293.

Gefühlen aus. Besonders deutlich wird dies an Hanns' kein einziges Mal explizit ausgesprochenem Mordplan, dem Aussuchen und Schleifen der Axt, der Bitte um Beistand der Madonna, dem Weg durch den Wald. Warum und zu welchem Zweck Hanns all das tut, bleibt gänzlich unkommentiert und erklärt sich erst rückblickend. Eine psychologische Innenschau entfällt völlig und wird nur durch Handlung, Dialog und gelegentliche metaphorisch-symbolische Aspekte kompensiert. Die genaue Beschreibung der Vorbereitung des Mordes folgt einem Indizienparadigma, das den Leser zu einem Spurensucher und Detektiv macht, der die Aufklärung des rätselhaften Geschehens betreibt.[83] Dass der gesamte literarische Komplex der Rodung in derselben Weise gehandhabt wird, ist bereits deutlich geworden. Man darf dieses radikale Verfahren sicherlich im Zusammenhang mit der erzählten Geschichte begreifen, der Geschichte um den inneren Wald und seine Kultivation: Die Rodungen der *histoire* finden auf der Ebene des *discours* ihre Fortsetzung – als Prozesse eines Ausschneidens des Wilden, Affektiven, Gewalttätigen. Die Poetik der Beschreibung ist in mancher Hinsicht eine der Rodung. Sie überträgt jene Desubjektivierung, die Stifter seinen Figuren abverlangt, auf die Ebene des Textes selbst. Das umfasst in geradezu ostentativer Weise auch die Depotenzierung eines präsenten, gestaltenden und allwissenden Erzählers, der sich nun vielmehr den Anschein einer registrierenden Instanz gibt – was keineswegs heißt, dass der Text auf kommentierende metaphorische oder symbolische Zeichenproduktion verzichten würde.

Ein Beispiel für Stifters Beschreibungskunst bietet die Passage, die über das unterrichtet, was nach der zerstörerischen Rodung kommt. Der zweite „Theil des Lebens eines Holzschlages" ist, soweit es nicht zur Kulturation des gerodeten Landes kommt, „ein ganz anderer, stillerer, einfacherer, aber innigerer" (HKG 1.6, 399). Davon war schon in der *Mappe* die Rede. Was nun folgt, ist eine detailreiche Beschreibung des Wiedererwachens des Lebens nach der großen Zerstörung ganz im Sinne des ‚sanften Gesetzes'. In langsamen und kleinsten, scheinbar unbedeutenden Regungen regeneriert sich die Natur. Als Schrittmacher fungiert die Erdbeere, die für die nötige Feuchtigkeit sorgt, dann folgen andere Pflanzen und Tiere, „und endlich nach Jahren ist wieder die Pracht des Waldes" (HKG 1.6, 400). Hier befinden wir uns auf dem Kerngebiet von Stifters Mikrologie wie seiner Poetik. Nicht nur Kulturland und neues Leben, ausgerechnet das, was Inbild von Stifters Poetik des Sanften ist, zeigt sich als Resultat von Rodung – und darum ist „das Geschäft eines Holzhauers" auch keineswegs „entblößt von dichterischen Reizen" (HKG 1.6, 397). Dass der Dichter sich selbst als einen „Roderer" bezeichnet, ist offenbar doch mehr als ein Aperçu.

---

[83]Ginzburg, Carlo: *Spurensicherung. Die Wissenschaft auf der Suche nach sich selbst.* Übers. von Gisela Bonz. Berlin 1995.

Printed by Printforce, the Netherlands